情報門

——我的情報生涯（1966—2000）

王寶元 著

如果我必須在出賣國家和朋友之間做出選擇，希望我有勇氣出賣國家。

英國名作家　福斯特

目次

編者感言

老兵不死，只是凋零！

在一個秋高氣爽的下午，因緣際會，讓我有幸見到了這位久聞大名的王寶元先生，面對略顯蒼白卻不失剛毅的臉龐，尤其是那深邃的眼神，不禁讓我肅然起敬。Old soldiers never die，They just fade away！「老兵不死，只是凋零」，一種難以言宣的滄桑頓時浮上心頭！是的，我面前坐在輪椅上的這位古稀老人，一個身患血癌仍二十年筆耕不輟，先後出版情報叢書三套九本高達逾百萬字的生命強者，不就是美國五星上將麥克阿瑟口中稱頌的老兵嗎？！

儘管我知道這是曾經二次潛入大陸成功策反共軍劉連昆少將，從而為成功化解第二次台海危機立下汗馬功勞的情治菁英，心中還是有許多問題想當面請益但又怕唐突。心戰高手很快就看出了我的心思，遞給我一本新著讓我帶回去看看再說。於是，我有幸先睹為快，一口氣讀完了他的新作《情報門——我的情報生涯（1966-2000）》。

《情報門——我的情報生涯（1966-2000）》不僅是一本不可多得的從事情報工作近四十年的精彩個人回憶，也是首次由親力親為者用身心譜寫的一段特殊時期的歷史回顧。作者從十八歲就投身情報事業，可謂身經百戰，尤其是六次派往海外基地工作，時間跨度長達近二十年。由於出色的表現，曾三次榮獲「國軍楷模」稱號。特別值得一提的是，派駐菲律賓期間，由於表現優異被菲國軍方頒贈獎牌，為軍情局首開駐外人員獲他國軍方頒獎表彰之先河。書中還特別紀錄了兩岸情戰交手最慘烈的那個時段，作者用樸實的筆觸，毫無華麗詞藻的真實紀錄下許多可歌可泣的艱辛，也對當時情治系統許多不盡如人意之處進行了直言不諱的揭示，許許多多不為人知的秘密均一一生動浮現紙上，讀來令人浮想聯翩，不勝唏噓。

正當本書在最後校稿將付梓之際，適聞中共前主席江澤民離世，作者深有感觸的追憶起這段江澤民主政時期的情戰纏鬥史。當時可謂兩岸情戰白熱化的階段，隨著 1996 年的導彈危機，兩岸兵凶戰危戰事一觸即發，作者二次親自深入敵後取得第一手重要情資，還運用高超的心戰技巧成功策反共軍劉連昆少將為我所用，並於 1996 年台海危機派上用場，打了場「傷亡慘重」卻精采的情報戰。事發後在作者情蒐到的絕密文件中發現，正是江澤民對劉連昆的「叛變」引起震怒，親自下令將劉連昆處於極刑。

作者為此還意味深長的說，隨著江澤民的離世，帶走了那個時代的紛紛揚揚，但圍繞江澤民的幾大秘密肯定不會隨風而去（中俄秘密邊界勘定《1999 年 12 月 9 日議定書》簽署的前因後果？葉利欽訪華面交北京的十幾箱歷史秘檔的處置？對俞強生／金無怠案發後的內部絕密講話？……）而見我一副「欲知後事如何」的好奇，作者笑而不答，大有一種「已有『蒐』獲」後的淡定，希望不久有機會得到「且聽下回分解」的早鳥優惠吧。

最令我難忘的還是作者對老戰友劉連昆將軍的深情懷念，講到動情處不禁潸然淚下，這是一種完全超越政見的人性的自然流露。作者坦言「其實劉連昆將軍的貢獻遠比媒體披露的大得多！」諸如劉先生遭處決前，怕連累到家人，曾說他死後台灣方面說什麼都不要採信，這是作者十年後才獲悉的消息。知其然不知其所以然，劉連昆將軍的功績在很長一段時間內不為人知險被埋沒，作者為此愧疚不安，決心甘冒被追責風險大膽披露和仗義執言，終於讓這位在對岸犧牲的無名英雄得以榮歸軍情局「忠烈祠」，並和許許多多國軍先烈一樣每年會得到包括現任總統在內的各級官長的致敬和祭奠。

歷史是人類形成社會意識的重要來源，也是社會發展進步的一面鏡子。作者身為一位老兵，即是歷史的紀錄者也是歷史的解讀人。我們作為編者，面對這樣一位老兵，也會情不自禁激發一種使命感。當前台灣史學界一片沉寂，難見再有人寫史，年輕人更不喜讀史，這其實是非常可怕的一種文化自殘。我們希望化「漸凍」為「見動」，準備先推出【歷史拂塵系列叢書】和【蓋棺未定系列叢書】兩套現代史系列叢書，以活化台灣社會對讀史的沈悶氛圍。

【蓋棺未定系列叢書】將約請史學界專家教授和民間歷史研究人士對一批有爭議的近現代重要歷史故人撰文立傳。目前暫先推出紅／藍兩檔「十大」系列，即「十大紅色叛將的故事」（顧順章、張國燾、王明、向忠發、龔楚、任卓宣、郭乾輝、谷正文、蔡孝乾……等）和「十大藍色叛諜的故事」（張學良、楊虎城、劉斐、冀朝鼎、郭汝瑰、廖運周、何基灃、韓練成、吳石……）

【歷史拂塵系列叢書】主要為特定歷史人物和重要事件親歷者編撰的回憶錄，以及再版一些被歷史塵埃埋沒多年的具有史料價值的重要回憶錄。鑒於王寶元先生是目前情報界存世不多的國軍楷模，特將這本《情報門—我的情報生涯（1966-2000）》作為該系列的第一集。

毋庸諱言，作者這樣的老兵在逐漸的離我們遠去，但他們的精神和事蹟將一直留存於世間。在他們那個年代，他們完成了他們的使命，這種精神與勇氣值得我們編者銘記於心，這也是我們作為出版人的責任與使命！

田仲仁　謹識

文編田仲仁想改行做節目主持人

作者與蘇啟明教授（右）切磋論道

走過時空膠囊

——《情報門》代序

自從上世紀國共兩黨成立以來，雙方之間的情報鬥陣和鬥爭就沒有停止過！

這次有幸受邀為王寶元先生的新作《情報門》一書寫篇序文，讓我不僅能嘗先睹之快，更從中看到一個情報老兵對他個人職業生涯的省思，正如作者所說：「真正的情報幹部，對自己做過的事，尤其是大事，不能一點感覺和想法都沒有，不敢說就是不負責，不負責的人就不夠資格享有榮譽。」因此，本書也是一部國家與人民的共同記憶，更是一個不安時代之見證。

《情報門》這書內容有三個特點：第一是敍事生動而具透明力。本書主要講作者一生的情報職業生涯，除敘述作者各個階段的工作經歷外，更以橫切面的方式集中討論了一些重要的工作案例，俾讀者能更深入瞭解我國情報事業的發展變遷之關鍵。作者由踏入情報之門說起，歷述先後六次派駐至香港、菲律賓，及加拿大各地工作實況，及在局本部負責內勤工作，前後三十四年的經歷。實際見證了台灣情報工作之興衰，透露了後蔣時期台灣情治單位的轉型與質變。作者特別指出：六〇年代是情報局的黃金時期，九〇年代則是台灣情報工作的全盛時期 — 大陸改革開放、兩岸交流、天安門事件等都為情報工作帶來不少契機，雖提升了台灣情報的能量及質量，卻也是台灣情報工作走下坡的開始！而當前兩岸情報工作卻是「敵強我弱」 — 台灣由於國家定位模糊，官僚心態嚴重，導致情報人才凋零和萎縮；特別是特種情報工作（即對大陸的情報工作）愈走愈窄，終至一蹶不振！作者語重心長的說：「情報工作隨著時代演化，導致行動制裁與敵後心戰先後式微；不是不做，是沒有能力做，不懂得的做，也做不下去！」

本書第二個特點是內容直而不諱。情報局原成立於 1938 年，當時名稱為軍事統計局；1946 年改名為保密局並隸屬於國防部，1955 年再易名為情報局，同時直屬國家安全局；至 1985 年因受「江南事件」影響而被裁併至國防部所轄的軍事情報局迄今。作者服務情報門，前後歷經情報局與軍情局兩個階段十一位局長。由於情報工作有高度的隱密性，沒有公開的監督機制，因此領導人的能力、作風，乃至思想觀念等，在在影響情報工作的進行與發展。作者三十四年的情報生涯中，曾面領九位局長的指示和嘉勉，因此對於所謂「領導風格」於情報工作之成敗尤有體會。在談到這些領導上的問題時，作者的態度是直接而誠懇的。例如對於第三任局長葉翔之，作者極肯定他在特種情報上的貢獻；稱述說「他提出了特種情報工作的思想和理論，規劃出工作的準則和目標，對日後的情工發展有著深遠的意義和影響。」

對於改併至軍情局後的前兩任局長盧光義、殷宗文的決斷力和行動力，也有非常深刻的記述。其謂盧局長軍團司令出身，作風剽悍，頗有身先士卒之慨；但把情報局當作部隊，把部隊文化帶進情報工作，使一般幹部難以適應。而殷局長很能把握政府開放大陸探親政策，制定「復華作業」，積極培養情報人員的「兩識」（膽識和見識），廣泛進行基幹入陸政策，為台灣情報事業帶來空前的活力。

2000 年政黨輪替後，薛石民出任軍情局局長，由於其個人的宗教信仰和政治投機心態，把情報資源當作賣弄邀寵的工具，否定前人苦心經營的心血，遂使台灣情報工作頓失所依，嚴重改變了台灣情報事業的價值觀和使命感！作者直而不諱的說：「情報工作向來就是為政治服務，但服務的愈多，工作的精神愈會變質；對情報自身影響最大的，不是敵人破壞，卻是政治因素使然。」

本書第三個特點是資料詳真。作者負責或參與策劃執行的情報專案不少，因此《情報門》一書為我國八、九〇年代的情報工作提供了許多第一手資料。依目前相關領域的材料及研究情況，其中最有價值者，第一是對大陸策反：派諜報人員潛伏大陸或策動中共黨政軍幹部為我所用，一直是台灣情報工作的重點。作者長期從事情報作戰，自踏入「情報門」伊始，即被派駐香港負責聯繫及蒐集大陸情資。1992 年更親赴大陸執行「少康專案」，成功晤聯策反中的共軍總後勤部軍械部部長劉連昆少將，此後展開長達七年的夥伴關係。這是情報局有史以來最高級別的共軍策反案。此一策反案的經過始末及其價值、影響等，作者曾有專書記述；基本上作者認為：「少康專案」最後以失事收場，曝露了當時情報工作的弱點，也象徵台灣情報工作跟不上轉型的客觀情勢，再從相關人員不負責任的善後作為看，台灣情報工作從此顯現的頹勢也是必然的！

第二是對大陸心戰：心戰本來也是對敵情報工作的一環，有時它的效果等同敵後直接策反。作者在書中〈重大案件回顧〉一章中，講述 1995 年中共國安部一位高級幹部，主動向我方以提供中共國安部內部文件為「交易」，使我方獲得對中共情報組織與策略的重大「解盲」突破。這個案例便是長期對敵心戰廣播的效果。作者認為情報局對敵心戰有光榮的歷史，儘管隨著情勢變遷早已煙飛灰滅，但卻是老情工永遠的國家記憶。因此他特別在〈情戰工作補述〉一章中，專列「心戰有光榮史篇」一節作為全書之殿。作者詳細講述了對大陸心戰工作的起源、理念、謀略、執行方式及成效，乃至後來的變遷等；更條列整理出十餘件我方對大陸實施「謀略導變」的具體行動案例，以及中共內部針對我方心戰反應的情資。由於心戰具有高度的欺騙性和偽裝性，外界難以辨別，除非真正從事過這方面工作的人現身說法，一般無從下手研究；故書中這部份資料的珍貴性是無與倫比的！

第三是海外民運：海外民主運動的目的是促成大陸民主化，它本來是自發的，但因緣際會也與台灣情治單位發生關係，而成為八、九〇年代海外情報活動的主軸。據作者所述，它起於 1982 年 11 月中共留加學生王炳章在美國紐約所發起的「中國之春」民主運動；當時台灣情報局便派員與之接觸，隨後王炳章亦派代表寧嘉晨來台洽商合作事宜，於是雙方簽訂協議，採秘密合作方式進行工作。王炳章希望得到台灣的金援來發展組織，台灣則企圖透過海外民運組織開展大陸的反共鬥爭。1983 年 5 月「中國民主團結聯盟」正式在紐約成立，王炳章被推選為主席。

1988 年「民聯」依組織章程改選胡平當任第三屆主席，王炳章不甘而暗中抵制，胡平遂直接與軍情局聯繫而成立新的合作關係。翌年一月，王炳章被「民聯」開除，另組「中國民主黨」，於是海外民運組織宣告分裂，從此內鬥不斷。不久，大陸發生「天安門事件」，民運份子紛紛逃離至海外，軍情局乃利用海外民運人士以專個案方式對大陸進行情蒐與佈建工作；但隨著中共「釋放」民運人士到海外攪局，海外民運也逐漸變質，無法再發揮我方原先設想的情戰作用。作者以相當篇幅條縷細述近三十年的海外民主運動史，對民運的經費來源、人事及派性傾軋等，都有具體描述；對其成敗關鍵分析尤其精關！目前這方面研究才剛開始，因此這部分資料無疑是十分重要的！

什麼是情報工作呢？對於這個基本命題，作者有其一貫思想和見解。他說：「情報工作必須以思想理論為基礎，通過實踐和不斷探求，而非一成不變、抱殘守缺，才能具備真正的情報素養。情報的發展，就是情報文化的重要元素。」作者在書中不只一處強調「情報工作是國家整體記憶的一部份。」「是國民意志的構成要素。」在〈重大案件回顧〉一章中，更以飽含歷史情感的筆墨寫道：「什麼是情報工作？情報工作主要任務有三：組織佈建、情報作戰、情報蒐研。三者關係互為聯貫，有佈建才有情戰縱深。情報突顯情戰成效，佈建則以情報為標的。不懂情報、不會蒐情的，不是合格情報員；就是情報行動，也要以情報為憑依。情報事業一般人只看情節，最容易忽略的就是情報資料的內容運用和影響。完整的情報故事就具有史料價值。」

情報史研究一直是台灣相關學術領域欠缺的環節。官方史料最早見於情報局自己編印的《國防部情報局史要彙編》（1962 年出版，共三冊）。解嚴以後，兩岸三地出現不少老情工的回憶錄，但因牽涉的個人恩怨和主觀認知太多，其價值見仁見智。政黨輪替後，威權體制走入歷史，於是過去外界難見的國家檔案逐漸被有系統的整理與公開，其中涉及情治領域的如國史館數位典藏史料《蔣中正總統文物檔案—中央情報機關》（共四冊）。惟這些資料仍有待深入發掘參照與研究，且目前根據這些資料所做的撰述亦多集中於情治方面，至於對大陸的情戰部份則是付之闕如的。《情報門》一書，在這方面不僅提供了許多「第一線」的資料，更闡釋了許多對敵情戰所依據的思想理論及謀略，這是同類著作中絕無僅有的。它嚴謹而富感情，不僅有時代印記，更予人深刻的啟發，誠為有意義的歷史佳作。

對於像我這樣一個受過現代歷史學養成訓練的人而言，《情報門》這本書其實比較像一個透明的「時空膠囊」。作者因為遵守政府對退休情治人員的法律規定，以至於在書中所講述的若干情戰案例，無法使用全名，甚至部分「內容」可能也有言不盡意之處，讓讀的人覺得不過癮！但就作者所設定的著述使命及目標言，這份「時空膠囊」無疑充滿著智慧、勇氣和熱情。那麼，接下來就看我們繼起者如何去解封並解讀了。

蘇啟明　前國立政治大學歷史系教授

上圖：戴笠陪同蔣委員長檢閱中美所全體幹部與學生（軍統局最經典的照片之一）

下圖：先總統蔣公接見中美所人員，身後為蔣緯國

先總統蔣公親臨主持三一七紀念大會，身後為保密局長毛人鳳，鄭介民（左一）唐縱（左二）例必出席

先總統蔣公在毛人鳳（右）陪同下，探視保密局同志遺屬及子女。後排為鄭介民（左）及蔣經國（右）

先總統蔣公偕經國先生（二排右）視察保密局，背景平房為當時的辦公室

先總統蔣公巡視情報局工作同仁，蔣經國（三排左二）、張炎元（二排右）陪同

70年代初期，葉翔之局長（右）陪同先總統蔣公視察情報局時，都會前往看望局裡同志

情報局長葉翔之（右）恭送先總統蔣公離開，後左一為侍衛長孔令晟

蔣經國陪同梅樂斯將軍（右）到情報局參訪

蔣經國視察情報局，三軍總司令隨同。身後左起馬紀壯、黃杰、葉翔之

情報局歷任局長任期表一九五五年三月一日至一九八五年六月三十日

姓名	出身	上任時間	原任職務	續任工作	備考
毛人鳳	黃埔潮州分校（肄業）	一九五五年三月一日	國防部保密局局長	一九五六年十月十四日任內病故	保密局改組爲情報局後的首任局長，死後追晉二級上將。
張炎元	黃埔軍校	一九五七年一月一日	國民黨中六組主任	國民黨中二組主任	與葉翔之對調，二〇〇五年病故。
葉翔之	上海公學（留學日本）	一九六〇年八月八日	國民黨中二組主任	總統府戰略顧問	二〇〇一年病故。
汪敬煦	陸軍官校	一九七五年一月十日	憲兵司令部中將司令	警備總部總司令	二〇一二年病故。
張式琦	陸軍官校	一九七八年六月一日	國防部特情室中將主任	總統府戰略顧問	九〇年代赴美養病。
李筱堯	陸軍官校	一九八三年六月十六日	國安局駐歐少將特派員	改調駐美特派員	未曾到任，由副局長荊自立代理。
汪希苓	海軍官校	一九八三年十一月一日	國安局駐美中將特派員	因「江南事件」遭判無期徒刑	一九八五年元月停職，由副局長高雲漢代理。

※原軍統局於一九三八年八月正式成立，一九四六年十月改組爲保密局，一九五五年三月再易名情報局，一九八五年七月情報局被改編爲軍事情報局至今。

前言

根據父親的回憶錄《毀家紓難》所述，在中國戰亂年代的一九四八年十一月五日晚，我於北平（現稱北京）的護士學校出生。一個月後，父親隨他的工作單位河北省政府先行撤離，在華北剿總軍法處長張慶恩（中統出身）協助下（註），經青島到了上海。我和母親在北平淪陷前，也搭機趕到了上海和父親會合。一家三口人於一九四九年二月十四日下午四時，坐上開往台灣輪船，三天後到了基隆港。雖然父母一直抱着重返大陸的心願，但他們最終病死在美國和台灣，沒有再回到自己的家鄉，見到他們留在大陸的親人。

五〇年代以後，中華民國退守台灣，我們這一代就在反共的氛圍下成長，自小就接受到反共教育，耳熟能唱的愛國歌曲如《反共復國歌》、《反攻大陸去》、《只要我長大》等等。還記得有一個順口溜是：「一二三到台灣，台灣有個阿里山；阿里山有神木，我們明年回大陸。」而我的父母也是公務員，直到退休。我上高中時，學校有軍訓課程，教官鼓勵大家投考軍校，並提出保送我們到三軍官校就讀。我在高中畢業的前一年，為了報效國家，決定投筆從戎，參加情報工作，就成了我的志向。

一九六六年的七月，我十八歲那年，報考了國防部情報幹部訓練班（軍事情報學校前身），那是當時情報局召訓情報人員的管道，獲得錄取為第十五期學生。同期有一百三十七個人，分為通訊系、特戰系，和機務系，我就讀於特戰系。一九六九年元月下旬畢業，以少尉任官，正式派職參加情報工作，直至二〇〇〇年退休。不算受訓時間，我從事情報事業超過三十一年，曾六次外派，外勤工作歷近十八年，而情報生涯中完成香港、馬尼拉、溫哥華等三大戰役，留下許多工作的足迹和印記。就工作表現和經驗來說，尚可稱為情報界的佼佼者，故敢留書為記。

註：當時，張處長暗中告知，離開北平的飛機不在東交民巷的機場，而是在天壇機場；有些乘客可能不知而不來，或因特殊情況不能來，如果點名不到的，可以頂名上機，先

離開北平。張處長後來出任內政部調查局局長，見到家父，就調笑說：「你們家欠的三張機票錢，我不跟你算了。」

據家父所述，一九四九年一月二十三日，北平停戰的限期那天，他到了機場，只見四處擁滿了人。點名時，叫到「龐錫五」，無人回應，父親正準備應聲，忽然有人舉手說「到」，父親一看是同事科長馬象麟。隨後又點名「董錫民」，父親趕忙說「是我」，於是過磅準備上機，想不到真的「龐錫五」來了，馬象麟只好被迫下了飛機。同樣的「董錫民」也趕到，但人數眾多，爭搶上機，機長下令關閉機門，立即起飛，父親成了最幸運的人。當時曾任熱河省民政廳廳長的于國禎，抓著機門也被推了下去，他後來飛出北平，來台曾出任台中縣長之職。

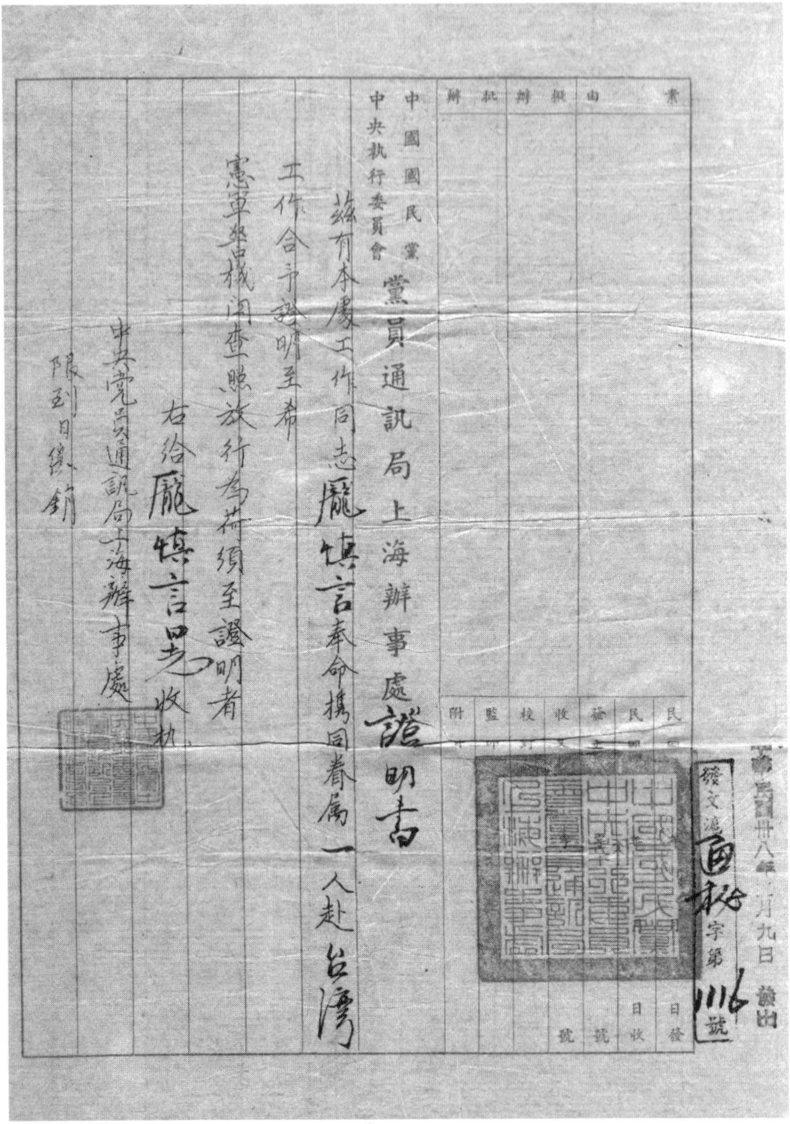

中國國民黨
中央執行委員會黨員通訊局上海辦事處證明書

茲有本處工作同志龐慎言奉命攜同眷屬一人赴台灣
工作合予證明至希
憲軍警中機關查照放行為荷須至證明者
右給龐慎言君收執
中央黨員通訊局上海辦事處
限到日繳銷

發文滬西秘字第1116號
中華民國卅八年 月九日發出

家父當年來台之證明書

壹、踏入情報之門

完成情報幹部的養成教育後，想不到我的第一份工作被分配到電訊單位當編審。電訊偵譯是情報局的重點工作，我派職的電研室（電訊研究室）有五百名幹部人員，負責對大陸電訊的偵收監控。其中我所工作的第三組是針對中共的國內外廣播進行偵控，其作用：一是產生情資；二是將每日廣播和傳真內容編輯成冊，分送有關單位參用。當時的台灣政治環境嚴峻，一般人民是不容許收聽大陸廣播，禁止和大陸親友聯繫，在公共場所也張貼了「小心匪諜就在你的身邊」「檢舉匪諜人人有責」等政治警語，以提醒民眾。

我在編審的位置上，工作了一年半時間，突然收到出差半年的公文，調到情報學校訓練剛召收到的新生任務。我原來的老隊長彭剛武上校升任大隊長，他把自己所訓練出來的學生抽調回來，去訓練新的一代情報入伍生，這次公差也改變了我一生的命運。雖然彭上校以八十四高齡往生多年，至今我還懷念着他，因為這是一位品德高尚、工作認真、敢於冒險犯難，曾在緬北工作帶兵多年的指揮官，也是情報工作令人尊崇的經典人物。

半年的公差，是不長也不短的時間，給了個人思考未來何去何從的機會。我利用這個人事的空檔期，申請調職，希望改派到情戰部門，由於出身特戰學系，終於願望得償。公差期滿改調到局本部的第三處，並以中尉之階占了上尉業務官之職位，真是意想不到的事。情報局的任務是大陸工作，當時稱為特種情報工作，主要編組局本部的一級單位有：第一處——組織佈建；第二處——情報研整；第三處——游擊行動；第四處——政戰心戰；第五處——通訊電信；第六處——軍法軍紀；第七處——後勤支援，其他還有人事室、主計室、行政室、督察室、政輔室等等。

第三處負責游擊行動，處長、副處長之下轄四個組：處本部承辦行政人事、第一組海上行動、第二組敵後行動、第三組游擊特戰，我分配到第二組承辦大陸行動之業務。那時，第一組督導兩棲大隊、第二組督導港澳基地、第三組督導儲訓大隊，分工明確，擁有各自的特戰力量。我終於走進了特種情報工作的核心部門，參與了一系列的行動工作，成為一個初階的情報官，負責港澳基地站組之行動事務。和其他的各組最大不同的，就是第一、三組都有自己的情報特戰人員，可以直接派遣、執行戰鬥，第二組則利用港澳地區為跳板，執行滲透性行動工作。而前二者的中繼基地在台灣外島和寮緬國家，第二組則以港澳地區為前進基地。

在處裡工作的三年時間，我承辦的行動案件有十餘案次，使自己瞭解行動工作的政策目標和執行要求。最值得敘述的就是策定了一個代名「鐵錐計劃」的行動專案，派員潛赴大陸內部，破壞樟木頭段的九廣鐵路，以打擊中共的軍心士氣，破壞大陸的經濟建設。這個計劃是極機密，先在處裡兩棲大隊中物色了三名願意潛往目標區的廣東籍行動人員，成立突擊小組，實施了一個月的爆破訓練後，準備由台灣偷渡到香港越境滲透入區，所攜個人裝備除了C4炸藥每人四磅、匕首還有滅音手槍及狙擊槍，整個流程前半部大致都按計劃完成，直至突擊小組抵達香港落馬洲待命為止。

由於香港一一八〇工作站未能如期物色越界嚮導，專案只能延後執行。不久，站長傅若鵬先生因考量到案件執行後影響到中、英及台灣三方關係，而基地單位工作人員，半數不具合法居留身分，也會面臨安全問題，請求局長葉翔之重作考量。我奉命再作出通盤的檢討報告，並提出停止實施和未來對行動工作之若干策進意見，所擬獲得上級允准。雖然這個專案未能實施，但個人的工作能力得到了上級的肯定，能夠懂得政策和業務，也奠定了到海外工作的條件和機會。

情報工作的內涵

六〇年代是情報局的黃金時代，雖然編制上屬於國防部，但情報業務卻由國安局督導，局長則由總統蔣介石親自任命，並由其子蔣經國參與重大之工作事項。局長葉翔之是文官出身，雖為中將之階，我卻從未看過他穿上軍服，既使他的照片也都是穿著西服或便裝，我們稱呼他為葉先生。情報領導人稱「先生」是一項傳統，由情報工作創始人戴笠起，歷經軍統局、保密局到情報局，直至一九八五年七月改編為軍事情報局，才改變了這項情報文化。

葉翔之是情報局第三任局長，擔任局長達十四年五個月，也是任期最久的局長。他提出了特種情報工作的思想和理論（如附表），規劃出工作的準則和目標，對日後的情工發展，也有着深遠的意義和影響，直至情報局改編為軍情局，才出現新的變化和作為。六〇年初，葉翔之上任，國家政策已由反攻大陸改為光復大陸，對中共的軍事行動，也轉化為情報特戰。情報局在大陸的周邊國家，積極展開情報部署，其中港澳和寮緬為佈建之重點地區，並稱之為前進基地，以便透過有利之地理條件，能直接派遣情工人員，滲透到大陸內部工作。

附表

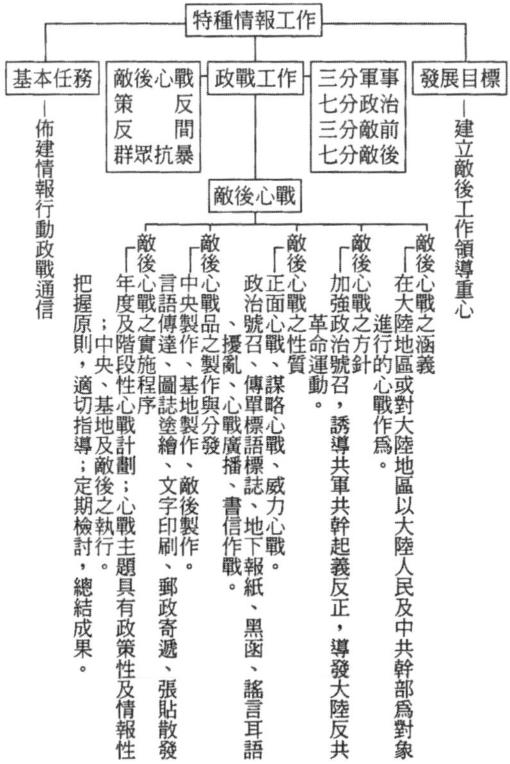
特種情報工作
基本任務
佈建情報行動政戰通信
敵後心戰
策反
反間
群眾抗暴
政戰工作
三分軍事
七分政治
三分敵前
七分敵後
發展目標
建立敵後工作領導重心
敵後心戰
敵後心戰之涵義
在大陸地區或對大陸地區以大陸人民及中共幹部爲對象進行的心戰作爲。
敵後心戰之方針
加強政治號召，誘導共軍共幹起義反正，導發大陸反共革命運動。
敵後心戰之性質
正面心戰、謀略心戰、威力心戰。
政治號召、傳單標語標誌、地下報紙、黑函、謠言耳語、擾亂、心戰廣播、書信作戰。
敵後心戰品之製作與分發
中央製作、基地製作、敵後製作。
言語傳達、圖誌塗繪、文字印刷、郵政寄遞、張貼散發。
敵後心戰之實施程序
年度及階段性心戰計劃；心戰主題具有政策性及情報性；中央、基地及敵後之執行。
把握原則，適切指導；定期檢討，總結成果。

葉局長任內建樹良多，他曾兼任國民黨中

央委員會第二組主任（國民黨執政時，位階視同部長一級）負責敵後建黨工作，故提出建立敵後工作領導重心的主張，包括敵後組織分區領導中心、敵後群眾抗暴中心、敵後政治灰色地帶、敵後秘密游擊基地等，四大工作型態。並指陳組織佈建、情報蒐集、行動游擊、政戰心戰、通信聯絡，是特種情報工作的基本工作和任務。反共革命運動、討毛救國運動、建立敵後工作領導重心，都是特種情報活動所發展的工作與努力的目標。

葉局長還親自參與和執行了不少行動個案，任內除了策劃一系列「海威專案」，突擊大陸周邊的沿海目標，為了策應國軍的反攻行動，並在緬北成立了「光武部隊」。這支部隊有二千人，分為四個大隊，主要幹部均來自台灣。據中共內部資料顯示，台派幹部有七十至八十人。那個時代，情報人員的派遣川流不息，我的同學有十幾人投身在這場異域的特戰工作。我曾經請纓希望參加，但所經管的港澳地區，是另一個重要的情報鬥爭之修羅場，在那裡派駐有三十五個大小工作單位，上級的考量，港澳地區需要更合格的情報幹部充任，不久我便派往香港工作。

貳、首次外派任務

人生如戲，既要當主角也能作配角。一九七四年五月，在葉局長的指派下，我出任駐港一三九六站業務官，那年才二十五歲。香港沒有親友，也不懂粵語，對個人是一個真實的考驗和挑戰，幸好同行的是我的組長朱先生，他既懂粵語又在香港生活過數年，也同時出任副站長（當時職稱為書記）職務，在香港的食、衣、住、行都有不少照顧。外派人員都會先收到調公差的公文，要我到訓練中心報告，接受基地人員工作講習，這是一個行之有年的流程。第一次受訓是一個月時間，具有海外經驗者，衡量派遣地區通常為二週，主官則三天至七天，視任務性質而定。

基地人員講習，習慣上稱「單訓」。一個教官對一個學員，吃飯睡覺都不能離開房間，不能外出，沒有假期，做到完全隔離，以求保密。受訓的內容包括情報蒐集、組織佈建、交通聯絡、廣播通信、心戰宣傳、行動器材及行政作業等。情報訓練講求實務，有兩個面向：一個是該教什麼？一個要學什麼？能夠具備一個情報人員獨立作戰的條件和能力，才能發展情報工作，完成上級交賦之任務。講習以後還要到情戰部門實習一個禮拜，即待命出發。當時派赴港澳地區情工人員，不能公開入境，只能採取密渡方式。想不到以後我搭台港線貨輪偷渡，先後達十次之多，很幸運的都能順利完成旅程。

人生的第一次經歷，總是讓人難以忘記。一九七四年五月十二日早上，我從家中出發，母親是位小學老師，為了送我到火車站，向學校請了半天假，沿路左叮嚀右囑咐，到國外要好好學習，好好工作，不要爭名奪利，服從上級領導，不必擔心家事，還準備了一袋枇杷，怕我在路上餓了沒有東西吃。中國人一向有「窮家富路」之說，意思是家裡即使窮困，出外不能行囊羞澀，而我們這行出任務是不能有行李，只能單槍匹馬和帶上所需的生活費若干（大約美金壹佰元）。

乘火車當晚抵達高雄，副站長朱先生也來報到，才知道我們兩人是同一個船班，隔日晚由港口搭上八百噸的小貨船，出發前往香港。照理說，五月份是台灣海峽風平浪靜的時節，我穿著一套新西服，而船上載有不少家畜，糞便四溢，臭味難聞，和當時環境相比，似乎格格不入。想不到駛出港口才幾個小時，就開始暈船，吃不下東西，只有躺在床上，肚子餓了就拿母親給的枇杷充飢，挨過了一整天有多。同行的朱先生患有胃病，身體瘦弱，想不到上船變得生龍活虎、四處遊走，看船員打麻將，通宵不睡，還吃宵夜，乃所謂「真人不露相也」。

五月十四日中午，小貨船抵達九龍佐敦道附近海面，香港海關人員上船檢查後，我們兩人隨船員乘接駁艇在香港中環碼頭上岸。這兩個地方的人潮多，比較不顯眼，朱先生即以公用電話和站裡取得聯繫。因為穿著西裝，第一印象除了人來人往，大家都在趕路似的，也覺得香港的天氣真熱呀！站裡由內勤業務官，也是姓朱的學長前來接應，他的體型比較胖，兩位朱先生一肥一瘦，我們就以肥朱和瘦朱的稱呼區別。由於中文的朱與豬同音，大有開玩笑之意。在基地彼此都不叫真名，站長張先生的代號是「四叔」。我們三人在附近餐廳見面後，因為我有一天半時間沒吃飯，就點了一杯凍檸茶和豉椒排骨飯，吃個精光，這是第一次嚐到正宗的廣東菜，是五十多年來未曾忘記的一餐。而香港還有兩種餐飲是台灣沒有的，什果賓治和煲檸樂。

朱學長是山東人，以流亡學生身分來到台灣，投考陸官二十五期，畢業後分發到情報局，並在香港工作期間晉任上校。雖然是初次相見，他特別在家中燉了一鍋牛肉和牛舌，煮了粗麵招待我們，在異國令人感到特別溫馨和愉快，忘了自己也是個偷渡的人，當晚也就一起留宿他的房間。香港住房一向擁擠，不少人是租床位，晚上放工才回去睡覺，打地鋪也不奇怪。我們全站基本幹部共五人，三個上校，一個中校，一個上尉，我排名最後。本站是香港成員最少的一級單位，下轄器材庫乙處，主要任務為行動工作，當時香港情報組織則分為站、組、直屬員及器材庫等四種型態。

站長的構想是要我和副站長先住在一起，方便聯繫和照顧。我負責抄收廣播，也可立即反映收到之工作有關訊息。由於預訂房址尚在清理，就讓我們先住到新界元朗的一個農場，後來才知道這個農場是站裡藏置行動武器的倉庫。當時局裡在香港有三個器材庫，其他兩個是獨立的，由局裡直接聯補，我們是行動站，所以有直屬之倉庫。我們住在那裡，感覺是「與狼共舞」，也不知什麼叫「香港夜未眠」，有一個困擾是，農場養了八、九隻土狗，平日餵食玉米，長得又肥又壯，每次到屋外小便，狗就跟了上來，想大便狗隻如影隨行，讓人無法安心解放。從來都是人瞧狗大便，想不到成了狗看人拉屎，要知道狗改不了吃屎，我擔心的不是熱屎，而是熱狗。後來才知道，香港有一句話叫「屎拉不出怪地硬」。

香港花費高、房租貴，一般文員月薪只有肆、伍佰港元，四、五坪大房間租金就要叁、肆佰港元，但吃喝玩樂都有，加上交通方便、資訊流通、物資充沛、氣候宜人，確實是有錢人享受的好地方。七〇年代的香港比台灣要進步很多，不但是世界的金融中心，也是最重要的情報活動中心。大陸人士莫不以到香港為榮，也把香港當成金雞母。香港是資本主義的標竿，尤其充滿自由氣息，如果不是治理有方、經營有道，香港不事工業生產農作物有限，並不具備經濟繁榮的基本條件。在殖民地統治和教育下，香港人自我意識大於民族意識。老一代人還有國家觀念，新一代者，則形容自己是「講金不講心」，一切向錢看，言談之下，充滿著現實和利益。

一、燈紅酒綠好世界

七〇年代，香港舶來品充斥，講的就是英法名牌，尤其是英國的煙、法國的酒，對年輕人有着莫大的誘惑，社會其實就是一個大染缸。香港打牌是公開合法的，街上麻將館林立，香港街邊的士多舖（雜貨店）就有麻將和桌面出租，甚至路邊就可以開檯打上八圈，這是個花花世界。我為了和房東打好關係，有時也陪他們打麻將，可以減少外出暴露的機會。和自己單位的人，偶然也聚會一下，站長是理論派輸多贏少，副站長是實務派，贏多輸少，秘密終於揭曉，原來副站長早年曾在麻將館做過多年巡場，以掩護工作。

中國飲食的特色表現，有醃、鮮、色、香、味。香港的飲食文化以燒烤和海鮮著稱，注重食材、配料，講求鑊氣，烹飪到位。有幾次餐宴至今難以忘懷，如香港仔珍寶坊的海鮮，這個海上餐廳也是電影中常可見到的場景，特務人員豈能不去。沙田的乳鴿、深井的燒鵝、新界的烤乳豬、流浮山鮮蠔，都具有地理上的標誌和特色。甚至街邊的牛雜、羊腩煲、碗仔翅，還有涼茶、龜苓膏，都會讓我停下腳步，吃上一吃，嚐試比認識要實在，也乘機檢查是否有被跟的跡象，台灣人常說的摸蛤兼洗褲。

本來不抽煙、不喝酒、不賭錢的我，到了香港在好奇心下，為了改變形象，適應環境風格，開始買包煙放在身上，以供應酬，也買了洋酒在家小嚐，路過馬會則常買上兩注樂透。在沒有吃過豬肉，至少看過豬走路的思想指導下，我輪流買了各種牌子的白蘭地和香煙，偶爾也抽根雪茄，覺得還能升等，就改抽煙斗、喝上XO，扮演自己是大亨，滿足了年青人的浮華心態。如果要找藉口，可以說抽煙和喝酒，也是具有情報工作之掩護性作用。想做什麼就做什麼，這就是自由，當然也是墮落的起點。那時還沒有"JUST DO IT"這個廣告詞，中文就是「做了再說」唄。

我在香港的康樂活動，除了壓馬路、走街串巷，主要是逛書店、百貨公司、看電影和打麻將等。其中打麻將也是有學問的，香港麻將比較單純，一個字就是「搶」，兩大要領，看人吃牌要喊碰，遠交近攻打死下家先。反而上海麻將講究較多，甚至要求三番起糊。那時台灣麻將還沒有誕生，個人是正統麻將出身，早年打麻將講修養，故還有麻將守則，介紹如下：

麻將守則

第一條：準時赴約，作戰到底，不容有遲到早退之行為。
第二條：圍城開始，先訂規則，不容有爭長論短之行為。
第三條：約定圈數，非經同意，不容有臨時增減之行為。
第四條：保持安靜，認真打牌，不容有喧嘩吵鬧之行為。
第五條：碰牌要快，吃牌在次，不容有拖帶反復之行為。
第六條：輕取慢放，潔身自愛，不容有粗魯丟牌之行為。
第七條：循規蹈矩，各守本份，不容有亮牌詐誘之行為。
第八條：牌入堂內，落地生根，不容有出爾反爾之行為。
第九條：胡牌照付，少論牌經，不容有東翻西看之行為。
第十條：技術第一，人格為上，不容有串謀圍孤之行為。
第十一條：當場結清，帳目清楚，不容有拖賴揩油之行為。
第十二條：局終人散，各自歸去，不容有事後宣揚之行為。

以上所揭不過略舉大端，此外尚有往例及臨時約定之事項，均應視同典範，共同遵守，以維護優良傳統及國粹精神，吾輩庶民共勉之。

當時的香港，雖然黃、賭、嫖，都是半開放狀態，但不敢涉足其中，以免發生狀況，影響組織安全，畢竟我們的身分是偷渡客，必需隨時提高警覺。情報人員要有生存立足和獨立戰鬥的本領，否則就難以發展工作。社會關係和工作關係也必需不斷培養和相互隔離，這是安全原則。身分掩護對非法居留者很重要，還好我年青能說幾句英文，裝扮合宜，盡量讓自己不像是個偷渡客。有一次，二房東的兒子問我是做什麼的，我回答是學生，在廣大唸書（廣大書院），但發音不準，對方誤以為是港大（香港大學），那是香港最高學府，人才濟濟，從此對我另眼相看。

初到香港，環境不熟，語言不通，怕問路穿梆，但總不能不出門，中國人說活人那能被尿憋死。但出門也不敢走遠，開始以目視距離為主，或直線往返，而港九的地理特性，交通線一般港島是東西向，九龍為南北向，故外出要領，前者宜先横再直，後者則先直再横。那時，香港人雖然崇洋，但排斥外地來客，聽到說普通話的總是愛理不理，後來「九七香港回歸」，香港人被逼學起普通話，聽到那些彆扭的腔調，感覺上真是嚀囉差（指印度人）也有殖民地——香港俗語，你也有今天之意。

二、學習為工作基礎

初期派在海外工作的任期是兩年，主官每年可返台述職，業務官則兩年調動一次，工作需要可逐年延長，這個規定在七〇年代改為三年一任，但滿兩年可申請回台休假。朱學長任期屆滿，接到調台命令，站長指示我搬到他住的站部，並辦好移交手續。站部的房間大了許多，有個大鐵床，衣櫃和書桌，環境單純，交通方便，因臨近中文大學的新亞書院，治安亦較為良好。朱學長將交通聯補的事也移交給我，幾乎每十天就要與海交（海上交通）晤聯，於是我開始每天買《星島日報》，上面都有登載台港輪的船班和日期。單位內我年紀最輕，朱學長帶我四處溜躂，吃飯聊天，建立了良好的私人關係，這種具有尊敬的情誼，在我們那一代，還帶有革命和患難的味道，不同於現在的同事友誼，總缺少那麼一份真誠和熱情。

我曾強調，從事情報工作一定要看報紙，除了掌握最新狀況，報紙可以反映情報的素材，也可以做為情報蒐集的方向和指標。而早年的新聞報導十分認真嚴謹，不像現在假新聞充斥，歪新聞和爛新聞交錯。一般人為了打發時間看報紙，那就降低了新聞價值。要有報紙就是知識的觀念，就不失看報紙的真正意義，而閱讀也是學習的元素和工作的修養。

幹情報要區隔兩種關係：一是社會關係；二是工作關係。社會關係多指一些生活上接觸的對象，例如：學校同學、親戚朋友、鄰居、房東，或生意上往來者。這些人或許不知悉你的真正身分，有的能對你產生掩護作用。工作關係則以執行工作，在路線上合作或發展的對象，也包括了上下隸屬的關係。這兩種關係處理上如果混淆或交叉，就容易暴露身分，產生安全顧慮，影響未來工作，故每次和工作關係會面，離開後必須檢查周圍情況。有一次，我對專勤人員施訓完畢，在大樓附近，發現對方兄弟尾隨在後，我故意跟他打個招呼，搭上的士（計程車）離去，讓他難以跟蹤。香港雖小，但巷弄多，私人盯梢也不容易。香港工作的失事比率，約為五十趴上下，但最怕幾個單位一起出事，很容易被人認定發生橫的關係，違反組織紀律。我一直很堅持隔離原則，也從不帶外人或朋友到住處，或在辦公室周圍的地方會面。

抄收廣播和譯電，是每天例行工作。有一次，局裡來電，頭一句卻是「請站長親譯」，我以為發生重大事情，立即通知他有急電。原來張站長正在寫回憶錄，他在柬埔寨曾策訂「湘江計劃」，暗殺中共國家主席劉少奇，事機不密，被柬政府逮捕，判處死刑。在當地僑領營救下，腳鐐手銬，坐了七年大獄，才遣回台灣。站長為了找資料，寫信給當年一起被難的同志，詢問坐牢時，監獄的位置和設施等有關情況，信函遭警備總部郵檢單位發現，認為有可疑之處，發函情報局查察，雖事出有因，但總說的過去，結果沒有追究。

七〇年代中期，香港的政治環境大致平穩，中共雖然積極滲透佈署，但姿態很低，因為中共內部政治矛盾重重，又需借重香港來發展經濟，香港不但是大陸最主要的對外窗口，也是對台情報工作角逐的第二戰場。一九七五年三月中旬，中共曾透過香港釋放戰犯十人，在台灣當局拒絕入境的情況下，十人事件的結局是四人去了美國，二人留在香港，三人返回大陸，一人自殺身亡。台灣當局對於中共的統戰工作，一向有恐懼心理。其實統戰的意義，其目的講求團結，就是團結其他黨派的組織，團結一切可以團結的力量去支持中國共產政權。後來中共收回香港，很多傾英的勢力，為了自身利益和發展，都改變立場投向中共，這些人早年不愛國，現在是假愛國和台灣人一樣，只會說愛台灣，不知國家為何物。

談到工作表現，我們的單位以行動工作為主要任務，在行動及心戰方面，績效並不落後，也執行了對共幹的制裁專案。有一次，負責外勤的林學長，拿了一個小木盒，要我猜裡面是何物？我說猜不出來，林學長就打開，原來是一截手指，下面鋪着石灰粉，他說是制裁共幹的證據，要我隨案報回局裡。說實話，站裡的情報績效就比較差，每月產情只有五件，原來負責編情的朱學長，調台升任情報處政治組組長後，站裡就沒有情報處出身的業務官，因此情報蒐集方面，成了一大缺口。

一九七五年元月初旬，局長葉翔之調任總統府戰略顧問，他以中將之階，做到上將屆退之齡六十五歲，實至名歸也。接任的是憲兵司令汪敬煦，以前的憲兵號稱鐵衛部隊，一向由總統最信任的將領出任。汪局長曾派駐聯合國及馬來西亞工作，對情報工作尚不陌生。他一到情報局，先召集各單位大小主管，心有所戚的講了近二個小時，這是一種溝通方式。中國人說新官上任三把火，但也是爭取大家的信任，畢竟領導一個三、四千人的情報機構，千頭萬緒，不是容易的事。汪局長本着負責、清廉開明的態度，展現了另一種做人做事的風格，終於改變了同仁對他的看法，也留下了聲譽。

情治單位一向流言很多，汪局長聽到傳聞，說局裡的工作經費有問題，查來查去，卻發現自己手上批的款項，有好幾筆不符合預算原則，啞巴吃黃蓮。當時每個機構都存在小金庫，供主官運用，後來汪局長升任國安局局長，興建辦公大樓，也發生強佔私有地的違法情事，打了十年官司，國安局被判敗訴，賠出了上億元的款項。公家的事有時還真說不清楚、道不明白，因為情治機構還沒有法制化。

當時有不少人反映第一處掌管海外人事，形成獨大之局，還有收取好處情形。為了打破派系和壟斷的說法，汪局長決定把原來的任務分工制，改為了地區責任制，各大處的職掌，重新作了調整如下：第一處——綜合業務；第二處——情報蒐集；第三處——東亞地區；第四處——港澳及本外島；第五處——北美地區。心戰工作劃歸第一處，各業務處均以執行情報任務為主。當時情報作戰這個名詞，還未通用。

汪局長上台第一件事，就是因國際局勢影響，中泰斷交失去中繼基地，故裁撤了緬北成立的「光武部隊」，並親自到泰北的指揮部宣佈這項命令。

在業務調整的同時，也採取配套作為，對海外基地進行全面檢討。我們香港一三九六站，在行動工作逐漸式微下，遭到裁汰，站屬之器材庫，雖然保留，改由中央聯指。如果是海外單位主官調動，需要辦理移交，包括人員、經費、案件、器材裝備等。我們是撤退性質，每個人把自己的經管業務處理完後，主官於一個月內、業務官兩個禮拜，不要留下手尾，返回局本部報到即可。

我們單位比較簡單，外圍人員停止運用，因沒有敵後單位，不必轉移，工作文件一律銷燬。但如何處理站部存放的數以萬計仿製之大陸糧、布票、人民幣，則煞費腦筋，如果燒燬遭人注意，甚至引來火警，又不能隨意棄置。思前想後，就買了一個大型帆布袋，把這些心戰品和傳單等全部裝入袋內，當做私人的行李搬到交通船上，等貨船航行到海峽中線，沉之於海。我注視着一片湛藍的海水吞沒了它，思考着未來的人生之路，和大海一般顯得那麼迷惘不清。

一九七五年六月，我回到台灣，結束了第一次情報之旅，卻與香港結下不解之緣。情報人生總離不開學習，思考和再出發，這次的工作和學習有一年之久，也是養成情報人員的性格，必需經歷之過程，和未來發展的基礎。

作者初次派港於九龍土瓜灣家中留影（1974 年攝）

作者第二次派港於九龍尖東留影（1980 年攝）

叄、再次奉派香港

回到局本部，港澳地區的工作，經過調整改為第四處負責。處長姚子錫先生是前輩，原來也是擔任香港的站長職務，深知海外工作的酸甜苦辣鹹。他待人謙和，實事求是，時常會從處長辦公室走出來，和參謀交談溝通，沒有官架子，和其他處長作風不同。姚處長把我留下來，分配到第三組，組長黎上校也是一位好長官，話雖不多，煙癮不小，他要我掌管綜合業務和敵後單位，前項包括友軍聯絡、請願投訴、疑難雜症等。後者案件的數量大，港澳基地之敵後組織，少說也有三、四十案，每天忙的不可開交，我要求自己每天一定要處理三件以上的公文，難怪廣東人會說「得閒死，唔得閒病」。因此上級對我印象是深刻的。

隔年，在局裡「為用而訓」的政策下，處裡以培訓香港基地工作人員，舉辦「求實專案」，我把握近水樓台的機會，參加了這次一個月的專案學習，後來專案學員有三分之二的人，都先後派到香港工作。在專案中，我結識了一位學長甘棠，有着雄心壯志的他，十六歲參軍，和中共直接作過戰鬥，後來擔任香港的工作組長時，指名要我去幫他開展工作，這又是四年後，我第三次派到香港主要原因。在情報歷程中，學長變同學，同學變長官的情形，是常見之事，個人就經歷了不止三次。

一九七六年十月前後，香港有三個單位，連續發生失事，一個站長及兩個組長都被港警逮捕。那時，香港的主官，不少是年齡過線，本應退休，在戴先生「團體即家庭，同志如手足」的家風下，總會讓一些拼戰數十年的老同志，發揮老驥伏櫪的再幹幾年，只是畢業旅行未必都是愉快的。這三個單位同時出事，就是發生橫的關係，違反了情工紀律，按照家法都應處罰，但汪局長接受了「失敗就是工作的組成」這個觀念，未予追究。後來軍情局時代，第三任局長殷宗文，卻特別立了一個規定，對香港失事的單位主官，一律以記大過之處分，一個軍人受到重大處分，也意味着軍人即將面臨退伍的命運。

海外基地組織的佈建，常因任務需要而增減，有的單位之創建，也有其時代性的指標，或特定之任務。前述的失事單位中，有一個是位於新界的工作組，負責偵錄中共電訊資料，器材購自美國，由於地理位置偏僻，局裡的官員去視察，也敬而遠之。因失事而損失的器材，超過壹佰萬元，當年這個價錢可以買到四套公寓，原來最早這個組接運偵收器材和架設的人，就是甘棠，難怪他對香港工作，一直表現出談笑用兵的態度。

情報工作出問題，不少是違反工作準則所致，越重要的大案要案，越要遵守情工的要求規定，才有脫險、保全組織的機會。汪局長認為基地單位失事，雖不是情報上的失誤，但這種挫敗，直接影響了情戰工作的成效和聲譽。於是要求第四處，失事三個單位，至少應補上兩組人馬，話說出去一個多月沒有下文。汪局長就問上任不及半年的龐處長（姚處長已退休）進度如何？龐處長回答還沒有適當人選。汪局長很果斷的說：「沒有人選就把主管香港敵後佈建和基地派遣的組長派去，有問題嗎？」汪局長話就是命令，直接了斷，問題迎刃而解。

主管敵後佈建的第三組組長黎定原，與負責基地派遣的第四組組長王守平，成為填補香港基地戰力的兩位主官。兩位組長奉派後又不能聲張，立刻秘密展開招兵買馬。大概我平時做事認真負責，還算麻利，黎組長要我跟他去闖天下。這次的任務顯然比上次來的沉重，因為策建一個新單位，首先要面對立足生存問題，在沒有工作資源下，必須開展新的關係路線，這是具有挑戰性的任務。香港人常說：「講笑搵第樣」，意思是嚴肅的事，不能拿來開玩笑，畢竟一個北方人想在香港獨立開展工作，困難度要高不少。

黎組長是廣西人，會說粵語、親友在港，有人接應。我是一個人吃飽全家不餓，只要照顧好自己就行。他把另一個組員物色的事，也交賦給我。肥水不落外人田，我找上同期同學陳龍。以往派遣，葉局長一向信任部屬，只要處長認可，幾成定局，重大的人事案，處長會先向局長匯報以求穩妥。汪局長則改變了以往海外人員一人一案的簽派方式，認為人事案只報一人，當老板沒有選擇權，有變相架空之嫌，因此要求所有人事案都必需按評比列出三個人選，由其核圈。在基地業務官初選的五人中，我和陳龍名列在前，都被選中，加上黎組長，一共三人，賦予番號一一五二組，看來偉大的時刻，就要降臨了。

我們成軍比另一組快，業務官完成兩週工作訓練後，就分批先行出發。對軍人而言，貫徹命令也是一種榮譽，是驢是馬，拉出來溜一溜便知。臨行前，汪局長召見我，他抽着煙斗，沒有訓話，只有勉勵。有趣的是房間內四個人，除了局長，有三人皆姓龐，他的副官、處長和我都是同姓，而這個姓並不普遍，雖然三票，但必需聽命於一票的，汪局長卻調侃的說，今天他是少數，要聽聽多數的有什麼意見。如今汪局長故去多年，回想起他的笑容，還呈現在我的腦海中。

一九七七年三月中旬，黎組長和我大白天的，由高雄上了香港船王董浩雲（他兒子董建華後來出任了香港回歸後的第一任特首。父親向台，兒子親共，這就是政治。）的三萬噸貨櫃船，等待出航。大船就是不同，航行平穩、船艙 大、食物充沛，次日入夜就抵達九龍葵涌碼頭。深夜時分，我們混入水手之列，跟在英籍船長後方假裝同行出了關。我在想這麼大的船除了主要幹部，船長不可能認識所有船員，尤其是華人長相，都是一般。其中一位船員帶引我們走向通往九龍市區的公路上，只見四處無人，也不見有港警巡邏，如同電影的劇情，月黑風高的夜晚，是最適合行動任務的大好時機。香港碼頭大都由保全公司守衛，海關人員下班，報關需待天明，這麼好的空檔，集天時、地和、人合之利，讓我們順暢搭上小巴混入了九龍市區。

天下事有利便有弊。我記得最清楚的是，到港的那天，正好大陸寒流來襲，氣溫在十度上下，清晨三時，我們都凍的像孫子，哆嗦不停，找了間公寓（香港小旅店稱公寓）睡覺，香港有時真比台灣還冷。香港人多有早起習慣，除了溜鳥、晨運，上早班，喝早茶的人不少。抵港次日晨六時，我們二人就到一間大茶樓喝茶、看報，主要是等待上班時間，好去拜訪親友，尋找適當的住所。八時過後，黎組長和我分道而行，各自去張羅生活，就是香港俗語說的「分頭搵食」，並約定一個禮拜後見面的時間、地點。

黎組長暫居香港北角的親戚家，我則向以前來港時認識的一位李姓長輩求援，蒙其相助，提供了九龍何文田一處分租房，解決住的問題是最迫切的事。有了落腳之地，第一件事是回報中央。我們偷渡來港，除了錢什麼都不能帶，以現代人的潮語，就是窮的只剩下錢。和上級的聯繫，也採用就地取材的味精密寫法，接着找了一個組織轉信處，建立初步雙向通聯。後來，上級配賦了廣播代號，海線交通送來密本和密表，我到電器行買了一部具有短波、功能較好的收音機，於是正式展開工作。一個月後，陳龍也來港報到，可惜照相留影為情工大忌，否則五十年前，全組福照片，不但可突顯當年英姿，也將是我們最好的歷史見證。

一、建立了新工作組

情報人員最基本的功課，就是做好身分掩護，也要隨時檢查周邊狀態。別人偷渡，我們也是偷渡（術語稱密渡），但性質不同，就和「暗殺」一詞，我們叫「制裁」一樣。別人偷渡可以被逮，下次再來，我們被抓叫失事，待遇則不同。我們被抓一般要挨兩頓揍，香港政治部先打一頓，吃完皇家飯，回台灣還有下頓。一個人被拉事小，一個組蹲監，就化不了小了。為求掩護，鳥槍換砲，上次是大學生，這次升為研究生。我到九龍塘的香江書院中文研究所就讀，院長王淑陶是一位教育家，和珠海書院的羅香林、新亞書院的錢穆，都是香港教育界前輩，各擁學術的一片江山，頗富盛名。陳龍入境問俗，跑到後來成為香港首富的李嘉誠名下塑膠廠打工，各安其位。而黎組長每週都會到我們住處或茶樓，相互交換訊息，瞭解情況，以把握工作進度。

黎組長經過同鄉介紹，發掘了一條情報路線，有兩個中共的黨員幹部願意提供訊息。如果按照情工標準，屬於內線級別，也就是美國人說的特工，非常可貴。每星期的產情量有十件，加上我佈建了一個敵後單位，也能提供中共原件，還有訪問情報、觀察情報（派人到大陸蒐情）等，使組裡的情報績效，在一年內翻了一倍。對我個人，尤具意義，重視情蒐、有效蒐情，這是我的工作型態最大轉變。

香港雖是人文薈萃之地，但要找一個文字能力強，具有大陸關係的對象，並不容易，主要工作的發展，還是要倚賴大陸出區人士，而具有左派路線者，更為難求。除了香港左右派系壁壘分明，互不來往，你說你愛國，他說他愛國。有一次，陳龍拿了一份贈送的中共報紙回家，想不到被他房東看到，寫信到台灣，報說有一個台灣人叫陳龍的，有叛國的傾向，信轉到局裡後，立即通知他要趕快搬家，以免有安全顧慮，讓我們哭笑不得。

當時，我們組裡的戰力，一年耕耘之下，有情報路線六條、敵後單位四案，每個月產情量約四十至五十件，對一個新建單位而言，由於情報質量均佳，也受到上級注目。尤其，我完成的長期派遣案，能即時反映中共中央級的情報；另一個策反案，把一位中共科研的學者接運到台灣，參加蔣經國總統就職大典，不但充實了個人的情報技能，豐富了工作經驗，也使我的回憶錄內容能言之有物，不一而足。

二、香港生活的點滴

香港有歌廳、有歡場、有賽馬、有賭狗，我最大的精神生活，不是聲色犬馬，而是閱讀報章雜誌，每天要看五到七份報紙。情報人員不看報紙，不知時事，工作必然被動和落後。新聞對情工具有正面意義，比如充實知識、掌握情況、指導工作、預作準備等等，甚至可以用於掩飾、應酬、包裝、警示，這些小地方。我也指導赴陸人員，買些土產時，用當地的報章包裹挾帶，這是現成的文書情報。有一次，我和交通不相識晤聯，就指定手上報紙翻開後，要顯示藍墨水標誌，才是安全信號，始能接頭。我喜歡靜靜地，一份報紙連廣告，從頭到尾看完，品嚐每份報紙的特色與新鮮的感覺。

報紙的新聞，除了是形勢教育現成的最佳材料，也具有情蒐的指導作用。毛澤東在延安時的精神糧食，就是各地出版的報紙，後來還把新聞作為謀略宣傳之用。我最早看《香港時報》和《工商日報》，是正面看他們對大陸情況的報導與分析，可惜，後來這兩報維持不下停刊。而看《星島日報》，主要找海交到港的航班和日期。跟着看上了《明報》和《東方日報》，因為前者報導的大陸時勢比較深入，後者內容份量足，尤其是馬經篇幅多，別小看馬經的報導，足以影響銷售量百分之五以上。香港人的夢想是發財，每次賽馬結束，看到地上丟棄的馬票滿地成堆，令人有着多少錢也輸不夠的感覺。香港人最大的功德，就是假慈善之名，行賭博之實，也成為了香港的特色。鄧小平說：「香港回歸後，馬照跑、舞照跳，五十年不變。」不是無的放矢，隨便說的話。

在香港過了下午三時，報攤為出清報紙，就把兩份報紙摺疊起來賣，俗稱「拍拖報」（買一送一），而香港人上街，男人手拿報紙，女人提着手抽（紙袋），是常見的街景。看對方拿的報紙，可以嗅出一些端倪。基本上，右派人士不看左派報紙，親共者也不會買反共報紙來看。中共的官方報《大公報》、《文匯報》銷路很少，甚至免費提供左派機構訂閱。根據內線情報反映，這兩份報紙，大陸每年都提供經費貳至叁佰萬港元，其他傾共的報紙，每年也可以得到中共官方津貼叁拾至伍拾萬元。而中間偏右的報紙《成報》、《新報》、《快報》都有固定的擁躉（支持者）。可惜九七後，難以維持，陸續停刊。當時，香港有二、三份色情報，沒有什麼新聞內容，以刊登色情廣告為主。有位學長時常買來研究，探找尋花問柳之道，還習慣插在褲子的後口袋，斗大的報頭，像是告訴大家「狼來了」、「狼來了」。

香港的經濟發展快速，世界各國的產品，幾乎在香港都可買到，缺貨也可訂購。有一次回台，站長托我帶了兩瓶治心臟的藥給副局長杜先生，原來台灣買不到這種藥，記憶中好像是瑞士生產的。俗語說：「人皆嫌命短，誰不見錢親。」中國人雖見錢眼開，但總表現出不好意思拿的樣子，外國人則講求貼士（小費），多少不拘，香港人見沒有小費，臉就臭臭，甚至自己動手去拿。個人在工作求發展的同時，思想上也不免受到香港殖民地作風的啟迪和薰染，好在香港文化是以中華文化為湯底，外來文化是味精，經過百年燉煮，中國人（包括香港人）還是講求義氣多，沒有外國人那麼現實和貪婪。英國人統治香港，莫不以自己國家利益為依歸。從另一角度來看，香港歷經大逃亡潮、反英動亂、天災橫禍、廉政風暴、保釣運動、越南難民問題、經濟危機、八九民運沖擊等等，能有後來的繁榮局面，實屬不易，英國人建設香港，多少還是有功的。

其實，總結情報工作的心得和意見，才是我寫作的初衷，和本書的重點。這幾年，情報工作最大的變化，就是出賣的現象日益高升。情報工作要別人出賣國家，別人也要你出賣情報。一般人不瞭解，總認為出賣是品德問題，隨着社會發展，情報工作的商業化、普遍化，出賣也出現在各個行業。中共最痛恨、最不能容忍的，就是出賣，這是有歷史背景的。中共從事情報工作，都具有黨員身分，並以黨的鬥爭起家，而入黨誓詞就是不能背叛組織。早期的共產黨是非法組織，參加共產黨可能要付出生命的代價，所以非常重視保密工作。三〇年代，中共成立蘇維埃政權後，情報交鋒則以隱蔽戰線鬥爭形容，現在也用了第二戰場這個名詞。如今，情報工作為戰爭服務的年代過去了，但依然是國家安全最重要的基本力量。

情報工作要有成效，除了要有組織還需活動，通過物色培養吸收，尋求發展工作目標，納入系統經營運作。我第一次外派，出發前老一輩人都會提醒，在香港工作，不單是面對中共鬥爭，還要警惕港警破壞，需要提防自己人扯後腿、穿小鞋，也就是要有三面作戰的心理準備和建設。我的後任業務官，因為占缺問題，就被打小報告，說是私下與大陸親友通信，也有吞沒經費的指控，甚至指思想上有問題，無中生有的事時而可見。

英國人擅長搞卧底，把背叛增加了新賣點和層次化。其實，情報工作也有謀略性出賣，以爭取敵人信任，打入敵體。例如假投誠、假失事，或假身分的運用，那是需要高度智慧和深入佈局，而非一日之功所能奏效。情報工作的過程，要經得起檢驗，不是靠蒙太奇手法，剪接得上的。有位學弟，利用其兄的香港出生紙取得香港身分證，派港工作，可惜電話被監聽，穿了煲，後來失事。假的東西，總有破綻存在，所以外國有句話「魔鬼藏在細節裡。」

孫子兵法把間諜分為五類：有鄉間、內間、反間、死間、生間。其中以反間最為複雜，而反間就是現在所謂的雙面諜，甚至三面諜。反間以出賣情報為核心，要知道什麼該賣，什麼不該賣，否則經不起推敲或考驗，暴露了身分還不知道。

上智為間，奇怪，現在的情報工作總是笨蛋多。從事情報工作就有被出賣的機會。我第一次的出賣，不是肉體，也不是靈魂，為了得到好的情報，既使玩美男計也是必需的，因為情報人員的肉體比較不值錢。我發現不少女性情報人員，對男女關係並不在意，美色只有為情報工作付出，才有價值可言。牛不是吹的，火車不是推的，孫子兵法中說的五間，我都曾涉獵。中共元老鄧小平有句名言：「實踐是檢驗真理的唯一道路。」中國人說：「天上不會掉餡餅。」沒有耕耘那來收穫，也可以說成功來自實踐，情報工作亦然。

自古以來，我方的情工人員，被敵方收買叫反間，中共有個形容詞為「逆用」，自己人背叛稱「反水」，而派赴敵方蒐集情報，達成任務返報者為生間。我有一個親身經歷，組裡有一個外圍人員梁振中，軍校畢業，逃到香港當保安，是湖南長沙人。個人比較喜歡內陸人士，除了語言容易溝通，發展也能深入內陸地區。梁員介報了幾位入陸蒐情對象，尚有表現，因為單身，在中共統戰下，就跑到貴陽（貴州省會）去找老婆。貴陽市公安局（國安部尚未成立）靜觀其行。不久，梁員再去就被扣押，為了脫身，只好供認不諱，並轉而與中共合作向組織滲透，終未得逞。

三、情報人員的警覺

情報人員在工作上，最先應該具備的是觀察能力和應變思維。我的第一本書《芝山演義》，談到海外幹部的修養問題，就強調這個觀點。觀察也是考核工作不可缺少的要素，我除了正面觀察，也配合側面調查。首先，這位梁兄哥在貴陽沒有親友，去大陸的動機和目的是什麼？而大陸比較落後的城市尚未開放，一般對外來遊客都比較注意，隨時有暴露身分之虞。其次，在他的書桌玻璃板下，壓着一張寄往大陸的滙款單，卻遮蓋着收款人姓名，套問他也不願說，顯然是有貓膩。還有，梁員從大陸返港，每次都帶了五份《解放軍報》來源交待不清。早年，中共對外並不開放，《解放軍報》屬內部文件，沒有公開販售，一般人拿不到，日期在三個月內發行的，蒐情者每份可獲獎金叁拾美元。

在側面面考核上，我請他的好友李傑瞭解其每次去大陸的目的，和回來後的談話內容，梁員也向李傑展示所攜返的《解放軍報》，但來源不明。經過整體的分析和研究，得出的結論，梁振中已被中共吸收培養，向我方進行滲透，中共為了養案，還主動提供了《解放軍報》爭取信任。情報局流行「爺爺說」，就是情報工作有求於人，叫爺爺都行，沒有工作價值，叫我爺爺也不行。後來，我即時切斷了與梁員的工作關係，並由局裡通報了香港各基地單位，不可再行運用。這是五十年前的舊事，也是工作的一個借鏡。對執行中案件的情況變化，和情協人員的聯絡接觸，應有觀察入微的心態，多方瞭解周邊的相關訊息和過程，工作越細緻，越能有保障，也越能提高任務完成的公算。

想不到二十年後，有一位趙姓台商的派遣案，也出現由中共提供，拿《解放軍報》充績效的情況。這位台商在台中開餐廳，由他的孫姓鄰居介報前來，自稱具備大陸關係，每個月領取情報經費（原稱生工費）伍萬元台幣，派遣後到了大陸，即向中共輸誠，表明是軍情局派來的。因為經驗教訓在前，引起我的注意，對來源不明的情資，也是工作考核重點。顯然，中共已知悉我方情工規律和所好，正好藉本書，也點點趙、孫二人，我不是吃素的。後來《解放軍報》，已能透過香港長期訂閱，該報的參考價值大為降低。中共也從軍情局對台商的派遣運用，總結和掌握了吾人情工的思維和作法，不能吸收經驗教訓，重蹈失敗覆轍，那是必然的。

七〇年代，大陸意識形態仍然嚴密，派遣人員到大陸活動仍是情報工作的主要手段，而人員派遣的最高層級，除了策反共幹，作為上就是長期派遣。長期派遣原來稱為滲透派遣，在情報理論的研討上，認為滲透敵人內部，目標在長期工作，所以改用長期派遣這個名詞。我們老一輩情報人，也習慣延用，新一代的沒有這個概念。情報工作必需以思想理論為基礎，通過實踐和不斷探求，而非一成不變、抱殘守缺，才能具備真正的情報素養。情報的發展，就是情報文化的重要元素。

情報工作的指標性任務有二：一是情報蒐集；二是組織發展。而後者不單是建立組織力量，也直接提高了情報的生產和質量。我工作的組雖然是新建單位，情報績效頗為獨特，產情的週期正常，有兩條內線提供了中共的內部情報，也掌握了香港之大陸的地下領導組織—港澳工委的情況。說真的，內線兩人真正姓什麼、叫什麼，為了安全，我從不打聽。他們為我們工作，如何善待，做好維護，才是最高工作要求。每週處理內線情報，看着他們熟悉的字跡，對我心理上頗有莫大的滿足和自豪。後來也安全和順利的移交給了我的下一任，善盡職責，無愧於心。

說到組織佈建，一一五二組也完成了溝聯發展兩案、長期派遣一案、策反工作一案。溝聯對象有三人，績效不落人後，奠定了後十年的延續發展。其中「長派案」，提報的中央文件，適時反映了中央軍委主席鄧小平在軍委擴大會議上的講話，透露了中越戰爭（中共稱為懲越戰爭）的情況和死傷人數。那場戰爭，中共徵用了大量牛隻，來破壞北越的地雷陣地，廣西省的水牛，被炸死的超過五百頭以上。是不是導致了大陸牛肉價格的上揚，可惜我沒有調查，只能當冷笑話說。

當時，海外基地單位，很少能夠拿到中共中央文件，我還蒐集到一份「中共中央對台工作文件滙編」，局裡特發了壹仟美元的獎金。「十年河東，十年河西」，是句中國老話，形容時局和人事的變化非常大，想不到二十年後，我蒐獲中共中央文件之多，如果自稱是第二名，那第一名應該是從缺。

關於組織佈建之通則，有七點要求，順此臚列供參：

廣佈觸角、發展關係；

因勢利導、順勢作為；
掩護周全、注意保密；
審慎通聯、循序漸進；
複式佈置、單線領導；
大膽接敵、滲透突破；
質量並重、擴大發展。

香港有很多土特產，最有名的當屬香港腳，那是一種令人癢在心頭，卻不會致命的疾病，和台灣的萬巒豬腳不同，後者是用來吃的。那時流行說人「豬頭炳」（和餅同音），這個餅也不能吃，拿來損人的，還有所謂的「面曚膏」，當你感到不好意思時擦臉用等等。這些形容詞，不是香港人，難以從字面上瞭解其背後的意思。這是時代的文化產物，難免會使人矇差差（搞不清楚），外地人一時不能意會，和台灣人說沒有常識，也要看電視一樣，就那麼回事。

一九七八年盛夏，黎組長患上類風濕關節炎，行動困難，為免影響工作，報請調台，局裡同意了他的去職，結束了兩年不到的任期。我一生最大的幸運，就是遇見了不少好長官，上級的信任，也讓自己有了揮灑的空間。接任的組長，想不到竟是「肥朱」，上次我來港的同事，成了我的上司。朱組長（名冠西）知道組裡由我主事，績效也不錯，就馬照跑、舞照跳，懶得管事，他比鄧小平還懂香港。鄧小平為了平穩的達成一九九七香港回歸，提出了「馬照跑、舞照跳，五十年不變」的一國兩制。其實，朱組長才是真正懂馬的人，除了是山東人，老家養過馬，同時他是陸官最後一期的騎兵科畢業生，後來騎兵科改為了裝甲兵科。可惜，不知臉長的馬，並不認識他，賭馬和打牌都不利，還好工作有好的績效得以慰藉。

一九八〇年入秋之際，我的三年任期已過，該是打船回府的時候了，在這段愉快的青春歲月裡，最令我懷念的就是釣魚。每當假日，我和陳龍兩人帶着漁具、收音機，買了沙蟲，租了小船，出海釣上一天的魚，既淨化了心靈，又嚐到了垂釣的樂趣。有一次，大雨突然傾盆而來，剎時水淹四處，連公廁的糞便也漂流出來，為免遭這些人造地雷所害，我們等到雨歇，才回到市區，在大牌擋（路邊攤），天南地北的煮酒論英雄。這種異地的相依相聚，那是何等暢快、何等豪放，推心置腹的情景，又是幾人能有、幾人能回味的。陳龍後來也跟着回台，次年退伍，轉到調查局服務，直至六十五歲退休。

每個故事的結局，隨着歲月消逝，總會令人感到唏噓。人是感性動物，說起往事總不免有所感嘆。前中共主席毛澤東佔領前朝首都南京，有詩曰：「天若有情天亦老，人間正道是滄桑。」人的一生，不論成還是敗，總難免會感懷和遺憾。我是一一五二組的創始人之一，不在其位、不謀其政，但對這個組的情況，總存着多少關懷之心。後來有位組長黃國道，也完成任期，還晉升至軍情局副局長。這個組經過十二年的運作，到了一九八〇年代中期，遭到香港政治部偵破，當時再次回任的朱組長與

作者晚年與老隊長彭剛武先生（中）與陳龍（左）合影

組員坐牢一個月後，均遭遣返。世界充滿故事，一個故事的結束，也是另一段故事的開始。

有人說：「情報工作是不會停止，也不會消失的。」是誰說的這句話，如果考究不出，沒人承認，那就當我說的也行，「立言」不也是做人的成就之一嗎！寫到這裡，我突然想起在加拿大工作時，認識了一個人叫夏立言。他說：「外交界有不少笑話和貓膩的事，退休後值得寫回憶錄。」他後來出任陸委會主任，和國防部副部長等要職，更有資格寫回憶錄了，卻不知初衷還在嗎？政治人物的表現，常常是換了屁股就換了腦袋，所謂此一時、彼一時也。

肆、第三次回香港

中國有一句老話：「鐵打的衙門，流水的官。」我回到局裡，局長又換了人，原局長汪敬煦調升警備總司令，晉升了上將。汪局長辭行時，獲得了熱烈掌聲和高度評價，道理很簡單，汪將軍雖然是外來客，但認同情報局，把自己成為了情報局的一份子，情報局也認同了他。上一任局長葉翔之，才華洋溢、智慧過人，是情報局的經典人物，從事大陸工作著有功勛，退休時送行的隊伍，從局裡一直排到大街上，長達五百公尺。中國人也有說法：「為官一任，造福一方。」後來的軍情局局長，缺乏志向、沒有作為，只想升官，離任時的心虛情狀，形態上不是閃就是躲，軍人豈能不知榮辱是什麼呢！

就我所體驗，汪局長任內，除了擴大情報處的編制，加強情報研處及產情功能外，情戰工作方面還有兩項成果是外人所不知的。一個是制定「劍魚專案」，運用漁船對大陸進行心戰策聯和佈建蒐情之任務，這個專案持續執行了二十年之久。情報局一度擁有的情報船，有五艘之多，績效斐然。另一個為執行「殷〇計劃」，對中共實施一系列謀略心戰個案，獲得了美、蘇、英等國的報導和反響，連中共內部也採信案內的心戰資料。大陸心戰要做到的意境，就是中共首腦毛澤東說的「打着紅旗反紅旗。」另外，還有一項政績不能忽略，就是他把我派到香港成立了一一五二組，當然這是冷笑話，情報幹部也不能不懂幽默呀！

接任的局長張式琦，曾任國防部情報學校校長，和特種軍事情報室主任，對情報工作有其思想和創見。他認為大陸工作的重點在敵人內部，故把葉翔之局長倡導的特種情報工作，歸納為大陸工作、情報工作，和支援工作等三大體系（如附表）。每年召開工作檢討會，以「檢討過去，策勵未來」，這種作法一直延續到末一任局長汪希苓。後來，單位併編為軍情局後，由於局長素質不及，缺乏專業修養，忙於鑽營跑官，工作大走偏鋒。中國人常用的說法稱之不務正業、不善經營，遂而沒落。

附表

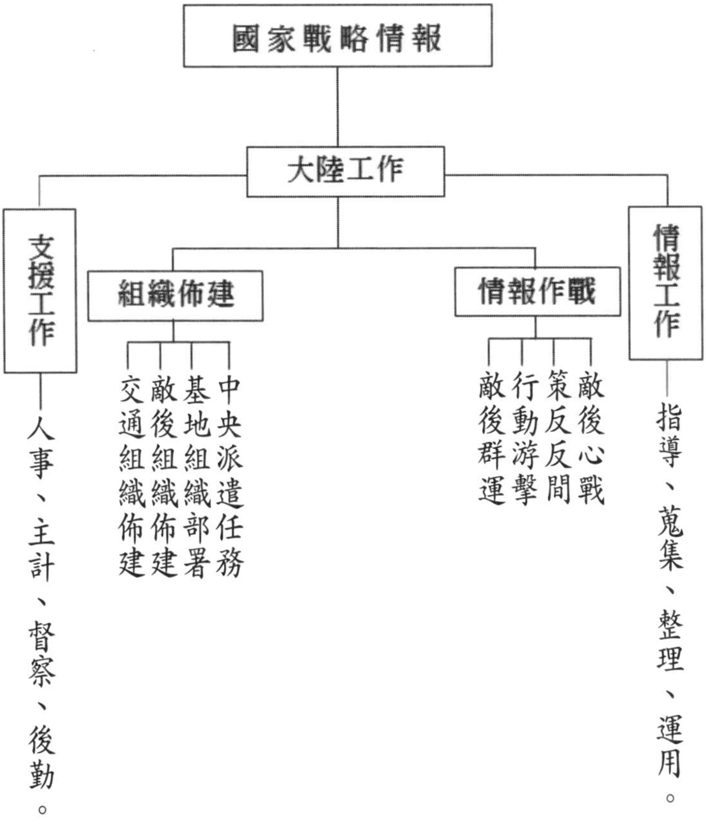
國家戰略情報
大陸工作
支援工作
人事、主計、督察、後勤。
組織佈建
中央派遣任務
基地組織部署
敵後組織佈建
交通組織佈建
情報作戰
敵後心戰
策反反間
行動游擊
敵後群運
情報工作
指導、蒐集、整理、運用。

張局長一向尊重海外的工作幹部，我回到局裡，他即召見我，以瞭解香港實際的工作情形。我提出要提高工作的素質和層次，對外圍工作人員，應有合理的待遇和保障。後方有負責態度，自然能提高前方工作的積極性，並認為策反工作，在蒐情的成效上，大於組織佈建，值得加強提升。後來，張局長下令研修外圍人員的運用辦法。除了把海外基地工作人員分為基本幹部，把外圍人員改稱聘任幹部，也把三節送禮的工作關係謂之聯絡幹部等三種類型外，配套的措施，還有聘任幹部（簡稱聘幹）在海外失事，局裡有義務收容，也明訂聘幹離職，凡任滿一年者，可以支領一個月活動費，以此類推。也許因為我的建議，張局長對我留下了印象。

這次，我還留在第四處，處長蔣永信原任香港一一八三站站長，對我們這些在香港工作具有成績，又不曾出過問題的幹部，總會給以關愛的眼神。而張局長發現情報局的工作經費有很多結餘款項，認為大陸工作還有很大的發展空間。他強調「基地不怕大」，能派的海外地區就派，甚至擴及南美國家，並積極培養人才，成立「日文班」、「英文班」，以一年時間，不必上班，天天向上，學習外文，美、日兩國的版圖就在他任內建立的。以前，情報局每年的預算高達肆拾陸億元，不少友軍單位和政府部門的費用都編在情報局大陸工作項下，包括國防部、國安局、婦聯會、華興育幼院等，這是公開的秘密。張局長表示，他任內的經費絕對是結餘的，並指出敵後人員的待遇，未曾如數發放，對敵後工作的經費要充分支援，才能有效開展，取得佳績。

張局長評估情報局的能量，希望在大陸建立五百個敵後單位，每年派遣專勤（特工）一千人次到大陸進行各種任務。在這個戰略目標下，張局長具體要求海外的工作站發展建立十五至二十個敵後組織，工作組要以建立十個敵後單位為目標，直屬員則以五個敵後單位為標準。中共首腦毛澤東曾說：「戰略上藐視敵人，戰術上重視敵人。」而張局長既有戰略視野，也尋求接敵藝術，他對情報工作的發展是全面性的，除了主攻的情報蒐集、組織佈建，還有電子作戰、電機工程、電腦系統化、特種交通通信、海外情報合作等。張局長的另一構想，就是建立「國家情報檔案」，是個睿智的領導人。

張局長很重視敵後工作，也是最先倡導策聯工作者。策聯工作，一般人都不瞭解其真正的意義和作為，也就是透過各種宣傳方式（正面、側面，和反面），和工作關係，發掘可以聯絡發展的對象，擴大人心向我的一種觀念和作為，要比中共的統戰還要統戰，不必硬來，軟的也行，甚至可以模糊空間，等待或創造有利時機。策聯任務要為發展佈建作鋪陳，講求層面和關係的擴張，建立完成佈建前有利之心理態勢，不論知情、半知情，甚至不知情，或心照不宣，最後達到以我為主，為我所用的目標。

大陸工作的具體成效，主要表現在敵後組織的建立和運用，但敵後組織在不斷發展下，失事情況也隨之可聞。有一年，張局長檢討損失的敵後單位達到十五案次之多，所以張局長把敵後單位的工作安全，列為重中之重，要求做好敵後組織的維護指導。二十年後，陳水扁上台，由於其個人提出「一邊一國」論，並出言挑釁中共，中共為了反擊，半年之間，有二十九個敵後單位被破壞，失事人員達三十餘人。軍情局束手無策，致使情報工作遭到空前未有的挫敗，「敵後單位」這四個字，也不見情報單位再所提及，似乎成了歷史名詞。

在當時，情報局派駐香港的基地單位中，一三一八組是佈建績效最好的單位，組長甘棠回台述職，有一個目的就是找人，要求我助他一臂。人一生受的恩典很多，中國有云：「知遇之恩、救命之恩、養育之恩，這三大恩情是難以報答的。」甘組長對我的知遇，我無法拒絕。幹情報於公是國家，於私是義氣，講的就是這兩點，更何況自古以來，中國人就有士為知己者死的精神和信條。

甘組長為了完成情報霸業，向張局長指名要人，大概局長還記得我這號人物，二話不說立即應允，於是老甘由我的同事、同學，成為我的領導。由於我剛從香港調台不過數月，稍作講習，就走馬上任。一九八一年春，我又回到花花世界—香港。甘組長是南人北相，不像香港人的矮小身材。他在香港工作超過二十年，一副老香港的打扮，香港衫、短褲、長襪、便鞋，那時還不流行球鞋，完全是老一代香港人，如電影「七十二家房客」的作派。在局裡，去過香港的人，很容易被人認出，尤其是年輕人長髮至肩、喇叭褲、夢特嬌ＰＯＬＯ恤、義大利皮鞋，還戴着勞力士錶，人的生活一旦改善，有點錢難免騷包。我記得老學長黃國道，在中尉就派到香港，回台休假就是這個形象。後來我在香港，雖留長髮，但喜歡西裝革履扮清高（香港人說的扮嘢），要做一個「革」字輩的新情報幹部，那有〇〇七不穿西裝的呢？

第三次的香港行，有成功，也有失敗，還好失敗為成功之母，不能只要兒子不要媽。要長官信任你，最重要的依據是工作表現，不是拍馬獻殷勤。我和上級打麻將一樣釘的緊不鬆牌，該攔糊時就攔糊。看過「色戒」這部電影的都知道，情報人員那有不打麻將的，不會也要學。甘組長蒐集過不少情報，但沒有見過中共中央文件，這個心願我到了以後幫他完成了。記得有一份標着機密的文件，竟然是大陸油田爆炸事件，石油工業部部長康世恩被記大過乙次的懲罰令。以前，中共對高層人事的處分，從不對外公開。九〇年代，我蒐集的共軍軍區以上的人員調動任免，那時局長殷宗文都以大簽方式呈報參謀總長郝柏村，以突顯情報工作的到位之處，如今兩人俱古矣。我還能記得，至少證明我不是艾茲海默症的患者。

我認為老甘的最大成就有二：其一，是找了我，這是他的英明，知人善用。兩年間，我們鼓足幹勁、努力向上，把一三一八組升格為一三一八站，他是首任站長，我是首任副站長（副站長原稱書記，後改名綜合情戰官，簡稱綜情官），也是最年輕的一位副主官。後來，甘站長不僅成為香港第一大站，績效獨占鰲頭（科舉時代的狀元），成為局裡最優之海外主官，二次當選國軍英雄。九〇年代中，甘站長因工作失事被遣返台灣，但不久又潛回香港，繼續工作，直至一九九七年香港回歸大陸才撤離，稱其為情報界的最後一條好漢，當之無愧。

其二，由香港佈建的敵後單位，經過指導聯補，在大陸戰略要地（廣東汕頭），能夠建立敵後電台的，除了老甘，找不出有第二人。而一三一八組（尚未升級工作站前）有效聯指敵後單位，率先完成「廣播去、密寫來」，雙軌通信的工作指標，也是一項代表作。對敵後單位能藉明密碼廣播實施工作指導，在當時困難度很高，比物色對象發展建案還難，不但敵後人員素質要夠，而且運送制式的密本和密表入陸，更是冒險任務。甘站長是搞電信出身，對電子作戰的攻關，頗有心得，也取得具體成效。如今，敵後建台雖然成為了歷史，在當時卻是創舉，篳路藍縷的日子，別人可以不知，我卻不能忘懷。

在情報領域的範疇裡，比較艱難的工作，諸如蒐集中共中央文件和長期派遣兩大目標，站裡都能達成任務。國安局策訂列管的「伊呂作業」，以長派手段，在大陸重要據點建立敵後單位案，經過不斷的規劃，前後完成的超過五案以上，但也有失敗的案例須要總結，這才是工作應有的態度，和避免重蹈覆轍。那時，局裡建有最多敵後單位的是訪聯室，聯絡的敵後組織上百案，只是溝聯發展取得的情資雖有量，但指導上較為困難。後來警總撤銷，訪聯室在法律層面和來源上，頓失所依，歸併到第四處，最後一任的訪聯室主任王守平，轉任了第四處副處長。

俗語說：「做人不要只記吃不記打。」從工作角度來說，因為情戰領域的擴大，我個人也有不少改變，由原先的內勤業務官進化到外勤情戰官，又成為佈建著有績效的綜情官。當時一個站的編制是五個人（組為三人），站長比照少將，海外地區有三個少將缺，東京、曼谷，和香港。我配有一位何姓內勤業務官負責抄抄寫寫、居中聯系。我和老甘分別聯指所屬工作人員，他也不看我的公事，叫我自己處理上報。每逢跑馬盛會，大家借機碰面，交換工作意見，或往居間處會晤取材，因為站長每年須回台述職，我要代理一、二個月的時間，以免工作停頓。有一次，超過了兩個月，因為他太太過世，想不到工作後期，我的母親也過世，影響我從此離開了香港的工作。

一、經驗教訓不可少

說到失敗的案例，應該總結的有兩個：一是冒聯案，就是所謂的冒名溝聯，假裝是大陸對象的親友進行策反，對象是汕頭大學的一名教授。這個案子經過半年以上的培養，認為時機成熟，由我站派人前往晤聯，事後再予點破，任務並不困難，執行人有充分時間離開大陸，風險不大，關鍵是送件人可不可靠。聘幹老蔡一向反共，自己不敢去大陸，介紹了一個汕頭同鄉前來，雖說不能以貌取人，但有的人讓你看了就是不開胃。我見到這個人，許惠祐的表情，心神不寧的樣子，武大郎的身材，有三棍子打不出一個屁的感覺。當時，我就不同意用這種人工作，成事不足、敗事有餘，讓他去見對象，說不定還害了人家。老蔡看我反對，就用BB機呼叫甘老板，想走後門疏通一下，老甘問我意見，我說NO！NO！NO！不是中文的「諾」，是英文的「不」。

老蔡介報一個計劃性專勤有肆佰元港幣的酬金，以當時物價，一個單身的他，可供七天花用，不無小補。甘老板為了照顧下屬的利益和績效，就說：「我負責，就派吧！」結果是，呢條友（這個人）從汕頭回來，問他見了對象沒有？他說：「沒有。」我問：「帶交給對方的東西呢？」他回答：「丟了。」我心想這下可好，遇上了白目加白撞的人，我這是頭一回上當受騙。相信別人，還不如相信自己。但想來想去，也想不明白，究竟發生了什麼事。

後來深入追索，甚至暗示對方挨揍事小，說不定要花不少醫藥費，以恐嚇找答案，才弄清楚情況。原來這位白撞人生性多疑，出發前把托交的禮品（衣物）作了詳細檢查，甚至把牛仔褲腰縫的標誌也拆下來，取出了夾藏的文件（密聯辦法），要送的物品一樣沒帶，空手到大陸走了一遭。他到汕頭大學轉了轉，看看收件人長什麼樣子，像無頭蒼蠅似的回到香港，完全是騙案一樁，讓策聯對象也曝了光。我請老甘自己處理，免得眼冤上火。剛好老甘在台灣，不看僧面看佛面，進水樓台罪可減，最後追回密件，痛斥老蔡一頓。雖然損害範圍有限，卻是工作失敗的一大教訓。

另外一個也可以算是騙案，只是騙法不同，又是老蔡的傑作。他介紹了一個福州人，說要回家探親，家鄉有位兄長在中共海軍服役，這倒是一條好的工作路線。我把任務重點放在指導拍照方面，包括大陸對象的照片證件，福州港內的軍艦和設施等。人走了一個月沒有下文，我追問老蔡到底發生什麼？老蔡著急的說找不到人，最後交來幾張大陸票據和回鄉證影本，證明是有那麼回事，我才把案子結了。因為屬於機會性專勤，任務只是蒐情，性質比較單純，不會對站裡產生安全問題。我回台述職時，談及這個案子的情形，張局長說：「金馬當面的中共海軍，並沒有大型軍艦進駐，一般只有小型巡邏艇。」因為五十年前，中共很擔心自己的飛機船艦投奔台灣，直至中共實施改革開放政策後，大陸經濟有了全面改善，軍事上才出現較為主動的態勢。

有一個老溝聯案，也有說道之處，順便提出來。早年，江西贛州一個工作對象，經過夾密點破曾來密取聯，因為蔣經國曾主政贛南，給當地民眾留下深刻印象。原以為可以順理成章，建成敵後組織。但再次來聯，卻用密寫反映，希望蔣經國回歸大陸，使這個案子進退兩難，最後決定放棄。凡涉及政府高層的案件，都具有敏感性。當年李登輝上台不久，大陸內線的情報就透露中共在南京中山陵整地，準備為蔣氏父子移靈之用，這份情報有板有眼，對台灣既有政治影響，也有統戰效應，立即上報當局後，讓權力未穩的李登輝緊張了好一陣子。

情報工作中，任何活動和案件都需要開支。拿破崙也承認打仗，就是錢、錢、錢。很多人工作不力，注意的卻是金錢分配和流向，中國人一向以金錢和女色為盱衡道德的兩大指標。只要錢乾淨，自然人也乾淨。站裡由於績效好，獎金自然多。我把自己作的案件獎金平均分為三份，站裡一份、我一份、執行人一份。比方說，局發的敵後來密獎金，每封玖拾美金，則各為叁拾美元。那時，站裡的公積金達叁萬港元，香港其他基地單位則沒有這項成就。大家看的都是錢，其實安全問題才應列為首要位置。天下最可怕的就是人心，其險惡無人能測，想追求大的成效，相對的風險更高。俗語說：「不怕賊偷，只怕賊惦記。」有錢賊會惦記，情報工作做的好，敵人自然找上門。不妨再介紹一個我承辦的案子「普光計劃」，亦可列入經驗教訓，作為參考。

二、普光計劃出事了

一九八三年四月四日的傍晚，我習慣性的在九龍城道的報攤上，買了一份左派的《新晚報》（後來停刊），順便檢查一下周圍情況。《新晚報》的副刊很有文藝氣息，時常會有中華文化方面的深度報導，也是唯一我買來閱讀的傾共報紙。在香港，中共的兩大報《大公報》和《文匯報》內容官僚帶八股，老搞宣傳又離譜，和香港社風扞格不入，報紙銷量敬陪末座，最大用途不是拿來看的，而是用來包物品。《新晚報》屬於《文匯報》報系，內容只有二張半到三張，在中共新聞戰線的佈局上，似乎是項莊舞劍，針對着右派《星島晚報》而來，這些報紙也擔負着掩護中共黨工人員，派來滲透香港的任務。

我一邊走一邊翻閱，漫不經心的看到最後一閱，《新晚報》用一整版率先報導了「普光計劃」北京站站長李家琪，遭中共逮捕的消息。我和朋友提早結束了飯局，回到住所把存檔資料先作銷燬，工作處理簿和密劑等放置手提袋內，準備隨時轉移撤退。第二天的《大公報》、《文匯報》配合宣傳打擊，也都在頭版以斗大的標題，刊載了相關報導，頗有山雨欲來風滿樓的氛圍，如果有本人的照片，那更相得益彰。俗語說：「抓賊要抓贓。」我就是那個賊，也能當贓使，可以「一魚兩吃」呢！

事發時，站長甘棠在台述職，我代理站長，為了應變和檢查，就以甩手掌櫃的姿態，若無其事，四處閒逛，拿餉不必辦差，日子輕鬆好過。李案爆發，香港媒體反而無動於衷似的，春風不渡玉門關，國共相爭港何干，儘量咬去吧！可是，中共以聲大夾惡的宣傳姿態，開動全面的輿論機器，中共的「兩報一刊」和國內外電台配合着敲鑼打鼓，香港當局的態度，倒是看不出是應合還是不理。看着報紙登着「台情報局北平站長落網」的標題（如剪報），多少有點風聲鶴唳之感。

公元一九八三年四月五日　星期二

文匯報

WEN WEI PO

197-199, WANCHAI … HONG KONG

定刊登有關法律性質廣告之有效刊物

廣東郵政管理局執照第三號

北京破獲國民黨特務案
台情報局北平站長落網

首都公安局强調堅決打擊台特務機關破壞活動

【新華社北京四日電】北京市公安局負責人今天宣布破獲了一起特務案，台灣情報局華北地區特派員、北平站站長李家琪已被逮捕。（按：尚有詳讀特稿刊第三版。）

被逮捕的還有台灣特務交通員、四十五歲的蔡萍，她接受特務機關的指令於今年年初從香港來北京與李家琪接頭，爲李家琪提供機密文件的原中國農業銀行幹部李的養女、三十六歲的仇雲妹也被逮捕。

在大量物證、書證、人證面前，李、蔡、仇三人對自己所犯的罪行供認不諱。公安局已將此案移送北京市人民檢察院分院提起公訴。

李家琪，男，五十六歲，河北省鹽山縣人，是一個老牌的軍統特務。一九四七年八月潛入我魯中解放區進行特務活動時被抓獲，由濟南市人民法院判刑，送青海省勞改農場勞動改造，一九七五年十二月釋放後留場就業。

一九七九年六月，李家琪藉同場的一個刑滿釋放人員去荷蘭探親途經香港之機，通過他與台灣情報局駐香港特務機關取得聯系。在特務機關的指令下，一九七九年底，李從青海潛來北京進行特務活動，向特務機關發出了大量密寫信，提供情報。

國民黨特務機關從一九八一年二月以來多次派遣特務交通員潛入北京、廣州，向李家琪提供特務活動經費折合人民幣二萬八千餘元和特務活動器材，指令他發展特務組織，並先後委任他爲「華北地區特派員」、「北平站站長」。

在宣布破獲這一特務案件時，北京市公安局負責人說，公安人員的偵察工作得到了人民羣衆的積極支持和配合。李家琪來京不久，他的特務活動就處於公安機關的嚴密控制之中。

公安局的這位負責人强調說，對台灣特務機關的破壞活動，我們的態度是堅決打擊。

杜仲補腰

人民日报

4/4

北京破获一起国民党特务案

潜伏特务李家琪、特务交通员蔡苹及为特务提供情报的仇云妹被逮捕

本报讯　记者张达报道：经过近三年的细致工作，最近北京市公安局破获一起国民党特务案。台湾情报局“华北地区特派员”、“北平站站长”李家琪，特务交通员蔡苹，以及为李特提供我绝密文件的原中国农业银行监察司干部仇云妹，被依法逮捕。

李家琪今年56岁，是一个老牌军统特务。1947年潜入我鲁中解放区时被抓获，1953年由济南人民法院判刑后被送到青海省一监狱农场劳动改造，1975年12月释放留场就业。1979年，李通过关系找到台湾情报局驻香港特务机关，重操旧业，并以治病为由来到北京活动。他多次接受特务机关指令和经费，积极为特务机关提供情报，还阴谋发展特务组织，建立特务交通线。他利用在中国农业银行做机要文件收发、保管工作的养女仇云妹的弱点，拉拢腐蚀，多次通过仇偷阅我党和国家内部机密文件，向特务机关密报。去年5月，他通过仇云妹搞到绝密文件一册，要求特务机关派人来取。家住香港的特务交通员蔡苹接受特务机关指令，于今年1月中旬来到北京，被北京市公安局抓获。接着，北京市公安局依法逮捕了李家琪和仇云妹。

在大量物证、人证面前，李、蔡、仇三人对所犯罪行供认不讳。目前，全案预审终结，已移送北京市人民检察院分院提起公诉。

中國人常說：「皇帝不急，急死太監。」此一時刻，突然收到局本部發來的急電，要我立即返台暫避鋒頭，偷渡我內行，稍事安排，搭上最近的一班貨船回到台灣，享受了一個半月的有薪假期。如果當時中共和港英關係良好，我就有吃免費皇家飯的機會。據失事的同仁說，被香港政府抓了以後，先量體重，審訊挨揍後必然會減肥，出獄前，港方的膳食就會提供黃豆和肥肉，使你的體重和入獄時一樣，讓你肥而不膩，不致鵠面鳩形，再行釋放，經驗之談也。情報工作的微妙，就是在夾縫中求生存，在矛盾中求發展。

中共從不相信港英，派在香港的地下組織舉行會議，也多秘密的跑到澳門去開，以免港英監視。港英則嫌中共老土落後。那時，中共派至香港最高領導人，新華社社長許家屯上任時，戴着一副廉價墨鏡，像個黑社會老大，東張西望的老土樣子，就引來媒體一陣喧笑。魯迅說：「面子是中國人的精神綱領。」所以中國人養成了死要面子活受罪的毛病。八〇年代以前的中共，長期處於貧困落後，自卑總是大於尊嚴，尊嚴要喊自卑為爹，九七回歸後，人民幣成了港幣的爹。十年河東，十年河西，如今的香港，受大陸人的侵擾，反讓人感覺成了落架的鳳凰不如雞也。

提到「普光計劃」這個案子，對中共而言，意義很大，除了政治宣傳，也代表了中共公安和國安工作的一道分水嶺。故事的源頭是一九七六年，被派遣到大陸工作的國防部第二廳諜員，遭中共判刑勞改二十年釋放的陳先生，利用出區（大陸地區）到荷蘭探親，途經香港之時，替同在青海勞改場的戰友李家琪，向台灣情報部門尋求復聯，後來站裡透過香港秦先生（聘幹），以李家琪之妹李家寶名義去函取得聯繫。李家琪歸隊後，經過多次送補及指導，在情報蒐集和區內發展都取得相當成果（如聯指示意圖）。

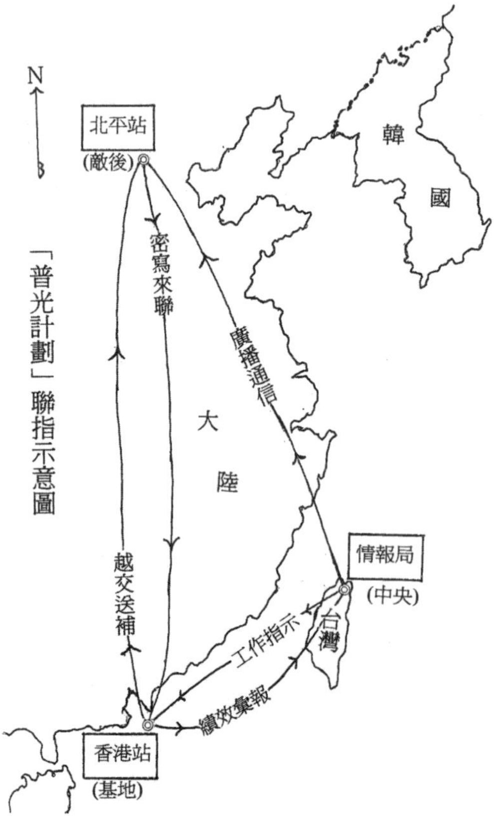

「普光計劃」聯指示意圖

在那時還是中共沒有開放的年代，李家琪時常來信，反映生活情況，為了工作安全，我站很少去密指導，多由局裡透過「自由中國之聲」的《聽眾信箱》節目回覆，以減少「普案」之暴露。但中共對台灣情報工作和人員的認定，有其一貫性的思維，和主觀性之想法，畢竟李家琪背負着軍統局的原罪，總認為狗改不了吃屎，是個反共的頑固份子。資料顯示，李家琪年青時，就參加了軍統局的「華北鐵血除奸團」，後任軍統局北平站少校組員。一九四七年被任命為保密局行動組上校副組長，遭共軍逮捕判刑後解往勞改，直至一九七五年十二月才被釋放，坐牢已逾二十五年。

李家琪被釋放後，留在青海省勞改農場就業。一九七九年十二月，李員以治腿疾為由，請假回到北平，寄宿在親戚家中，後來在組織的支援接濟下，得以在北平居住下來。中共稱，該案的偵破，是北京公安局於一九八〇年二月二十一日，收到人民檢舉信，指李家琪突然有港客到訪，給他帶來了「三機」（電視機、照相機、錄音機）和不少禮物。原來手頭拮據的他，突然闊綽起來，花錢好似流水，而且港客對他的稱呼，也令人尋味，妹妹的兒子不叫他舅舅，卻一直稱他李先生。李也從不留這個外甥吃飯，鄰居認為李家琪形跡有頗多可疑地方。

其實，李家琪被定性為老牌軍統特務，「街道辦」早就注意這號人物，成為列管對象。大陸人民「一窮二白」慣了，普遍有仇富心態，見不得別人發達，看到別人有錢，心裡羡慕嫉妒恨。人窮素質相對差，老想天上掉餡餅，人民群眾互相監視，小腳隊橫行流竄，以扣屎盆子，檢舉別人為樂事。真別說，這還是真正中共起家的本事和作風，美其名叫人民監督，只要掛上「人民」兩字，什麼事就變得名正言順，不管這個人民是挑糞的，還是賣菜的，有沒有文化，識不識字，話說不清，都沒關係，扯虎皮當大旗唄！

根據中共統計，李家琪由一九八一年二月至一九八三年一月，先後向台灣方面提供了一百多份情報。我不曉得中共怎樣算出來的情報量，是一信一情，還是一信二情，因為一封信通常以兩張信紙為準（否則超重），反映的情報多不超過三件。完整的情報通常一封信只能寫一至兩件，如果以中標一信二情計算，李家琪向組織寄出的密信約五十封才對，這是從工作實務的角度估算。本人每月報局的密函，也在十五至二十封左右（由海交呈送的情資不計在內）。當然，中共方面的數字，主要還是來自李家琪的供詞，也不無灌水可能，而敵後單位的密函，不一定就是情報，也包括了生活和工作的情況。

李家琪的積極表現，對基地來說，也是一筆財富，因為局裡規定敵後單位來密，每封發給工作獎金壹佰美元，扣除後方百分之十，基地有玖拾美元可分。那時所有基地單位中，我站有十五個敵後單位，也是最有錢的單位。每年三節除了聚餐，過年買上整隻燒豬拜神，每人分上五斤肉，要是在大陸，只看過豬走路，沒吃過豬肉的隊友那麼多，早就被人檢舉，甘站長還得「雙規」，少不得批鬥好幾輪。

中共深入調查了李家琪的祖宗八代，說他是一九二七年生，在北京讀小學上中學，祖父經商娶有兩房妻，生了五男四女。李家琪是長房長孫，出生幾個月後，父親就病故，母親沒有再嫁，也沒有妹妹。在李家琪同輩的十五人中，也沒有叫「李家寶」的，或其他親戚去了香港。後來，中共查出了李家琪的廣播掛號是「七二七一」，就把這個案子稱為「七二七一專案」。

「普光計劃」的專案交通李良，是個三十出頭的香港在地人，是李家寶（聘幹秦先生）介報參加工作，曾多次赴北京與李家琪晤面，擔任聯指送補任務，也就是中共所說扮演外甥角色的那個人。中共沒有逮捕到他是有原因的，因為時機還不成熟，但由於中共的跟蹤被發現，證明「外甥」已不再適合他的角色。有一次，李家琪交給了李良一份機密原件，在他回港的直通車上，中共突然進行全面臨檢，這是反常現象。以往中共「十一」國慶，京廣鐵路在赴北京的火車上會有突檢情形，以維護首都安全，但出京的列車就很少發生過。情報工作沒有巧合這回事，顯然是針對性的措施。李外甥見情勢危急，就到廁所把密件撕毀丟棄。

我由歸詢報告分析，李良是有安全顧慮，而且不善於說普通話，難以貼切表達和溝通，為利日後發展，決定另覓越界交通執行工作，於是找到了蔡蘋女士。順便先解釋一個術語，因為新聞媒體外行，把「歸詢」的意思混用。凡我方人員執行任務回來是叫「歸詢」，但失事或出了問題的人員歸返或被釋放，則謂「清考」，以找出問題所在及是否遭到「逆用」。新聞媒體想撈過界，總要有個學習的機會和過程嗎！不能只是為報導而報導，卻不知究竟。

在記憶中，彷彿是見過蔡蘋的，好像是我前次偷渡來港時，曾在同一船上見過她。那時，她抽着煙，看着大海，女人抽煙少見，故有印象。中國人說十年修得同船渡，本是一種緣份，卻害了她。八〇年代，到香港最便捷的方法，就是偷渡。那時申請香港簽證耗時上月，甚至還要有擔保，在香港彈丸之地，並號稱有五十萬的偷渡人口。蔡蘋四十多歲，上海人，既懂上海話，也會普通話和粵語，在台灣、上海、北京都有親戚，而且由台灣嫁到香港，具備文化素質、身分掩護，和入陸條件，是位上佳人選。我徵得她先生的同意，就進行了計劃性的派遣工作。

廣東人說：「行運醫生醫病尾。」但情報工作只講周密，不講運氣，想不到一九八三年一月十七日，蔡蘋的第一次派遣就出了事。中共對李家琪進行佈控一段時間後，決定收網，因為這個案子具有指標意義，對內配合中共情治體系的改組，對外借機擴大政治上的宣傳。中共拿台灣菜大張宴席，誰說革命不是請客吃飯，台灣不也是叫嚷着要殺豬（朱德）拔毛（澤東），李家琪這道菜就是最好的政治祭品。

蔡女士搭機抵北京當天，先到海淀區與擔任幼兒園的姊姊見了面。第二天下午往訪李家琪，送交了組織的密信及經費玖仟叁佰元港幣（按：當時大陸工人收入不過百來元，港幣的價值高出人民幣一倍）。後來，蔡蘋陪着李家琪到大陸友誼商店兌換港幣，買了一些百貨公司買不到的高檔商品，及生活所需之物。

情報局局長張式琦一向強調，工作要由基層做起。李家琪被派任北平站站長，有兩大因素：一是他曾連續密報了兩次中共中央文件，其中一份中共下發的時間才六天。那時，中共的紅頭文件取之不易，從歷來的案件顯示洩露中共的紅頭文件屬於重罪，可以無限上綱，判刑少說十幾、二十年，重者死緩，甚至處決；二是李家琪反映了他的工作構想，除了助手仇云妹，將以發展成立情報組、交通組，和行動組為目標，積極吸納成員，所以張局長委以站長之職。張局長很重視敵後交通的佈建，這是區內發展工作重要的一環。建立敵後組織的內外交通，也是靈活和健全組織的高級型態。

蔡蘋原定在北平停留五天返港，但在北京機場離境時遭到逮捕，李家琪尚不知情。中共先對蔡蘋進行了突擊審訊，原以為蔡蘋是從台灣迂迴香港，再轉進大陸，推想蔡女是個基本幹部，類似吳石案的交通員─朱楓（亦為中共諜員，該兩人均遭國府槍決），但事實並非如此。蔡被捕十天後，中共討論再討論，研究再研究，弄清了情況，一九八三年二月一日上午，市局公安派出三名全副武裝的民警，配合派出所管戶口的片警，前往逮捕了一個人在家看電視的李家琪。

由於蔡蘋入陸逾期未歸，顯示發生安全狀況，除了即時上報局裡，基地單位也提高警覺，嚴陣以待。中共在二月初抓捕了李家琪，為什麼學馬來西亞前總理名叫東姑拉曼這個人，拖到四月四日清明節才公佈案情，主要配合中共公安系統的改組工作。那時，中共正在召開第一次「全國公安廳局長工作會議」，在會中重點總結了破獲李家琪的經驗和成果，把李案認為台灣最高層級的特務組織，尤其案發的地點是中國的首都北京市。並公佈了該案查獲的化學通信配方（密寫劑、顯影劑）、通聯辦法，和使用的工具收音機、照像機、活動經費等相關物證。

中共在會中報告了台灣情報局的工作作法和未來走向，認為以美國為首的西方國家，對大陸今後滲透活動，將有加強趨勢，成立專責反情報機構有其必要性和迫切性。大會結束，中共正式宣佈成立了國家安全部，由原公安部副部長凌雲出任第一任國安部部長。而國安部的工作人員，主要來自公安部從事反特防特系統的幹部。如果由日期推算，中共國安部和國府軍統局成立的時間，都選在了四月一日愚人節這一天。

天下無不散之筵席，人生舞台演出的故事，每一個人都是主角，也是別人劇中的配角，沒有結局的故事，總是讓人意猶未盡，覺得不夠完美。「普光計劃」的主角李家琪，被判死緩，終老監獄，似乎是唯一出路。專勤交通蔡蘋判刑十年，九〇年代獲得假釋，回到香港後繼續經營花店。假扮李家琪妹妹李家寶的秦先生，一九八六年春到台看病，因寒流來襲，氣溫驟降，心肌梗塞，病故在台北西門町的一家小旅館，因在台沒有親人，由局裡出面辦了後事，也為這個故事畫上了句號。

如果用心聽人說話，每個人都有他的口頭禪，甚至是警世之言。有的高官說話缺乏智慧，常作違心之論，低俗可見。例如常有局長當着部下說：「早就不想幹了」，卻棧戀職位，不時發些牢騷。記得甘站長老說：「做人做事要謹慎，做我們這一行，就是出門戴鋼盔，行騎樓底，都未必安全。」結果一語成讖，好的不靈壞的靈。後來終於工作出事，遭到拘捕遣送回台。秦先生每次打牌，輸的時候總說自己是「寡婦屙尿，有出沒進。」站裡的業務官小黃，也常說：「有頭髮那個願當癩痢。」麥克阿瑟有句名言：「老兵不死，只是凋零。」如今，甘站長和我，白髮缺牙，頗有凋零之態，但餓死的駱駝比馬大。廉頗雖老，還是英雄，有貢獻的人，老了也是英雄。無名英雄不代表他的名字不被人知道，或許他有好幾個名字。

情報工作其實具有其技術含量，和專業素養，不懂將在外及運用之妙的人，一般喜歡強調烏龜的屁股—龜腚（規定）。情報工作變幻莫測，又豈是規定所能涵蓋的。如果說情報是戰爭的靈魂，而智慧就是情報的靈魂。參加情報工作就可以發現，這個行業其實有一半以上是笨蛋，只知道每天上下班，吃吃喝喝的，難怪毛澤東說：「革命不是請客吃飯。」培養幹部是工作永續發展的最重要法則。這十年來，情報行業土老冒、門外漢充斥，導致工作失敗連連，突顯了幹部素質低落的問題，特別是心理素質和工作修養，都不能達到情工的標準和需求。以往，局裡同仁回家都避談公事，這是工作修養，「不該問的不問、不能說的不說」，也是保密的基本原則和規範。如今，情報單位內部，謠言飛散、消息滿天，家醜唯恐不外揚，吃着碗裡、看着鍋裡，那有一點情報工作的精神和典範。

總的來說，工作的精神，領導的智能，人才的培養，就是情報事業發展的三大支柱。

三、工作常有人領嘢

在香港工作失事，幾乎是每年一案。早年的綜合站失事比例，要大過工作組和直屬員，原因很簡單，優點即缺陷。人多勢眾，增加了暴露面，還有與業務的比重也有關係。我記得，香港有位站長叫楊鵬，就失事過二次，港警還扮傳教人士，去按他的門鈴，以確認其身分及住所，監視了三個月才抓了他。港政治部的英籍警司審問楊鵬，還用英文。因為聯公處時期（五〇年代，保密局和CIA合作成立之單位），楊曾受過美方訓練，同行見同行，難免心戚戚。我知道的香港還有一個組，專作文書情報，組員有十一個人，比站的人員還多一倍，組長張健人，後來再派回香港當站長，在併編後的軍情局副局長任內，以中將階退休。我為什麼記得這些往事，因為張健人當站長時與我的組長朱冠西，在九龍裕華公司偶遇，兩人都是情報處出身，就密會了半小時，我在一旁把風，還好沒出事。在香港發生橫的關係，是很忌諱的事，就怕有什麼「東瓜豆腐」，牽扯不清。

其實，派到香港有合法居留的人不多，每個站組最多一、二人。局裡會講粵語、有身分的人幾乎都派盡，但有身分並不代表工作表現較好，還要有情報思維、評估能力，及工作的經驗和修養，最怕一廂情願和大驚小怪。很多人不知道情報工作就像個壓力鍋，在壓力下會失去人性的正常反應，這種變形的失常表現，時而可見。我還真有不少事例，可以指名道姓的說。情報工作的榮譽需經過考驗，更不是沾邊有份人皆可享，那就掉價了。至於如何開展工作活動，那就要看個人的本事和真功夫。

我第二次派港籌建工作組，配製了仿製的香港身分證，拿到銀行開戶並無問題，算是香港曾經有存款的人，至今錢還留在銀行裡。後來香港換發電腦身分證，經不起查察，只好改用船員證。我去做西裝，店主還以為我是美國籍，因插在後口袋深藍色的船員證，乍看像美國護照。雖然早期的基地單位主管，多持有假身分證，但港英卻不會以偽造文書罪起訴我們，免得諮爾多事。

（十）

香港這個百年殖民老店，有其政治環境和地理特性，故偏重在地的治理和反情報工作，但也進行對大陸的情報蒐集。郵檢、竊聽、跟監、審訊都是反情報的手段，不少港警都曾派往受訓，或出身於英警方的蘇格蘭場。港英的情工對象，主要為大陸、台灣，和蘇聯共產國家，後來並以反恐行動及壓力團體（反政府的社會組織）為重點工作。但英方蒐集大陸情報甚於台灣情報，因為六七大暴動，英方領受了教訓，知道中共才是教父。後來英方釜底抽薪，進行策反工作，把大陸派駐香港的頭頭，都吸收為臥底，香港反成了大陸高幹叛國的管道和基地。而台灣當時對大陸採取攻勢情報（蒐情、行動、佈建、心戰），也可稱為積極情報，假道而行之下，對香港的政經發展，並無實質性之損害。有不少人在馬場，還提供了數以萬計的慈善捐款，加上吃喝玩樂等等開銷，促進了香港社會不少的繁榮建設，以我個人為例，就在香港呆了八、九年，多少也鋪了一些馬場的草皮。

早年，香港扮演前進基地的角色，情報工作發展組織和情報蒐集，不是在對抗香港政府，也不管英國女皇嫁給誰。香港警方對台灣失事情工人員，人照打、嘴照罵，基本上還有個度。但如果用比重方式形容，香港政府有三分之二做反情報，三分之一做國際情報及情報交流；在反情報方面，又有三之二用於對付中共活動，三分之一防範台灣及其他國家。因為中共對港澳的統戰和滲透是全面性的，大陸各省市都有人員，以公開或秘密的派在香港，所以香港政府對中共幹部的監視和掌握，也從未間斷。

六〇到八〇年代，台灣在香港情報工作的力量，有其歷史的背景淵源。以情報局和陸工會（原中二組）為主，情報局因工作不利，遭到港方破壞，失事人員的比率曾上升近百分之五十，有的人還二進宮，既不怕打也不怕罵。算起來，二十年間總有十幾個單位出問題，像筆者派港工作三次能全身而退的並不多，如說運氣好也沒中過彩票，主要還是小心謹慎、遵守紀律。

情報局全盛時期，派在港澳的工作單位總數至少三十五個，當時每個參謀都有一份基地配置表，我數過不是猜的。後來汪敬煦局長上任，進行了定編，綜合站基本同志不超過五人，工作組三人，直屬員一至二人。按照要求，一個站的轉信處、居間處、儲藏處，或倉庫等，加起來可能作二、三個隔離之部署，這要看單位主官的想法和需要。如果全民皆兵，每個人都有獨立作業的能力，一個站可以分為三個獨立單元，各司其職，增加績效。

港澳基地的單位組織，內勤和外勤一般是分開作業，需要聯繫或支援，則由主官安排或調配，既使是同一單位，也不能直接會面或相約出遊。工作組一般都分為兩個單元，有的組長不懂粵語，環境不熟，需要生活上的照顧，就採半隔離方式，或不隔離，以求方便，卻違反了情報守則。這種情況，官校出身的人最為常見，這些人以前在學校大小便在一起，群居慣了，姣婦守不了寡，情報素養不足，欠缺敵情觀念，這是青黃不接，逐漸出現的現象。有不少主官外派是混資歷，沒有開創能力，臨老入花叢，大概也是補償一下這些老人。運氣不好的，被港警破獲，畢業旅行成了畢業坐牢，也算補齊了情報人員的最後資歷。

在香港工作失事是常態，但也有無辜受到連累的，只要遵守紀律，守得住鰥寡孤寂，就可以減低損害的範圍。香港政治部抓人，習慣在凌晨四點，那時睡意正濃，如果有人敲門或撞門，就代表盡忠報國的時候到了。我習慣在床邊放置半桶油漆，如果有什麼風吹草動，就將密本、密表，及工作處理簿，先往桶裡丟，攪拌一下，儘快滅機，用火燒來不及，那時還不流行燒炭、開瓦斯，一般廚房用的是煤油爐。香港住宅樓宇都裝有鐵門、鐵窗，跳樓也難，一旦港警上門，在立體的空間內，逃走的機會甚微，只有文件被查抄的越少，審訊的壓力也越小。有個單位失事時，港警搜到工作簿，循線找到藏匿行動器材的倉庫，由於儲放的炸藥存量，足以夷平附近的街道住宅，新聞媒體曾大肆報導，造成一時轟動。

我個人也有幾次安全狀況，除了受到「普光計劃」失事影響，中共人員曾到轉信處查問，尋找線索外，有一次在九龍旺角碰到學弟小朱，順便閒聊了半小時，隔了幾天卻傳出他和其主官熊組長，被港警抓了去，讓我花了一個月時間檢查又檢查，怕受到牽拖。剛好我的住處走路五分鐘的大樓，住着另一個單位的陳學長，見過幾次沒打招呼。有一天半夜，他也被抓了去，港警同時把他同住的人一併逮捕，一砲兩響。原來後者是他的同學，擔任海上交通，因天晚臨時借住，港警很奇怪，怎麼會來個槓上開花，多了一番，只聽過不拿白不拿，想不到也有不抓白不抓。港警破一個案，跟蹤、監視至少三個月。我們在別人地頭工作，難免被動遭遇挫折，披上國家民族這張虎皮，大家並不畏懼，照樣吃喝拉撒睡，但並不是每個人適合情報工作，有些人外派一次，回台後毫不留戀的就申請退伍，不想再受那份罪，自知之明也。

總的來說，基地單位失事的類型中，不都屬於工作暴露與違反紀律，意外事件影響也有，僅占少數。以前的情報工作，諸如人員的物吸、晤聯、指導、佈建、蒐情等，都有一定動態的發展過程，不像現在，可以閉門造車，坐在家中抱着電腦，在網路上討生活，提高少年得痔的機會。所謂的外派，不過換個地方和環境的玩電腦，但只要做工作，就不免暴露。人與人相處，存在利益關係，對情報工作可以說有利，但也有不利的地方。情報工作的特質是出賣，有利益就有出賣，出賣越多、利益也越多。時代改變觀念，出賣甚至被視為一種商業行為。

我自己訂有一個標準，在海外工作至少要完成三年任期，才是合格的情報幹部。一般沒有執行過情報任務的人員，基本上列為情報混混，在情報單位有三分之二是這種人物。在香港工作壓力大，常常可以發現一些不適任的業務官，有的認為遭到跟蹤，嚇的趕忙跑回台灣；有的疑神疑鬼說有人跟蹤，就自行把單位文件銷燬，導致基地與後方斷聯一個多月。還有主官勾引聘幹老婆，在渡海碼頭被人捉奸，跑給人追的鬧劇。其實，我也被香港黑幫「福義興」跟蹤過，但外行想跟內行玩，總是火候嫩了些。毛澤東說：「人間正道是滄桑。」我認為情報正道是關係，如何建立各種可以運用的關係是工作的起點和方向。中國人有句老話：「自古英雄多寂寞。」情報工作有功勞，也有苦勞，寂寞就是苦勞的元素，也是功勞的拜把兄弟，寂寞再苦，也強過坐牢滋味。

香港在六〇至八〇年代，一直保持着四至五個站的編制，站長一般由副處長派任，副站長和外勤組長比照內勤組長。張式琦局長上任以後，強調海外工作要由基層作起，大量佈建了直屬員單位。香港的情報工作，除了面向大陸，注意中共的滲透外，還要防範港英的破壞。局裡的一級情戰主管，泰半都是海外的站長所升任，也可以說，在香港幹過的站長，都夠資格升將軍，只是沒有那麼多少將職缺。情報人員的犧牲奉獻是別人看不到的，也才配稱無名英雄，情報歷史就是國家記憶。

在香港的工作沒有輕鬆不輕鬆的問題，不論是否具備合法身分，所冒的險一樣，都有吃上香港皇家飯的機會。例如最單純的一〇四二組，負責收轉大陸信件，以支援溝聯任務，聯指之轉址至少二、三十個點，涉及敵後單位也有十幾案，風險和責任相對重大。膽識是練出來的，野心是養出來的，如果想開一點，一旦被抓，薪水照領，可以減肥，還免費搭機回台，不必受暈船之苦。以前即使入監，年資到官照升，還有糖吃，現在沒有這支歌唱了，只能啞巴吃黃蓮，當完瘦子充胖子。

至於澳門的情報工作，自情報局駐澳門站站長程一鳴少將投共後，當地的工作環境更形艱困。由於基地佈建不易，變通辦法就由有香港身分證的基、聘幹，視任務需要，機動性的前往澳門活動。澳門有一條「十月初五街」，有一個轉信處，專門收取敵後來信，我曾掌管十幾個港澳基地所聯指的敵後單位，加上農曆十月五日又是我的生日，故對這個轉址印象深刻。退休後遊澳門，才知道那是一條普通的古老街道。早年熙來攘往，多為下層人士活動之地，沒有其他特別的古蹟景點可供參觀。澳門經濟需仰賴中共，故與大陸表面是賓主關係，人在屋簷下不得不低頭，表現卻是一副臣服姿態。由於派駐澳門情工人員，一旦失事，可能會送交大陸方面處理，所以情報局後期停止了這個地區長期性的基地佈建。

基地單位的失事，必然有他的原因，如果找不到失事原因，這是情報官員的失職。而敵後組織出問題，主要型態包括工作暴露、錢財處理不當，和男女曖昧關係等問題，能遠離這三大因素，一般正常的敵後單位，都可以工作十年以上不被發現。如果一個情報單位發生安全狀況，工作人員能夠撤離，安全脫身，那是最值得慶幸的事。保全自己和他人，也是一件功德，這種例子不多。本人就有一個故事，容後敍述。但有人總會輕敵，甚至不顧警告，脫險後又回頭，危害了自己和同仁，一廂情願、自以為是。難怪有人會說，人的最大敵人就是自己，不能克服自己的私心，又如何去克服敵人。

情報工作自投羅網的經驗教訓很多。我站在八〇年代，以長派方式在廣州建了一個組，工作一直正常，商人總是無利不起早，見錢就眼開。有一次，盜賣了一批商品被中共發現，那時大陸有錢就有女人，和他要好的女幹部就叫他趕緊走，他脫身回到香港，以為事過境遷沒事了。由於這個女幹部在電話中說思念他，甜言美語的要他到深圳見一面，他一去就被捕。後來以盜賣物資被判了五年，反而不是身分暴露問題。美人計在情報行業是最有效的運用手段，美男計我也用過，但沒能成功。有些女人寧可脫褲子，也不願參加工作，讓人擔心或害怕的事，並非一蹴可幾，需要耐心和時日。

七〇年代，大陸還是貧窮社會，有的敵後人員沒錢還好，有點錢反而出事。大陸人民流行「紅眼症」，那個人一旦發了財，就被人妒嫉，遭到檢舉。我在廣東有個單位，他來報說耕牛死了，於是基地寄去伍佰元港幣接濟，他馬上又去買了一頭牛，結果遭到懷疑，信件被檢查出有密寫，終被逮捕。中共對大陸人民的郵檢，極為普遍，如果密寫不細心、紙質不佳、用水不勻、內容空洞、缺乏主題，多少可以看出端倪。我過去密寫習慣用毛筆，為了慎重，筆跡乾了還用燙斗熨一下。所幸基地單位失事，港英搜獲大陸工作人員的資料，原則都不會提供大陸方面，但如何復聯建立新的通信管道，必需及時因應佈置，有的因此失聯，就音訊不再。

選訓香港青年，經過十多年來的檢驗，未雨綢繆，政策沒錯，但證實了一個真理，香港年青的一代，愛國的基因不夠，現實多於理想。香港回歸大陸後，胳膊扭不過大腿，結果玩死自己。甘站長在香港社會關係不錯，做事相當認真，有自己的構想，很得張式琦局長的賞識。不懂情報工作的人，官再大終究是個門外漢，不把情報組織當自己的家庭，自己沒有冒險犯難的決心，也不重視情工人員的付出和努力。曾有位軍情局局長是個基督徒，任內許多作為，不是裝台，而是拆台，把情報工作的資源一一斬斷，就為了怕出事故，影響他的政治生命。他說過一句話，我銘記在心。他質問下屬：「為什麼把自己的同學派到大陸去冒險？」言下還有門戶之見，要派就派不相干的人之意。我們這些幹部，如果都不肯冒險犯難，以身作則，情報工作還怎麼做、怎麼去要求別人。老一代情報工作的領導者，都是黃埔軍校出身。他的話不但羞辱了這些前輩，出賣自己人格、敗壞了情報工作，又對得起國家和上帝嗎？其實，不知懺悔的人信教，和不懂情報的人做情報，都是誤人誤己的事，還不如不幹。

古人有「恩出於上，功歸於下」的想法，這是領導幹部的修養問題。時至今日，有人忘恩、有人搶功，打混現象極為普遍。但情報工作的責任涉及成敗，影響任務及組織的安危，就不能不加重視和有效處理。以前當部下獲得長官信任，自己當上主官，是不是能得到下屬的愛戴，這是個人時常思考和檢討的課題，發掘問題還要解決問題。要找一個負責任的，具有培養價值的幹部，除了以身作則，還要有培養教育下一代的想法。老實說，要求自己不難，最難的是找一個適合的接班人。

甘站長為了長遠的工作，一共物色了三位香港青年到台灣培訓。這三個人在受訓後都回到站裡，擔任情戰官的職務，後來一位退休、一位退職、一位失事離職。其他單位還有三位香港受訓的人員，以不同方式被中共運用，滲入局本部，對後來的軍情局產生了卧底效應。我看美國中情局，有不少亞裔情工人員，運用外籍人士，愛國為先、考核為重，台灣人都不愛國，豈能叫香港人愛國。

四、江南事件的影響

一九八四年十月十五日，發生「江南事件」，筆名江南的美籍華人劉宜良在美國三藩市遭到制裁。由於美國的壓力，台灣只能割卵子拜神，後來拘捕了涉案人員情報局局長汪希苓、副局長胡儀敏，和副處長陳虎門。隔年的元月中旬，我在九龍的新界放大假，晚上看電視新聞得知，心中十分沉重，鬧出這麼大的動靜，擔心情報局可能就此一蹶不振。汪希苓出任情報局局長，還有一段不為人知的故事。前局長張式琦退休後，發佈的接任者竟是國安局駐西德特派員李筱堯少將，由於副局長莿自立已是中將官階，參謀總長郝柏村在交接典禮中，宣佈李局長即日起晉升中將，不數日李局長即返回西德辦理移交，卻與情報局緣盡於此，各分西東。

原來李筱堯出任情報局局長竟是誤傳聖旨所致，以往國安局駐外之特派員，其任命均來自官邸（蔣氏父子居住之所，一般稱為官邸，後來又以七海為代號。）國安局並無人事權，蔣經國屬意汪希苓出任情報局局長，但為了避嫌，只說了把特派員調回來接局長，轉傳旨意之下，卻把駐德的李筱堯調任，而李本人在情報界默默無聞，對情報工作亦不熟稔，惟生米已成熟飯，為了彌補錯誤的任命，又將李筱堯和駐美的特派員汪希苓對調，使情報局局長這個職位，出現了三個月空窗期。這段內幕性的變化，情報局只能霧裡看花。汪希苓上任後，極力維護蔣家不是沒有原因，卻成為情報局的最後一任局長，終結了情報局的命運。（按：汪希苓因殺人罪被判處無期徒刑，經兩次減刑，於一九九一年一月二十一日獲得假釋出獄。）

一九八五年七月三十一日，傳來了噩耗，我的母親積勞成疾，因病過世，局裡通知我並安排回台奔喪，但一直沒有交通船可搭，因為香港剛發生貨輪走私事件，港警對船隻查察嚴格，直至八月底我才緊急搭上一條有走私前科的貨輪。不久，聽說這條船發生火災而報廢，蕭姓船長亦罹患癌症過世，真是怪事一堆。回想一九四九年元月，母親抱着三個月大的我，和父親避秦來台。父母都是公務員，母親任教，生活簡樸，每天走路上班，心中一直記念着大陸的父母及妹妹，總統蔣公逝世，她心中哀痛不已，因為返回家鄉的希望破滅了，終其一生沒有踏入大陸一步。母親一生任教三十年，出了三本書，投稿報刊的文章上百篇，每次領到稿酬，也是她最欣慰的事。母親曾獲選「全國優良教師」和「中國語文獎章」的殊榮，曾由蔣公親自頒發獎章，這是全家最高的榮典。

辦完喪事，回到局裡，意氣消沉，弟妹都已移民美國，父親乏人照料，我決定留台看顧老小。站長老甘一再催促返任，我都婉拒，請他另請高明。我的職位是綜情官，相等於副站長，是上校實缺，績效又好，很多人一直想被派任，但老甘一直把這個位置空下來，不願補實，至到七年後單位失事，十里長棚、杯觥交錯，天下無不散之筵席，只能祝願甘先生，保重多福。

我三次派港工作，能夠完成所負任務，主要是能遵守情報遊戲規則。例如：從不在家門口下車；從不帶女性回家；從不貪非份之財；對幫助我的人心存感激；打麻將也從未詐糊；或犯一些低級錯誤等等。由一九七四年至一九八五年，這十年是我的香港攻略時期。我也歷經了三次工作的轉型，取得了人生之寶貴經驗和成果。我日後在工作上的許多作為和表現，也是由這些基礎發展而來的。情報工作的學習培養，不是三、五年足夠的，情報工作不講運氣，只有智慧、能力，和決心。香港消磨了我不少青春歲月，可以算是我的第二故鄉，那裡有我一生中最崢嶸的記憶。

「江南事件」可大可小。大的是惹惱了美國，給台灣帶來了情報困境。小的是江南本身又不愛國，就是個投機份子，也不是真正的美國人。美方借題發揮，針對的是台灣情報單位無視美國的尊嚴而行兇。很多錯誤的問題不斷浮現，那時「損害控管」這個名詞還沒有出現，否則不致於一發不可收拾。情報局局長汪希苓的「忠」，是舊時代戴笠型的「忠」，忠於蔣家大於國家，導致全壘打式三輸的後果。除了國家形象大損，賠償了叛徒家屬壹佰肆拾伍萬美元，情報局撤回駐美工作人員，放棄美國基地外，情報局也成了歷史名詞，但十年後，我還是到了美國進行情報活動。因為情報工作本身是最神聖的任務，必然要有其振奮人心，慷慨赴義的情節。

我雖為汪希苓下屬，但未曾謀面，立場客觀，想補充說明的有兩點。首先，汪希苓在出事前的工作檢討會上曾說：「在海外的幹部，凡是在工作上犯了錯誤的，只要他是盡心盡力去做，所犯的過錯，可以容忍原諒，或者給予同情。」其次，汪希苓在《忠與過》書中說：「是我下令制裁他的。」（按：制裁這個名詞，一般用於叛徒與漢奸身上。）這句話代表了一切，也是他一生的句點。而這幾年，拿「江南事件」出來炒作的文醜，內容抄來抄去，換湯不換料，毫無新意，你一嘴他一舌，都是不懂情報，說風涼話的小輩。

回頭來看，如果不是江南案，也不會有後來的軍情局。一九四三年，抗日戰爭時期，中共有首老歌叫《沒有共產黨就沒有新中國》，如果有人編為《沒有情報局就沒有軍情局》道理是說得通的，只不過唱起來什麼味道，那就冷暖自知了。

伍、菲國工作紀要

一九八五年七月一日，台灣情報工作進入軍情局時期，情報局因「江南事件」，被處分與特種軍事情報室併編，成立了軍事情報局，原隸屬國防部也改為軍令系統，由參謀總長指揮。這次併編就是所謂的「和興專案」，初期結構以原情報局為主體，另外加入的兩股外來勢力，有特種軍事情報室（簡稱特情室）和海防部隊等。此次併編歷經兩個月才就緒，並賦予了軍情局五大任務。這五大任務，有載明的必要，這是歷史資料。因為二十年後，台灣情報工作發生巨大突變，不僅情報工作失去方向，連後來局長也不知軍情局的真正任務是什麼，認為軍情局只負責軍事情報，連自己任務都不清楚，還能做什麼工作。軍情局傳統精神的淪喪，情報工作失去靈魂，成為電影流行的體裁「殭屍的族群」。俗語說的，驢糞蛋子表面光，我要提醒後來的軍情局局長，和提醒所謂的台灣人，做為中國人並不丟臉，和平競爭有何不好，中華民國是革命先烈創建的，近代人夜郎自大，數典忘祖，那種嘴臉太難看了。

軍情局的五大任務：

1. 軍事預警及中共對台工作情報，以及中共政、經、心、軍戰略情報之蒐集研整。
2. 敵後組織佈建，對共軍策導及反間工作。
3. 大陸民運及謀略導變。
4. 敵後武力的建立和發展。
5. 戰略性電子作戰。

一九九七年的七月一日，上述的五大任務稍為作了修正，原來的第4項，則改為戰時敵後反制特情作戰。如果再進一步分類解析的話，初期的分工為：情報蒐集和組織佈建則是情戰部門的基本任務，除了第一處負責施政計劃；第二處專責情報研整；第五處負責敵後武力；電戰處負責電子作戰；而大陸民運、謀略導變，及策導反間，則由新成立之第六處策辦。第六處因占有政策之利，故工作績效一直領先於其他情戰部門，最弱的單位則為掌管敵後佈建為主的第三、四處。除了任務上的分工，在責任區的劃分改成第三處東北亞；第四處東南亞；第五處本外島；第六處北美及歐澳兩洲。

軍情局成立的初期，像是百廢待舉的局面，主要是人心不齊的問題。把情報局和特情室這兩個高矮胖瘦不一，作風各異的單位合併，如何磨合確實存在一定程度的困難和過程。而情報局有六十年的情報文化基礎，在理論、作為、經驗、素養，以至工作經費，特情室都無法抗衡，只能算是少數族群，加上第一任局長盧光義，由軍團司令調任，對情報工作還在摸着石頭過河，找不到北（方向）。盧局長作風剽悍，湖南人，吃辣椒，個性較為急躁，但講義氣。對待我們海外工作回來的幹部，比對處長還認真友善，後來也成了我工作上的貴人。

盧局長對處長的要求很高，因為他強調軍人就要誓死達成任務，負責幹部就要帶頭向前，甚至想改變情報工作的型態，說軍情局就是情報部隊，把部隊文化帶入了情報工作，致使一般幹部難以適應。軍中盛行的黑函，也開始出現在軍情局，成為盧局長最後去職的主因。我回到局本部，原來工作過的第三、四處，都已人滿為患，個人的態度是那個單位要我，我就去，沒單位要我，我隨遇而安。新成立的第六處認為我是海歸，爛船也有三寸釘，於是我相應選擇了第六處。人往高處爬，「六」這個數字，總大過「三」和「四」吧！

其實，我選擇第六處棲身，還有一個不是秘密的秘密。我的老家鄰居兼小學同學魯滌，和第六處的第一任處長邵暾同是受訓時的學員，他向邵處長推薦了我。大陸流行一句話，關係不用，逾期作廢。想不到邵處長，不合局長胃口，第二年就辦退休了。還有一位楊處長，只有兩個月就晉升少將，卻申請退休。盧局長感覺奇怪，軍情局卻存在，有官不願升的人。楊處長曾和我在香港同一時期工作過，不同單位，他任組長，資歷完整。我們問他為什麼不多等兩個月？他說：「我在槍林彈雨的叫罵聲中討生活，怕支撐不了兩個月了。」他還挺豁達的，正應了古人所說的，有人漏夜趕科場，有人辭官歸故里，有典範的人，值得敬佩。盧局長喜歡罵人，開歷任局長之先河，其實也是一個考驗。有的人不怕罵，笑在心裡，有的人越罵越不知應對，反而有理說不出，要不說一樣米養百樣人呢！盧局長上任第一年，就報升五個少將，卻是歷年之最。

到第六處上班，只是權宜之計，圖一時之安身，也曾想過轉任地方公務員，抱着且戰且走之心，工作是負責年度施政計劃等綜合業務。不到一年就有線人找上門，問我派往菲律賓的意願，我說暫時不行。當時軍情局為了因應香港回歸（港人稱九七大限），策訂了「固港作業」，準備把菲律賓部署為二線基地，以策應香港未來的變化，而曾在香港工作過的幹部，自然成為優先人選。情報局時期，派駐菲律賓的單位，原有二個站、三個組、三個直屬員。盧局長上任，態度積極，很重視績效表現，除了把敵後組織半年以上不來聯的，列為無效單位，對基地佈建也開始作了調整。

一九八七年，我接受了派遣，因為父親移民美國少了後顧之憂，盧局長任命我為駐菲一六六五組組長。這個單位情報績效不好，有同學認為比無效單位還無藥（可救），唯一存活的價值，是與菲軍方有多少聯繫關係而已。盧局長還聽取第三處處長郭崇和的建議，把這個組的三個人一次調整到位，這是一項挑戰。真是一代新人換舊人，只聽新人哭，不見舊人笑。臨走前，我說誓死達成任務，這是盧局長的格言，他露出笑容，是局長懂我，還是我懂局長，真難說。古云：「士為知己者死。」只是台灣的夏天酷熱又潮溼，那有風蕭蕭兮易水寒的氛圍，還好一年後，壯士還復返，想不到是因局長換人要回台做工作報告。

這一年的七月三十一日，我赴馬尼拉上任。那是個令人難忘的日子，不單是情報生涯另一階段的開始，也是母親過世兩週年的忌日。一大早抱着沉重的心情，由住家搭上公車直奔桃園國際機場，幸運的是，這次不必偷渡而是坐飛機到菲國公開入境。我的身分掩護是電腦商，雖然對電腦所知有限，但電腦剛起步，懂得的人也不多。我的工作化名是王寶元，因為我落魄的兩年，住在新店的寶元路，憶苦思甜，為了紀念取名寶元，退休後也用這個筆名出了六本書。我派任新職，對第六處是一個驚訝，因為作業秘密，成為定局才傳出高飛消息。五年後，我又給第六處另一個意想不到人事上的震動，我調回第六處出任了副處長。

菲律賓的情報工作，和香港的形態有很大的不同，就是所謂的民主差異也很大。香港屬英系國家，菲國則依賴美國。情報為政治服務，一個國家的政治傾向，往往會影響情報活動和發展的空間作為。初到菲律賓，一切感到新奇和陌生。我率先抵達首都馬尼拉，一個月後兩個情戰官才姍姍而來。他們都是第一次外派，我一腳踢，還要張羅他們的食衣住行和育樂，以免有什麼行差踏錯，所以由基層做起和空降人員，工作的態度和風格，是完全不同。後來情報工作敗落，就是吃老本、享現成的人太多。情報工作也講素養和道行，不懂情報的長官，為了掩飾自己的無知和無能，往往會表現出官僚和虛偽的習氣，避重就輕，稀釋了情報的專業和文化。而外國有一個說法，情報工作的掩飾，要比犯罪更糟糕，尤其是惡上加惡。

磨刀不誤砍柴工，入境問俗是基本思維，先立足生存才能開展工作。在菲律賓，由於身分具有合法性，可以既工作又渡假，熟悉了環境，瞭解了運作流程，最重要是如何招兵買馬。我把內部業務分成兩個版塊：大陸情戰和專案部份。我負責工作的開創、關係的建立，以及支援的任務。要求情報活動與部署，必須有產情的走向和功能，在用心經營和不斷投資下，不僅增進了情工的多樣化，也填補了大陸工作的空白內容，辛苦沒有白費。難怪先聖孔子曰；「朝聞道，夕可死矣！」我倒是越做越有滋味，幾乎打算在菲國落戶，了此餘生。

菲律賓與台灣海域接臨，也是最近的國家，甚至山地文化相通。本來應該關係更為密切，惟總統馬可仕作風專制，崇拜比他獨裁的毛澤東，而毛澤東好色，又垂涎馬可仕太太伊美黛當年的美艷，讓人體會到牡丹花下死，做鬼也風流這句話。台菲於一九七五年六月十五日宣佈斷交，原來掛靠在大使館工作的情治單位紛紛撤離，失去外交上的掩護，當時情報局在菲的情報單位開始轉入地下。情報局的基地佈建工作，遂分別以各種身分進入派駐，再尋求長期居留。

台菲未斷交前，情治系統都由大使館的國安局督導組協調支援。那時的組長俞肇雲，清廉自持、負責盡職，頗孚人望，後來軍情局局長盧光義，還借重他來開展台菲的軍情合作關係。如果盧局長還在，知道我替他完成了這個心願，一定甚感驕傲。原來俞肇雲在國安局少將退伍後，受聘為軍情局駐泰督導官，因與菲國防部長伊禮多為舊識，專程往馬尼拉安排盧局長到菲國會晤參訪，也見到權傾一時的參謀總長維爾。不過，我到任三年後，與菲軍方的合作也達到了這個階層。盧局長說情報工作要從無到有，想不到三十年後的情報工作，卻是從有到無，黃鼠狼生老鼠，一代不如一代。如今，台菲情報合作關係，只能大啖歸苓（零）膏，風光不在。

一、培養興趣和節操

情報人員要通過興趣，來培養節操和技能。我在香港時，喜歡閱讀和釣魚，這些都有助於身心的調節和健康。如何因地制宜、充實自己，總少不了思考和學習。情報人員可以多想，但不能多話。一般人認為情工人員很會吹牛，而真正的核心幹部和領導階層，都不會養成這個毛病，一來言多必失，二來落人口舌。廣東人常說：「牙齒當金使。」讓人感覺你有假牙的話，會直接影響了形象。我不是作家，也沒有那麼煽情，想不到老年時，陪伴我的是夫人和寫作。在菲律賓開始，寫作成為我的消遣和寄託，相信我的作為表現，也是情報工作有史以來的第二人，謙虛不是吹牛，愛吹牛的，也不會謙虛。

我第一次投稿是在高中二年級，大報不敢試，找了一間剛成立的《台灣日報》，寫的是熱門音樂方面，想不到一投就中，而母親的寫作精神也影響了我。當時菲律賓的五家華文報紙中，有四家登載過我的文章，數一數應該超過二百篇，好壞不說，至少培養了日後出書的勇氣和條件。人的修養不是一天形成的，必需經過實踐和釀造，甚至香港的暢銷雜誌，都登過我的作品，我想這是軍情局從未有過之事。除了寫作，一週交稿兩篇外，我在內人的鼓勵下，進修碩士，每週三、六、日都需上課，應付學業也花去兩年半時間，除了工作就是學習。情報人員很多以讀書為掩護，工作做不好，卻混到了學歷，我不但拿到學歷，也獲得榮譽，真是一段光輝的日子。

建立關係、開展工作，說來容易，做起來還是有其門道，不但要講求方法，也要有投資眼光。不單要在實踐中總結經驗教訓，而且要掌握工作契機，尋求突破。配合工作發展，我在菲國持有多種合法證件，以模糊情報人員的身分，包括二張不同報社的記者證（其中一張為菲總統府新聞部核發）；還有一張菲軍方通行證，進入參謀本部營區使用；一張國際機場通行證，可隨時進入機場接送人員。我在菲工作期間，來訪的親友和同學不少，有了各類通行證，加上自己開車，可謂橫行無阻，快意江湖。那時，局長殷宗文訪菲，我陪同駐菲大使劉達人同往機門迎迓，劉大使沒想到軍情局還有這等能耐，另闢蹊徑於此，也大大提高了局裡聲譽。

以前，中共的精簡整編，裁軍百萬，都給軍情局帶來大量的軍事情報。情報工作要抓住契機，我在菲國的工作期間，有兩大契機：第一是，「六四」天安門事件爆發，在國際輿論的圍剿下，政治環境對我有利，連中共在菲的留學

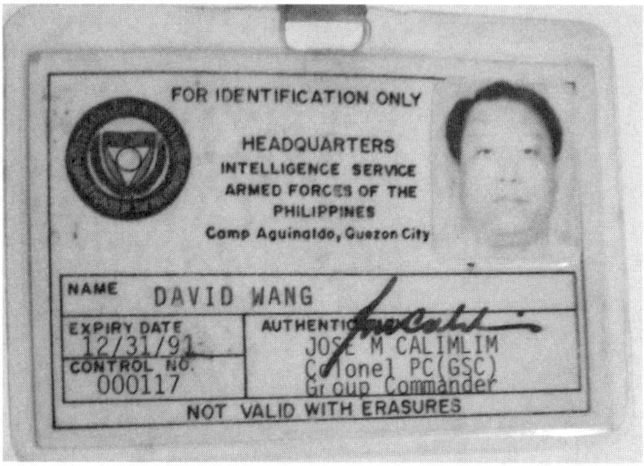

上圖：作者領發之菲三軍總部通行證
下圖：菲國總統府簽發之記者證

生都發起和參與了抗議活動，這種機勢為情報蒐集和組織佈建製造了工作條件。我把握時機填補了大陸工作的空白內容，心戰謀略的運用，更是值得唱說。情蒐方面，我上報了菲國槍械、毒品、偽鈔，走私入台的情況，想不到蒐報的林邊槍械丟包案，還成了頭條新聞。其他如中共外逃船員的運用，策劃中共總理李鵬訪菲的抗議遊行，都是未曾出現過的情報作為。我率先將工作電腦化，也是心戰漫畫的倡導者，使情戰在不斷變化中發展。原來，人的成就不光是努力，還要能創造，就像電影「上帝創造女人一樣」。

第二個契機是什麼？那要看個人的智商，玄機又豈能容易就參透。原來菲國女總統亞基諾上台後，軍方難以接受，加上馬可仕的舊勢力，前後發動了七次軍變。每次軍變的情況，因涉及基地單位的安全問題，我都很注意的瞭解，最嚴重的一次是一九八九年十二月，政府的軍方和叛變的人員，各據一方，隔街開火。當時參謀本部的作戰次長阿巴迪亞將軍，果斷下令進攻，始平定了軍變。由於我組負有與菲軍方合作的背景和關係，阿巴迪亞將軍就成為我心中規劃的目標對象。後來菲總統排除眾議，提拔他出任參謀總長的職位，成為四星上將。（據菲律賓 TRIBUNE 英文報報導阿巴迪亞將軍已於二〇二二年元月十日逝世、享年八十三歲。）

二、發展新合作關係

國家之間的情報合作，有著悠久的歷史，和外交工作也有相輔相成的關係。我國最早的情報合作，就是抗日時期，軍統局與美國海軍成立的「中美合作所」，由美方提供技術裝備，我方負責情報蒐集與人員派遣。美方負責人梅樂斯頗受蔣委員長的信任與青睞，和軍統局負責人戴笠建立的公交私誼，一直傳誦至今。軍情局派駐菲國的工作單位，都以大陸工作為首要任務，只有我的組兼負了與菲軍方的聯絡任務，以備不時之需，但早期的關係不夠，交往不深。

原先的「台菲合作案」，主要是監聽中共駐菲大使館及中共人員的電話與活動。當時所需的設備，由台國安局提供，與菲方的對口單位情協署來執行。後來發生監聽母帶傳遞時遭竊，及我方主要介報人（境管局）不願將資料分送美方參考，合作單位就暗中轉移到軍情局。好事不出門，壞事傳千里，反而國安局被蒙在鼓中。其實，對中共的電訊偵控，美國方面也在做，並租用了菲國的空軍和海軍兩處軍事基地，後來美軍撤離，才發現基地內藏有核武器。

「台菲合作案」的表現，可以說是形式大於實質。菲國政策受美方反共思想影響，中共官方人員的活動則處於低姿態，並不積極，所以反應出的情報，參考價值不大。曾經滄海難為水，每個月的產量，還不如我寫的專欄文章多。九〇年代初，我認為這個案子，存在下列因素，值得檢討：

1.合作對象菲方情協署，非軍情局對口單位。

2.案件源自國安局，局長宋心濂愛聽讒言，自己又是外行，對軍情局多有訾議，亂下結論。

3.台菲合作案所產生的功能有限，沒有縱深發展的遠景，和可供運用的路線。

4.菲國政變頻仍，如有失誤，容易引發政治和外交問題。

前人種樹誰乘涼，苦事要為後人想，於是我主動上報請求停辦。因理由充份，獲得批准，台菲合作案也成為了歷史名詞。

盧光義局長，對國際間的軍事交流興復不淺，雖然台菲之間沒有邦交，但民間交往極其熱絡，盧局長很想開闢自己單位的關係路線。原一六六五組曾擬定「新〇專案」，聯繫對象為菲參謀本部聯二武官處的楊上校（後調任駐新加坡武官），我嫌這種關係層次不夠，如果從建立關係到實質交流過程需要時日，不知猴年馬月才能見效，遂決定以多管道的方式，推進和菲軍方的合作關係。首先是直接拜訪武官處的處長，讓他知道有我這號人的存在，但軍情局也不是做武官（公開性）情報的，故轉與菲三軍情報廳尋求對口關係，但菲軍方態度保守，效率也不夠，在情報方面的表現，顯露出民族性的鬆散和茫然。為什麼選擇三軍情報廳而不找聯二，因為菲聯二與我聯二亦有來往。情報合作越隱蔽越好，職業競爭最怕自己人（單位）扯後腿，台灣國安局和聯二的外派人員，在菲的好評也實在不多。

在與菲情報廳合作的幾年中，我倒有一些看法和心得。這個單位的表現，是政治多於軍事、軍事又多於情報、怕共多於反共，缺乏積極作為。最大的問題是情報不實，甚至把情報與謠言掛勾，還四處傳播、自亂陣腳。對中共的認識有限，不瞭解共產黨，還反什麼共呢！菲軍人待遇低微，談錢顏歡、做事怕繁，低階不敢作主、高層善於觀望，工作推動頗為困難。我雖提議資助其情報官員到大陸觀察，深入對中共認識，和由台灣培訓他們的情報軍官，但進展甚微。十幾年後，菲軍方與中共的軍事交流才有點眉目，原來中共對菲軍方提供了叁佰萬美元的援助。中國人老說：「有錢能使鬼推磨。」在菲律賓是沒錢上帝也難行。

「新〇專案」在我任內，除了建立情報交換和人員參訪兩個項目外，還支援了菲軍方建立大型廣播電台乙座。很可惜，原規劃情報交流的人員訓練部份，台菲雙方每年各提供兩個名額到對方情報學校受訓，以及定期召開大陸情勢研討會的構想，後來均胎死腹中，只能說人謀不臧，用人不當。中國人常說：「死馬當活馬醫。」問題是沒見過死馬，而馬拉出來卻是驢又怎麼醫？。清末名將胡林翼曾曰：「兵易募，而將難求。求勇敢之將易，求智勇之將難。」情報人員要有知識，也需要見識，才能有效的提升自己。什麼是情報人員的見識？就工作實務而言，除了能提供上級需要的資訊，也要有能解決問題的方案，了然於心。

做事講求方法，無蠢不成豬。其實，豬並不笨，說豬蠢是人加諸的罪名。在情報這行，可以發現原來蠢人更多，人何等聰明，豈能讓豬專美於前。有一次，我規劃菲軍方的搖籃，唯一的軍官學校，碧瑤軍校校長馬西洛訪台，公事壓在菲參謀本部，這種抵制情況台軍也時有可見。我就直接找上參謀總長阿巴迪亞，當面提出邀請，才讓馬西洛將軍順利成行。不久，馬西洛升任海軍總司令，如果能延續關係的發展，相信可以打開台菲兩國海軍的合作大門，發揮若干實質作用。廣東人最怕捉到鹿不識脫角的人，鹿茸是中國名藥之一，碰到馬英九竟指為是鹿耳的毛。難怪英國《經濟學人》雜誌給了他"笨蛋"封號。大陸曾流行一個情報笑話，說：「領導人的智慧屬國家機密。」是誰洩露了機密，不言而喻，自己笨，怪誰呢！

站在外交與工作立場，對別國的政治舉措或內部動亂，是不能參與或干預，既使言詞上稍有涉及，也可能招致不良後果。前情報局局長張炎元，就因為援助了印尼反政府軍人而被調職，菲國發動政變的軍人，亦曾向我駐菲代表處請求支持遭到婉拒。阿巴迪亞將軍平亂有功，出任參謀總長未久，我已完成了先期的準備。我做的功課就是掌握資訊，擬訂策略和如何行動。開始採迂迴方式並配合內線作業，先透過前國防部部長羅慕斯的秘書瑪萌小姐，結織當時國防部部長狄維拉的秘書瑟南小姐，再與參謀總長阿巴迪亞的女秘書珍妮取得聯繫，四位女秘書結成的連盟（包括我的秘書兼老婆柯莉）下，我直接拜見了阿巴迪亞將軍，初步達到了個人的計劃目標。就像佛教徒說的，有拜有保庇，唯虔誠耳。

由於我持有菲軍營區通行證，多次進出軍方總部，對國防部、參謀本部和聯二、情報廳的位置方向頗為熟悉，摸底行動每次要花上半天工夫，前後不下二、三十次，說來也不容易。二十年後，我退休再到菲律賓，曾經專程駕車

作者夫婦於菲國三軍參謀本部大樓前留影（1991 年攝）

二小時去找瑟南小姐，感謝這位佳人對我過去的熱心協助，她已調到國家警察總部的後勤單位工作。令我感慨嘆惋的是，瑟南服務軍旅三十年，始終沒有結婚，仍然一個人過着上下班的日子。回程中，我沉悶的開着車，心中希望上天回報她的生活，是幸福的、美滿的，自己至今也沒忘記她。

要拜見菲軍方第一號人物，當然要有所準備，除了中心任務，包括見面的禮節和談話內容，這是電影必需見到的情節。見到阿巴迪亞將軍後，我呈上私人的賀儀和信函，並表示：「菲國的政局世界各國都很關注，尤其台灣和菲國一向是友好的鄰居。我接到局長殷中將的電報，特來對鈞長出任參謀總長轉致祝賀之意。由於將軍的卓越領導，果決和英勇表現，使菲國政局得以穩定，功不可沒。」阿巴迪亞上將看完我的信後，對台軍給予的祝賀和肯定，歡愉的接受了，也請我代為向軍情局殷局長致謝。事後，我把經過情形報局，也為日後的私人情誼和工作發展，奠定了基礎。我寫給阿巴迪亞將軍的信，是我人生的第一封英文信，頗有紀念價值，謹附之如後，以為見證，亦可供參考之用。

April 16, 1991

Lieutenant General Lisandro Abadia
Chief of Staff, Armed Forces of the Philippines
General Headquarters
Camp General Emilio Aguinaldo
Quezon City, Metro Manila

Dear Lieutenant General Abadia,

I have the honor to transmit herewith cable message addressed to your good self from LIEUTENANT GENERAL TSUNG-WEN YIN, Director General, Military Intelligence Bureau, Ministry of National Defense, Taiwan, Republic of China, the full text of which is as follows:

> "DEAR LIEUTENANT GENERAL LISANDRO ABADIA:
>
> DELIGHTED TO HEAR THE GOOD NEWS ON YOUR APPOINTMENT AS CHIEF OF STAFF, ARMED FORCES OF THE PHILIPPINES. I TAKE THE PLEASURE IN CONVEYING TO YOU MY HEARTFELT CONGRATULATIONS. YOUR APPOINTMENT TO THE PRESENT POST HAS NOT ONLY CONSOLIDATED THE ARMED FORCES BUT ALSO BROUGHT IN SOCIAL STABILITY OF YOUR COUNTRY. MUTUALLY DEPENDENT, THE REPUBLIC OF THE PHILIPPINES AND THE REPUBLIC OF CHINA HAVE ENJOYED A LONG AND CORDIAL FRIENDSHIP AND SHARED AN ANTI-COMMUNIST STAND. I BELIEVE THAT UNDER YOUR LEADERSHIP, THE EXISTING COOPERATION FOR MUTUAL BENEFIT AND SECURITY FOR BOTH COUNTRIES WILL CONTINUE AND BE FURTHER STRENGTHENED.
>
> BEST WISHES FOR YOUR CONTINUED HAPPINESS, SUCCESS AND EXCELLENT HEALTH.
>
> LIEUTENANT GENERAL TSUNG-WEN YIN"

With assurances of my highest esteem, I remain

Truly yours,

David Wang

DAVID WANG
Colonel

作者首次致阿巴迪亞上將之賀函

作者夫婦與菲國防部長狄維拉合影

作者夫婦與菲三軍參謀總長阿巴迪亞合影

作者與菲陸軍總司令恩瑞利之合影

作者夫婦與菲聯二次長裴勒合影

阿巴迪亞將軍告訴我說，他上任後的首要任務就是統合三軍，促使菲軍現代化。阿巴迪亞曾親率特種部隊，在深山行動中急行軍半日，爬過懸崖峭壁，出奇不意的發起攻擊，突擊佔領高山地區的菲共總部。在接觸中，發現他做事明快、講求效率、態度誠懇、智慧過人。經過不斷拜訪和發展，我和參謀總長阿巴迪亞、陸軍總司令恩瑞里、海軍總司令杜芒卡斯、聯二次長裴勒，還有國防部部長狄維拉，均建立了聯繫管道，而空軍總司令則是阿巴迪亞將軍的哥哥，他們一起讀軍校，卻分在不同的兵種。後來，恩瑞里接任了參謀總長，裴勒將軍在副參謀總長任內退休，並轉任國家情協署署長。阿巴迪亞將軍退休後，轉任蘇比克開發區管委會主任。對我來說，往事並不如煙，因為他們都是菲國的功臣和英雄人物。

說到中菲合作案的源頭，還有一段事由，一九九一年的三月，軍情局舉行歷來第一次的在職研修專案「弘〇講習」，讓派駐海外基地的主官回台，進行一個禮拜工作上的意見交流，目的在統一觀念與精進作法，以提高海外的工作績效。這次的講習第一天，我和局長殷宗文、軍情校校長關播同桌用餐，殷局長問及菲律賓的國情，我隨口一問：「假若菲三軍參謀總長邀請您去參訪，您會不會去？」殷局長說：「我當然要去。」由於殷局長的回答非常肯定有力，等於給我指了一個工作方向，有了攻堅的目標。記得前局長盧光義，到菲律賓曾拜訪了當時的菲參謀總長維爾，所以殷局長參訪之行，就以會見菲參謀總長為底線，位階只能高不能低，行程只能多不能少。

半年後，我實現了這個目標。在阿巴迪亞將軍邀請下，殷局長的訪菲行程，包括拜會菲三軍的參謀本部，由總長阿巴迪亞上將親自接待，再到陸、海、空軍司令部聽取簡報，參觀碧瑤軍校等，並同時會見了隔年當選了菲國總統的前國防部長羅慕斯，和當時的國防部長狄維拉，也分別參加了我駐菲大使劉達人及阿巴迪亞將軍的晚宴。後者在其軍部官邸設宴，參謀本部的一級主管及夫人均列席參與，場面非常盛大。阿巴迪亞將軍的晚宴，星光燿煜，將官要比士兵多。阿巴迪亞興之所至，獻唱了一首惠妮休士頓的暢銷歌“One Moment In Time”，真正是中菲軍事首長，情感沸騰和歡樂輕鬆，愉快又感動的場面。

能夠總結工作，當有利策進未來，殷局長訪菲之行能夠圓滿落幕，還有一個比較特別的原因，就是準備工作到位，事前我參加了菲軍方，由武官處處長曼努主持的籌備會議，出席者有軍官三十多人，全部活動無役不與，能夠掌握情況，才能有效完成任務，自己也增長了國際見識和工作經驗，可謂收益匪淺。

三、有總結才有進步

經驗就是一種實用知識，中國自古就認為他山之石，可以攻錯，能吸收別人的經驗，那是最聰明的人，但多數人是不記取教訓，故又有重蹈覆轍之說。兩國之間的合作，主要視階層和性質而定。七〇年代，情報局與泰國軍方關係良好。全盛時期，情報局的電台，還架設在泰軍統帥堅塞上將的別墅。而情報局也與美方合作，在印度北部設立監聽網，偵蒐電訊情報，超過十年之久。一般情報性的合作，基本上以情報交換、人員交流為基礎，再做縱深發展。我從合作案的實踐中，認為除了基礎項目，還可以發展出下列作為：

1. **高層互訪**：對具有培養價值，或掌握實權的外國官員，作有計劃之邀訪及先期部署事宜。

2.**情報訓練**：對外軍情報思想及情戰技術上之各種交流活動，或雙方部門內之訓練進修課程。

3.**情報研討**：假學術情報之名，舉辦含有情報性質之活動或研討會，促進雙方情報之合作與實質關係。

4.**情報行動**：在共同立場及目標下，進行秘密情報行動，裝備器材之支援，或各種情報互惠措施。

其他方面，隨着科技進步與地緣條件，電網監查、衛照偵攝等技術情報，也是合作的熱門事項。惟美國九一一事件後，反恐戰爭逐漸取代反共策略。台灣情報工作也因政黨輪替，陷入落後被動局面。軍情局對外的合作案已呈癱瘓狀態，成為香港的口頭禪「有姿勢、冇實在」。

以往由於位階低、待遇少，個人對於送禮並不重視，既使知道有助於建立關係和未來發展，但總覺得做事憑能力，沒本領的才走後門，找關係不是件光彩的事。到了菲律賓，配合國情和工作需要，才知道送禮的重要性。原來送禮還要門道有所講究，不是說送就能送，或是亂送一通。其實，中國有句老話：「不怕賊偷，就怕賊惦記。」如果活學活用，就要適當選擇對象，記住送禮的時機，和送禮的份量。如果再配合對方的心態和需要，原來送禮就是一門學問。從另一個角度來說，甚至能提升為工作的手段。送禮這門課，我通過實踐，確實得到了不同的人性反應和數據。如果抱着研究心態，可以寫上一篇學術論文。可惜，我只當作自己的想定作業。每到一個陌生環境，應該瞭解和體驗的認識，和應付可能面對的情況。

這麼多年進出了十幾個國家，由每個地區海關人員的心態和表現來看，菲律賓不算是最爛的國家，最好的是香港和台灣。不是強大國家的海關就會便捷可靠。例如：美國的海關，九一一後常藉檢查行李順手牽羊，偷竊情事時有發生，雖然與海關人員的素質息息相關，也受到文化背景的影響，但不是先進就壓倒後學。在菲律賓，為了方便行事，除了學會送禮和給小費，請客吃飯也等閒，最大的收穫，就是體重加了十公斤。孔子說的好，君子不重則不威，幸非食言而肥也。中國人常說這個人不懂人情事故，指的就是連禮都不會送，而情報工作，未聞有摳門者能成大事。

兵聖孫子的情報思想，千年不衰，連美國的情報典籍都一再引用。孫子曰：「愛爵祿百金，不知敵之情者，不仁之至也。」又曰：「親莫親於間，賞莫厚於間，事莫密於間。」情報工作是冒險行業，那是摳門者立足和建功之地，但人是最矛盾的動物，可以看透生死，卻過不了名利和女人這兩道嘉峪關。情報工作所涉甚廣，除了任務要「念茲在茲」，周邊的事務，或引注意、或不尋常、或有蹊蹺、或有興趣的情況，都應列入參研之事。這不是「多餘的話」，因為有些問題當時難以省悟，事後回想卻可得到解答。

通常實踐與運用，我學到了送禮的藝術，並歸納為四種形態：

1.**專案送禮**：基於戰略階層的工作需要，對某些高層或重要對象進行餽贈或支援，最好是面對面的親自執行，一來達到保密，二來顧及尊嚴。菲國政府部門，習慣向國外機構或組織要求援助。我在的時候，台灣境管局就提供菲移民局電腦一五〇部。有時在街上，也可見到台灣贈送菲方的二手巴士，連修整也不做就上路，原有標註的字跡清晰可見。大陸遊客還奇怪怎麼會有台灣的交通車在菲國的道路上跑來跑去。八〇年代那時，台菲的關係確實要比中菲好很多。

2. **謀略送禮：**為了達成任務目標，或培養適當對象，部署接近路線，遂行之相關及有意義的作為。我從實踐中證實，送禮永遠是有效的工作策略之一。例如局長胡家麒剛上台，老強調主官不能收禮，如果自己都收還能要求別人嗎！在這個思維下，於是，我就送了他一箱菲律賓芒果，不過包裝上貼了菲三軍參謀總長的名片，借佛送花，胡家麒不但高興收下，還通知駐菲單位回一份禮。這種用心，着眼大局就具有謀略意義。為了特定目標或規劃，送禮是必需的，雖然過程是迂迴，由效果來看，等於是條近路。就像有人形容，北京到台北的路，最快是經由華府，形容的一樣。

3. **工作送禮：**與工作有關的對象，為利推動，多需要送禮來保持，或建立更密切的關係。在菲國最重要的三大送禮時機，是聖誕節、升職，和生日。尤其聖誕節至新年期間，我送禮的對象超過五十人以上，幾乎是見者有份，還必須親自去送，否則禮品往往會不翼而飛，而且收禮人禮收多了，也不記得是誰送的，所以禮品也不可一般，需要有所講究。一般菲人收禮的心態是有送就好，但有份量的禮物，還是受歡迎和有一定作用的。我第一次在香港過年，有個外圍給我一個紅包（又稱利市），裡面連個硬幣都沒有，是空的。他說因為窮沒有錢送禮，我總不能不回禮，還不能送銅板。原來送禮也要智慧，上了一課，印象之深，迄今未忘。

4.私人送禮：我長期在海外工作，基地和後方的關係都不能忽略，也常接受別人的幫忙協助，所以見面時難免帶點手信。送禮常可看出當事人的格局，用心準備的禮物，一定令人感到驚喜，對部屬送禮更有激勵作用。前局長殷宗文很重視部屬的獎勵，除了發獎金、送金幣，有時他收到工作關係的禮品，一般多為洋煙酒、中藥、飾物，都會轉送部屬或承辦人。我個人送禮也有若干原則：「關係不夠不送；小裡小氣不送；時機不對不送；為自己關說不送；工作績效不好不送。」但是不知送禮、不會請客的人，絕不可用；一點人情世故都不懂的人，更不可用。情報工作是大事，沒有情感、不食人間煙火的人，又怎麼去溝通、建立關係、開展工作呢！

在菲律賓我取得了一生中，最豐富的做人做事之經驗和知識，培養了寫作習慣、博彩興趣，甚至戒除了抽煙的毛病。在情報工作方面，除了合作案，還有一件值得回味的事，就是心戰謀略的籌劃和執行。「大陸民運及謀略導變」是軍情局的五大任務之一，但謀略導變的實質意義和相關作法，一直沒有具體的規範，只能延續以前敵後心戰的思維和路線遊走。運用之妙存乎一心，我在菲律賓通過實踐和研究，把謀略導變規劃為心戰謀略、軍事謀略，和行動謀略等三個部份，把情戰的手段和運用歸納其中。當初完成這份講義，除了希望提供工作和教學參考外，也希望軍情局有個工作方向和新視野。軍情局後來成為豆腐渣工程，絕不是我們這一代造成的。

一九八八年夏，我曾向當時第二任第六處處長童劍南提出一個看法，認為心戰謀略要在大陸製作為最高形態，其次是海外基地製作，後方製作只是普通形態。當時童處長不以為然，把後方製作列為低級形態，豈不是貶低了自己單位的份量和扮演的角色。事實上，在大陸製作艱難度高，如果心戰謀略能與情報時效結合運用，價值更大，甚至影響無遠弗屆。在敵後製作心戰品，中共防範不易，隨便貼個大字報、反共標語，都能造成一大片的混亂猜忌，讓中共折騰不少時日，雖然反革命視同特務，但大陸內部矛盾確實是普遍存在的。而後方製作之心戰品，光愛講大道理，輸區管道有限，不能直接有效的貼進社會現實和突發問題。心戰謀略的藝術和效果，就是要在敵人內部產生發酵作用，也就是毛澤東說的「打着紅旗反紅旗。」（按：童處長是最早提出「以三民主義統一中國」政治口號的人。）

四、最後的一些補述

菲律賓的故事，說起來比一匹布還長，畢竟學習多、投入多，收穫也多。

做為一名革命軍人（這是上世紀的名詞），一個情報主官，不但要具備使命感、旺盛企圖心，還要有負責任的決心和魄力，能夠培養自己的工作格局和條件，才能挑戰更艱鉅的任務。我在菲律賓的工作表現，可以說是樹大招風，難免遭妒，但多不知內情，只能捕風捉影，因為我有自己的工作領域，尤不與友軍單位來往，殷局長還幫我澄清不務正業的謠言等等。大陸軍中作家白樺說了一句名言：「你愛國家，國家愛你嗎！」上級的信任，就是國家的信任。情報人員效忠的就是國家，也是奮鬥目標和價值所在。

現在的工作幹部，武德是什麼都不知道，沒有信仰，還做什麼情報工作。革命軍人有：國家、領袖、主義、責任、榮譽，五大信念；講求三信心：信仰、信任、互信。國家政權可以輪替，但中國人去中國化，想改變體制，就是竊國。越雞何能伏鵠卵，同性戀者一躍為領導人，又何以盡忠，值得效命，盛衰之理，雖曰天命，豈非人事哉！

除了工作以外，我還有一門課外活動，就是「卡西諾研究」。人生不同的階段，都會有不同的興趣。我到卡西諾本不是賭錢，是由於天氣太熱，電費又貴，不願開冷氣，故去高檔場所乘涼去了。中國人常說：「人皆嫌命短，誰不見錢親。」而且幾乎間諜影片，都把情報和賭場掛鉤，讓人對情報工作造成一種假象。說來真正情報員並不一定會賭博，因為待遇不高，沒錢去賭，但軍情局因賭博債事的情報事例卻不少，泰半發生在菲律賓。標準的情報員形象上有三個特點：服飾講究、見過場面，和能幹女助手，我都具備了，這也是我與眾不同的地方。

天不藏奸、人不藏私，我曾把卡西諾研究的心得，光明正大的向副局長張文煥報告。張副局長聽完的回答很乾脆：「最好不賭。」只能說知音難尋呀！既然敢稱研究，肯定花了不少時間和血本，也要用心觀察和統計。很多人不知道，去卡西諾在心理上要先打預防針，和認清自己是什麼料。上賭場的感覺，總結的說：「得意不過一時，失望常伴君側。」會唱歌、懂寫詩也沒用。卡西諾研究，其實就是一項教訓和開示，像「光棍佬教仔，便宜莫貪。」意義相近。什麼不能玩，去賭錢、玩女人、抽大煙、衰自己，這不是享受而是腐敗。

而下列三點心得，謹提供輸家門徒參考。對個人而言，已是昨昔黃花卡西諾，金盆洗手舊情日也。

1.賭博是一種娛樂，也是一種戰鬥。要有既輕鬆及又嚴肅的心理，可以觀虎鬥，也可以下重注。籌碼是武器，也是運用的重要工具。很簡單的一個道理，壹佰元贏壹仟元不易，壹仟元贏壹佰元則易。很多人到賭場就亂了心性，拿錢不當錢是很大的錯誤，這不光是理論，在實踐上還要認清形勢、掌握時機，心智的培養需要歷練，才能不受引誘，失去目標方向。

2.賭博除了精神力量，還有物質條件，多大的頭，戴多大的帽。情報人員談賭博，並不奇怪，因為這兩種行業，都帶有冒險性。有情報就有出賣，有賭博就有輸贏，都能影響到一個人的成敗。做人做事皆應有度，玩物喪志者，多行狡詐事，為賭錢而賭錢，往往下場不幸，還好我是為研究上賭場，場內時常可以看到不少奇奇怪怪的人，故不忘賭場的眾生相，可為警惕。

3.到了賭場娛樂，要以不影響正事為原則，真正能夠靠賭為生的只有開賭場的人。以往澳門賭場，很多大陸官員沉淪其中，身敗名裂，情報人員也是一樣。賭博對情報工作並無助益，且帶來的負面影響甚大。在我瞭解的案例中，軍情局派在菲律賓，負債累累、虧空公款的，人數不菲，其中兩人分別遭到判刑四年及十八年。如何做好幹部考核，實為單位主官不容忽視之責，而高階主管違犯奸淫、賭博、貪污之三大戒律者，歷歷可數。很多人工作不懂「無間道」，自己卻進了「無間道」，不能重生。

在菲律賓工作的前五年期間，發生了不少事故。除了菲國的軍變、「美菲軍事基地協定」廢止，美軍撤離，還有火山爆發、大地震、強烈颱風等，都造成重大傷亡，這些天災人禍層出不窮外，個人在情報工作方面，卻登上了另一個階梯。除了把握大陸「八九天安門」事件之契機，積極佈建敵後單位，從無到有，使一六六五組之情戰能力大為提升，達到組級的要求標準。情報蒐集方面，每個月蒐情量超過五十件，轉報率接近百分之四十，內行看門道，而轉報率越高，越能反映一個單位的存在價值。（按：一般之轉報率為百分之三十。）

比較特殊的，在情戰部份，廣泛實施了心戰謀略任務，製作了各式心戰品，輸區散播。在中共總理李鵬訪菲期間，更進行了大型國際性抗議行動等。台菲軍情合作上，也建立了高層聯繫管道，尤其殷局長訪菲，受到總理級的接待，為軍情局贏得至高榮譽。個人除了取得教育碩士學位，一九九一年因大陸工作著有績效，榮膺了當年國軍楷模。在我離任前，菲三軍參謀總長阿巴迪亞將軍及聯二次長裴勒准將，分別贈送了獎牌給我，亦成表彰，這是情報局與軍情局有史以來的紀錄，也是個人情報生涯的最大榮譽。如果要說遺憾，就是這個組，經過十

1991年六月菲律賓北部發生最大規模之火山爆發，
作者參與賑災活動

年的坐吃山空，因為工作不慎造成外交問題，遭到撤銷之命運，實在可惜。情報工作有成功、有失敗，做到失敗者不是我，相映之下，那也算一種成功。

作者通過碩士論文答辯，菲國教育部官員阿莫（右）表示祝賀

This
PLAQUE OF APPRECIATION
is presented to
COLONEL DAVID WANG
Republic of China Armed Forces
In grateful recognition of his invaluable support and wholehearted cooperation extended to the Armed Forces of the Philippines.
Given this 7th day of April 1992 at General Headquarters, Armed Forces of the Philippines, Camp General Emilio Aguinaldo, Quezon City, Philippines.

作者獲頒榮譽獎牌之一

OFFICE OF THE DEPUTY CHIEF OF STAFF FOR INTELLIGENCE
AFP
PLAQUE OF APPRECIATION
is presented to
COLONEL DAVID WANG, ROC
for meritorious and valuable assistance to and cooperation with the Armed Forces of the Philippines
10 March 1992
ALFRED L FILLER
Brigadier General AFP
Deputy Chief of Staff
for Intelligence, J2

作者獲頒榮譽獎牌之二

陸、調回到局本部

我在菲國工作，延任了兩次（每次一年），其間也放棄了兩次調動的機會，職位一個是香港站長，一個是高雄站長。先後在徵求我的意見時，回答都是感謝關照、好意心領了。有同事問我怎麼像魚一樣游來游去，我說隨遇而安，那裡需要我，我就去那裡，比起服從黨的領導更實在、更有力。一九九二年三月一日，我收到人事調令，出任第六處副處長，基因是工作績效突出，能當選國軍楷模，自然是特優人員。但人事佈局總有權謀之處，當時的第六處處長王鼎是我的同期同學，剛由後勤處處長轉任，一來未曾辦過情戰業務，二來處裡人員混雜，作風保守，我的角色作用有二：一促進新陳代謝，把想走、該走的請走；二改變擺譜作風，引進新氣象。

其實，另一位副處長陳國柱，待人處事皆有獨到之處，也有海外工作經驗，但王處長性格內向、自卑感重，在人員出身不一，都抱著你防他，他防你的心態下，對老講官話的人，總懷有戒心，也不喜歡話多、愛拍馬屁的腹黑型幹部，可用的人不多，一時工作局面尚未打開。事實證明，第六處三年間，績效躍身第一大處，請領獎金為全局之冠，以任期計算，我算是完成了第四個五年計劃。

第六處是軍情局新成立的部門，主管對中共策反反間、敵後心戰，及海外民運等三大工作。一九九一年十月，軍情局實施部份組織調整，第六處在原有工作職掌上，增列歐、美、澳國家基地部署，和敵後組織佈建等任務，以配合全方位開展工作之政策方針。此次，部門之任務調整，第六處擴編了一個組，員額由三十九人擴大至五十二人，但仍超編了十六、七人。

情報局時代，為了配合情報幹部之人事調派，曾編有無職缺之特派官（特種派職軍官）五百個員額，所以人事運用一向通暢，我由海外調回來，曾先後享用了三次。軍情局成立一直沿續着，直到台軍實施「精實案」，這五百個編外的黑官，成了國防部的眼中釘、肉中刺，「特派官」這個海外幹部最常享用的牌位，終至香消玉殞。

情報工作有兩大利多：一是政策資源；二是時局變化。在這兩大背景環境下，往往產生不少有利的機勢。真正的情報人員要能審時度勢，尤其是領導幹部，不能照葫蘆畫瓢、照貓畫虎，因為每一個案子，都有着不同的性質和條件。要先分析，找出利弊和時機，也就是中國人常說的「天時、地利、人合」。當時，局長殷宗文強調情報人員要有慧眼、能識貨，而第六處流行一句話「不見兔子不撒鷹。」我就問：「什麼是兔子？誰又是鷹？」以前特務被指為鷹犬，但兩者差別很大。鷹是熬出來的，高冷量稀，反而當走狗容易，四處可見，擺在一起並不搭配，這些動物的罪狀就是聽人指揮。中共四人幫之首江青，在審判時就說：「毛主席叫我咬誰，我就咬誰。」歷史證明，最壞的動物還是人，會害人還會咬人。

我在香港工作時，實施情訪聽到一個故事：中共改革開放之初，人人都想錢卻沒有錢，湖南省長劉正去找總理趙紫陽，請求撥款進行建設。趙紫陽說：「地方沒錢，中央也沒有錢。有政策，就有錢，政策就是你的資源。」言下之意，就是利用政策賺錢。那時大陸剛進入市場經濟，還不懂什麼招商引資、搞開發區、加工區，這些拿別人錢，建設自己的招式，後來才知道販賣土地，也可以發不少橫財。情報工作也是一樣，有了新政策，才有新方向、新指標，和新的作為表現。

一、雄才大略的領導

殷宗文是軍情局的第三任局長，任內建樹良多，替軍情局奠定了二十年的基業。其實，他自己也承認，剛接觸情報工作時，一切都很陌生，只能學鄧小平摸着石頭過河。充滿情報術語的公文，常常一份簽呈要看三幾遍，在學習的同時，殷局長還重視政治情勢的發展，以結合推動大陸情戰工作。時勢造英雄，還是英雄造時勢，是個常為人探

殷宗文伉儷接待外賓時合影（1991 年攝）

討的問題。各有各的說法，關鍵是不知時勢怎麼成英雄，沒有料的人又怎麼造時勢？如大陸發生天安門事件，及台灣開放大陸探親，碰撞一起。這是情報工作的兩大機遇，能夠識時勢、通機變，不是俊傑，也是英豪。不過，中國人還有一句諺語「成也蕭何，敗也蕭何。」前一代軍情局局長振興了軍情局，後來敗壞軍情局的不是別人，卻是後一代的軍情局局長。贏來高興的成果，最終卻是難逃失敗的命運。

情報思想是情報工作的指南。殷局長配合局勢，提出了一個戰略方針「進入大陸，建立據點。」就是把情報工作推動到中共內部，展開各項接敵任務。根據這八個字，交由各情戰單位，分別研訂了相關辦法，以全方位的情報工作姿態，進軍大陸。這五大配套措施就是：

1.復〇作業：現職基幹以長派及專勤方式，入陸執行情戰工作案。（第一處策訂）

2.突〇作業：運用退伍人員及民間人士（含華僑、外國人），入陸執行情戰工作案。（第三處策訂）

3.鴻〇計劃：結合商貿路線及投資作為，開展大陸情戰工作案。（第五處策訂）

4.植〇作業：徵聘專業人士或社會青年，經過培養入陸執行情戰工作案。（第六處策訂）

5.迎〇作業：發掘大陸來台探親或交流活動人士，吸收打入執行情戰工作案。（第四處策訂）

以上的計劃作為，統合來說就是「中央派遣工作」。具體的目標，就是全面積極遴選基本同志及物色民間人士，循兩岸經貿、旅遊、探親、文化等交流管道，長派入陸建立工作據點，遂行以預警情報為優先之情報蒐集與組織佈建任務，並配合基幹專勤實施蒐情、交聯、核實，及其他特定之任務。中央派遣工作，對軍情局而言，既是打破墨守成規的作法，更是一項重大的戰略轉移，大幅減少了對海外基地工作的依賴性，致使海外佈建功能降低，工作績效也相對銳減。而一九九二年至一九九七年間，因政策的優勢和作風的新穎，也是第六處最輝煌的黃金時期。中共也以「軍六處」為主要攻堅目標，精彩的表現，媲美英國秘密情報局—軍情六處（ＭＩ６）。

殷局長在軍情局長的任期有三年半，我追隨的時間並不長，大約兩年光景，耳濡目染的受教匪淺，而且他的恩澤廣被，部屬莫不受到鼓勵而奮進。重要的事皆親力親為，甚至有關台軍軍事會議報告資料和大簽公文，亦不假他人。有幾次夜晚八、九點，還把我和參謀叫去研究上報之簽呈內容。據我所知，軍情局局長能親自執筆撰稿的，尚未聞第二人，亦可見其對情報工作投入之深。殷局長為了開闢俄羅斯基地，曾親赴莫斯科考察，會晤當地軍統老同志，評估之後成立了莫斯科站。他的下任局長，胡家麒反成了最大受益者，他的二個女兒留俄多年，均能享受軍情局的照顧。殷局長每次出國考察回來，必有改革措施和新觀念出現，因而促進了情報工作的內涵和品質。

殷局長為了爭取情報加給及各項福利，特別對海外待遇作了重大調整，並規定海外人員每半年可以返台休假，既照顧了幹部思家問題，也解決了駐在國居留的期限。殷局長為提供良好辦公環境，籌劃興建「情戰智慧大樓」，原來的預算肆億元，後來因為「精實案」為裁而裁之下，被減為貳億多元，大樓也少了「智慧」兩個字，變成「情戰大樓」。後來這座大樓發生火災，功能未能恢復，有人說是人為破壞，也有人說為了省錢偷工，更有人說因為濫設監視系統負荷超重，但情報工作最怕圖一時方便，因小失大。現在軍情局的工作人員，上至局長，下至參謀，或許不知，他們支領的情報加給、海外待遇、享有良好辦公環境和設施等等，都是殷局長的貢獻。前人種樹後人涼，隔海猶唱後庭花，現在誰又會有「今人不見古時月，今月曾經照古人」的感慨呢！

殷局長很有使命感，情報局時代，因工作需要，在海外建有彈藥庫多處，分佈香港及泰北清邁等地，雖然是歷史留下的問題，但不處理影響很大，他就向參謀總長郝柏村報告後，派專人分別前往清除，善後處理也圓滿完成。殷先生除了工作和績效超前外，還留下了大量情報資源，提拔的將領不計其數，也成為後來情報工作的骨幹力量，這是他的大胸襟和大格局的特質，畢竟情報領域懂得用人和用錢藝術的領導人，軍情局就他一人。我深入觀察和比對後來的軍情局局長，根本沒看過「孫子兵法」，自然不懂用間篇的精義，親莫親於間、賞莫厚於間、事莫密於間。做一個情報領導人，不知重視情報蒐集與謀略活動，不仁之至也。

中國人常說：「好事不出門、壞事傳千里。」而歷史總會有人在默默的記載和流芳。具體的說，我認為殷局長有三項紀錄是值得列入情報史冊的：

第一是蒐獲的中共文件為歷年最多者。而且蒐獲的中共原件多屬於國家機密級，包括中共中央、中央軍委、中辦通報、國發文件等，紅頭文件更是連號蒐集，這是軍情局三十年來僅見。軍情局情報處因為中共文件太多，不僅出現拖案、偷案、吃案情形，還養成驕恣心態的怪象，聞所未聞。

第二為組織佈建數量是歷年最盛者。軍情局在殷局長戰略指導思想的指引下，以進入大陸為工作目標，發揮長征精神，運用各種型態建立不同性質之敵後組織，突顯了情報工作冒險犯難的特質，除視命如錢的主計部門，入陸基幹超過三位數字，促進了情戰工作的蓬勃發展和進軍大陸的壯觀場面。

第三則工作的層級達到歷年最高峰。殷局長的工作部署以建立情報網為主軸，策反的中共高幹包括部長、局長、司長，軍方也有部長（比照軍長）、師長、處長、團長等各個層級，每一條內線，均能提供數以百計的情報資料。工作上的傑出表現，歷歷可數，令人由衷敬佩。

如果情報工作多一、二位像殷局長這種具有智慧、戮力從公、鞠躬盡瘁的領導人，軍情局的存在是有意義、有價值，和光榮不朽的。大史學家司馬遷曰：「一生一死，乃知交情。」殷先生和我同為癌病患者，雖然他往生多年，但歷史沒有忘記他。**殷宗文、劉連昆，和我的老隊長彭剛武三位先生，都是情報工作的英雄人物，正如文天祥所說：「哲人日已遠，典型在夙昔。」**

二、入陸執行策反案

九〇年代，基幹派遣是敵後佈建的重頭戲。由於國防部限制將級軍官入陸，我成了入陸最高階的軍官，又一次接受了工作進階的挑戰。經過先期籌劃和部署，在對等尊重的原則下，我奉命以少將名義，前往大陸執行一次最重大的情報行動。任務是策反中共劉連昆少將，就地潛伏為政府工作，並商談「少康專案」內線邵正忠大校出區事宜。前者內容包括晤聯爭取、情報蒐集，及工作部署；後者為出區方式、路線，及生活安置等相關問題。

一九九二年十一月二十三日，我由台搭機抵港，與「少康專案」越交張志鵬取得聯繫後，次日到張員辦公室商討入陸行程，及瞭解區內會晤對象之動態。為配合彼此時間，我方一行三人（我，張及其秘書文小姐）於十一月二十五日乘南方航空班機前往廣州，住宿白天鵝賓館。當天中午，張、邵、我等五人會面，其中與邵正忠先生同來者有沈麗昌女士。用餐後，相偕至飯店露天茶座交換意見。內線邵正忠對當時進退不能之處境，頗為感慨，因為邵先生希望攜女友沈女士離開大陸，雙方都打算拋棄自己的家庭，到海外過新生活，這也是他們的最大訴求和願望。

事實上，邵正忠大校為軍情局工作已有兩年時間，本打算投奔台灣，但軍情局為了挽留他，給了他一個任務就是找一位接班人，延續未來工作。沒想到他的接班人是共軍總後勤部的軍械部部長劉連昆少將，以位階而言，其軍銜等

張志鵬與邵正忠先生在白天鵝賓館合影

作者與張志鵬（少康案交通）合影於廣州

作者前往大陸首先去拜祭黃花崗七十二烈士墓

於台灣的中將，也是邵大校（原任軍械處處長）直屬上司。在情報工作發展下屬容易，發展上級的難度何止一倍。人心多變，一旦失敗，下場堪慮。中國有句話，就是把腦袋別在褲腰上，我覺得他們冒的風險比我還大。當晚用膳後，一行人再往「花園飯店」喝飲料。那時大陸人比較土，還不知道喝咖啡，在廣東流行叫喝茶。其實是借用飯店公用電話聯繫，由邵大校暗中向劉連昆將軍發出我們抵達的訊號。

劉將軍原計劃搭機來穗，為免請假離京引人疑竇，改為乘坐直通車，連夜約時三十六小時。十一月二十六日上午，一行人分頭行事，邵大校偕女友往國營的「東方賓館」訂房，以備劉將軍住宿。我與張老頭、不知情的女秘書，以觀光客打扮，先到黃花崗七十二烈士墓園瞻仰，再轉往越秀公園觀察周圍環境，準備作為初次會晤的地點。該公園佔地甚廣，全部走一圈需二——三小時，因時間有限，僅略為流覽，找尋可供坐落乘涼之處，以求符合自然原則，總不能在山間小路邊說「哈囉」吧！

情戰工作的介報關係，是策動過程，進可攻、退可守的著力點，和成敗的關鍵點。我請邵大校要隨時反映劉將軍的看法和意見，俾能及時有效溝通，完成預期目標。劉將軍於十一月二十七日上午抵達廣州，先與邵、張二人共進早餐（沈小姐不願暴露與邵之關係，一直未參與劉將軍的會面），我則單獨行動，沿途檢查安全狀況，提前半小時約十時左右，抵達越秀公園買票入場，雖見他們幾位在前慢行，我乃保持距離跟隨。見四周無特殊情況，遂選擇行人稀少的路道，沿石階爬上山丘高處，經邵大校介紹，我與劉將軍併坐在大石頭上交談。我開門見山，以表誠意，希望和他合作創業，劉將軍語氣和善，回答說：「很好，大家可以合作合作。」

因為有邵、張的托底，我見劉將軍沒有不同意見，膽子就大起來，告以這次來穗，主要代表上級和他會談，他的意見將直接呈報中央。劉將軍尚不知邵已先參加工作之情形，故表示希望他與邵大校一齊參加工作並誠摯歡迎。我與劉將軍交談前後歷經兩小時，邵大校甚少表達意見，但由於邵大校的引薦，劉將軍最後同意成為軍情局的一份子。會面結束，我即先行離去，分頭往「東方軒」飯店一起用餐，並做最後的補充和道別。

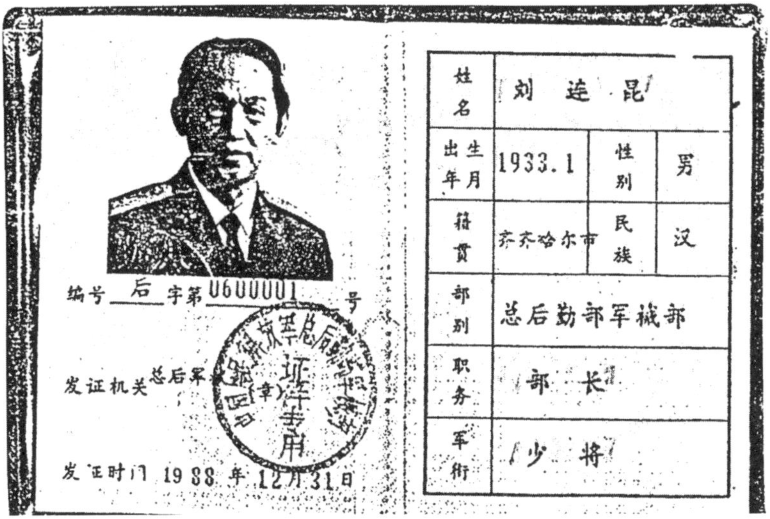

编号 后 字第 U600001 号

发证机关 总后军

发证时间 1988 年 12 月 31 日

姓名	刘连昆		
出生年月	1933.1	性别	男
籍贯	齐齐哈尔市	民族	汉
部别	总后勤部军械部		
职务	部长		
军衔	少将		

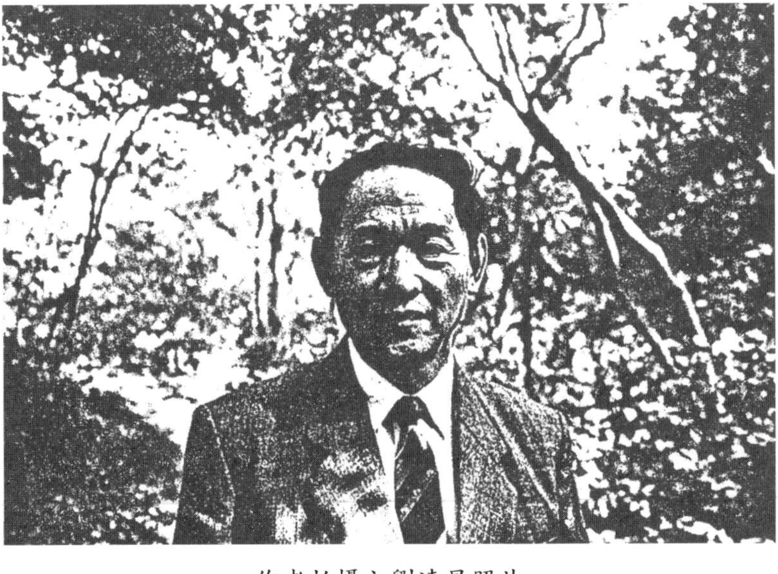

作者拍攝之劉連昆照片

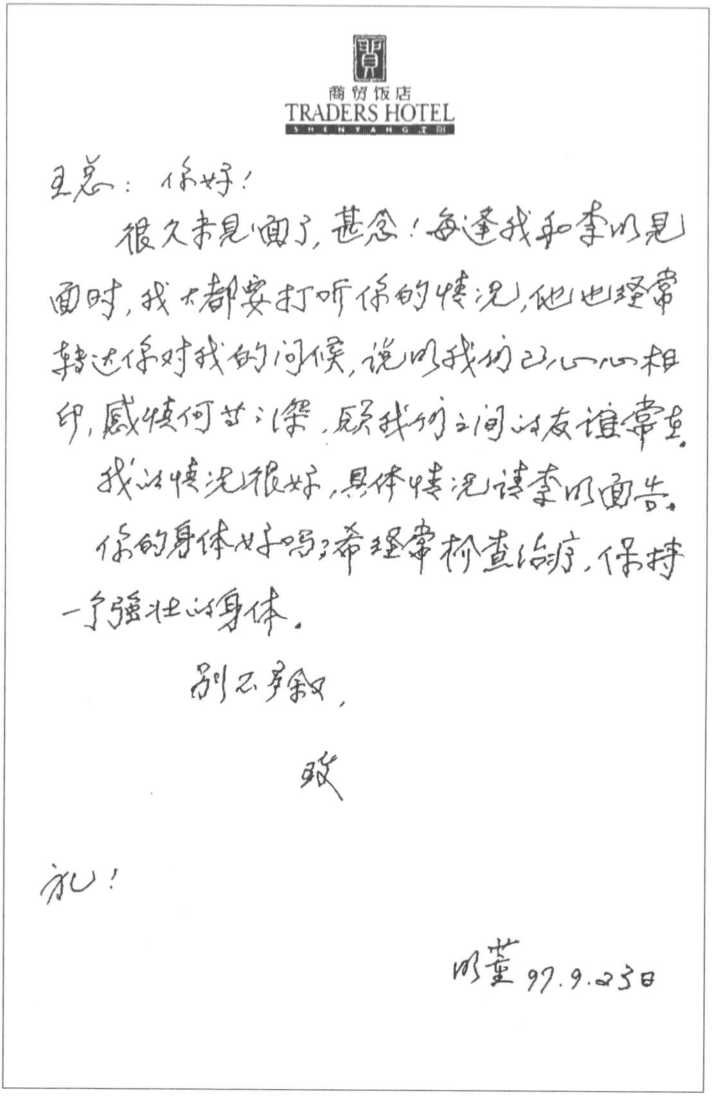

商贸饭店
TRADERS HOTEL
SHENYANG 沈阳

王总：你好！

很久未见面了，甚念！每逢我和李明见面时，我大都要打听你的情况，他也经常转述你对我的问候，说明我们已心心相印，感情何其之深，愿我们之间的友谊常青。

我的情况很好，具体情况请李明面告。

你的身体好吗？希经常检查治疗，保持一个强壮的身体。

别不多叙，

致

礼！

明堇 97.9.25日

劉連昆先生致作者信函之一

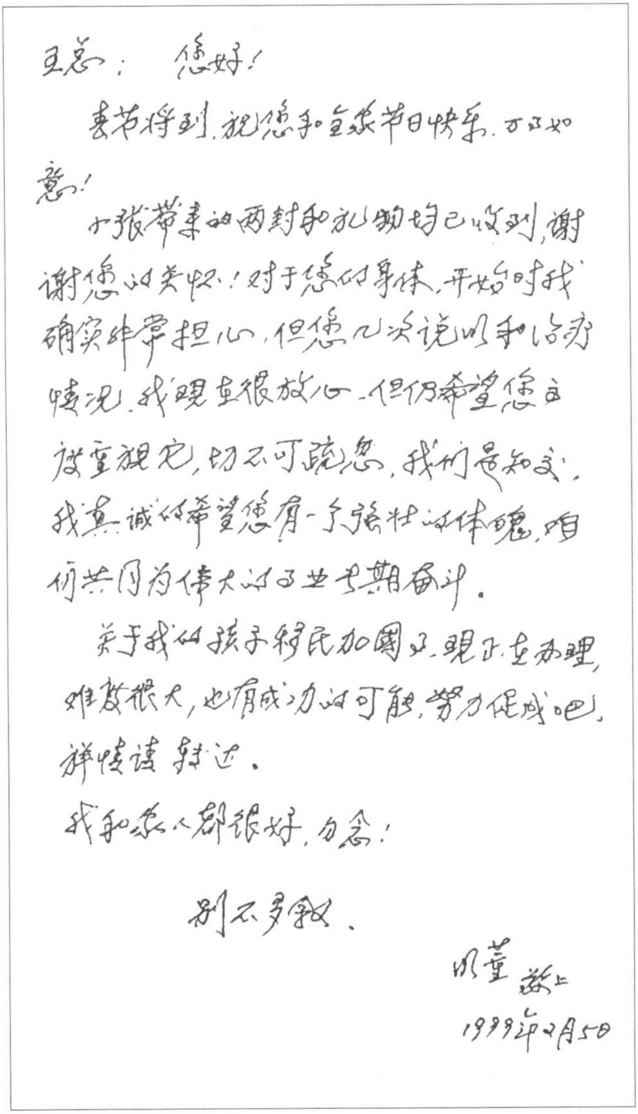
王总：　您好！

春节将到，祝您和全家节日快乐，万事如意！

小張带来的两封和礼物均已收到，谢谢您的关怀！对于您的身体，开始时我确实非常担心，但您几次说明和治疗情况，我现在很放心。但仍希望您高度重视它，切不可疏忽，我们是知交。我真诚的希望您有一个强壮的体魄，咱们共同为伟大的事业而奋斗。

关于我的孩子移民加国之，现正在办理，难度很大，也有成功的可能，努力促成吧，详情请转述。

我和家人都很好，勿念！

别不多叙。

明董　敬上

1999年2月5日

劉連昆先生致作者信函之二

在這次會面中，我也告知劉連昆將軍個人待遇、工作重點、未來方向、及聯補方式。劉將軍的軍事素養高我不少，我也請教了共軍的一些知識和問題。劉將軍是黑龍江齊齊哈爾人（東北是最早的淪陷區），紅五類出身，中共後勤學院畢業，擔任共軍總後勤部軍械部長已有六年之久，曾兩次出國訪問。劉將軍談及蘇聯解體，中共頓失所依，使大陸產生很大的質變影響，而「六四天安門」事件，軍隊鎮壓百姓學生，更是轉捩點。共軍將領紛紛對中共政權喪失信心，也是他參加情報工作的主要動機。

劉將軍講了一句公允的話，他說我到大陸和其南下的會面，冒的險是一樣的，這也是我們合作互信的基礎和憑藉。我們告別分手時一再祝福對方，那是非常衷誠和激動的情感。有時想起我進大陸那種既嚴肅又沉重交織的心緒，就如電影「現代啟示錄」的主角馬丁•辛，一路溯江而上，去執行中情局交付的工作一樣，不管成功或失敗，都可能有去無回。而一般人是難以體會到任務的神聖，除了全力以赴，還可能會付出生命的代價。

對時局的看法，劉將軍表示，台灣面臨的最大問題是「台獨」。台獨是絕對不能接受的，共軍的軍、師級幹部，認為只要台灣獨立，就應該派兵攻台。又談及香港回歸，英國一再抵制，中共當局有人建議九七年收回香港後，成立九龍軍區等等。劉將軍提供了他的軍官證（中共軍人不發身分證，使用軍人證），我也拍了他的近照，本來想一起合影，但有違安全原則而作罷。我代表局長殷中將，致以禮儀乙份（兩瓶XO酒及貳萬美元），劉將軍要我向殷局長轉達謝忱及問候之意。關於劉將軍的待遇問題，我也明確的告知係比照國軍少將階級，每月發給薪津為叁仟伍佰美元，工作獎金另計，如有特別需要可以申請，退休由組織照顧生活及享有福利。

這次的情報行動可以說是圓滿達成任務，成果方面除了爭取了劉連昆先生參加工作，部署了未來的情報路線，並獲得劉將軍提供之重要情資十五件，其中十二件屬於中共中央軍委內部機密文件，劉將軍成為軍情局有史以來最高級的共軍策反案。有了鎮山之寶，也對得起軍情局，真正符合了軍事情報局這個稱謂。但也有未竟之事，關於邵大校出區的問題，還真有些說頭。

按原來計劃是由越交張志鵬在廣西南寧機場，以貳萬港元（款已先付）買通海關人員，用台胞身分矇混出境。我把親自帶去的邵、沈二人台灣護照及台胞證交予他們詳閱討論，唯指出仿製之中共海關章戳顏色尚有差異，他們離開大陸是個重中之重的關鍵環節，必需非常認真的看待和處理。我提出兩個意見：一是暫且延後，尋求時機，仍可以台胞身分部署新的撤離路線，可能費時三至六個月；二是如想早點離開大陸，由我本人以偷渡方式乘漁船來接應他們，再轉往泰國（註）。情報工作和職業軍人所冒的險不同，心理素質不能低過身理素質，情報任務即使事前有所規劃，也常有意想不到的變化。邵大校對我的偷渡方式感到震驚，一時難以決定，只能延後再說。畢竟情報工作特殊，別人幹密使有吃有喝，還能醜表功，而我們要能解決問題，得到答案才是正道。

註：當時軍情局尚有完成此一任務之能力，手中的王牌就是我親自佈建在福建詔安的一個敵後單位，可供接應及密渡之用。正所謂養兵千日，用兵一時。

三、二次赴穗聯指行

劉連昆將軍的專案代名為「少康二號」，化名劉明。自建案後，工作積極，成效無出其右者。殷宗文局長調升國安局後，原職由胡家麒接任，因為工作需要，如新局長上任，派人慰問以表重視；情報蒐集的重點調整及指導；瞭解有關工作疑難，給予支援解決等等。在兩年之約，誠信原則下，我第二次前往廣州，密會聯指劉將軍，任務要點有三：

第一：代表中央慰勉，結合形勢加強理念溝通，鞏固向心。

第二：規劃工作事宜，物色接班人選，建立高層情蒐網路。

第三：確立戰略情蒐方位，深入蒐集預警情報，及中共對台作戰預案。

當時我剛檢查出罹患血癌，白血球指數在五萬上下，局長胡家麒上任未久，深怕行差踏錯，希望我取消大陸之行。魯迅說：「面子是中國人的精神綱領。」而古來即有死要面子活受罪之說。我得病是受罪，受罪在先面子總得保全，為了誠信和道義，仍堅持任務至上。局長胡家麒特地去詢問三軍總醫院腫瘤科醫生，證實短期內不致病發，終於同意了我的行動計劃。出發前，我領了一個月的抗生素備用。十年後，因化療副作用，我開始注射胰島素，所以我告訴別人說，我是吃素的，但不信教。

一九九四年十二月三日下午，我抵達香港，次日和越交張志鵬碰面，研商入陸細節，包括與劉將軍會面的時間、地點、方式、安全信號、備用聯絡辦法等等。情報工作講求有效隔離及複式部署，我並與專案人員李志豪見面，請其五日後在澳門拱北關接應。這項安排是備用計劃，也是工作考核。因為李員負責聯繫一位拱北海關官員，養兵千日，也該派上用場了。在隔離與保密原則下，李志豪反而暴露了雙重間諜的身分，成為了一枚導誤的棋子，保障了我這次大陸之行。我中有你，你中有我，這才是真正的情報工作。這不是電影劇作，確是真實情節。

在香港停留一天，隔日我以醫病和投資為掩護，搭乘早班九廣鐵路直通車入陸，抵穗後透過李志豪商借，由廣州警備區政治部派出的寶馬公務車，已在車站外等候，隨往華廈大飯店登記入住。中午和車長禹國富，駕駛謝柱根，同往前民國初期政要雲集的大三元飯店用膳，大嚐海鮮和鱷魚肉，讓兩位戰士開開洋葷。跟着再往廣州軍區總醫院檢查病況，結果證實是白血病無疑，院方要求我立即住院就醫，我答以明日再來辦理住院手續。下午四時許返回飯店休息，並遣返車輛。

十二月五日下午五時半，與張志鵬約定時間將至，遂整裝出門。在飯店大堂先作檢查，隨即發現一身穿暗紅夾克者，手拿皮包、高一七六公分、年約三十歲的年輕人，眼神怪異。本來大陸人比較老土，遇有新鮮事總瞧個不停，很沒禮貌，但眼角看人顯得心術不正。情報行動第一要務就是觀察，故對人的打扮、神態，和舉止都要留意。廣東人說：「盲拳打死老師父。」那才叫冤。我把他列入觀察目標，即在商店假裝購物，他注意我，我還注意他呢！對方先和一位女子交談，應該是要她去報告上級發現我的行蹤，然後越過馬路，在對街等待朝我觀望。

我步出飯店招呼出租汽車，不用公務車就是避免留下線索。對方立即戴上安全帽，發動機車，真是此地無銀三百兩。我故意讓身後者先上車，跟蹤者又彎身假裝檢查車輛，我一上出租車再查看，原來兩人一組玩跟蹤。我請司機改駛「東方賓館」，因為上次去過，可用來做脫蹤點。機車上的兩人，只好保持十公尺左右，不敢離太遠，又怕跟不上。抵「東方賓館」後，我迅速穿過商場，找個角落在暗處觀察，五分鐘後大小二寶倉促而來，另一人身穿西裝，高一六五公分，去停車場查看，紅衣男則到餐廳蒐尋目標。我想了想，為維護組織安全，決定先往「白天鵝賓館」向張志鵬示警，必要時取消會面，再作圖謀。

本來可以擺脫跟蹤，但下班時段道路壅塞，找不到可乘之車，只能步行至流化公園之「北海漁村」餐廳，輪候出租車，中共人員在附近搜尋下看到我，又尾隨我的車到了「白天鵝賓館」。跟蹤人員怕我故技重施，見我進入酒店，立即分頭到其他出口把守，沒有尾隨而入酒店，給了我一個鬆動空間。我因遲到超逾一個小時，張志鵬已在咖啡廳等候，我接近他時低聲告以：「我被跟蹤，到你房間再談。」兩人裝不認識，上了電梯，進房後始談及被跟蹤情形。

原來張志鵬訂了相連兩個房間，一個房間作為會晤之用。張員到另一房間找來劉連昆將軍，他們得知我患了血癌還冒險而來，均流下了眼淚。我把上級的關懷和指示當面告知，禮品則留下實物，包裝和袋子仍照來時的樣子拿着回去。劉將軍提供的重要情資，則委請張志鵬交予他公司不知情的盛姓女秘書帶回香港。談了一個多小時，最後我向劉將軍行了一個軍禮表示訣別之意，並告知劉、張兩人暫時留在房間，過一段時間再分別離開，要注意隨時檢查有無安全狀況。

我特意由正門離開「白天鵝賓館」，怕人不知還抖了抖身子。原來中共又增派了兩人，來對付我這個國民黨特務，他們見到我後有如釋重負之表情。我坐車直接返回「華廈大飯店」，刻意坐在大堂等待觀察，約三至五分鐘後，即見中共人員步入，至此我計算跟監人員有五男一女，外面應該還有待命駕駛一人，這些人均持有通話機。由於廣州交通阻塞嚴重，中共跟蹤的交通工具應該有兩部機車，再配合汽車做後備。晚上在房內用餐，並思考餘下的行程，覺得還是走為上策，乃電請車長和駕駛禹、謝兩人，次日上午六時半來接我，告以準備到市郊及商場遊覽考察。情報的行動，需要有細緻的籌劃，和應變的準備，才不致為敵人所乘。

由於情況發展變數多，久留無益，任務雖已完成，但不宜再行涉險、自找麻煩。十二月六日清晨五時半起床，整理行裝後到櫃檯清結費用，走出飯店大門，即見對街廣東省國安廳人員，用大哥大在向上級報告，不久約好的接應車輛來接。由於寶馬四千五百ＣＣ轎車馬力十足，一加油絕塵而去，中共的機車難以追趕，心想廣州呀，就此別過了，頗有點徐志摩告別劍橋的淡淡哀愁。我上車以病情嚴重，需要提前返港，請他們直赴廣州火車站，我每人致送酬金人民幣伍佰元，另拿出港幣伍佰元，請他們代購直通車票，黃牛票也行，我在車內等候。大約七時十分，我拿了車票與他們分手。臨時起義之下，順利出關，未遭盤查，平安回到香港。

我在廣州提前撤離後，抵港即向廣州的張志鵬電告平安，惟去電三次均未接通。第四次向「白天鵝賓館」查詢，告稱張已退房。下午再以行動電話聯繫，得知他回到香港，乃見面瞭解後續情形，顯示安全問題並未波及劉、張二人。張志鵬回港原因，主要是把我交給劉將軍壹拾萬美元的滙票，委其代為兌換現鈔。我順便請他轉告說明台灣省市長選舉，是民主政治發展的過程，並不影響一個中國的政策。由於劉將軍擔心民進黨崛起後，引發今後工作走向和合作意願之疑慮，兩岸關係的發展無論如何，也將是我們工作的重大考驗及關鍵時刻，請劉將軍務必堅定信心，為中國未來統一開創光明遠景。張志鵬於次日再搭機赴穗，與劉將軍見面，轉達及部署工作事宜。劉將軍原打算約我到北京走一趟，介紹他的戰友，一位更高階將領見面的構想，也只能點到為止。後來這位不曾謀面的中共高官，還出任了國防部長。

基本上，我二次入區的任務還是成功的。如果要具體的條例，總結這次的實戰經驗，包括了四點重大意義：

1.蒐獲中共內部重要情資二十件，內容極具參考價值，也證明台灣情報員不全是吃素，也有精明幹練的。

2.應變得宜，內線劉將軍未受安全影響，又持續工作了四年，幫台灣渡過九五、九六年兩次台海危機。

3.由於本人的脫逃成功，促使中共內部作了深刻檢討，加強了中共反情報工作的思想觀念和配套措施。

4.暴露且證實了潛伏在軍情局多年的中共特工李志豪，導致李志豪二年後在台被捕，判處無期徒刑。

「少康專案」的有關人員，每個人都有不少故事可說，應先補充一下為什麼我一入陸就遭到跟監情事，而我一倒帶就找到原因。在入陸前一天，我和專案人員李志豪在香港會面之後，曾一起路過中國旅行社，去訂房時，李志豪問我準備住那一家飯店，我說：「華夏大飯店。」我是單獨行動，只有他知道我的住處，至於我去做什麼，和什麼人見面，李志豪全然不悉，否則張志鵬早就出事了。李志豪向中共廣東國安廳滙報的，只有我的落腳和出區地點。我從「華夏大飯店」起被跟蹤，心理就知道李志豪是內間，但李志豪也產生很大導誤作用，中共在我告訴他的出區地點澳門拱北關集結重兵，自然撲了個空。孫子兵法始計篇曰：「兵者，詭道也。」謀攻篇又曰：「知己知彼，百戰不殆。」孫子的英明神武，二千五百年後，在此一役中都得到實踐和檢驗。

我和劉將軍分手時，他說了一句話：「你是我的知交」，「朋友滿天下，知交有幾人。」更何況是戰友，我將永遠記住這句話。後來他犧牲，我出書坐牢，更彰顯了知交的意義和精神。這次之行，我回到台灣第二天，即住進三軍總醫院，開始治療白血病，我的工作報告，也是在醫院內完成。

四、少康專案之落幕

我在大陸遇險的經過，就像電影的情節。局長胡家麒聽了覺得不可思議，等他覺悟過來，又稱讚我是軍情局的第一勇士。後來根據內線情報，廣東省國安廳上報中央，稱我是被嚇退的，證實大陸不知道我已完成任務。胡家麒要我在國父紀念月會向局裡長官同仁報告心得，這是殊榮。一般在禮堂台上講話的，不是局長以上長官，就是專家學者，我何能何德。胡家麒用意是希望激勵同仁士氣，我又不能學前副局長楊學晏在他退伍茶會上，高喊我們策反了共軍將領，或是說在中共的圍捕下，我跑了回來。

那一次的演講，我朗讀了白居易的一首詩：「周公恐懼流言曰，王莽謙恭下士時，向使當初身便死，一生真偽有誰知。」也就是勸人不可以一時之譽，稱其為君子，不可以一時之謗，斷其為小人。後來有人問我「退伍後打算做什麼？」我回說：「不做革命軍人後，我要做革命小人，準備寫作和分享。」寫作就是把舊帳說清楚，分享什麼呢？乃三十年來工作所換來的成果、榮譽和經驗教訓。

劉連昆將軍在工作七年後，一九九九年三月下旬遭中共國安單位偵破，劉將軍和邵大校兩位均遭到處決。中共在逮捕劉將軍時，我人在菲律賓。實際上，我這個原來的策劃兼執行人的角色在兩年前已脫離案子，換了人間，不在其位，不謀其政。但我在劉將軍失事當日，即已得到警訊，因為遭到株連的還有我的大陸親屬。我的堂弟與該案無關，雖為共軍上校處長，並不認識劉、邵兩人，但人還是被帶走，家中被翻個底朝天，落得被迫退職的下場。堂弟被抓後，他的家人打電話到澳洲留學的家人，再傳到美國的家父，轉知予我，只有軍情局麻木不仁，還在春秋大夢之中，等着上鈎。

「少康專案」的影響很大，中共國家主席江澤民，幾次在中央政治局及軍委內部會議上大發雷霆，表示不敢相信，共軍高層竟然會出現這等嚴重的反叛事件，真是奇恥大辱。江澤民指李登輝主張台獨，而共軍高層竟然會有人去支持他，這是分裂國家的大罪，無可饒恕。其實，劉將軍是反對台獨，當李登輝提出「兩國論」後，劉將軍就提出退出工作之要求。劉案不僅造成全體共軍的震盪，更直接衝擊了總參、總政、總後等三大總部和北京、瀋陽兩大軍區，遭到審查的共軍將領及軍官達百人之多，受牽連入獄者有三十人。台灣內部也受到巨大影響，在局面難以收拾下，導致當時的軍情局局長徐筑生被迫去職。

「少康專案」直接的參與人員，每個人有着不同的命運，除了我因病派到加拿大，劉將軍和邵大校被處決，替補交通楊銘中被判死緩，張志鵬年過七十已先退休逃過一劫，沈麗昌移民西班牙，均倖免於難。劉將軍遭拘捕時，堅決否認為台灣工作，中共一時也無法認定。這時，也就是失事的十二天後（四月九日），軍情局第六處處長黃其梅貿然派遣了楊銘中入陸聯補，楊銘中在上海以手機、電話向劉將軍取聯未果，暴露了身分，在離境時被抓。由於軍情局適時送上了人證和物證，才確定了劉、邵二人之罪名。黃其梅在第六處任內，大案失事連連、紕漏不斷，罄竹難書，多行不義必自斃，被處以不名譽的勒令退伍，還自認委屈。做人最可恥的就是不知恥，尤其對軍人而言，中國的亞聖孟子說的真好。

「少康專案」由於功績彪炳，帶契了不少人，除了劉將軍獲頒陸光獎章，其他獲獎人員，包括本人在內，則有十數人之多。記得，我第一次簽報敘獎時，獎勵人員只有三個人，即局長、處長，及劉將軍，但因案情機密，國防部的核定是局長殷宗文事蹟存記，處長王鼎記大功，只有劉將軍拿到獎章。後來我個人因入陸執行專案圓滿達成，第二次獲選當年的國軍楷模。

中共「九六軍演」，台灣幸賴劉將軍的預警情報，得以渡過危機。有功人員申辦獎勵時，也把局長胡家麒列入敘獎名單，獲頒褒狀乙紙，普天同慶，人人有獎，我也第三次當上了國軍楷模。還有一個秘辛，這個案子的建案獎金伍佰萬元（當時約值壹拾柒、捌萬美元），局長殷宗文批的，但他一毛都沒有拿到。最奇怪的是，劉連昆失事後，有關人員都迴避推諉失事責任，竟然沒有一人受到處分，尤其是始作俑者黃其梅。聽說後任的主管歐降龍被叫去罰站了半個小時，其實是為另一個失事案。我雖然不再經管業務，為了方便局長行事，主動提出要求記大過一次，也沒人理我，當「漆線」（不正常），敵後人員被處決，非常之事，豈能不了了之。

「少康專案」的內情，雖然新聞多有透露，但其中貓膩甚多，經過剪接的內容，往往知其然，不知其所以然。比如：一開始不知案名，一名記者謝X良為了報導而報導，亂寫一通，稱為「〇〇一專案」，並指失事是李志豪提供的線索。同時在《亞洲週刊》上提供了李的假照片，極盡扯淡之能事。還有雜誌登是賴昌星檢舉的，也是胡說八道，生安皂白。在媒體爭功報導下，更換交通部份，竟成為討論重點。其實，交通員張志鵬雖然建案有功，但由於他的貪婪、傲慢，逐漸影響了案情的正面發展，負面效應不斷擴大。為了消除制約因素，更換交通員反成了當務之急。

司法鑑定專家李昌鈺說：「證據會說話。」我不是財會人員，但金錢也會說話，讓人看懂是非。張志鵬工作十年，除了每月領取上校待遇貳仟伍佰元美金，往返大陸所有開支每次伍仟美元計算，少數五、六十次，加上假公濟私，這又是一筆帳。在聯絡劉將軍期間，除了剋扣工作獎金達貳拾萬美元，軍情局贈送劉將軍一個勞力士錶，我在香港買的是壹萬多港元，張志鵬轉手賣他伍萬港元。我親手交給劉將軍的經費壹拾萬美元，張也剋扣了貳萬美元，搞的局長胡家麒以為是我貪墨，以上不過列舉大端。劉將軍一再反映了張的人品有問題，由於工作受到滯礙，發生狀況不處理也不是辦法。

更換交通員，不是說想換就能換。本來最直接有效的途徑，就是由我直接到北京安排，但我的身分已經曝光，又有重病在身，只能以間接迂迴方式，考慮到副作用和配套作法，而由楊銘中接替並不是第一方案，原先另有人選。在張志鵬的抵制下，劉將軍急則生智，建議自己和張志鵬一起退出工作，這才另派楊銘中入陸銜接了後續的工作，而後方的承辦參謀，也同時換上了新人。

張志鵬退休時，軍情局發給了他慰問金壹拾萬美元，離職金叁萬多美元，補償金壹拾伍萬美元（按：邵大校亦發給了離職金壹拾萬美元）。不過，不義之財，來得快也去的快，張志鵬的老毛病不改，聽說在賭場輸了叁、肆拾萬美金。另一角度來說，如果不更換交通，劉案失事可能搭進劉、邵、張三條人命，反而解救了楊銘中、張偉、吳麗青這些受牽連的人，劉將軍之子亦被判刑十五年，特別是被張志鵬利用的姚嘉珍、盛××這兩位女士更是冤枉，百口難辯，遭中共判處了無期徒刑。

劉連昆失事後，在國際新聞的推波助瀾及台灣島內的抄作發酵下，折騰了二年時間。二〇〇〇年的五月，反國民黨作家李敖，率先狀告前總統李登輝涉及貪瀆、內亂，及洩密等三項罪名。其中洩密罪部份，指李登輝公開了劉將軍提供的機密情報，張志鵬看機不可失，趕忙乘風借勢，也提出了「國賠」，居然又訛詐了軍情局仟萬之數，一個願打、一個願挨，薑是老的辣，老漢吃柿子唄。軍情局對以往失事人員，賠償問題從不乾脆，能拖就拖、能賴就賴，有錢捨不得給，終於吃了大虧，成了豬八戒照鏡子，原來中國人總是喜歡敬酒不吃，吃罰酒。

五、劉連昆功績不少

真正的情報幹部，對自己做過的事，尤其是大事不能一點感覺和想法都沒有。不敢說就是不負責，不負責的人，就不夠資格享有榮譽。再說，一個人生前有重要貢獻，死後也必然有大深遠的影響，歷史也會留名。當然，外行看熱鬧、內行看門道，少康案就算各花入各眼，但功績卓著、犧牲於後，豈能以一孔之見，一筆抹煞。劉連昆將軍所蒐報的情資，包括「中發文件」、「中央軍委文件」、「中央領導講話」、「國家計委文件」、「中辦通報」、「總參、總政、總後文件」、「外事動態」等等。尤其是中央領導在軍委擴大會議上的發言，重要情況通報，使軍情局充分掌握了中共國家戰略和軍事戰略的情訊，這些情報主要都大簽給國安局局長、總長、部長、院長及總統核閱。

每當中共舉行軍事演習，劉將軍均能提出預警情報，特別是中共的「九六一軍演」，這是一次準戰爭的行動，情勢極為嚴峻。劉將軍在演習D日的前三個月，反映了演習情況，使台灣當局有時間向美、日兩國提出求救訊號。而李登輝本曾為日本皇民，國家大事也向日本諮詢，把日本視為祖國，軍情局蒐獲之中共絕密文件，也是他交給日本媒體登載。台灣人老愛吹牛，李登輝、陳水扁都有這個毛病，後來因為他們的性浮嘴欠，導致了上百敵後情報人員失事。這筆無法償還的壞帳，讓李、陳二人背負了永久歷史罵名，要知道情報歷史，本就是國家記憶，玩忽職守，企圖脫罪的人，誰也跑不掉，更何況數典忘祖之輩。

「少康專案」需要探討的部份尚多，足夠寫上二十萬字。劉將軍工作的六年多時間，由工作的績效，可以分為前、中、後三個階段。我兩次晤聯為前、中期，後期的二年，整個背景環境變化很大。除受人事更迭及幹部作風影響，最重要的是後方承辦人員的心態，得過且過、不思進取，把劉案當金礦來挖，致使劉將軍失去信心，與軍情局的關係漸行漸遠。劉案失事後，副局長翁衍慶還出面否認與軍情局有關，反而知情的國安局副局長胡為真表示由衷的欽佩。其實，「少康專案」有很多敗筆，值得總結檢討。軍情局不敢面對失敗，避坑落井，果然出現兩個結果：一是重蹈覆轍，又接連失事了幾個大案；二是一蹶不振，策反工作停擺，高級情報難再。

劉案象徵的意義，對軍情局而言，是一個極其慘痛的教訓，並付出了難以估量的嚴重代價。負面的影響接踵而來，甚至引發「為誰而戰、為何而戰」的思想癥瘤。而重要情報的斷源，直接影響到情資的質量和運用，對共軍的佈建，一向難度較大，失去高級情報路線，將使情報工作落後十年以上。如果沒有改革良策，情報蒐集的成效，必然倒退，濫竽充數。劉連昆將軍不但是同志，也是老師。他在情蒐上有三個特色：一有指導、有回報；二主動帶出情蒐方向；三情報反映即時有效。比如：劉將軍蒐報中共向俄國購買的一百套S-三〇〇導彈，分別部署於北京和廈門地區。如果沒有這項寶貴情報，戰爭開打，台空軍犧牲必然慘烈。劉將軍的情報，也是一種另類教材。

軍情局不是不重視反間工作，而是不懂做反間工作。中共國安部有兩個局負責反間工作，而軍情局真正接觸過反間工作的不過二、三人，真是雞腿與蚊腿沒得比。情報處對反間情報也不懂辨識、不懂運用。情報工作講求謀略，自然也有謀略情報，這方面容後再舉例介紹。對反間工作指導上必需追縱、部署、比對、參證等方法來鑑定，再決定作不知情（將計就計），或知情（釜底抽薪）的運用。情報不會全然是假，否則反而暴露身分與企圖。如何辨假識真，那就要靠智慧、經驗，和主客觀因素，才能做出正確判斷和結論。

情報工作最大的罪孽就是出賣。以往最常見的是下級出賣上級，如今鳥槍換砲，上級出賣下級的情事屢見不鮮。有一個最強有力的證明，就是李登輝、陳水扁所公開的情資，提供的蒐報者，不是失事坐牢，就是遭到處決，死傷枕藉，前所未有。古人所謂的「竊國者侯」、「一言喪邦」，看來還真有其人其事。敵後人員的營救和善後，軍情局是一不行動、二不總結、三不檢討、四不吭氣、五不怕燙，以死豬精神，唾面自乾，隨你們的便。難道不知道把失事案件，整理成冊，找出一千個傷心的理由，難道不應為死難者負責、為情報再教育、為工作再出發，重整進軍的準備嗎！坐吃山空、坐以待斃，又對得起國人（大陸俗稱人民）嗎？

在情戰實務方面，策導反間工作，接班人的問題，應該在建案的同時，尋找空間開始規劃，尤其內線人員工作安全期，一般在三至五年。我承辦的專案，高級內線工作多超過十年以上。由於目前承辦人員常有調動，這也造成洩密之虞，有很多例子可循。「少康專案」出事後，局長薛石民想查出失事原因，一查案卷發現蓋過章的有七十多人，也就是無從查起，所以冒出許多臆測說法，其實是受到他案牽連所致。找不出原因，就不能結案，花上十年、二十年也應該，中共的情工就有這種鍥而不捨、前仆後繼的精神。

很多情報幹部經驗修養不足，以為照前人的路走就對了。其實，環境情勢一直在變化，意料不到的事時有可能發生。別人對的，到你就未必，尤其明知新的情況而不知因應，這才是關鍵重點。對情工人員應有待遇和善後處理，不屬工作績效，卻必需優先處理，這不單是工作精神的實質問題，也是情感道義和領導統御的良知表現。漠視對方權益，可能因小失大，名不符實，亂開支票，都是導致工作退化和衰敗的主要因素。格局不夠，做不到的事少說。又比方「少康專案」，我曾致贈劉將軍勞力士錶，表示謝意，後期接任者，東施效顰說要再送勞力士錶，話說出口但捨不得花錢，改送了浪琴錶。其實，「少康專案」也是一本最好的教案，看盡世態炎涼、官場醜惡，主講人我是當仁不讓，義不容辭。

聘、聯幹及其他情工關係，既可以成事，也可以敗事。聘幹、基幹，及領導幹部是一條線的工作關係。危難時，甚至是一根繩上的螞蚱。相處應建立在情感道義的基礎上，而彼此相處扞格，遇事意見分歧，好處與人爭利，是做人的失敗表現。凡基幹遭到出賣或牽連，最先檢討的就是當事人的品質和作風，而工作績效不佳，則與單位主官的缺乏誠信和以權謀私，有着密切的關係。當前情報幹部，工作積極性不足，缺乏攻堅的精神與能力，在情報經費不足，幹部素質不及，作為保守落後，如何提升情報戰力和工作成效，實為值得正視和研究的課題。

以往由於情報工作具有權威性，情工幹部知所適從，也能競業，極少上到新聞版面，故一直保持着較佳形象，聘幹與基幹這種基層關係之矛盾較小。近來由於年紀、思想、作風，以及心態等現象問題，往往浮現於工作之中，甚至有私心作祟、不明是非、自以為是情形，而基幹觀念偏差、陽奉陰違，服從性不足，聘幹、基幹，和主官倒成了三角關係，在形式主義下，對工作發展有不利影響。接敵、用敵的藝術修養非一日之功，必需具有學習和負責精神，念茲在茲，才能有效運用情報資源和提升搞好未來工作。

柒、赴加拿大之行

順着本書寫作的思維，要先談我在第六處副處長的五年多任期，作了些什麼工作。第一是加強建立和規劃情蒐的管道和路線。在政、軍、心，和對台情報等績效表現堪稱本局之冠，甚至可以具體指名來說：黨政情報有佟達寧；軍事情報為劉連昆；科技情報係沃維漢；對台情報屬曲煒，當然這只是佼佼者，各代表了一方面的主流功能。還有複式佈置及其他蒐情的成效，否則第六處也不會成為第一大情戰處，獎金之多，連特交中心主任陳虎門也羨慕不已，放話說要調到六處，以資彌補。可惜，這些大案、要案，在我調離第六處後數年間，悉遭中共國安部破獲。我不是敗軍之將，但也令我抱憾餘生。

其次，有效指導大陸民運的情戰化，加強海外聯指工作，以蒐情為導向，相機推動謀略心戰，使海外民運組織都能成立心戰據點，以各種心戰型態，傳聲造勢。並提倡幹部帶頭，落實接合工作部署，為了達到幹部培養之目的，提升工作能力及訓練膽識，除本人率同辦案人員至新加坡、澳洲、香港、泰國等地執行專案任務外，處裡半數基幹都有赴海外之經歷，不僅激活了工作幹部的信心和動能，使第六處呈現欣欣向榮的局面，讓各同仁產生自豪和成就之感，有了士氣才能打勝仗。

還有為了貫徹中央派遣五大專案，個人親自入陸執行策反工作外，也完成基幹派遣二十餘案，及建立商貿據點四處，以迂迴方式派員到大陸考察投資，對政策的落實，均圓滿達成任務。如果要以數字來反映工作績效，用大陸領導人說的話形容，那就是情報蒐集和組織佈建兩項任務，在原來基礎上，都番了一番。

一、使徒行者的任務

「加拿大」和「大家拿」曾經是大陸流行的順口溜。想不到加拿大這個北美的國家，竟然成為個人情報生涯的第三站。一九九六年七月，軍情局第六處處長黃國道調升國安局大陸處處長，當時國安局局長殷宗文屬意我接任第六處，黃處長也多次向軍情局局長胡家麒推薦我是不二人選，胡局長知道我是排序第一的特優人員，風頭正健，但擔心被人檢舉他任人不當，提升了一位重病患者。我當時身體狀況很差，每天仍需治療，要注射九百萬單位的干擾素，當然更難想像的是，還能活到今天提筆寫回憶錄。持平來說，胡家麒有點柿子挑軟的捏，前任第六處處長王鼎隱瞞病情，洗腎多年，該退不退，胡局長不是也提升他為執行長，主要是胡的做人處事，瞻前顧後，一碗水端不平，故時有檢舉他的黑函，最後升上將自己也沒過關。

我做事喜歡講求策略方法，先禮後兵，讓人一步，為了讓胡局長便宜行事，同意到海外養病的建議。胡家麒內心是感激的，所以要委我任北美地區督導官，並且給予升少將退伍的承諾。出任北美督導官的事，我當場以健康為由婉拒，至於「升退」，因為執行「少康專案」時，我就代表軍情局以少將名義入陸策反共軍劉連昆少將。事後的執行要報，曾大簽參謀總長劉和謙，並轉呈總統李登輝核閱在案。李登輝的批示是「務須絕對保密」，結果他卻公佈了劉將軍提供之情資，說中共發射的導彈是「空包彈」。胡家麒不欠我什麼，是國

作者與黃國道先生合影

作者夫婦派駐溫哥華時留影

家欠我一個「少將」的榮譽，就像前監察院院長王作榮一樣，因批評李登輝，離任時未獲應發給的勳章，認為國家虧欠了他，十年後才得到補發，彌補了其心中之憾。胡家麒不知牙齒當金使，開的支票並沒有兌現，反而殷宗文先生說我沒有升將軍是他的失策。他的想法是我的功績都在軍情局，升處長後再把我調到國安局工作，一展長才。可惜後來罹患癌症，大大改變了我的命運。

我是一個使徒行者，任務就是情報。一九九六年的八月下旬，在內人的陪同下，我們抵達加拿大的第三大城—溫哥華，這是我的第五次海外征程。局長胡家麒同意我的內人隨赴任所，以便照顧我的生活起居，而內人最重要的工作，就是每天給我的藥物注射，計算下來，我挨針紀錄大約有二千五百次之多，這真是一段難過的日子。剛到溫哥華的一個星期，陰雨連連，人生地不熟，行動受到限制。因為沒有接應人員，由觀察搜索開始，主要的活動，就是遊走街頭，東張西望，美其名為瞭解工作環境，最重要是找到落腳點，解決生活問題。我雖然是病人，但有三項資源：一個是具有工作經驗和個人鬥志；二是掌握政策方向和上級信任；三為不是孤軍作戰，還有內人的支助和指點。進一步一個人的成功固然要靠付出和努力，但失敗的教訓，也是重要資產。進一步說，吸收失敗的經驗，是可以充實工作的內涵，促進智慧的生產和運用。

軍情局在加拿大的工作水準和表現，一向是武大郎放風箏，出手不高、格局不大，主要是充當備胎的角色，也可以說是聊勝於無。原來溫哥華有個直屬員單位，由外號「小紅臉」的學長王××派駐。因為績效太差遭到撤銷處分，回到台灣大罵處長王西田是混蛋一個，也不想想他在加拿大入了籍、五子登科、車子、房子、銀子、妻子、兒子都有了，還拿終身俸，什麼好事都占滿，唯一缺陷就是什麼都長，輩份也夠，而身材沒長，還是那麼矮。情報局時代，海外基地的重點地區是港澳和泰緬，張式琦局長上任後，又開發了美、日國家的佈建工作。加拿大只派有多倫多和溫哥華兩個小單位，因為地理關係，和氣候條件，加上幹部素質問題，情報功能極為有限，這兩個單位前後不過四個人，卻爭風吃醋、相互告密，鬧出不少動靜。特別是多倫多單位的魏唐張演出的三國演義，正應了香港人所說：「三個女人一個墟」那句話。

按照軍情局的規定，新建的海外單位，頭半年可以不納入檢討，也就是有半年的工作部署，以便建立生活及工作秩序，發掘關係路線，和物色工作人員。基地單位的首要事項 就是建立通聯系統。我赴任時，最重要的「兩帶」，就是帶上內人和帶着保密器（代號：安四），有了法寶壓箱，二個月時間，就端出了成績。毛澤東說：「沒有調查，就沒有發言權。」這個調查，其實就是情報。情報蒐集一般由當地國家的政經軍情勢開始，但因為不是做駐在國的情報工作，所以應該先以加拿大與中共兩國的發展關係與走向為基礎，進一步到建立由加國到大陸的蒐情路線。

加拿大的基本情況，首先是面積有九九六萬平方公里，比台灣大了二七七倍，蘇聯解體後，躍升為世界第一大國。當時人口卻只有二千七百萬，僅比台灣多了四百萬人，可稱得上地大物博，但氣候寒冷，人口大多數住在美加邊境，及五大湖附近較溫暖的城市，全國共分為十個省及兩個管轄區，大溫哥華人口約一百一十萬。香港「九七」回歸前，多倫多和溫哥華成為港人移民的主要目標地區，後者就有華人約六十萬人，佔全市人口百分之三十一。英語及法語雖為官方語言，但粵語及台語的實用性，則優於法語。

我在第六處工作的時候，對美加地區雖負有督導之責，但美國基地單位撤出後，只有單線的民幹負責民運任務。加拿大亦為聘任直屬員單位，沒有基幹派任，所以我到加國可謂任重道遠，幹的好是理所當然，搞砸了自有閒人笑。談加拿大的工作，對我來說，是最好寫，也最不好寫。好寫是我做的比別人多，題材有的是，不好寫的是，如果自吹自擂，成了自個兒拜把子，算老幾呢？不過，寫作就是一種自我表現，才有獨特之處。文學家魯迅認為寫歷史，不但要看正史，還要看野史。情報工作搞神秘，怕曝光，不敢公開內部訊息，野史自然升格為正宮，故事流傳之下，自然地取代了歷史的角色和功能。就像《三國演義》之流傳和影響，均勝於《三國志》一樣，而前者為章回小說之型態。

到加拿大做工作，基本上從華人入手，有中國人的背景，好溝通，容易有共識及關係路線。卻有個感想，覺得華人第二代還有中國味及國家觀念，第三代以後就算雜種了，思想觀念有差異。混血的更壞，還專吃中國人，講的只有金錢和利益，洋人比較單純，脫他褲子還對着你笑。想做中國人的工作，先要有提防之心，在國外不談道義，中國人當漢奸、狗腿子，歷史鏡頭最常見到。當地華人受文化夾層影響，真正可用的人不多，反而大陸來加人士，崇洋思想濃厚，多無一技之長，為身分而移民，出國忘祖國，在生活環境的條件限制下，容易吸收運用。

二、工作上又有突破

九〇年代中期，中共為打破天安門事件的國際封鎖，加強了全面的外交活動及僑務工作，甚至國家主席江澤民，亦史無前例的率團到加國參訪。這是中共企圖在美國頭上抓蝨子的新外交戰略，也間接提升和促進了華人在加國的政治地位和貿易發展。而江澤民於一九九七年下旬訪問美加後，中共外交部要求當地駐外部門，應加強對美國科技資訊之蒐集，強化與美國政府及民間之聯繫。中共駐溫哥華總領事宋有明並提出當年的三大目標為：加強中加友好關係；改善僑務工作；和積極推動兩岸統一任務。

情報局時代，不是不知道外交情報的重要，只是當時大陸在美英等國的圍堵下，走不進國際社會，而大陸情報工作，以寡擊眾，任務艱鉅，講求縱深，把迫切危機，列為第一任務。蒐集方向集中於中共內部與台灣當面，對外交情報難以兼顧，又缺乏外交部門支援，成效始終不足。張式琦局長任內，積極發展經營的美國基地，剛站穩腳步，打下暗樁，又因「江南案」毀於一旦。如果從情工的角度和佈局來說，加拿大的佈建理應受到重視，一來可迂迴建立和居中聯指美國地區工作，二來運用有利條件、佈置組織力量、擴大接敵層面，形成另一個情報戰場。而外交情報的開打，由我到加拿大而起，這是我最值得回憶和記述的篇章。

外交情報和對台情報，一向是台灣當局最重視、最需要的戰略情報，美國人也持這種觀念和想法。我在第六處時，曾蒐集到不少對台情報，諸如：「錢其琛同志在中央對台宣傳工作會議上的講話」（絕密）；「王兆國同志在全國省、區、市台辦主任座談會上的講話」（絕密）等等。但外交情報沒有關係路線，就極為欠缺。記得，劉連昆將軍為我工作時，為了瞭解當時中共在這方面的思想走向，曾指導他提供寶貴意見。劉將軍回報中共中央下發的「江澤民對外交使節人員的講話」，就是它的精神和目標，並提供了這份也是絕密的文件，不但受層峰重視，近水樓台下，也提高了我對中共外交工作的認識與瞭解，並具有很大教育和啟發作用。

九〇年代，江澤民上台後，有鄧小平撐腰，開始搞大國外交與睦鄰政策，並強調和尋求機遇與挑戰。外交學者稱之進入「後冷戰時期」，這個名詞和

「中國威脅論」一樣，主要都來自美國的頑固派，這些披着學者外衣的情報分析人員。江澤民的外交政策，讓大陸走了出來，確實提高了中共外交人員的地位和份量。具體的成效就是建交國增加了二十八個，比台灣當時碩果僅存的邦交國還多了六個。到了蔡英文時期，總數只剩十五個。在中共的元首外交攻勢下，大陸的領導階層，國家主席、國務總理、人大委員長、政協主席等，紛紛輪番出訪，大開洋葷。相對的台灣外交躊躇不前、一籌莫展，死雞撐飯蓋，只能負隅固守。

戰略情報既是國家安全和外交政策的依據，中共要打入大國外交之列，自然不會只見樹不見林。除了加強外交的指導活動，和相關配套措施（如下發「大國關係的重大調整」、「正在形成的新安全觀」內部文件，國務委員彭珮雲等一行八人赴加訪問，在加拿大亞伯塔省卡加利市建立總領事館等）。同時也提升情報作為，派出大批情工人員，進行蒐集目標國家的高端科技情資。外交工作一般由建立關係開始，再進入互惠的實質合作。中共的外交開展，則由領導階層帶頭起步，利用經貿手段，活絡雙邊，在互往之下，建構各種夥伴關係，以踏進國際體系，爭取最大國家利益，還立下「一個中國」的門檻，所以中共的外交工作，也包括了對台的工作任務。

三、舉個最好的例子

江澤民上台後，提出了關於「講政治」的講話，跟着加入了「講正氣」、「講學習」，成為「三講」政治運動，我也成為他的粉絲。江澤民的重要講話，我都認真地學習過，口說無憑，先舉一個例子作為證明。江澤民於一九九四年四月，在國務院對台經濟工作會議上的講話，這份絕密文件的內容要點是：

一、完成祖國統一是全中國人民的歷史使命，中國共產黨人為此作出了不懈的努力。作法包括：

根據鄧小平思想，以經貿合作與人員交往為中心，促進兩岸關係發展，推動和平統一進程為重點。

以中央台辦負責人，一九九一年六月七日提出的三點建議，呼籲正式結束兩岸敵對狀態，逐步實現和平統一。

重申關於實現直接「三通」和雙向交流的主張，大力推動兩岸經濟貿易交往和合作，積極促進兩岸人員往來和各項交流的不斷擴大。

針對島內政局的變化，調整工作對象，在一個中國的前提下，什麼問題都可以談，包括就兩岸正式談判的方式問題，同台灣方面進行討論，找到雙方都認為合適的辦法。

成立海峽兩岸關係協會，與台灣海峽交流基金會，進行事務性商談，求得解決兩岸同胞交往中的一些具體問題。

一九九三年八月，發表了《台灣問題與中國的統一》的白皮書，全面系統地闡明了台灣問題的由來和現狀，及對台灣問題的原則立場和基本的方針政策，也在兩岸及國際上產生了重大的作用和影響。

二、解決台灣問題是一項長期任務，和平統一祖國要有歷史的緊迫感。要認識到：

中華民族是一個偉大的民族，有着維護統一，反對分裂的光榮傳統，儘管中國歷史也有過多次內憂外患，也曾出現過若干次分裂局面，但都是短暫的，最後總是歸於統一。

黨的十一屆三中全會以來，鄧小平把馬克思主義的基本原理，同中國的具體實際結合起來，集中全黨和全國人民的智慧，創造性提出了建設有中國特色社會主義理論。在這個理論的指引下，促進台灣問題的解決，完成祖國統一的事業正在向前發展。

中國是一個發展中的社會主義，塊頭大、份量重，並且是聯合國安理會常任理事國，在國際上的地位舉足輕重。我國堅持獨立自主的和平外交政策，反對霸權主義和強權政治，維護世界和平，促進共同發展，在國際事務中的作用越來越大。

十幾年來，在黨的「和平統一、一國兩制」方針的影響下，經過包括台灣同胞在內的全國各族人民的共同努力，海峽兩岸關係發生了重大變化。長期隔絕的局面已經打破，人員往來大量增加，民間的交流不斷擴大，間接「三通」已經實現，事務性商談取得進展，兩岸人民之間起了溝通理解的橋樑，在大陸和台灣之間形成了密切聯繫的紐帶。

三、以經濟工作為重點，做好新形勢下的對台工作，推動和平統一祖國的歷史進程。其方向是：

兩岸都有發展經濟貿易合作的需要。國內發展社會主義市場經濟需要資金、技術及先進的經營管理的經驗，而台灣在這方面有不少東西值得我們利用或借鑒。台灣在金融財稅方面就有不少好的做法，這個你還得承認。台灣的經濟技術界不僅有相當一批專門人才，產品的行銷渠道也相當廣泛，應用技術的水平也是不低的，比如農業技術就很發達。歸根到底，經濟是一個決定性的因素，台商來大陸投資是不可阻擋的。

擴大加深兩岸經濟關係，有着良好的基礎與廣闊前景。在兩岸關係各領域中，經濟交往活躍，已經有了相當的規模與良好的基礎。對台經濟工作在帶動兩岸關係全面發展，加強兩岸人民之間的瞭解、增進感情方面的作用，是其它工作無法替代的。黨的十四屆三中全會以來，若干重大改革措施相繼出台以後，大陸對台灣的吸引力也進步增強，爭取台灣大財團和更多的中小企業來大陸投資，是完全可能的。

發展兩岸經濟關係，對遏止台灣島內的分離傾向，促進祖國統一的完成具有深遠的影響。兩岸經濟合作交流，實質上是兩岸利益的結合，經濟聯繫越廣泛深入，經濟利益的結合也就越密切。一旦形成了「你中有我、我中有你」，誰也離不開誰的「唇齒相依、血肉相連」之局面，兩岸關係就可進到一個新的階段，任何人想分也分不開，必然對遏止台灣獨立的傾向產生重要的作用，對台灣當局的大陸政策也必然產生重大的影響。為了解決兩岸經濟交往中產生的問題，台灣當局不得不與大陸進行各種形式的接觸商談，最後對政治性的談判，也會起到一定的推動作用。

江澤民在講話中透露不少信息。例如：「一國兩制」構想在解決香港、澳門問題上的成功運用，為解決台灣問題創造了有說服力的範例，產生了廣泛而深刻的影響；台灣現在的當權者不希望統一，李登輝心底裡不希望統一，寧做鷄頭，不做牛尾，玩兩手策略，不放棄統一的旗號，還利用公開和秘密渠道，不時地放出試探氣球，摸我們的底牌，作出姿態；台灣當局經過精心策劃，推行「南向政策」，大搞「渡假外交」，這個動向值得警惕，主要意圖以經貿合作手段，發展對外關係，在國際上謀求獨立政治實體的地位，製造「兩個中國」，以此對抗我以經促政的方針，避免因經濟上被我拉住在政治上陷於被動。

江澤民表示，因為台灣口袋裡有點錢，氣粗得很，說究竟國民黨在前，還是共產黨在前？我說當然是國民黨在前，這是歷史。自古以來，勝者為王，但我沒講敗者為「寇」；解決台灣問題，關鍵是要把我們自己的事情辦好，大陸的經濟發展了，實力增強了，就可以進一步提高台灣人對祖國的向心力，為解決台灣問題創造更為充分的條件；辦好我們自己的事情，其中最根本的是搞好經濟建設，堅持寄希望於台灣當局，更寄希望於台灣人民的方針，做好對台灣人民的工作；在政治上，要以促談為目標，我們的口號還是要促進談判，堅持在一個中國的原則下，什麼問題都可以談，只要談起來就是對台獨的最大牽制；在軍事上，要堅持不承諾不使用武力，這不是針對台灣人民的，而是針對國際干涉主義和台獨勢力的；在經濟上，要繼續發展兩岸的經貿關係，把投資環境的改善，作為一個很大的問題來研究和解決，除了要避免發生誤解，也要對台灣搞和平演變保持高度警惕。

其實，江澤民的講話，是務實的、積極的、有系統的，國家領導人的講話，當然代表國家政策，我不是在宣揚佈道，只是沾親帶故，沾情報的親說過去的事。台灣當局能夠對大陸採取各種姿態和對策，當然是情報工作的使命必達，甚至可以說，這些高級情報對李登輝產生了反作用的影響，讓李登輝可以肆無忌憚的大吹牛逼。一九九六年台海危機，李登輝稱有十八套劇本，其實，說的是十八般武藝。他受日本教育長大，當過日本軍官，不懂中國文化，哪知道什麼叫劇本，鬧笑話還得意洋洋。當年李登輝有軍情局撐腰，敢說大話。如今軍情局被民進黨玩到殘廢，蔡英文只能騎驢看唱本，走一步算一步，好戲還在後頭。

四、外交情報成重點

我在加拿大的情報工作，與眾不同的最大特點，就是開闢了外交情報的蒐集路線。如果比喻情報是蛋，那就得會找鷄，有鷄才有蛋。誰在養鷄，最大的供應商就是策反對象。鄧小平說過，不管什麼鷄，烏骨鷄、黃腳鷄，能生蛋的就是好鷄。九〇年代中期，我上報了「中共開始擴大與巴拿馬、海地、哥斯大黎加、宏都拉斯等國雙邊經貿交流渠道，並實施計劃性民間及低調性官方接觸，朝着未來建交鋪路」的警訊情資，但是台灣外交部看不出動靜，老鼠拉龜，找不到問題在那裡，只一廂情願的強調什麼外交關係不變，來掩飾情況。

事實真相如何，透過中共外交人員才瞭解，原來中共做中南美國家的外交工作，都是在聯合國進行。世界外交的主戰場，其實是聯合國。台灣退出聯合國後，自然與國際事務脫節，掌握不到各國的訊息活動。很多外交工作都是秘密為之，行動上都很隱蔽，外交勾搭就如男女之間的曖昧，一般看不到過程，結果出來，肚子已經搞大了，想補救為時已晚。中南美國家的外交，表面風光，卻暗濤洶湧，再怎麼出錢出力，說變就變。尤其中南美國家，態度搖擺不定，十年來沒少折騰台灣，連派個大使上任都拖拉不定，甚至以公使充代，不但降低外交規格，還予取予求，台灣為了面子，只能打腫臉充胖子。台灣這種委屈外交，套句麥克阿瑟的話：「外交不死，只是堪憐。」還有，中南美洲的國家雖小，一般派駐聯合國的大使，回國後多升任外交部長。這些人在聯合國時與中共眉來眼去，建立了聯絡關係，有了小三當備胎，直接間接的成為影響與台灣外交之潛在因素。

外交情報重不重要呢！美國認為情報工作的首要任務，除了國家政策所需，其次就是支持國家外交。世界各國若有動亂，一直都少不了美國的參與和關係，這就是最好的證明。情報以外交為優先，是因為國情不同，美國長久霸佔聯合國，動輒出兵，自然要以外交情報為鵠的。反而台灣因邦交國不多，在國際環境不利形勢下，不僅外交工作畏縮不前，導致外交人員士氣低落、萎靡不振。到了馬英九上台，竟提出所謂的活路外交，既難聽又扯淡。到了蔡英文時期，更成了挨打外交，駐外人員還遭到共方毆辱，不敢還手。並酬庸一些不懂外交的土鱉型人馬，不但稀釋外交專業，邦交國更減至新低記錄，剩下了十五國。蔡英文老愛說別人在裝睡，自己卻是充耳不聞，真所謂難養也。

中共外交工作，雖然有自己的思維和作法，終極就是中國統一，具體的指標就是要與美國抗衡，不讓台灣踏入國際社會。九〇年代，台灣在國際上的處境艱難，但當時的務實外交，本質上就是戰鬥外交，也是兩岸交鋒的高潮時期。情報工作的學習之道，即中共的機密文件，我在加國所蒐獲中共外交部下發之內部文件，就指台灣當局的若干外交作法包括：

1.竭力實現李登輝以民選身分到國際上活動，顯示台灣的主權國家地位。出席巴拿馬運河世界大會、躋身大國領導人行列，是李登輝務實外交的首要目標。

2.台灣當局調整策略、變換手法，為達目的，可以不講面子、不計名份、不惜手段，諸如邀請達賴訪台，與西藏等分裂勢力勾結。

3.以重金收買和巨額援助，力阻邦交國發展大陸關係，誘拉大陸建交國，伺機挖其牆腳。台灣曾以叁億美元拉攏聖多美、普林西比、查德，和利比亞等小國。為實現李登輝的巴拿馬、中美洲之行，捐贈和允諾的經援總額達陸點伍柒億美金，並利用東南亞金融危機，伺機活動東盟國家領導人過境台灣。

4.台灣為了在多邊領域謀求突破，首次要求以觀察員身分，參加世界衛生組織，以重新審議第二七五八決議的新策略，鼓勵重返聯合國，力圖加入世界貿易組織，圖謀申辦亞太經合組織年會。同時極力支持美日安保條約的防衛範圍涵蓋台灣，提倡東南亞安全機制，借助國際力量抗衡中國。

中共分析李登輝當時的外交走向，主要為：

1.極力利用東南亞金融動盪、推行務實外交，進一步發展與東南亞國家的實際關係，並以金融問題、金融貸款、金融合作，提升官方關係，擴大國際影響。

2.加大金錢收買力度，誘拉非洲及南太國家，開展包括貝寧、索馬亞、塞拉利亞等國，及南太一些國家的外交合作。

3.加強歐洲等國的議會工作，擴大親台勢力，以議會制約政府，提出該國類似「台灣關係法」之法案，支持拓展台灣國際空間。

4.宣揚「中國威脅論」和台灣戰略地位重要性，設法參加東北亞導彈防禦體制，策劃建立東南亞安全機制，擠入東盟安全論壇，使台灣問題國際化，提高台灣國際地位。

5.運用台灣經濟實力和國際經濟聯繫，擠進經濟合作與發展組織、世貿組織、世界銀行，和國際貨幣基金等國際經濟組織，作為外交工作之突破。

一九九五年二月，加拿大推出「外交政策白皮書」，中共打鐵趁熱，同年八月中，就由中共總理李鵬率團往訪加拿大（註一）。當年中共領導人出訪記錄，總計有二十六次之多。其中，李鵬出訪八次，訪問國家除了加拿大，還有俄羅斯、白俄羅斯、烏克蘭、馬爾他、摩洛哥、秘魯，和墨西哥。大陸經濟剛起步，人民那麼窮，但李鵬帶着家人，過足了癮，大「嘆」世界，玩的不亦樂乎！李鵬玩完加拿大後，次年中共國家主席江澤民，打着加強雙邊外交之名，也到加拿大旅遊湊興，隨行人員多達五十餘人，聲勢更是浩大。

註一

中加关系简介

（李鹏总理访问加拿大参考资料）

中华人民共和国驻加拿大大使馆

一九九五年八月

1

一、政治关系

1970年10月13日，中国和加拿大正式建立外交关系。今年是两国建交25周年。建交以来，两国关系的发展总体上较为顺利。我国家主席、总理、全国人大委员长等均曾对加进行过正式友好访问。加总督、总理和参、众两院议长亦曾赴华访问。1989年6月后，加曾中断与我高层接触，但主要商业项目未受影响。1993年和1994年，朱镕基和邹家华副总理先后访加，两国关系全面恢复正常。

加自由党政府93年11月上台后，对我态度一直友好主动，较早提出将中国“人权”问题与贸易脱钩，加总理克雷蒂安也曾多次表达扩大对华关系的愿望。现政府今年年初发表新的对外关系白皮书，拟定扩展对亚太和中国关系的战略，为中加关系的发展增加了稳定性。由于双方共同努力，中加关系目前已达到历史最好时期。拟议中的高层访问又必将揭开中加关系史上崭新的一页，使两国友好合作关系进一步加强。

近年来，中加两国高层互访和各种交往日益频繁。93年、94年的亚太经济合作组织领导人非正式会议期间，江泽民主席均会见过加总理克雷蒂安。1994年11月，克雷蒂安总理访问中国，会晤江泽民主席、李鹏总理，促进了双边政治关系，随访的还有近400名加企业界人士，访问期间双方签订了86亿加元的合同和意向性协议。此访标志双边关系进入新时期。去年我访加副部级以上官员达53位，今年截止至8月中旬，来访或即将来访的我副部级以上官员也已达40多位。加方去年访华官员亦达历史最高纪录，除总督、总理和九位省长外，多位部长都曾先后访华；今年截至8月中旬，已经或拟议访华的加副部级以上官员已达10位，其他数位部长也对访华表示极大兴趣。中加间低级别政府或经贸人员来往频繁。

2

中加两国外交部高级官员形成了不定期磋商制度，农业、经贸等部门建立了混委员或联委会制度，其他多个部门之间亦建立起良好合作关系。

加议会与我交往有所加强。1995年1月，加中议会友好小组代表团应邀访华，印象良好。今年3月，加军队第一副国防参谋长访华，使一度中断的两军来往再次启动。

友好省、市间往来日益频繁，经济贸易关系已经成为友好省、市关系的重要内容。中加友好省市现已达20多对，而且仍在不断发展之中。

二、经贸关系

（一）双边贸易。据加方统计，1994年中加贸易总额达59.7亿加元，较上年增长30%，但加对华贸易存在17亿加元逆差。由于计算方法不同，我海关统计是加方享有顺差。加是我第十三大贸易伙伴，我为加第五大贸易伙伴，中加贸易占加国际贸易总额的1.4%。我进口加主要商品依次为：机电设备、小麦、钾肥、纸浆以及汽车和飞机零部件。35年来，中国累计购买一亿多吨加小麦，价值110多亿美元；我每年还从加进口100万吨钾肥，价值达1.96亿美元。我出口到加商品依次为：机电产品、服装、鞋帽、食品、塑料/橡胶及其制品、箱包、玩具、工艺品等。

（二）经贸合作。加在电力、航空、通讯、金融银行业、纸浆纸张等方面享有优势，值得我学习借鉴；在木材、矿产、农产品等方面资源丰富，可为我进口提供选择。1993年开始，加在华投资趋于踊跃。据我方统计，在投资项目方面，到94年底，加在华直接投资已达2171个项目，实际投资4.69亿美元，在所有来华投资的国家和地区中占第十位，在项目数量方面，亦位居在华投资国前列。生产性项目占加投资总数的80%，主要领域涉及环保、能源、原材料、交通、房地产等。加整体科技水平较一些新兴工业国先进，资金技术含量高，有利于我引进高技术产业。另外，在赴华投资方面，由于加企业没有美欧日企业资金那么雄厚，因此存在以技术优势进行竞争的倾向。此点值得我善加利用，促使外国在华投资时进行更多技术转让。然而，加企业胆魄不够大，加上对我市场文化、法律规定不够了解，仍需我官方层面积极做工作，争取从加引进更多资金和技术。

热衷开展中国业务的加企业组成了“加中贸易理事会”，会长为安.德马雷，主席为奥斯汀参议员。理事会为加政府对华贸易方面的“发言人”，成员有二百多家，包括加拿大鲍尔公司、庞巴蒂尔公司、北方电讯公司、蒙特利尔银行、美洲巴里克资源公司、西岸能源公司、GE水电公司、SNC蓝万灵公司、AGRA公司、魁北克水电局等。

加是我对外投资最多的国家，我在加投资企业约达110家，总额为3.78亿美元。在加的大部分中资企业经营稍有盈余或勉强维持，只小部分状况较好。中信加拿大公司经营状况好，五矿公司在悉尼钢厂的合资项目系我在加投资最大项目，今年初方开始经营。在加的中资企业目前面临加强管理、理顺产权关系、防止资产外流等问题。

（三）财政合作。至1994年10月底，加对华援助支出为1,073万加元，在发展合作援助方面，支出1.46亿加元。加新一轮对华贷款于94年7月签署，混合贷款金额为2.3亿加元(含1亿加元的无息优惠贷款)。另外，加方还与中国银行签署了3亿加元的买方信贷。

（四）发展合作。自1983年中加两国签署发展合作总协定以来，双方已进行两个周期（每周期为5年）的合作，涉及农林、能源、林业、交通、 环保、人才开发和扶贫等领域，合作项目达64个，其中27个已完成，正在执行27个，其余10个作为第三周期的项目，很快亦将开始执行。加方计划对前54个项目投入3.7亿加元。截止95年3月底，实际已投入约3亿加元。在第三周期内，加方拟每年投入约3,400万加元。

三、科技关系

中加科技合作始于1972年。目前，两国政府部门间已签署16个科技合作协议。其中，在农业、气象、环保、海洋渔业等九个领域的合作卓有成效。两国政府1994年签订了和平利用核能协定，在此基础之上，我国核工业总公司和加原子能公司（AECL）于今年6月签订在中国秦山合作建造核电站的意向性协议，7月又签订了核电科技合作与交流协议，现正进一步从事建造核电站的谈判。加拿大水电技术居世界先进行列，目前正谋求参与我三峡等重要水电项目。

我政府部门和地方与加各省之间科技合作活动亦较频繁。今年6月，国家科委常务副主任朱丽兰访加期间，代表科委与魁北克政府签订了科技合作协定。

两国在卫生领域亦有交流与合作，彭佩云国务委员和陈敏章部长拟在今年12月访加，届时两国卫生部长将签订卫生领域合作协定。

两国科技部门、省市科技团体以及高等院校之间也开展了多渠道、多层次的交流。

四、 领事、文化和教育领域

（一）领事关系。我目前除在渥太华大使馆设有领事部外，在多伦多、 温哥华亦分别设有总领事馆。加在其驻京使馆设有领事部；在广州和上海亦设有领馆，但主要负责贸易事务。1993年中加签订关于刑事司法协助的条约，现正积极谈判简化签证手续协议。近四年来，加拿大赴华人数每年递增20%以上，1994年达4万人次，今年截至8月底，全加赴华签证量也已达约2.3万。 两国领事关系正进一步扩大。

（二）文化交流。1988年，中加签署过文化交流谅解备忘录。1994年3月，两国就官方文化交流换文。中加在广播、电影、体育等方面共签订了八个单项合作协议和三个综合性双年度文化交流计划。目前，中加双向文化交流项目每年约80起，官民并举，形式多样。但由于经费不足，我赴加文化团组有所减少。

（三）教育领域。1990年两国续签教育交流协议，从年度上做到每月互换115名学者。目前，我在加留学人员累计已达1.5万人，自费生占半数以上，大半留学生目前滞留在加，不少已移民。1993年，中加大学校长联席会第二次会议在加召开，确定“3 + 3”（北大、清华、南开和加方三重点大学）高层次合作。我与加魁北克省亦签有教育交流协议。

五、 双边关系中的主要分歧

（一）加台关系问题。加台经贸关系近年发展较快，台湾现为加第8大贸易伙伴，1994年，加台贸易占加国际贸易总额的1%。加方对台驻加机构活动控制不严，还向其驻渥太华办事处车辆发放红色牌照。加某些议员鼓吹发展对台官方关系。今年5月，加还允许台“行政院”副院长徐立德访加。

（二）加虽然取消将我“人权”与贸易挂钩的做法，但在联合国人权会上仍然追随美等西方国家；其议会和政府中某些人亦时常对所谓中国人权问题评头论足。

(三)、加希望我停止核试并签署《导弹及其技术控制制度》。

中加虽然存在上述主要分歧，但加政府深知，加对我影响有限，总理克雷蒂安曾明确表示：“加拿大这么一个小国不可能影响中国”。此外，加看重中国潜在的巨大市场和不断上升的国际影响，所以，在涉及上述问题的做法和步调上，均比美国等有较大克制。

六、发展中加关系的意义

加是G-7成员，有较多资金，科学技术先进。中加在各领域的合作已经给两国带来裨益，继续扩大对加经贸合作对我经济持续发展、提高经济运行质量、实现国际市场多元化等均将起到良好作用。

加虽然领土面积居世界第二位，但人口仅两千九百万，中等国家心态明显。加现政府总体上待我态度较友好、客观，对我崛起亦没有某些国家所持有的怀疑和敌视。加在联合国等国际多边场合历来积极，有较大能量，但没有某些国家的霸权作风。在一些国际事务中，加与我有相同或相似的观点，在一定条件下有合作的可能，是我在国际事务中做工作争取的对象。

中加关系的发展可以影响乃至带动其他国家与中国的关系，起到从局部影响整体的作用。加在西方虽国力有限，但毕竟是西方一员，其举动可以对其他国家产生“参照”作用。加位处北美，不少多国公司跨美加两国，经常通过在加分公司开展对华业务。在中美关系变化时，这些公司将有助于抑制美对我制裁。在一些具体领域（如核能），中加合作将会带来竞争效应，使我在国际经贸中处于更有利地位。

此外，加现已经成为我某些资源的重要供应国，随着我经济继续发展，对资源的需求必将大增，加自然资源丰富，社会较稳定，获得加资源将有助于解决我资源短缺问题。

江澤民是六四天安門事件最大的受益人，但也是後來迫害法輪功教徒的始作俑者。一朝天子一朝臣，他的智囊人物如滕文生、王滬寧、令計劃等人開始冒尖；軍方人馬有由喜貴、張萬年、陳炳德也受到重用，一路提升；在外交系統，錢其琛得到江澤民的信賴，可謂大權獨攬，有著絕對發言權，甚至講的話比江澤民還多。比如錢其琛的兩份絕密文件：一九九五年二月，在中央對台宣傳工作會議上的講話；一九九五年三月，在參加人大台灣團審議政府工作報告時的講話，以我的位階不能說拜讀，只能稱學習。而前者，錢其琛加強對台宣傳工作提出的幾點要求是：要認真學習，貫徹鄧小平同志「和平統一、一國兩制」重要思想，和江澤民同志關於台灣問題的重要講話；大力加強對國際社會的涉台宣傳工作，有效遏制「兩個中國」、「一中一台」，及「以台制華」圖謀；加強對台宣傳的集中統一領導，完善和健全工作機制，做好入島宣傳工作。

江澤民訪加人員名單，我第一時間就拿到手，主要陪同人員包括：王治平（江澤民夫人）、錢其琛（副總理兼外交部長）、周美瓊（錢其琛夫人）、吳儀（對外經貿部長）、滕文生（特別助理）、查培新（駐加大使）、李肇星（副外交部長）、龍永圖（對外貿經部首席談判代表）、由喜貴（特別助理）等。其他隨團人員還有錢泳秋（江澤民秘書）、梅平（外交部美大司司長）、張沙鷹（外交部拉美司司長）、沈國放（外交部新聞司司長）、張業遂（外交部禮賓司司長）、賈振海（中央警衛局副局長）、郭開朗（江澤民二秘）、方圻（隨團醫生）等。經過深入打聽，江澤民訪加之後的行程，下一站是墨西哥，這是新聞媒體所未能獲悉的消息。比新聞快的資訊，也是情報範疇，讓江澤民訪加的情資更為完整。其他如錢其琛在大使館的內部講話，亦有參考價值（註二）。

註二

①

钱其琛副总理在驻加拿大使馆的讲话

1996年9月19日

（根据录音整理，未经本人审阅）

来加拿大比较少，每年都去联大，离这里不远，但一直没来。上一次是86年，联大开裁军会议，我去参加，到这儿来了一下。近十年没有来。加拿大和中国的关系应该说有些历史，70年与我建交，在北美是第一家，到现在有26年历史，建交是比较早的。总的讲，这20多年的发展是可以的。但是有一段时期似乎关系不是很热。特别是在89年“六·四”后一段时间，加拿大政府跟美国比较紧一点，积极性不高。当时外长是一位女士，我的印象是美国人说什么，她就说什么，一点儿特性也没有。选举以后，自由党上台，情况有一点变化，另外那时的国际形势也开始变化。现在回过头来看，“六·四”实际上是后来整个世界局势大变化的一个前奏。我们经常讲的东欧剧变、苏联瓦解都是89年以后发生。“六·四”事件的时候，国际上一些反动力量认为中国是社会主义国家中最薄弱的环节。因为我们改革开放最早，我们从1978年年底就开始搞改革开放，一直到89年，差不多有十年的时间，我们改革开放一直在进行。当然，我们的头脑是很清醒的，我们搞改革开放并不是要改掉社会主义、改掉我们的革命事业、采用资本主义。现在有个名词比较时髦，叫转轨，转到资本主义。我们并不是这样想的。但当时西方国家认为中国好，开始改革开放了，社会主义国家还是第一家，看来是要转向。所以当时对中国的赞扬之声不绝于耳，把中国说得很好，实际是鼓励中国走资本主义道路。我们说我们是搞有中国特色的社会主义，他们说恐怕

②

不是有中国特色的社会主义，而是有中国特色的资本主义，他们认为我们是这样的。所以89年，这场风波现在看来是不可避免的，他们认为中国是一个最薄弱的环节，可以取得突破。但是他们对中国了解完全错误，中国党的领导也好，社会主义道路也好，发展我们国家的战略也好，和他们想象得不是一回事，因此出现了这样一场制造出来的风波。以后，出现了东欧剧变，特别是89年国庆以后，从德国、从东欧，一直发展到1991年底苏联瓦解。他们始终认为，苏联是最早的社会主义国家，已经解体。中国比苏联资格还老？中国比苏联还坚定？认为中国早晚要解体，也要垮台的。所以，一直到91年、92年时，他们对中国施加的压力，实施制裁，动员舆论围攻中国，来势很强。可以讲他们在整个东欧，一直到苏联都得手了，但没有想到在中国没有做到。现在他们的论调是中国强大不可阻挡，中国的发展不可阻挡。中国所走的一条道路现在在世界上有相当大的吸引力，特别是在东欧。苏联这些年的变化到现在为止给老百姓带来什么好处呢？它的经济究竟怎样呢？大家看得非常鲜明。西方资产阶级、西方大国写了很多文章，有那么几个阶段。一个阶段讲中国要垮台，后来看看没有，然后就说应该遏制中国，后来看看也没有办法。现在认为中国发展不可阻挡，要早做准备对付中国。中国选择了适合中国情况的道路，不仅我们这样说，而且世界各国都这样说。对外开放引进了外国的一些资金技术，也引进了他们一些好的东西。但是社会主义的方向，根据中国实际情况办事，这点我们没有放弃。不象戈尔巴乔夫搞改革，改革的最后把自己也改掉了，没了。没了是不是得救了？也没得救，总的讲它的生产能力和91年瓦解前比，减少了50%，国家也解体了。事实胜于雄辩，从80年代末到现在，这些年的变化证明中国的道路是正确的，现在所有人都承认中国

③

的发展是不可阻挡的。没有人说中国再过若干年会垮台，相反地，他们估计再过十年、二十年，中国要变成世界第一大国。但我们并不这样认为，我们要做世界第一大国还早着呢。他们为什么要这样看，其中有一个潜台词：及早准备对付中国，中国强大起来对我们是个威胁，叫“中国威胁论”。

在中美关系上，若干年来麻烦不断，它就是要用制裁的方法，用施压的方法使我们屈服。那么现在看来这个方法行不通。从去年的6月，到今年的3月，我们和美国在台湾的问题上进行了一场很尖锐的斗争。为什么要有这场斗争？因为在台湾岛内的台独势力有进一步的发展，他们企图依靠美国的支持，实现走台独的道路。所以李登辉到美国去讲话、访问不是一件小事。后来美国人说，我们对这事没有深刻理解，没想到会惹出这么大祸来。美国人怎么想我们暂且不讲，但从台湾当局、李登辉来讲，是想得到美国支持。只要美国支持他，他什么都敢干。所以访问美国回到台北后，他就说过一句话，重返联合国有什么问题，我花10亿美元就可以实现。当时他趾高气昂，忘乎所以，因为他本人到美国去访问也花了一亿美元，只要打通关节都能办，在他看起来有钱就能办事。那么我们不得不作出强烈的反应。我们采取的反应使得美国受到了震动。美国人说这下我们有所体会了，对台湾问题有了深刻体会。摆在它面前的是，如果你支持台湾搞独立、搞分裂，海峡两岸就会大乱，对你并不有利，美国就要下决心，是否甘冒和中国发生冲突的危险来做这件事。老实讲，美国现在还不敢这样做。因此它就不断地重申一定遵守三项公报原则，世界上只有一个中国，中华人民共和国是唯一合法政府，台湾是中国的一部分，不支持台湾独立，不支持台湾加入联合国等等。这对台湾有一定的影响。台湾原以为美国可以支持它。经过这场斗争，

④

美国没有敢这样做。于是在美国国内引起了一番关于对中国政策回顾的争论。7月29日，《纽约时报》有一篇文章，详细报道了克林顿的一次谈话，说现在我对中国的政策和竞选时的政策确实有改变了。为什么改变？因为那样做行不通。所以他也主张要改变对中国的政策。今年7月间，有好多这样的评论。美国的一些报纸也开始评论这个问题。克林顿说他原来的作法行不通，要改，但也不容易。最近有很多事例反映出这个问题，比如每年搞最惠国待遇。我们每次都跟他讲最惠国待遇不是优惠，也不是恩赐，就是正常的贸易规则。他们想利用最惠国待遇每年审议来对中国施加压力，中国不买它的账。现在它改变作法，想要彻底解决这个问题。美国政府开始向国会议员介绍这个问题，说这不是优惠，与美国做生意的有100多个国家，100多个国家都是最惠国待遇，只有伊朗、伊拉克、利比亚、古巴没有。所谓最惠国待遇，就是按正常的关税来做买卖。如果采取敌对的措施，把关税提高两至四倍，这是不正常的。最近参议院经过讨论通过一项决议，说最惠国待遇这个名词不确切，应改为通常贸易规则，正常贸易基础，正常贸易关系。这说明它在这个问题上总结了一些经验。所以现在提出所谓接触政策，意思是，不是要单单施加压力，而是要进行接触，使得你受到影响。当然要影响中国也不容易。大家知道，最近北京出了一本书叫《中国可以说不》。这本书绝对不是政府立场，也不是中国有什么政策的改变，而是由几个非常年轻的学生写的。这本书搞得美国使馆很紧张，找他们谈话，请他们吃饭，又邀请他们访美。“说不”这个事，是日本人先搞出来的。后来美国人说，你们说“不”也不对，你们中国一直在说“不”。这本书是情绪的反映。我们现在写书也没有审查，各出版社自己决定，我们不赞成的书也很多。所以这本书没有官方背景，也不是

⑤

中国政府指导写的，完全是学生自发的行为。总而言之，美国不和中国打交道不行，中国的经济发展强大不可逆转，不可阻挡。赞成也好，不赞成也好，但到头来还是要打交道。不打交道，第一贸易上受损失，别的国家都在做，你做不了，或者做得少，受损失。第二，你要宣传你的东西没有途径。我们是改革开放的政策，当然愿意打交道。你要干涉我们，我们不干。

另外一个问题，大家也注意到了，是日本的问题。日本和中国的关系还是不错的，但历史上的问题始终在日本阴魂不散。德国与日本有一个很大的不同，德国是当时的苏、美、英盟军打到易北河会师，苏联军队攻克柏林，彻底消灭了希特勒的法西斯势力。日本不一样，除了冲绳打了一仗，日本本土就是挨了两颗原子弹，没有真正打到日本本土。而且日本投降以后，从天皇开始，整个人马全部保护下来。除东条英机等几个战犯审判处刑外，其它战犯在监狱中过了一阵儿都放出来了，有的还当了首相。岸信介就是战犯，在监狱中没呆多久，后来出来做了首相。美国的政策是全部保留下来，作为一种牵制力量。因此就出现一个大臣讲战争性质不是那回事，挨批一通后，辞职下台，但过些天又出来一个，又说些类似的话。为什么屡教不改？因为是心里话，一部分人的心里话。这也不奇怪，因为战争罪犯的传统没有被清算，被保存下来了。所以在战争问题上要经常敲打日本。为什么对靖国神社问题我们看得很重要，因为总有一股思潮。德国是四国占领，日本是一国占领，就是美国。日本现在的宪法也是美国人起草的。保留下来后这部分思潮总会出来表现。但日本人民还是要走和平道路的，因为战争对他们没有带来什么好处。钓鱼岛的性质不一样，不是战胜法西斯势力遗留的问题，是对岛屿主权归属有争议，也应当解决，但性质不一样。南沙群岛也有争议，中俄

⑥

边境的某些地段、中印、中越边界也都有争议。我们的根本方针是这些问题要通过和平解决。成熟的可以解决，不成熟的可以搁置，不妨碍两国关系的发展。现在出现一种情况，有些人特别“爱国”，如香港的民主党，最反动、反华的，国外有些民运、民联分子也特别“爱国”。这次到温哥华也有些人要送信件等。他们是醉翁之意不在酒。他们的用意在于表明：第一他们“爱国”；第二中国政府太软弱，应当派军队出去。其用意就是说中国太软弱。但我们领导人民革命胜利，解决各方面的问题，还不如他爱国。因此说，有些人是别有用心的。台湾也有人提出这个问题。有两个方面，一是爱国主义的普遍情绪，二是也有些人想挑起事情。我们现在最根本的利益还是要稳定大局，还是要发展我们自己的经济。需要解决的事情很多，首先香港明年7月1日回归祖国，要保证能够顺利完成；第二澳门99年回归祖国也应该顺利完成；第三台湾问题我们还需要做很多工作。然后才能谈到其它的问题，而所有这些问题都需要中国的经济进一步地发展。

我们与德国关系前一阵不错，做了不少生意。但有的时候也要闹点事，议会通过对西藏的决议，政府还支持，所以现在我们和它也有一场斗争。

国家与国家之间有一些分歧、有一些矛盾是不稀奇的、是经常有的。必要的斗争也需要，但总的讲要保持经济发展的好势头。外交工作的根本目标是使我们国家的经济建设有一个良好的和平环境。遇到各种难题和困难，要能够从大局着想，分清轻重缓急，使得我们的事业能够继续前进。

加拿大最近几年来对发展同中国的关系的积极性有所提高。一方面它看到亚太地区的经济确实在发展，另一方面注意到和中国搞好关系非常重要。中英就香港问题达成协议后，香港有些人

⑦

到国外去了，当然也并没有完全离开香港。他们觉得香港可以赚钱，但不知将来中国收回后会怎么样，不放心。这也可以理解，对我们政策不了解，留条后路。有些人到加拿大、有些人到澳大利亚。但来后发现生意做不成，（这儿节奏缓慢，车速也慢。）没有太多生意可做，真正要挣钱还要到香港。澳大利亚说是发达国家，基本上没有制造业，出口小麦和铁矿砂。矿产有的是，卖矿产就可以，所以日子过得很轻松。养老较好，赚钱难。我们很放心，他们回来也好，不回来也好，只要香港繁荣，他们还会回来的。

我国各地的精神状态相当好，想干一番事业的劲头大。无论是发达地区，还是落后地区，都在干事情，积极性很高。我们就怕跑得太快，积极性太高。尽管这样，我们今年的计划希望是8%的增长率，算下来今年仍会到10%。今年的农业生产虽然水灾很严重，但仍丰收，比去年还要多。现在国际粮价不断上涨，说中国有水灾，大概要买粮食，实际不是这回事。应该说国内情况不错。宏观调控也起了作用，今年增长率大概10%，通膨率从前年的23%降到去年的15%，今年可能在10%以下，不是两位数。这个成绩也是好的。所以我看国内外形势对我们还是有利的。当然，需要我们解决的问题也不少，但整个国内的情绪很振奋。明年有两件大事，一是7月1日香港回归，全国、全世界都很关心；另一件是党的十五大。我们有了一个长远的规划，中国市场的潜力还很大，只要不断地努力，我们的目标一定能够达到。

对使馆的同志，我们这次来给你们增加了很多工作，向你们表示感谢。同时也希望你们在发展中加合作关系中继续努力工作。外交工作就要依靠各使馆交朋友，日积月累就可以起到作用。要加强宣传工作，使他们对中国有进一步了解。加拿大华人越来越多

⑧

现象，他们可以在这里生存、发展，也可以成为一种桥梁加强两国的关系。当然对华人、华侨的要求不能太高。将来香港成立了特别行政区，香港同胞回归祖国，也不能要求他们信奉社会主义，要求他们爱国爱港、能够遵守香港的基本法就可以。至于信奉什么主义，恐怕不能强求。如果都和我们一样信奉社会主义，就不是香港人了。香港是一国两制，明确是资本主义，我们的要求不能脱离实际。我们不搞资本主义，香港自己搞。华人也是一样。这里有台湾来的、有香港来的、有内地来的，到了海外，有一个共同特点，都是中国人，或是华裔。在爱国这个广泛的基础上把他们团结起来。还要鼓励他们和当地人民和睦相处，为当地的经济建设作出贡献，他们和中国的联系是一种桥梁作用。我想这样我们就能团结所有的华人。

毛澤東在一九三〇年就提出「沒有調查，沒有發言權」的主張，這是值得重覆再重覆的情報觀念，因此蒐集外交情報，就要先從當地中共的大使館着手最適宜。那時，中共駐加大使館，內部組織分辦公室、研究室、領事部、文化處、教育處、武官處、科技處、商務處；館內休閒場所有餐廳、廚房、理髮室、俱樂部、桑拿浴室、舞廳，還有文具庫、圖書室、禮品庫、醫務室、車庫、信使房等。中共的新聞機構《新華社》、《人民日報》，也駐館辦公。記得，當時的中共大使為張毅君，其妻王幗英、公參王永秋、研參高樹茂；領事參贊魏振東、一秘吳仰禹；文化參贊王振茂、妻盧安婷；教育參贊王仲達；武官樓增泉、副武官周曉曄（上將周克玉之子）；科技參贊盧紀才；商務參贊陳時標；一辦參贊曲在芳、會計劉福林；二辦秘員劉濤、劉硯波、李樹璽、劉彥、王景平等，總人數含廚師、司機、雜工等在百人上下，不過比起中共駐美大使館的規模，要小了一半有奇。

大使館的任務，雖然以外交工作為主，但各有分工和任務。美國的大使館幾乎都有情報機構派駐，大使館掩護情報工作是一種常態。台灣有一個羅賢哲少將，在泰國被中共吸收，賊星該敗，卻在美國與中共外交人員接觸而曝光，如果不是美方檢舉，還不知這個窟窿會變多大。隨着資訊時代到來，有關中共外交論著和學術討論問題，在一些人沒見過豬跑的情況下，仍視而不見、聽而不聞，看看報紙，知些皮毛，以為足矣。

中共外交工作之政策和理論，在國外卻早成為學者關注和探討之題材。外交上的記事、文選、通史，均屬公開資料。情報人員除了學習，也要有研究精神。記得一九九三年五月，我到美國參加SACO（中美合作所）五十週年的年會，就有一個大陸的女生，假學術研究之名，契而不捨，像負有任務的在四周打轉，我後來才想到應該和她交流一下才對，說不定她懂美人計，除卻吾衫不是雲，或有意想不到的收穫。情報工作也應該建立一些雙方認可的交流管道，這就是江澤民常說的要與時俱進。

在加拿大工作時期，我曾不斷反映中共在加和來加的各種活動情況，甚至中共外交部下發的內部參考，諸如：「歐盟為何不再將中國列入非市場經濟國家名單」、「歐元啟動對中國的影響」、「對印度國防部長的謊言說不」、「世紀之交的亞洲概述」等等。這些中共外交部用來通報外館之指導文件，保密等級連「密」字都掛不上，但因來源可靠、具有時效，軍情局都以「單報轉報」處理，大大增加了單位情蒐績效的評分。而開列情蒐要項，是情報幹部的基本素養和能力，不知道要蒐集什麼情報，又如何去指導和要求別人去蒐集情報呢！後來發現下達的情蒐要項，永遠涵蓋不了情報知識和發展的領域。情蒐指導的源頭，其實就是情報資料。情報工作有時就像放高利貸的想法一樣，要利滾利、利生利，才是經營之道。情蒐要項具有針對性、時效性、浪費性，和階段性等諸多特點。情報指導時，還要加上工作對象的掌管職務、文化水平、工作關係、心理個性、環境變化，可能的突發情況等等，把握江澤民所說的「什麼都能談」，在談話中找缺口，包括唱歌、跳舞、女人，這些也是中共領導人的喜好。例如說：江澤民就要談宋祖英，只要聊的開、聊的細，就會有收穫。這些經驗我在加拿大從中共幹部身上獲得不少印證，也是以情報之矛攻情報之盾的招術。

我個人對江澤民沒有偏見，他是個公眾人物，甚至是當代的風雲人物，所以新聞報導有好也有壞。大陸媒體政治掛帥，自然是順天應人，但到了國外就不一樣，海外媒體以挖新聞為重點，負面形象也不會保留，見不得光的更好。有一次，江澤民當場罵起媒體，就因為記者的問題是那壺不開提那壺。海外記者當然要比大陸記者刁鑽，懂得爆料，和借題發揮，到了別人地盤，那能像走康莊大道。我的感覺就是樹大招風，而江澤民就是話太多站着說話不腰疼那種範兒。

海外民運組織曾流傳一份所謂的機密文件，一看原來是江挖着鼻屎、斜眼窺女的照片。其實，我和江澤民還是有點緣份，除了時常研讀他的講話，後來他到菲律賓訪問，我也在菲國。江澤民住在菲僑領陳永栽的世紀大飯店總統套房，特別從牆外吊掛了一台大鋼琴上去，一問才知道江澤民晚上常開舞會，笙歌徹夜，情報人員的眼睛是雪亮的。不過，他說的「你中有我，我中有你」，對中共情報官員思想層面的影響，倒是挺大的，後來我走間諜橋時，好幾次聽到這句話。

五、局長順道來視察

加拿大對情報工作來說，本是不毛之地，天寒地凍的，自古一般人都不願出使西域，難得蘇武呆了十八年。一九九七年五月，局長胡家麒到美國參訪，順道來加拿大視導。我聽說美國聯邦調查局一直注意他的活動，好在軍情局在美國沒有派駐單位。胡局長到加拿大的行程第一站是多倫多，如果我在多倫多就會安排他見見台灣駐加代表房金炎。官場文化總是形式重於實質，中國人向來就是要面子的民族，這是魯迅說的。我在溫哥華酒店，這間歷史最悠久的飯店訂了相連套房，作為他下塌及簡報場所，就如我在菲律賓招待到訪貴賓，喜歡假座馬尼拉大飯店。因為這家飯店，以前是麥克阿瑟元帥當年在菲的指揮總部，有着光榮的過去一樣。

上級視察是不能馬虎的事，但工作既已鋪開，當然意見也很多。由意識形態到工作觀念，以及情報實務，有工作績效撐腰，似乎什麼都有道理，什麼都能說，不必千錯萬錯，馬屁不錯的光揀好聽的說。在工作簡報之前，我以項莊舞劍之心，先提出了兩點看法：

1.這次簡報主要在對特定事物及工作相關的情況作介紹，冀使上級瞭解駐外人員做了那些工作、面臨什麼問題、未來的方向等，這些報告資料具有參用性和保密性，內容方面實事求是，能夠找出問題，才有助於未來工作。

2.由於當前工作青黃不接，局裡的抄卷派幹部，雖然表面看似認真，卻掌握不住情況變化，照本宣科，指導不切實際，沒有前瞻性，既不能提升效率，反而忽略應該知道和注意的事，希望大家都不能有所隱瞞。

胡局長身在異鄉為異客，帶着夫人來觀光，心情愉快、興復不淺，並未瞭解會意，我的言外之音。因為不久前，第六處處長黃其梅自作聰明，到多倫多為新任組長李樂民佈達，在加國海關應對不當，一行三人遭到扣留盤查。黃其梅還向國安局駐加人員私下求助，該等情報素養不足，又都是初次抵溫轉機，隨身攜帶駐加國基地的人事和工作機密的磁片，過量的工作經費，一旦被搜查，後果之嚴重可想而知。全局只有胡家麒不知道真相，副局長孔祥人直說：「黃其梅真是膽大妄為。」本來主官交接，只有在後方有佈達儀式，出什麼么娥子，跑到海外去，只是假公濟私，想借機顯擺罷了。

來了一票人看似談工作，又像是觀光，但焦點自然是以我為目標，我不講話誰又能說個子丑寅卯。於是，我先提出對加拿大的情況分析，諸如，工作上有利條件：包括加國亞裔人士漸多，容易接觸，利於掩護，工作活動較為方便；來往海峽兩岸之華人，及港人為數不少，利於發展和開展工作關係；加國經濟不景氣，工作難找，可藉金錢攻勢結合運用；當地政府重視人民權利和隱私，情治管理和機制並不嚴密，安全顧慮較低。

不利因素的部份是：加國距離大陸甚遠，交通聯絡和後勤支援不易，工作處理時效也受影響；大陸來加人士，目的多在取其居留權，逗留者眾，但回國意願不高；香港移民及華僑人士，一般重利輕義，怕惹是非，缺乏國家意識，對台灣向心力不強；加國社會福利好，人民懶散好逸，缺乏奮進精神，寧可投機取巧，卻不願從事冒險行業等。

沒有到過加拿大的人，總以為美加二字相連，生活水準一定相近。其實，加拿大比美國的經濟條件要低一半，生活上的收支也低上三至四成，政治經濟甚至軍事防衛，都依賴着美國，包括人民反共的心態，也受到美方影響。不過政制上強調的民主自由，則比亞洲國家好上數倍。溫哥華因為空氣環境受到污染少，多次被選為最適合人類居住的地方，卻也是華人貪污犯罪最好的庇護之城。三多現象（吸毒、小偷、乞丐）在市區隨處可見。

說完開場白，對情戰工作的檢討策進和發展遠景，我也畫出了一個大餅，但也指出這幾年海外基地的工作環境時有變化，情報幹部應該具備的旺盛企圖心和奮鬥精神，卻在逐漸消退流失。如何提高幹部素質，調動幹部的積極性，有效發揮情報資源和能量，扮演好情報工作的角色，這是領導階層必須思考和正視的隱憂。應該要從缺點方面先做認識與瞭解，才能正本清源有所改進。我強調海外基地幹部的修養問題，並引用莎士比亞所說的「人常有小的缺陷，而不知注意，卻往往造成最大的遺憾。」這個最大的遺憾，在情報工作來說可能導致重大失敗，而情報工作的失敗，幾乎都參雜了人為元素，這也是問題發生後軍情局不願面對、不敢檢討、不顧善後的主要原因。

從情報實務來說，這些缺點問題，與工作也有着成敗關係，舉之如次：

1. **主管幹部眼界小，不能與時俱進**：當前不少主管權謀心重，分錢不落後，遇事卻不前、除了被動、思維不張，拿不出辦法；而言行上表現自大、缺乏誠意、對部屬不義，不懂基地建設，甚至帶頭違紀、吃喝打混，只圖一時之快。

2. **工作避重就輕、陽奉陰違、難負重任**：當前幹部素質不及，缺乏實戰經驗，亟待培養加強；而主官作風保守，工作不力，只求無過，方向偏差，既不帶頭發展，也不懂蒐情，甚至把心戰作為當工作重點，以少報多，以次充好，沒有審查能力，和評估效益之思維觀念。

3. **工作指導鬆散，部署缺乏縱深運用**：主官對工作的指導心態不整，得過且過；上級當講的不講，部屬該知的不知，誰指導誰，角色不清；找不到工作著力點，致使方向偏差，對重大案件，只看眼前，自以為是，且意氣用事；沒有長遠目標和種樹精神，造成接班問題。

4. **基地工作人員派前訓練粗糙，缺乏獨立作戰能力**：一般外派幹部的派前訓練，講習內容過於形式化，針對性和實用性均有不足。初次外派基幹適應性和獨立性尤感欠缺，既疏於警覺，又不甘寂寞，常因小失大，隨意曝露身分，不知自我要求，難以接受較艱鉅任務，及挑戰工作。

在情報工作的意識型態，一般工作上所稱的主管可分為三個層級。從會計角度而言，就是多了加給和辦公費。一級主管是處長級，二級主管是編制較小的主官，而海外主官，人員有限，多屬三級主管。我大拿主管來說事，因為在座的只有我和黃某二人，演的當然是「擊鼓罵曹」，能不能提高胡局長的工作意識和認識難說，但做忠臣就是要有進諫的態度和勇氣。不過，自古功高震主。這次，卻震到皇帝身邊的佞臣，年終檢討把我的一個大功，減為二個小功，主之不察，小人得以遂其奸，這是歷史常可見到的載記。

六、天下無不散筵席

加拿大的情報工作，是我人生的另一個高潮，以人少事多離家遠這個角度來說，值得自我欣賞。除了情報績效也是海外基地單位紀錄保持者，不論情報質量和組織發展，也都遙遙領先同儕，而且工作活潑，具有特色。我記得，當年的總體績分有七十多分，評比超過站級單位。近年，台灣上映一部電影原名是「仍是愛麗絲」，中文改為「我懷念我自己」，我的感覺，還真有那個味道。如果要說獲獎感言，一般人都會說感謝這個、感謝那個，我是對的起父母家人，對的起護士小姐（我的夫人），對的起國家台灣，對的起組織領導。畢竟現在要做好情報工作頗不容易，尤其軍情局受於政策位階、領導智慧、幹部素質、精神士氣等等，芝山這個大莊園養的雞，能生蛋的太少，不光雞種問題，養的也不好，大雞不吃小米，自鄶以下，難寄厚望。

做一個情報領導幹部，在海外工作要有自我約束，和自我要求的功夫修養。一直以來，我的要求其實很簡單：生活行為不出格、待人不做虧心事、組織佈建每年一案、情報蒐集每日一情。資訊時代，不能用數碼表達，也要能接近數碼，具體一些來說，由一九九七至一九九九年在加拿大工作期間，我大致蒐報了一千零二十多件情報。其中，採用部份為四三四件，註存參五八八件，轉報率達百分之四十二。組織佈建方面，基地有聘幹五人、民幹兩人、外交內線四人、軍情內線兩案，而外交情報層級至副大使，軍事情報至大校階。海外基地工作績效一直有嚴格標準，要及格超標並不容易，我在海外工作一直能夠保持於前列之位，自然引起不少人的覬覦，以為屁股能指揮腦袋，但接任後，往往是走向下坡的開始。因為沒有領導的風格和素質，又欠缺專業修養，工作開展不起來，只會坐吃山空，別說我，局長也一個樣。

在加拿大的日子，是值得懷念和自豪的。我也發揮了地理功能，每年要從溫哥華進入美國四、五次以上，因為有兩個民運據點在舊金山，一個情報據點在洛杉磯，還有一個在華盛頓特區，加上家人均已移民美國，可謂行程滿檔。而情報亦非定點工作，要能活動，故時有蒐情、時有聯補、時有派遣、時有晤談，任務需要，奔走難免。其中華盛頓之行，尤具意義，為了執行對中共大使館外交官員的策反任務，這是另一個少康專案，我以台商名義，與死黨何武衡相約在華府見面，一起與工作對象劉江會晤。餐敍時，我把見面禮伍仟美元一併放置於禮品中，大家聊得相當愉快。席中我也談到中國統一問題，要是表露一點台獨思想，肯定是大宅沒門的後果。劉江雖收下禮品，第二天卻把伍仟美元退了回來。伍仟美元雖是我半個月薪俸，卻是一般大陸官員半年待遇，說多不多、說少不少。情報工作格局很重要，於是我改買等值的名牌飾品，劉江終於收下並取走了發票，以示來路正當。三天後我離開時，攜帶了一份中共外交部剛下發的對台絕密文件，畫公仔不必畫出腸，自然是完成了策反任務。我在華府的杜勒斯機場，心情大好之下，觀察發現機場的建築似曾相識，原來桃園的中正國際機場，就是模仿這個機場所建造的。

說來我像是寒帶地區的一匹孤狼，單槍匹馬、帶病上陣，曾經發燒急診，在溫哥華總醫院的病房住了一個星期，但以九個月時間，前後策訂了「高湯作業」、「大觀作業」、「雲來作業」、「龜殼作業」、「高峯計劃」、「開封計劃」、「洛陽計劃」等十個專案，以指桑罵槐、項莊舞劍的姿態結合情勢、創新作法，使工作呈現多元化、藝術化，和成果化。胡局長訪加，應該也能感受到這些新興的情報內涵和勢頭，胡局長給我的評價是「實至名歸」。在回台上機前，最後又講了一句話「你們夫婦很了不起」，也讓我的內人分享了她早應得到的榮耀。我在工作上的成就，泰半來自她的智慧、她的支持、她的奉獻，和她的照顧。

中共早期領導人瞿秋白，一九三五年被國民政府逮捕槍決前，寫了一篇〈多餘的話〉，這篇文章最後，我也有一些工作之外的多餘之話。在當病人的體驗上，我始終認為走路才是最好的保健和運動。如果每天能行走一至三個小時，相信一定能健康長壽。我統計過能走路的人，大都可以活到九十歲，信者得壽。我的住所附近有一間餐廳，名為「漢記」，牆上掛了一幅書法感言：

大飽易賣，大錢難撈，針鼻削鐵，祇是微中取利；

同父來少，同子來多，簷前滴水，何曾見過倒流。

派到海外工作不論時日長短，本身就是一個學習的機會和過程。做為一個情報領導幹部，有四點心得，做為這次工作階段的結論：

1.把握工作方向。

2.不斷提高素養。

3.注意照顧部屬。

4.親力策劃執行。

我在加拿大工作期間，軍情局又換了局長。一九九八年二月，丁渝洲接替胡家麒出任第五任局長。丁局長的雙親都是上一代軍統局的老同志，到軍情局像是回到家一樣，對海外工作的情報幹部尤為尊重和禮遇。丁局長非常體恤下屬，認為加國過於寒冷，不利身體調養，又聽到第六處

作者夫婦在溫哥華西岸碼頭留影

處長黃其梅別有用心的讒言建議，上任後始無前例的，直接把我調回菲律賓工作。我回到了第四處的管轄區，一年後因政黨輪替，道不同不相為謀，二〇〇〇年春遂主動申請退休，結束了前後十七年半的海外情報生涯。

捌、海外民運梗概

本文是這本書最先下筆的一篇。為什麼選擇大陸民群運這個題目來談？其目的出於歷史的使命感，和新聞的價值感。自大的說，個人的作品，一向是新聞媒體時常關注和抄襲的對象。為了還原真相，還有想給從事海外民運人士，不論知情者、半知情者，甚至不知情者有一個說法。有的人真正獻身民運工作達數十年，至死方休。有的人沽名釣譽、投機取巧，大發民運之財，鬥盡心機窩裡反，最後落的是何等下場，民運工作又豈是大家想像的那麼簡單呢！

情報工作向來就是為政治服務，但服務的越多，工作的精神愈會質變，對情報自身影響最大的，不是敵人破壞，卻是政治因素使然。什麼金錢、美色、威迫、利誘等，只是情報工作衍生運用的秘密手段和附加價值，只要政策明確、局勢有利，都抵不過民族和國家這兩面大旗。情報工作有了經營項目，就有了投資標的和鬥爭方向。八〇年代以前，情報局時代的大陸工作，講的是群眾運動、游擊特戰。八〇年代中期，軍情局成立未久，談的群眾運動是以學生運動為主體，還談不上大陸民主運動。直到八九天安門事件發生，大陸民主運動漫延各地，海外民運乘勢而起，大陸民運被定性後，也給台灣軍情局送來了三十年的工作資源與契機。

八九民運當天，貴州師大學生上街遊行，集會於貴陽市春雷廣場（1989.6.4）

一、海外民運之濫觴

海外民運是大陸民群運的窗口。從歷史上看，中國不乏陳勝吳廣草莽之士，更不乏成也蕭何，敗也蕭何的人物。海外民運最早的發起人是，中共留加公費生王炳章。一九八二年的十一月，王炳章在紐約發起「中國之春」民主運動，當時台灣情報局第五處就派人以三民主義大同盟的名義，與王炳章取得直接聯繫，王炳章也派出代表寧嘉晨到台灣接洽合作事宜。王炳章希望獲得台灣方面的經援來發展組織，台灣軍情局則企圖透過海外民運組織，開展大陸

美國舊金山市政廳前舉行六四屠殺百日祭

反共民主運動。雙方採取秘密方式合作，簽定協議。王炳章由於得到台灣方面的奧援，有了底氣，號召力大增。王炳章拿了多少錢，由於台灣的援助不是一次為之，外傳王炳章後來在美投資所開的超市經費，就是來自台灣方面。

情報作家王寶元於二〇〇二年七月出版的《情報作戰話題》書中，曾以軍情局的工作角度，介紹海外民運工作的形態，可以分為四個階段來論述。第一階段和王炳章的合作，代名為「移〇專案」，如以合作時間由一九八二年至一九八五年來算，情報局對海外民運組織的捐助達壹佰壹拾貳萬餘美元。這段時間，除了原情報局於一九八三年的五月，指派翁衍慶赴美擔任美東組組長，負責與「中國之春」的聯指工作外，王炳章也當選「中國之春」改組後的《中國民聯》「一大」主席。一九八五年底，《中國民聯》召開「二大」，王炳章連任了「二大」主席。

一九八四年十月，情報局派員制裁在美作家劉宜良，俗稱的「江南案」，導致美台關係惡化。事發之後，情報局駐美工作人員陸續撤離，情報局局長汪希苓、副局長胡儀敏、副處長陳虎門等三人遭到判刑。除了情報局放棄美國基地，次年七月改編為軍事情報局，原有與海外民運組織的合作事宜，經國安會決議並報奉總統核定，於一九八五年十二月起轉由國民黨文工會接辦。原負責聯指之翁衍慶上校表面借調文工會，但仍由軍情局承續辦理（註一）。

註一　軍情局於一九八五年九月一日完成「和興專案」，由特情室與情報局兩個單位併編後，依據五大任務之使命需求，成立第六處，專責對中共策反反間、心戰謀略，與大陸民群運等情戰工作，以貫徹行政院大陸工作會報制定之大陸政策，傳播台灣經驗，支援大陸民主運動，爭取大陸民心。

一九八七年五月上旬，翁衍慶遭美國聯邦調查局約談，指翁為情報人員，希望其與美方秘密合作，翁衍慶只得留下妻小於兩週後迂迴撤返台灣。王炳章一時無法和台灣方面取聯，又失去經援，萌生向台灣發展組織建立民運分部的念頭，因不符政策方向，軍情局遂暗中運作抵制，王炳章在反對聲浪下，只好作罷。一九八八年初，《中國民聯》召開「三大」，王炳章依章程規定不得再選，「三大」主席由胡平出任，王炳章改任常委。王炳章心有不甘，抓權不放，排擠架空新任主席胡平，導致《中國民聯》內部重大分裂。

中國民主團結聯盟總章程

（一九八九年六月廿五日第四次世界代表大會通過）

第一章 總綱

第一條：本組織定名爲中國民主團結聯盟，簡稱「中國民聯」，主辦「中國之春」雜誌。

第二條：本盟以獨立自主爲原則，聯合一切民主力量，從根本上改變中國現行的專制制度，實行「民主、法治、自由、人權」。

第三條：本盟主張：廢除一黨專政，實行民主憲政，保障私有財產，提倡多元經濟。

第四條：本盟致力於中國大陸民主事業。近期目標爲：取消中華人民共和國憲法中的「四個堅持」，即「堅持社會主義道路，堅持人民民主專政，堅持共產黨的領導，堅持馬克思列寧主義和毛澤東思想」；釋放一切被捕的持不同政見者；爭取新聞、出版、言論、集會自由，保障人民基本權利。

第二章 盟員

第五條：凡認同本盟章程，進行登記，並由原盟員一名介紹，經基層組織（特殊情況可經總部）批准，交納盟費，報總部備案，即成爲本盟盟員。其盟齡由批准之日算起。

第六條：盟員有遵守本盟章程，保守本盟機密，執行本盟決議，宣傳本盟宗旨的責任，以及交納盟費，參加本盟活動，介紹申請者入盟等義務。

第七條：盟員入盟一個月後有選舉權，三個月後有被選舉權。盟員在組織內有發表意見、對各級組織負責人提出批評、參加表決和對處分提出上訴的權利。

第八條：盟員如違背章程，本盟將依情節輕重按獎懲法處理。

第九條：凡要求退盟者，須向所在基層組織書面提出，報總部備案除名。凡一年不參加組織活動或無故不交納盟費者，按自動退出論。

第十條：本盟有責任營救因參與本盟工作而發生事故的盟員及盟外人士，並照顧其有贍養責任之親屬。

第三章 組織

第十一條：本盟組織原則爲：服從多數人裁決，尊重少數人權利。反對派在盟內合法存在，但不能在盟內成立體制外的組織。

第十二條：本盟設總部、分部、支部和聯絡站。基層組織的設立，須經總部批准及備案。特殊情況下，某些盟員可與任何一級協調機構負責組織工作的同志直接聯繫。

第十三條：本盟設總部爲最高行政機構，由主席、副主席及若干幹事組成。本盟設聯盟委員會，在聯盟代表大會閉會期間爲最高立法機構，由主任委員及若干委員組成。本盟設監察委員會爲最高監察機構，由主任委員及若干委員組成。以上三機構成員不得互兼。

第十四條：聯盟主席一職，連任不得超過兩屆。

第十五條：聯盟代表大會爲本盟最高權力機構，每兩年舉行一次。其代表由各基層組織選舉產生，其他具體事項，由聯盟委員會決定。特殊情況下，須經聯盟委員會及監察委員會各三分之二多數通過可提前或延期召開，但延期不得超過半年。

第十六條：下屆聯盟代表大會籌備成員，由聯盟委員會提名產生，籌備組成員不得參加下屆主席、副主席的競選。

第十七條：本盟各級負責人的罷免，應按罷免法處理。

第十八條：各級委員會作出決議時，至少要有三分之二委員參加投票，決議必須獲得全體委員過半數通過生效。經證實收到通知未參與投票者，作棄權論處。同意與否定票數相等時，主任委員有最後裁決權。

第十九條：對任何提案或提議，任何代表如認爲有重大影響，可要求聯盟代表大會對其重要性表決。經二分之一以上代表通過後，該提案或提議即爲重大提案。凡重大提案及重大提議，必須經三分之二以上代表通過方能生效。

第二十條：對聯盟總章程的任何改動，應按重大議案處理。

第廿一條：本盟總章程之修改權歸聯盟代表大會，解釋權歸監察委員會。

中國民聯組織架構示意圖

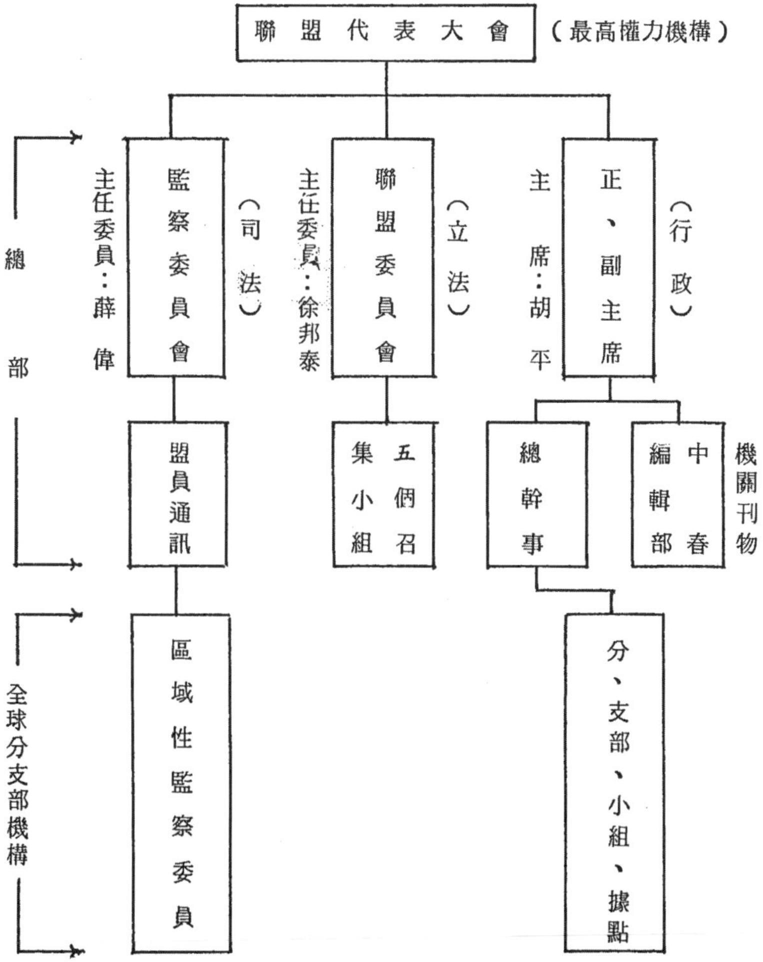

推展中國大陸民主運動合作協議書

「中國知識青年服務社」（簡稱「知青社」）與「中國民主團結聯盟」（簡稱「民聯」），因有共同理想，爲推動中國大陸民主運動，從根本上變革共產集權制度，雙方同意合作推展此一神聖任務，並達成下列協議：

一、「民聯」保證忠實履行雙方均已同意之「對推展中國大陸民主運動指導要點」十項，詳如附錄。

二、「知青社」自本協議書生效之月起，協助「民聯」在海內外民間募捐，支援「民聯」刊物「中國之春」雜誌之正常出版，支援經費視募捐情形另議訂。

三、「民聯」恢復對中國大陸內部民主運動之運作後，包括組織活動及對中共之各項鬥爭等，所需經費，另由「民聯」提出計劃、執行構想及預算，由「知青社」視需要及募捐能力研議支援。

四、「知青社」支援經費均由海內外以「捐款」滙入「中國之春民主基金會」帳戶內。

五、本協議書由雙方代表簽署，並送雙方組織負責人認可簽署後生效。

立協議書者

「中國知識青年服務社」代表：翁志書（副社長）09:07 18:30

社長：唐鎮平 1988.10.5

「中國民主團結聯盟」代表：林樵清 1988.9.7 18:30pm（常委）

主席：胡平 1988.9.20

一九八八年九月日

「中國民聯」第四屆聯盟正、副主席、總部聯委、監委名冊

職務	姓名	化名	簡要人資
主席	胡平		男、四川人、出生於北平、現年四十二歲、北大哲學研究所畢業獲碩士，(67)—(68)年投入西單民主牆活動，主辦「沃土」民刊，(69)年以「論言論自由」乙文爲競選宣言，擊敗匪黨提名之候選人，獲選北平海淀區人民代表。(71)年底「中國之春」成立後，即籌組北平一組，(76)年元月赴美哈佛大學政府系攻讀博士學位，(76)年二月獲選在美陸生「政治學會」會長，(77)年元月獲選「民聯」三大主席，即休學專注民運，(78)年六月蟬連「民聯」四大主席至今。
副主席	黃文成	黃奔	男、上海人、現年四十歲、香港留美學生，曾參加「保釣運動」，現在華府經營餐舘。
聯盟主任委員	徐邦泰		男、安徽人、四十歲、上海復旦大學新聞系畢業、加州大學柏克萊分校東亞系博士候選人，爲首批訪台陸生。
聯盟委員	吳方城	林芳	男、四十一歲、北大植物病理系畢業，(72)年公費入北達大攻讀博士，後轉入肯塔基大學獲生化博士學位，現爲博士後研究。
〃〃	汪岷		男、四十三歲、廣東人、夏威夷大學藝術系碩士，原任「一大」副主席，後遭王炳章排除。現兼任總幹事一職。

聯盟委員	馮勝平	余叢	男、四川人，年約卅八歲、上海復旦大學畢業，現為普林斯頓大學政治學博士候選人。
聯盟委員	宗繼祥	夏京華	男、南京市人、四十七歲、情幹班十二期畢業，為本局退役移美人員、已入美籍，在華府經營餐館、現任華府支部主委、負責聯繫事宜。
〃	林勁鵬	李國愚	男、廣州市人、四十一歲、大陸新移民（(71)年四月移民厄瓜多爾）。
〃	于大海		男、祖籍山東、出生於天津市、現年廿八歲，十七歲以數學優異免考入北大就讀，(71)年畢業於北大物理系，旋即赴美留學，擔任在美陸生「經濟學會」首任會長，已獲普林斯頓大學經濟學博士。
〃	高優諤	高格文	男、台灣移民、年約卅七歲、波士頓東方日報記者。
〃	呂凡		陸生（詳細人資不詳）
〃	吳凡		陸生（〃〃）
〃	苗英韜	姚月謙	男、黑龍江人、四十九歲，哈爾濱藝術學院創作專業班畢業，曾任哈爾濱服務局主任，現任日本分部主委。

聯盟委員	江　文		男、年約六十歲、大陸新移民、現任美國會圖書舘管理員。
〃	張宗煥	張　偉	男、年約四十五歲、陸生、原爲「中春」元老之一，因海工會運用張員欲向王炳章奪權，遭罷絀。
聯盟候補委員	陳紓鏖		女、廣東人、年約卅五歲、大陸新移民，現任澳洲分部坎培拉支部主委。
〃	孫肅之	馮　斌	男、廣東人、年約四十歲，舊金山大學畢業，原任「一大」常委，因與王炳章不和，遭除排。
〃	郭台鑑	郭　平	台灣移美化學家。
〃	林基偉	林　偉	留美研究生（詳細人資不詳）。
〃		良　心	陸生（詳細人資不詳）。
監委主任委員	王元泰	薛　偉	男、四川大邑人、四十七歲、紐約拉瓜地亞學院畢業，已獲美國政治庇護，主持「大陸政治避難協會」會長。
監察委員	劉新海		陸生（詳細人資不詳）。
〃	董眞海	童　菁	男、四十四歲、台灣恆春人、北京中央音樂學院畢業、協助本案工作。

監察委員	劉海鷹	張卓之	陸生（詳細人資不詳）。
〃	徐松林		華僑。
〃	李洪延	李兆陽	男、卅六歲、青島市人，陸生，原任「二大」監委。
〃	莫逢傑		男、四十四歲、陸生、天主教徒、北京第七中學畢業，(70)年赴港轉西非多哥共和國，(72)年四月赴美。
監委候補委員	楊先智		男、卅五歲、四川成都人、陸生，已獲西德政治庇護。
〃	郁亦敏		陸生（詳細人資不詳）。
〃	李林平	李然	男、陸生、原任紐約支部主委及「二大」監委。

右計卅員

「知青社」與「民聯」對推展中國大陸民主運動指導要點

一、「民聯」發展目標仍然指向大陸，並以「反對共產集權制度」「反對台灣獨立」為其基本立場。

二、「中春」刊物要全力向大陸內部發行為主，海外為輔，並以大陸及海外高等院校為重點，散播自由、民主思潮，激發大陸人民從根本上變革共產集權制度。

三、「民聯」不涉入台灣任何事務，不向台灣發展組織，或透過他人向台灣發展；「中春」也不在台灣發行與推銷。

四、未經「知青社」同意，不在台灣吸收盟員，對現在台灣盟員，宜設法疏離，或促其退盟；為防止中共對「民聯」之滲透，應審慎辦理。對今後在海外吸收來自台灣及當地華裔人士入盟；以及來自大陸之入盟人士，凡在總部與編輯部工作，暨身份公開與身份可疑之盟員等名單及資料，均即告知「知青社」，共同防範。

五、加強「民聯」總部安全與保密工作，以求淨化，凡涉嫌為中共工作之盟員，即調離核心工作，情況嚴重者，即採組織處理措施。

六、對「中春」之內容及發行狀況，請每三個月告知「知青社」一次，有關推展大陸民運之重大構想，得隨時協商研訂。

七、「知青社」捐助支援後，「民聯」請指定可靠專人負責管理經費，並認真監督確實用於「中春」之發行，及推展大陸民運，如轉移他用，「民聯」應負中止合作之後果責任。

八、「民聯」之發展，仍保持第三者之形象，「知青社」只設法遊說民間捐款支援，如發生任何事故，「民聯」應自行負責解決，絕不可牽涉「知青社」。

九、「民聯」內部應力求團結，如有紛爭，應坦誠化解。

十、本要點雙方絕不可對外洩密。

林樵清

一九八八年八月，胡平派林樵清來台和軍情局商議，重新確立新合作關係，「移〇專案」改名為「文〇專案」，由三巨頭于大海、胡平、薛偉主其事。一九八九年元月，王炳章被罷免常委職務，又因擅自提領《中國民聯》的捐款遭到開除，王炳章遂自組《中國民主黨》，但聲勢大不如前。王、胡的公開決裂，也是海外民運組織內鬥之開始。由一九八六年到一九八九年，可以說，是民運組織與軍情局合作的第二階段。這段期間，軍情局援助之經費近壹佰伍拾萬美元。

一九八九年六月，大陸發生天安門事件，海外民運組織在軍情局指導下，逐漸結合情戰作為，與民運人士之合作，分別以專個案方式，進行蒐情與發展佈建。一九九一年六月，于大海當選《中國民聯》的「六大」主席，並兼任「中國之春」社長。由於海外民運組織相繼成立，而內鬥情況有增無減，軍情局順勢停止支援《中國民聯》，改以秘密方式援助《中國之春》雜誌。《中國民聯》和《中國民陣》兩組織於一九九三年元月合併，成立《中國民主聯合陣線》，徐邦泰以權謀手段當選主席，為掌控該組織，將經費據為己有，向美國法院對《中國之春》提出告訴。于大海、胡平、薛偉等人，徵得軍情局同意，另行登記發行《北京之春》雜誌。

當時《兩春》鬥爭曾漫延到台灣國安局、海工會、陸委會、軍情局等部門，後來《中國之春》在國安局的支持下，鬥不當戶不對的存活了一段時間。國安局發現民運組織難以駕馭，充滿權謀鬥爭，要的只是經濟援助，又不聽指揮，實非善類，《中國之春》最終自生自滅。軍情局與《北京之春》則繼續保持合作關係。如果說，一九九〇年至一九九三年為軍情局涉入海外民運組織的第三階段，在經費上軍情局提供經費近壹佰肆拾萬美元。

其實，九〇年代以後的海外民運，有很大的質變。除了中共把國內的民運人犯，在判刑關押以後，順着國際的民主浪潮，把魏京生、王軍濤、王丹、王希哲，以致楊建利這些知名人士流放到海外攪局，大大降低了大陸內部反政府的意識形態，對軍情局發展大陸民群運的成效並無助益，反而造成不少工作困擾。除了歐洲地區民運缺乏領導人物和經費支援，發展始終未與情報工作掛鉤，難以形成重點，軍情局主要民運工作的成果，還是來自北美、日本。在中共國安部門的滲透和破壞下，軍情局具有情報績效的主力民幹折損尤重。

諸如美國地區的「志〇專案」，以學者李少民為核心，參與人員包括高瞻、時憲民、曲煒等人。其中，曲煒任職全國台聯會文宣部，屬於副部級幹部，因訪台期間，私下與軍情局接觸而暴露，導致失事。日本地區策訂的「天人一號」工作對象董維，大陸記者出身，為軍情局駐日單位介報發展建案。董維吸收了吳健民、覃光廣，具有省軍級情蒐路線，惟董維剋扣了吳、覃兩人情報獎金達伍、陸萬美元，軍情局遂停止了與董維的工作關係，改與覃光廣、吳健民直接聯繫。人在江湖，身不由己，不久，董維又加入了國安局成為運用人員，於返回大陸活動時被中共逮捕判刑，覃、吳兩人亦遭牽連失事。上述兩案，也是軍情局最具情報績效的民運單位。

中共釋放大陸政治犯到海外，這個策略是成功的。這些人到海外都想擁有自己的山頭，更加分化了海外民運的組織形態。當時的軍情局不自覺的攪進了這個民運漩渦，跟着隨機起舞，想撈點現成的好處，偷鷄不成蝕把米，反而暴露了企圖，又投入了更多的錢財，造成尾大不掉的局面。

大陸釋放的政治犯到了海外，一般都會積極的和海外民運組織取聯。「文〇專案」的對外窗口，由《中春》到《北春》，也一直發揮着介報功能，替軍情局尋找關係、發掘對象。先說魏京生吧！魏京生到了海外，即積極籌募運作資金，爭取國際認同。後來據他自稱透過達賴喇嘛胞弟，已與西藏流亡政府達成合作共識，達賴喇嘛允諾將配合推動大陸民主運動。

魏京生是中共第五個現代化（民主現代化）的倡議者，工人出身，除了名氣，各方面條件，均有不足。他曾要求香港支聯會提供資助伍佰萬港幣未果，對軍情局方面，魏京生提出了三個條件：由其本人單線秘密聯繫；每年給予壹拾萬美元運作經費；願意到台灣訪問及拜訪蔣宋美齡女士。魏京生和軍情局第一次會面，軍情局致送了慰問金叁仟美元，但對他的談吐作風則持保留態度，認為名大於實，評估可供運用價值不高。

七十年代李一哲大字報（註二），與魏京生一南一北都享有盛譽。軍情局也希望策聯王希哲，但王希哲似乎忙着民運路線的內鬥，除了參與批鬥魏京生、劉青，抗議江澤民訪美，要求釋放劉曉波等活動，對軍情局的秘密合作，興趣不大。不如楊建利有鬥爭決心，曾要求台灣的新政府支助每月捌仟美元，做為活動經費，成立新形態的蒐情民運據點，可惜軍情局的武功已廢，決定還是放棄。

註二　李一哲大字報是文革時期發生在廣東地區的事件，由美院學生李正天、高中生陳一陽、工人王希哲合寫，作者筆名在三人名字中各取一字而成。內容以批判林彪集團為形式，指出中共本身存在的嚴重問題。一九七五年，被定為「反革命集團」入獄。一九七八年，獲得廣東省委書記習仲勛平反。情報局以第一時間蒐獲李一哲大字報後，曾列為重要情資，並加以研整運用。

另外，軍情局胡家麒時期策訂之「致〇專案」及「致×專案」，均可列為海外民運與軍情局合作最後的第四階段，這兩個案子也不讓人省心。「致〇專案」由軍情局每年提供壹拾萬美元，以專案方式支持王軍濤、劉曉竹，成立「中國戰略研究所」發展大陸民運工作。劉曉竹另按月領取着民幹津貼，王軍濤則心中另有盤算，兩人覬覦經費反目，導致進度不前，所謂的戰略研究，喧嘩了一陣，卻是無疾而終。「致×專案」的介報人熊元健為胡家麒陸官同學，與民運人士陳一諮搭上線後，由熊元健多次致函並赴台當面向胡家麒請求經援。胡家麒礙於人情面子，同意支援，成立「當代中國研究中心」。軍情局除了暗中贊助各項活動，每次叁至伍萬美元不等外，陳一諮並按月支領民幹待遇貳仟美元。陳一諮知道軍情局是個金礦，又以在港成立「香港觀察」組織為名，向軍情局拿了捌仟美元登記費，及籌設《新世紀出版社》開辦費壹萬伍仟美元，結果都是白象作品。

這兩案子雖以發展大陸民運為名，但在蒐情及策聯組織上毫無績效可言。陳一諮曾以第一時間反映中共元老陳雲病故消息，但卻不是通知軍情局，而是提供台灣《聯合報》當頭條。陳一諮暗中將海外民運消息提供中共，獲江澤民同意讓他回去大陸兩次，藏着不少貓膩。軍情局在海外民運工作這一塊，其實花了不少冤枉錢，只能啞巴吃黃蓮，莫可奈何。情報有秘密特性，也常有秘密之害，原情研室主任鄭叔平就指陳一諾很會騙，如今兩人都已往生，在地下相見，說不定還有一番論戰。

由一九九四年至二〇〇一年，海外民運組織開始質變，在各立山頭，不斷內鬥下，不僅脫離大陸民主運動的主軸，海外也出現混亂局面。軍情局為提升工作成效，亦於一九九七年起，正式把民運幹部比照聘任幹部列管，每半年辦理績效檢討，俾能使民運工作情戰化。這段時間，軍情局支援「文〇專案」的經費達貳佰肆拾萬美元。對海外民運工作，軍情局以按月支領、按件計酬、專案或個案方式發放等，先後所投入的秘密經費，總額超過壹仟萬美元之譜。軍情局以往執行「文〇專案」的經費，早期由國安局撥款支應，自一九九三年七月《北京之春》成立後，始由軍情局自行編列預算。軍情局出錢，大陸人賣命，自毀長城，又能怨誰。

二、軍情局見獵心喜

軍情局為什麼會積極參與海外的民運組織，主要還是當時的《中國民聯》

提供了一份大陸民運組織的花名冊，引起了軍情局的注意和遐想。《中國民聯》自詡在大陸建立了五十七個組、三個分部、三個支部、一個小組，和一個聯繫點，人員達五百二十八人，如能獲得軍情局支助，《中國民聯》願供驅策。這也是軍情局第一任局長盧光義去見國安局局長宋心濂時，大言唱說，大陸六四民運是由軍情局策劃導發的主要依據。

作家王寶元在《情報作戰參考》書中，曾登錄了這份花名冊，謹列之如後，作為民運歷史的一大補遺和證據。（按：細心的人查看這份名冊，當可找到不少貓膩。）

民運人士在舊金山聚會最左為楊建利（站者）及柴玲（坐者）

「中國民聯」敵後組織名冊

編號	駐地	組織名稱	負責人簡要資料	活動概況	備考
1	北平	北平一組（王軍濤組）	原負責人胡平為一九八〇年北大學生選舉風潮學生領袖，中國當代民運理論家。畢業後遭冷凍，一九八三年分配至北京出版社。現負責人為王軍濤，於「八九民運」後被補下獄。	該組約卅人，「中國之春」發起時，即與胡平取得聯繫。該組成員在北京曾秘密慶祝，宣佈投身運動，重點在理論探討，準備迎接下一民運高潮。常通過出國代表團與總部取聯，「中春」第十七期發表之「歷史的沈思」乙文即係胡平托人帶出。胡平、王軍濤等與「歷史的沈思」作者金觀濤、劉青峰聯繫較密，金、劉二人十分支持「中國民聯」，但未正式加入組織。鑒於中共對胡平等人監視甚嚴，胡平組活動十分謹慎。胡平策動此次北大學生示威事件，因政治氣候收緊，已於76年一月八日先行出區赴美留學。該組現由另一負責人王軍濤在北平成立「中國政治函授學校」為掩護，並投入「八六學運」及「八九民運」。	由胡平聯指。

2	北平	北平二組（柳平組）	組長高小力，男，現年四十四歲，工作單位為國防科委，高員為哈軍工畢業，軍幹子弟，其父軍階少將，曾為洪山口高等軍事學院秘書長（即中國人民解放軍高等軍事學院）。柳平組另一重要成員為蘇健力，係已故中共政治局委員蘇振華之子，現在石家莊高級步兵學校工作，常去北京高等軍事學院出差。	柳平組核心成員共七人，均為部隊幹部子弟，高、蘇二人且為現役軍人，該小組主要工作是提供軍界高層動向資料。柳平組與總部聯絡員有經常性之聯繫，該組提供之軍中高幹左、中、右排列圖，至今仍十分有參考價值。	由王炳章聯指，未交出。
3	北平	北平三組（董旭生組）	組長原為吳旭增，四十七歲，北醫衛生學研究生畢業後分配至陝西，現負責人為曲青山，男，四十六歲，北京醫學院衛生學畢業。	該組成員五人，吳、曲二人均為王炳章摯友，文革時為同派組織群眾領導人，吳與王炳章的關係最為密切，「中國之春」創刊時吳旭增以董旭生筆名加入編輯部，為國內編輯之一，後吳與曲等聯繫組成小組，吳、曲均為共黨黨員，該組經常提供總部有價值之資料。75年對北京下放山西青年返京三度示威事件及「八六學運」，起推波作用。	〃

4	北平	北平四組	負責人彭小蒙，女，卅八歲，現在財貿部「財貿經濟」編輯部工作。彭在文革初期為清華大學附中初中學生，「紅衛兵」創始人，後因反對江青，坐牢多年，彭小蒙為高幹子弟，其父原為故宮博物院院長，現已退休。	該組成員共三人，彭因坐過牢，活動很謹慎，公開表示不願多發展成員，以免暴露，然而彭與原北京一些老紅衛兵和「聯動」頭頭們都很熟，有一大圈子的朋友，常有聚會。彭給總部遞過幾次信息，均較為準確，彭與胡平、王軍濤等都相識，但彭與胡等相互不知與民聯總部的關係，彭小蒙組為最具潛力小組之一。(75)年利用其服務機構，影印「八六學運宣傳口號」傳單，大量投寄北京各大專院校。	由王炳章聯指，未交出。
5	北平	北平五組	負責為人彭寧，為「苦戀」導演，彭長征胞兄，高幹子弟，其父已去逝，工作單位，原為長春電影製片廠，但常被北京電影製片廠借調。	彭寧組成員散在全國各地，計有廿餘人，彭寧不常住北京，經常穿梭於長春—北京—福建—湖南諸省，彭寧的活動能量大，與胡耀邦、項南、宋振庭關係甚密，常提供關於胡耀邦的第一手資料。彭曾與項南公開交換過對「中國民聯」的看法，項表示同情。「中春」雜誌上凡署名「冀千山」的文章，均由彭寧組提供。	〃

6	北平	北平六組	負責人于炳才，男，四十歲，國際關係學院人事科副科長，共黨黨員，于炳才曾參軍（空軍地勤部隊）。	于為王炳章之表弟，自幼對王欽佩、服從，于現居要職，在中共中央調查部所屬學校—國際關係學院工作，已被安排為第三梯隊幹部，該組現有成員四人，準備發展至十五人左右，多為于原來部隊戰友（現已復員），于組曾複印香港「爭鳴」雜誌上關於「中國民聯」之報導，在至親好友中傳播。	由王炳章聯指，未交出。
7	北平	北平七組	負責為張保寧，男，四十三歲，北京日壇腫瘤醫院外科醫師。	73年春節時，由陳錫恒發展為「中國民聯」北平據點，後來發展三名成員，但該組活動不多，較為被動，係由陳錫恒聯指。	〃
8	北平	北平八組	負責人孫薇薇，女，三十四歲，曾在日本留學。另一負責人為鍾援朝，男，四十歲，為北京市政協秘書，二人均為幹部子弟。	孫、鍾二人活動能量不大。	〃

9	北平	北平九組	負責人王陳升，男，五十五歲，曾在美國留學，現在北京大學國際政治教研組。	曾長期失聯，於本期託留美陸生帶信總部，取得聯繫，並蒐報北大學生幹部所出版「一九八五年九一八學生運動所貼大小字報摘編」乙冊，甚具參用價值。該組與北大教授厲以寧建立聯繫關係。	由王炳章聯指，未交出。
10	北平	北平十組	負責人王志鐵，男，卅三歲，北平人，一九七三年下鄉，一九八一年返回北平即失業，現為待業青年。	成立「會吃青年聯盟」，團結北平各待業青年，成員齊衛紅，男，卅六歲，北平人，一九七〇年下鄉，一九七九年因病調返北平失業，現為待業青年。另一成員馬平，男，卅四歲，北平人，一九七〇年下鄉，九一九八〇年返北平，待業青年。	〃
11	北平	北平十一組	負責人沙禎遠，男，四十三歲，曾在澳洲留學，現在北京地質部地理研究所。	久未來聯。	〃
12	北平	北平十二組	負責人何瑞榮，男，五十四歲，南京人，南京醫學院畢業，現任河北	「涿鹿二號」專勤唐德明持王炳章溝聯函所建立。	〃

			醫學院生理教研組副主任，並兼任醫學雜誌編委。何員原為王炳章前在北醫同事，私交頗篤。		
13	北平	北平十三組	負責人劉東，男，卅六歲，北平人，自幼生長在藝術家庭，小學入北京中央音樂學院攻大提琴，一九六八年下放延安農村，一九七〇年入中共第二砲兵最大導彈「一二六」、「五六」基地文工團服務五年。一九七四年因發牢騷，遭審查，強迫復員返北平，入「北京第一塑料廠」生產軍工產品——反坦克地雷。一九七七年入東方歌舞團，一九八三年與艾青之女艾丹丹、詩人微微、馬高明等組成「斷層」詩刊，遭查禁。	一九八三年出區至荷蘭，與華僑女子結婚取得居留。一九八五年經荷蘭聯絡站吸收，於十月返區工作。其父劉光亞，任職偽文化部對外文化交流總局。母王毓芝，任職中共北京師範學院藝術系教授。	由王炳章聯指，未交出。

14	北平	北平十四組	負責人鄭平，女，卅四歲，北京工人出版社工人。	成員劉迪一人，男，卅四歲，北京新華印刷廠工人，前「四五論壇」成員。	由王炳章聯指，未交出。
15	北平	北平十五組	負責人馬淑季，女，卅九歲，北京宣武區印刷廠工人，為北京前民運份子楊靜之妻（註：楊靜現仍在獄中）。	發展成員二人：馬淑玲，女，卅二歲，馬淑季之妹，現經營小餐館（個體經濟），程敏之，男，四十歲，北京電話公司工人，係楊靜好友。	〃
16	北平	北平十六組	負責人王佐義，男，卅歲，偽中國科學院物理所研究生。	發展成員二人：何文普，男，卅歲，偽中國科學院自動化所研究生。常青，男，廿八歲，偽中國科學院自動化所研究生。	由于大海聯指。
17	北平	北平十七組	負責人任畹町，男，四十六歲，江蘇無錫人，一九七九年六月創辦「中國人權同盟」民刊，四月被捕。	任員現已獲釋，無工作，僅作小販維生，但從事民運之心未滅，並經收聽廣播得知「中國民聯」狀況，將以其個人為基礎，設法建立一工作組。由於中共公安單位對其監管嚴密，較易暴露之活動，如寫傳單、貼標語等尚有困難。	由王炳章聯指，未交出。

18	北平	北平十八組	負責人田則喜，男，卅六歲，北京市宣武區體委，前「四五論壇」成員（未暴露）。	發展成員二人：王景榮，男，卅四歲，北京市宣武區醬油廠工人。崇文，男，卅歲，北京市宣武區醬油廠工人。	〃
19	北平	北平十九組	負責人陳一諮，男，五十二歲，北大物理系畢。原任偽國務院「國家經濟體制改革委員會」下轄「中國經濟體制改革研究所」所長。	發展成員二人：「中國經濟體制改革研究所」副所長王小強，男，四十歲，北大畢。「中國農村發展研究所」所長王岐山，男，四十歲，北大畢。該二研究所擁有年輕研究員數十人。75年十二月留美陸生盟員朱嘉明返區，即安排在「經改所」工作，情況良好，未受任何懷疑。	「八九民運」後外逃至美，現任「當代中國研究中心」執行主席。
20	河北石家莊	河北一組	負責人陳錫恒，男，四十四歲，河北省石家莊防疫站醫師。	以陳錫恒為核心之河北一組係「中國民聯」最早之敵後民運據點之一，原有成員七人，現復發展成員二人：陳宇，男，四十四歲，河北醫學院第四附屬醫院胸腔外科醫生，為王炳章同學。富京山，男，四十六歲，河北省醫院內科醫生，與陳錫恒、王炳章均為老友。	由王炳章聯指，未交出。

21	河北 石家莊	河北二組	負責人劉京生，男，卅八歲，河北省醫學科學院基礎部。	劉京生與王炳章有遠親關係，其父原為國務院人事局局長，現為內政部優撫局局長。劉京生組另一成員王生，其父原為冶金部有色金屬研究院黨委書記，現已退休。二人父親均在文革中被鬥，二人有長期上山下鄉經驗，思想十分反共。本期內發展成員三人，均在偽科研單位任研究生。	由王炳章聯指，未交出。
22	遼寧 瀋陽	遼寧一組	負責人杜林生，男，四十七歲，遼寧師範學院物理系講師，出身黑五類。	現有成員七人，活動力不錯，已正式成立「中國民聯」遼寧師院支部，對東北形勢發展常有報告。	〃
23	遼寧 瀋陽	遼寧二組	負責人李允德，男，四十七歲，在瀋陽市「遼寧醫藥」編輯部工作。	李允德與陳錫恒關係甚密，為北醫造反派第一號人物，亦為王炳章好友。李允德小組係由陳錫恒與吳旭增所發展而成的。開設「瀋陽國豐實業公司」與日本做貿易，曾獲利數萬元偽幣，因受打擊經濟犯罪影響，被迫關門，目前聯絡正常。	〃

24	山西太原	山西一組	負責人李稼明，男，卅七歲，山西太原工學院機械系。	前曾中斷聯絡年餘，近期恢復聯絡，發展成員五人。(74)年「九一八」、「一二九」曾散發傳單。	由王炳章聯指，未交出。
25	甘肅蘭州	甘肅一組	負責人李至，男，卅四歲，甘肅師大外文系。	將發展成員，建立「中國民聯」甘肅師大支部。	〃
26	湖北	湖北一組	負責人賀紹甲，男，湖北人，現年卅八歲，「東湖智力開發公司」副總經理。	賀員經營「東湖智力開發公司」，自任副總經理，總經理為胡耀邦次子胡德平，胡僅掛名，該公司擬與外商合作稿文化交流工作。成員盧迪於此次武漢地區學運中被捕，刻正由「中國民聯」循區內聲援營救中。	〃
27	上海	上海一組(邱玲玲組)	負責人奚國良，男，上海藥物研究所生化研究室主任。	該組現有二人，奚國良為「中國民聯」最早策劃者之一，因奚在區內地位較高，不易公開發展成員。	〃
28	上海	上海二組(李莫林組)	負責人李莫林已被捕，判刑五年。	李在獄中仍與香港分部聯繫，現該組活動因李被捕陷於停頓，為避免遭中共一網打盡，李妻帶出信息稱彼等仍在堅持中。	〃

29	上海	上海三組	負責人蔣銘，男，卅八歲，上海動力機廠工人。	為傳申奇戰友，現該組成員有廿餘人，除原「人民之聲」遺留人員外，又發展了一批成員，該組準備了一批文件 選擇適當時機運出交「中國民聯」總部。	由王炳章聯指，未交出。
30	上海	上海四組	負責人陳奎德，男，四十歲，上海人。	陳員上海復旦大學哲學研究所博士班研究生，已於(74)年畢業，現任復旦大學「青年理論工作者聯誼會」理事長，該會成員為上海市及復旦大學哲學系及研究社會學者的骨幹。於此次復旦大學學生示威事件中形成份子，並發展成員十五人。	「八九民運」後外逃至美，現為「民陣」成員。
31	上海	上海五組	負責人杅光程，男，卅四歲，上海人。	李員係復旦大學哲學系研究生。	由王炳章聯指，未交出。
32	上海	上海六組	負責人陳增明，男，卅九歲，上海人，前上海民刊「人民之聲」編輯。	陳員現任上海市建築第二公司職員，正擬脫產，從事個體企業，藉以從事民運工作。本期內發展成員十一人，並在上海成立一小沙龍，每半月定期聚會一次。	〃
33	上海	上海七組	負責人張汝雋，男，卅七歲，上海人，前上海民刊「人民之聲」編輯。	張員正欲與上海三組取聯掛鉤，溝通工作作法，擴展組織。	〃

34	上海	上海八組	負責人李青螢，女，卅五歲，上海人。	李女現任上海五金交電批發站職員，已聘為「中春」雜誌特約記者。	由王炳章聯指，未交出。
35	上海	上海九組	負責人王小龍，男，卅九歲，上海人。	王員現任上海市青年宮文藝科科長，已聘為「中春」雜誌特約記者。	〃
36	上海	上海十組	負責人狄飛葛，男，卅六歲，上海建工報記者「攝影」。	「中春」雜誌部份照片，均係其所提供。	〃
37	上海	上海十一組	負責人王申榮、王介平二兄弟，均為前上海民運份子王申酉胞弟（註：王申酉已遭中共槍決），王申榮，上海人，卅六歲，上海黃埔區印刷廠工人。弟王介平，卅三歲，待業青年。二人同住上海市玉田路四〇七巷廿四號四〇一室。	發展成員五人：房東山，男，上海人，卅五歲，上海市解放日報印刷廠工人。孫剋，男，上海人，廿八歲，上海市解放日報印刷廠工人。祖連祁，男，上海人，卅九歲，待業青年。張家祥，男，上海人，廿八歲，上海市，淮海路服裝工廠工人。祖連峰，男，上海人，卅六歲，係祖連祁之弟。	〃
38	上海	上海十二組	負責人劉克敏，男，上海人，卅八歲，上海中	發展成員四人：修瑞齊，男，上海人，卅八歲，上海人民廣	〃

			國青年報記者。	播電台編輯。王礬介，男，上海人，卅三歲，上海人民廣播電台電工。陳抗美，男，上海人，卅七歲，上海黃浦區人民法院書記員。楊名，男，上海人，卅歲，上海市中科院生物化學研究所技術員。	
39	上海	上海十三組	負責人劉嘯天，男，五十五歲，偽作協上海分會會員，於⑭年底在香港由荷蘭聯絡站負責人林燕君吸收成功，派返區工作。	發展成員二人：楊小名，男，四十歲，上海虹橋區政府秘書。余明，男，卅六歲，上海文匯報文藝版通訊員。	由王炳章聯指，未交出。
40	南京	南京一組	負責人賴繼歐，男，五十一歲，南京航空學院外文系。	由非洲模里斯聯絡站負責聯繫。該組現有成員三人，均為出身不好之高級知識份子，該組曾在南京散發過「中春」雜誌文章。	〃
41	南京	南京二組	負責人楊川寧，男，卅八歲，江蘇省乒乓球隊教練，於⑮年二月訪問歐洲時，由荷蘭聯絡站負責人林燕君吸收成功，派返區工作。	發展成員一人：蔣毛毛，女，卅六歲，南京無線電廠工程師，係楊川寧之妻。	〃

42	江蘇 無錫	無錫一組	負責人馮煒，男，五十一歲，一九八〇年曾赴比利時留學，一九八二年返區任無錫輕工業學院機械系副教授，支持學生民主運動，深受學生愛戴。	馮員吸收其同事陳金元為成員，陳員，男，四十八歲，與馮員一九八〇年同赴比利時留學，現同在無錫輕工業學院任副教授。近期成立一科技諮詢服務公司及一讀書會，擁有資金十餘萬偽幣，欲開辦夜校，儲集人才。	由王炳章聯指，未交出。
43	江蘇 無錫	無錫二組	負責人李德軍，男，四十一歲，無錫輕工業局人事處幹部，共產黨黨員。	李員因「文革」期間曾下放農村，對中共不滿，「涿鹿二號」專勤侯尚文與李員係舊識，經說服吸收加盟，建立據點。	〃
44	浙江 杭州	浙江一組	負責人趙文，男，四十七歲，浙江杭州「浙江日報」工作。	該組成員十餘人，多為文科畢業之知識份子，與原浙江老民運份子聯繫頗多，極具潛力，該組係由歐洲分部發展。	〃
45	浙江 金華	浙江二組	負責人孫長文，男，卅九歲，金華市輕工業局技術科科員。	發展成員二人：鄺至善，男，卅七歲，金華牲畜屠宰廠文書，係孫好友。王保榮，男，卅七歲，金華制廠技術科幹部，係孫好友。	〃

46	湖南長沙	湖南一組	負責人陳深，男，四十一歲，湖南財經學院政治教研組講師。	發展成員二人：馬曉圓，男，卅九歲，湖南財經學院金融教研組講師。吳東紅，男，卅五歲，湖南電子儀器廠技術員。	由王炳章聯指，未交出。
47	湖南	湖南支部	係楊再行發展成功。	成員約十餘人。	〃
48	四川成都	四川一組（成都組）	負責人徐致富，男，四十三歲，四川省成都市鍋爐廠技工。	由香港分部負責聯繫，該組成員共廿餘人，均為上山下鄉青年（後調為工人），極活躍，並辦一商店為活動據點，張政高案，該組曾提供準確情報。	〃
49	四川自貢	四川二組（自貢組）	負責人王德昌，男，四十六歲，自貢市自來水公司工人。	由香港分部負責聯繫，該組成員六人，均為文革中造反派頭頭，近年來復被整肅。據稱，該組擁有文革時留下之短武器。	〃
50	四川重慶	重慶分部	負責人李純，男，四十一歲，曾有十年上山下鄉經驗，一九七八年－一九八〇年曾辦民刊，現任重慶自來水公司技術工人。	發展成員二人：霍曦明，男，卅九歲，重慶政協委員會幹事。傅秋山，男，卅三歲，自組「重慶國昌實業公司」，具活動力。	〃

51	四川重慶	重慶支部	負責人為雷遠航、何明二人。	成員十五人。	〃
52	廣州	廣東一組（科組）	負責人倪伯義，男，四十八歲，現在廣東社會科學院工作。	該組成員共五人，主要係研究理論，發表在「中春」十一期上重要理論文章「科學民主提綱」及十五期「白色革命」二文。	〃
53	廣州	廣東二組（姚組）	負責人姚學政，男，四十二歲，廣東嶺南師範政治系教師，曾為李一哲集團成員。	現發展成員共十六人，多為原李一哲集團幸存份子，該組曾數次幫助轉運「中春」雜誌。	〃
54	廣州	廣東三組	負責人劉國凱，四十六歲，現為廣州電視大學學生。	劉國凱組僅發展十三人，因其友人林志毅坐牢而格外小心。劉國凱本人思想極為堅定，決心奮戰到底，但其想出國深造，與乃弟劉憲平有聯繫。劉國凱曾建議「中國民聯」不要過高捧王希哲形象，因王希哲仍自稱馬列主義者，其意志不堅，有叛賣同志行為。本期內每月輸入「中春」雜誌達四十冊，並成立「廣東政治改革研究會」，發展成員十五人，投入此次廣州地區學運工作。	〃

55	廣州	廣東四組（野草組）	負責人黃迪，男，四十五歲，廣州第五中學教師。	黃迪領導之「野草」共有廿一名核心成員，為區內唯一定期出版之民刊。「野草組」現全部成員加入「中國民聯」決心與「中國民聯」聯袂奮戰到底。每月輸入「中春」雜誌約十五冊，85年「四．五」曾以廣州支部名義散發「四五」傳單四百份。	由王炳章聯指，未交出。
56	廣州	廣東五組	負責人林軍三，男，卅六歲，廣州農機修造廠工人。	成員五人，曾因用鋼板翻印散發「中春」雜誌而洩密，有一成員被捕，此人被捕後，與其單線聯繫之成員立即轉移，保護組織。該組與廣州黑社會有密切關係，專向大陸轉送「中春」、「爭鳴」雜誌。	〃
57	汕頭	廣東六組（無名草組）	負責人王志，男，四十四歲，汕頭人，現為汕頭食品進出口公司工人。	「無名草」為區內不定期民刊，其代表曾出國與「中國民聯」聯繫，願意加入「中國民聯」。「無名草」成員散佈在廣東各地，有成員廿餘人，常有成員出國與「中國民聯」取聯。	〃

58	廣州	廣東七組（暨大組）	負責人黃秉遂，男，卅歲，暨南大學醫學系學生，副手劉照，男，廿八歲，暨南大學物理系學生。	黃、劉領導之暨大小組，人數十餘人，多數為香港赴暨大（華僑大學）的青年，他們過去同情「北京之春」現又積極參加「中國民聯」運動，熱情高、幹勁大。該組往返廣州與香港時，均設法攜帶大量宣傳品入陸，在廣州為傳播「中國民聯」信息作了大量工作，並向香港分部經常匯報廣東民情資料。	由王炳章聯指，未交出。
59	深圳	廣東八組	負責人張安琪，女，為貴州「啟蒙社」骨幹份子秦曉春女友，前逃抵澳門，加入澳門站任成員。	張女原為澳門站成員，因得悉秦曉春遭中共逮捕，擅自返區，於(74)年三月與香港分部取聯，始悉其目前在深圳設攤賣鵝絨毯生意，已請其設法在深圳發展工作。	〃
60	貴州貴陽	貴州分部	負責人楊再行，男，四十四歲，於一九七八年十一月創辦「啟蒙社」，後遭中共逮捕判刑五年，後獲釋。	由於楊員前從事民運被捕後獲釋，不便過份活動，而由陳勁來（本名彭光中）負責所屬各分支機構之聯絡指揮工作。另設司庫黎華（本名張揚）、監委金邦慶、發行丁輝。成員劉	〃

			廣義，男，卅九歲，貴州人，貴陽製藥廠工人，原「啟蒙社」成員。陳鮮久，男，卅九歲，貴州人，貴陽製藥廠工人，原「啟蒙社」成員，共成員五十人。	由王炳章聯指，未交出。
61	貴州 貴陽	貴陽支部	負責人為李偉。	直接向楊再行負責。	〃
62	貴州 貴陽	貴州大學聯繫點	係由楊再行發展成功。	曾導發75年十一月十九日—十一月廿二日貴州學運。	〃
63	雲南 昆明	昆明分部	負責人李國棟，男，四十七歲，昆明醫學院腫瘤科醫生，「文革」曾任造反派頭頭及雲南省革委會副主任。鄧小平上台後，被打成「三種人」，因其具專業知識，故被留用。李員政治素質高，與過去「文革」雲南造反派頭頭，均有來往。	發展成員三人：景新男，男，四〇歲，雲南農業大學外語系教師，願在該校發展組織。劉益才，男，四〇歲，昆明醫學院外科醫生，係李國棟友人，為其所吸收。方德，男，卅六歲，雲南實業開發總公司業務員。	〃

64	海南島儋縣	海南島一組	負責人彭雲橋，男，儋縣人，四十七歲，原任共軍幹部，因與林彪關係被迫於一九八〇年復員返籍工作。	成員三人，彭雪芬（女，儋縣人，四十三歲，儋縣人民委員會稅務局職工，為彭雲橋堂妹），林丹彤（男，廿七歲，儋縣人，待業青年，為彭雲橋外甥），匡偉（男，廿七歲，儋縣人，待業青年，為林丹彤同學）。	由王炳章聯指，未交出。
65	北平	國興小組	負責人為王國興，現年廿七歲，(71)年為北京各高中會考績優畢業生獲送日本名古屋大學攻讀經濟，現學成返區擔任「中日友協」幹事。	該小組組織嚴密，工作扎實，現擁有成員六十二人，均為北大、清大、人民大學、公安大學等院校及各學會之學術尖子，熱情敢為，水準極高，具影響力。平時經常發起並邀集北京各「思想沙龍」成員在北大校園舉行國是研討會，其目的係藉公開集會機會，交結志同道合朋友，互換通址，會後密切串通。該組有條件負責在北京發行民運刊物。	〃

右計五十七個組，三個分部，三個支部，一個小組，一個聯繫點。

三、中共的反制佈局

民主運動就像一部電影，跟着背景不同和劇情發展，自然而然產生羅生門事件，如同「九二共識」的一中各表一般，在蒙太奇手法下，各有解讀和聯想。要成為一部完整的影片，最重要的是結局，也是導演的功夫所在，導演能篡改歷史，也能創造歷史，而中共就是這齣戲的總導演。海外民運經過軍情局二十年的經營，進入二〇〇〇年後，發生很大變化，不到十年終至覆沒。其主要原因有三：台灣因為政黨輪替，價值觀遭到扭曲；中共對海外民運組織有效的滲透、分化、破壞；軍情局的角色曝光，失去民運組織的信任，合作關係被迫終止。

二〇〇〇年，民進黨上台，陳水扁第一個任用的軍情局局長薛石民，對情報工作而言，是個土老冒，在兩年軍情局長任內做了不少乖張之事。他對大陸民主運動認識極為淺薄，也不懂什麼謀略導變，只知道情報工作就是單線領導、隔離部署這八個字。薛石民認為海外民運沒有為台灣廣為宣傳，運用價值不大。為應合民進黨的立委，做民進黨的官，薛石民率先公開了資助《北京之春》的內幕，並中止了合作關係。薛石民甚至表示利用大陸民運及《北春》，蒐集北京當局的情報，績效不佳，這是軍情局停止資助《北春》的直接原因。

其實，中共也一直在做海外民運的調查（註三），經過不斷的總結和掌握，選擇了二〇〇四年五月下旬，在六四天安門十五週年前夕，有計劃地運用新聞媒體，展開對海外民運組織的圍剿行動，裡應台灣的《中國時報》，外合北京之《環球時報》。中共的手法是和當年運用國安密件一樣，劉冠軍潛逃後，提供大陸不少的國安局密件，如何拿來打擊台灣當局，大陸國安單位百思之下，乃通過香港提供給台灣《中國時報》刊登出來，這次《中國時報》又再一次成為中共的代言人，扮演了謀略方的角色工具。

对"全加学联"的现状分析与思考

一."全加学联"的变化及第八次代表大会情况

加拿大中国学生学者联合会(以下称全加学联)于1989年7月在加拿大温尼泊市宣告成立，它是"六四"的产物。成立以后，在港台反动势力、地方右翼势力和"民阵"、"民联"等反动组织的拉拢、唆使下，多次从事反对中国政府的活动，积极煽动、组织我在加留学人员申请移民，直至1994年6月，"全加学联"还与多伦多和渥太华地区的六个反动组织一起组织人员在我使、领馆门前集会纪念"六四"。近两年多来，随着国内政治稳定、经济发展和国际大气候的变化以及留学人员自身问题的逐步解决，该组织政治倾向有了较大变化。特别是七届"全加学联"从95年8月由朱宁生担任主席以来，政治态度明显好转，在李鹏、乔石同志访加，台湾、香港、西藏、魏京生和对美外交政策等问题上内部虽有争议，但未组织或公开参与反对我政府的活动，今年"六四"前后也未组织或参与集会和示威。七届"全加学联"注重于通过帮助留学人员融入加拿大主流社会，为留学人员提供服务等手段扩大其影响，并通过多种方式表示要与使领馆建立联系。在组织为中国水灾地区募捐救灾资金和物资，号召留学人员联合行动抗议95年9月5日<环球邮报>刊登污辱中国学人为"潜在间谍"的反华文章，帮助留学人员联系集体办保险等方面做了一些工作。为慎重起见，我使、领馆对"全加学联"一直坚持"不承认，不支持，不接触"的政策，主要考虑到：1."全加学联"成立时的背景及成立后的实际表现；2.尽管他们从93年后称，"全加学联"是一个非政治性组织，但仍组织或参与一些"民运"活动；3.该组织与台湾三民主义统一大同盟(国民党)关系密切，主要活动经费由该组织提供(每年约 2 万加元)，每年组织部分人员去台湾参观。

“全加学联”于今年 8 月 17 、 18 日在卡尔加里举行第八次代表大会。会上讨论了章程修改，将“全加学联”的全名称更改为“加拿大中国学人联合会”，英文改为“ Federation of Chinese Students and Professionals in Canada(FCSPC)。选举谢兴华(六、七届“全加学联”监委会委员)为主席，将“监委会”改为理事会，选举谢兴华、马骥(上届全加学联东部副主席)、张志义(上届全加学联西部副主席)、朱宁生(上届全加学联主席)、许晓松(阿尔伯塔大学联谊会主席)、丁中柱(上届全加学联中部副主席)、黄政(全加学联电子刊物<<枫华园>>主编)七人为理事。

参加这次会议的有来自 24 所大学的代表和"全加学联"所属机构的代表约 30 多人。台湾“中国青年团结会”的四名代表应邀参加了出会议。据参加会议的几位联谊会干部介绍，本次会议政治色彩有较大幅度淡化。主要表现在： 1.“全加学联在一天半的会议中，无论是某些代表的正式发言，还是对某些问题进行辩论，没有人提到“六四”、民运、人权等问题。出现这种变化的原因，一是国内的经济高速发展，政治稳定和中国的国际地位不断提高，绝大多数留学人员能客观的看待祖国的发展和存在的问题；二是留学人员的一些切身问题逐步得到解决，他们关心的是如何能在加拿大谋生，绝大多数人感到在加拿大工作和生活并不容易，只有祖国的繁荣和富强，他们才能扬眉吐气；三是“全加学联”头头的成分有了变化，新人在增加。有些“元老”的想法也变的比较实际。2.会上围绕“全加

2

学联”改名问题展开了激烈的争论，代表们各有打算。多数代表想通过改名以便同我使领馆接触,从而得到使领馆的承认和支持。有些代表要求改名，是想把那些已经进入社会的学者包括在内，巩固学联地位，将它发展成为有助他们生存、发展的一个社团组织。极个别反对改名的主要是那些“元老”，他们出于政治考虑，也带着感情色彩，怕因改名而抹煞他们过去的“功绩"。会上曾提出 13 个改名方案，几经讨论，最后表决通过。
3.“全加学联”主席对于学联走向起着重要作用，因此选举主席是本次代表大会的主要议程。竞选主席的有三人，一是来自麦吉尔大学的谢兴华，二是来自蒙特利尔大学的马骥，三是来自皇后大学的丁中柱。经过投票，谢兴华当选。马骥和丁中柱被选为理事。

谢兴华，男，现年 39 岁，1989 年 3 月从四川农科院土肥所由 CIDA 项目公派来 UBC 进修，同年 12 月转麦吉尔大学麦克唐纳农学院攻读硕士学位。1993 年 1 月至 96 年 1 月在麦克唐纳农学院任技术员，1996 年 1 月至今在麦吉尔大学攻读博士学位。92、95、96 三年，谢曾担任麦克唐纳农学院联谊会主席。谢热心社会服务工作，乐于表现自己，政治上无坚定信仰，在任联谊会主席期间，能主动与我使馆保持联系，热情为留学人员服务。但同时与“全加学联”关系密切，从 92 年连续五届担任“全加学联”的监委。谢参加本届竞选的主张包括：1.加强全加学联的自身组织建设；2.加强与各地联谊会的联系；3.加强舆论宣传，扩大“全加学联”在加联邦、省、市政府和社区影响；4.进一步加强对广大在加学生学者服务工作；5.策划、支持和鼓励各地联谊会举办区域联谊活动；6.继续维护并发展学联"新老干部网"(FCSSC-L)；7.巩固学联已有经济

3

来源项目。谢兴华当选后将根据需要，委任副主席和下属机构领导成员。

二.几点分析与对策

如何看待"全加学联"的变化并采取相应的对策，是我们近年来一直关注和研究的问题。认真分析，权衡利弊，我们认为对"全加学联"应继续采取慎重的态度，仍坚持不承认其为代表全加留学人员的唯一组织，其理由是：1. 全加学联组织机构十分松散，有的联谊会根本与它没有组织联系；"全加学联"领导成员受学习和职业影响，经常易人，变动较大；内部参政人员成份复杂，过去的一些"元老"虽不在位，但总以"元老"自居，在一些政治性的问题上常常出面干预，争吵不息，意见难以统一，对"全美学自联"和加拿大"人权"、"民运"组织的干扰和影响很难做到抵制。面对这样一个十分松散的全国性组织，三个使、领馆协同管理，困难较多。如果"全加学联"在取得我政府承认后，打着为国服务的旗号，到处签订协议，组织一些不受欢迎的人回国与国内交涉，使、领馆无法提前预防和控制。2."全加学联"现仍与台湾关系密切，依靠其经费资助，组织人去台湾参观。尽管口称他们组织人去参观是为了让大家了解台湾，为统一祖国做贡献，但在其刊登的组团访台通知上并未写明此意，在反对李登辉搞台独上也没有任何明确表示。3."全加学联"活动较少，主要困于经费不足，如果我们承认它为合法的全加留学人员组织，势必要求我使、领馆资助，但仅靠我们目前的经费资助能力是很难满足他们的要求。4.尽管八届"全加学联"代表大会有较大变化，新当选的主席政治态度较温和，但在讨论其章程草案中仍未放弃"关注中国进步，

4.

促进中国经济、文化、民主政治的发展”的宗旨，代表们的提议和主席的主张能否顺利实施，还有待观察。但考虑到该组织的主要领导成员近年来已经更换和他们近期的实际表现，对其中政治态度较好的有关负责人可以个人身份接触，积极做工作，进一步促其内部彻底转化，其目的是：1.因势利导，变消极因素为积极因素，更多地团结和教育留学人员；2.“全加学联”现有一个很有影响的"枫华园"电子刊物，可以利用现有这批人和设备扩大我们的宣传和影响。

驻加拿大使馆教育处

一九九六年八月二十八日

5.

二〇〇四年五月二十七日，台灣《中國時報》率先刊出大陸釋出的台灣國安局和軍情局三份內部文件，指出台灣長期資助大陸民運，並利用民運人士蒐集情報的內情。次日的北京《環球時報》，反以《中國時報》的報導為引子，應合的登出了〈台灣當局資助王丹、王軍濤等海外民運份子〉的文章。《中國時報》怕遭台灣官方追究，並透露所載之國安局和軍情局密件，取材來自大陸方面的資料。

本來，情報工作有真有假，假的目的是用來對付外行，以掩護真的存在。事實上，情報新聞也是一樣，雖然看來有板有眼，其實情節中假的部份要超過一半。尤其近年台灣的假新聞充斥，這是一種趨勢和現象，社會人士應該提高認識和有所注意。情報工作說謊作假，經過演化質變，其目的是掩飾推卸責任、模糊誤導真相。而外國有句話說：「掩飾有時比犯罪更糟糕。」在台灣，也沒有聽說那一位情報官員為了負責主動下台，幾乎每一個情報官員在媒體上說的，不是謊話，就是屁話。情報工作的負責態度和表現，如今只剩下人云亦云，道德正義不復存在。沒了工作精神和國家意識，情報工作浮現出來的，就是出賣和背叛。「無名英雄」，已成慰藉之詞，說說罷了。

在這次海外民運諜報風波裡，最值得注意的是，中共提出的三份機密文件所產生的效益問題：第一是海外民運和軍情局的關係；其次為「二王」專案的真相，以及對海外民運的影響和走向。中共提供的密件，具體揭露了軍情局支援海外民運的經過和內情。首先，指軍情局控制的民運組織達十七個，遍佈美、日、英、德、法等國和香港。以軍情局的工作幹部素質及能量，其實是無法支援如此眾多的民運組織，說軍情局策訂了十七個案子，則與事實相近。十七這個數字不是巧合和猜測，顯然中共是有他的情報來源。中共為了掩護來源和擴大宣傳，把十七案寫成十七個，一字之差，反映了情報工作的智慧和謀略。

軍情局策訂的海外民運個案中，包括美國五案、日本六案、英國三案、法國德國各乙案，至於香港的一案，其實是情報據點，掛靠在民運工作項下，也是這十七案中最具情報績效的一案。中共對海外民運組織的突擊，採取一鍋端的圍獵，在時機上也是有選擇的。除了民運人士李少民、高瞻、董維、覃光廣，吳健民等人在大陸被捕，王炳章早一年也落網，時間上選在六四事件十五週年前夕，也是一種主動和反制作為，而中共的精心策劃，尚不止此，值得再述。

八〇年代，大陸學生民主運動期間，香港各界成立了「全港支持愛國民主運動聯合會」（簡稱「全港支聯會」），戳力於聯繫大陸民運組織，營救大陸民運人士，及支援外逃民運人士，在海外推展民主運動。至今香港仍不忘六四，照樣年年舉辦紀念活動，這份執着和努力，一直為世人稱道。軍情局曾策訂「信〇專案」，計劃培養香港區議員，打入這個組織，建立內應力量。惟當時之構想，與情報工作之秘密原則難以溶合，軍情局駐港單位多無合法居留，主客觀條件均受限制。九七後，軍情局派港之秘密單位全部撤銷，策聯「全港支聯會」只是紙上談兵，就如香港人常說的「有姿勢、冇實際」，而這句話要用廣東話說才有味道。

中共偽造台灣國安密件，其實也不完全是假的，內容還是有依據的，也是情報的一種運用，摻假的部份是文件的偽造和所謂的「二王專案」。當年，劉冠軍提供大陸國安密件數十份之多，中共為了包庇劉冠軍，配合謀略，就把這些密件提供台灣《中國時報》，以產生島內效應。《中時》做賊心虛，當然也不敢承認國安密件來自中共國安部。大陸擁有如此多的台灣國安局密件，有了樣板，泡製自然不成問題，更何況台灣的情報規律和作業流程，也已遭到洞悉。情報局時代，大陸的票證、人民幣等無所不仿，通過偽造情報手段達成工作目的，這就是情報工作。國安局和軍情局被扣上屎盆子，卻裝着沒事，一點招架應變能力都沒有，真沒出息。

有沒有「二王專案」呢？王軍濤離開大陸較早，與軍情局聯繫建案後，原係透過民幹劉曉竹居間聯繫，王、劉因經費支用問題反目後，改由軍情局駐加拿大多倫多組直接聯絡。二王指的是對象，是王軍濤和王丹，而他們之間無甚往來，但在「二王專案」這個名詞影射下，造成兩人是一個案子的假象。其實，王丹到美國後，孤芳自賞、態度保守，又缺乏民運關係路線，對海外的民運文化扞格不入。「文〇專案」的三巨頭于大海、胡平、薛偉經過商議，把他安置在《北京之春》掛名棲身。不久，王丹到台灣獲陳水扁賞金貳拾萬美金，吃人嘴軟、拿人手短，自此王丹愛上民進黨，投向台獨陣營。「二王專案」的名稱是這麼順口一說來的，王丹既拿了台灣的錢，也不能說他是冤枉的。不過內行人都知道，國安局一向不涉入民運工作，但還是幹了一件愚蠢的事。一九九三年，徐邦泰當選《民聯陣》主席，又兼《中春》董事長，國安局採取了支援《中春》立場，投資了叁拾萬美元，徐邦泰也聲稱沒拿過台灣一分錢，都是扯淡。陳水扁女兒陳幸好曾大聲嚷嚷說：「民進黨那一個沒有拿我爸爸的錢。」只是那些錢都是貪污得來的，小氣巴拉的人，怎麼拿自己的錢做善事呢。

台灣媒體指稱，王丹收取陳水扁的錢，為肆拾萬美元。陳水扁因貪污坐牢，王丹強調他拿的錢，非陳水扁的錢，而是中華民國政府的錢。王丹怕貪污的錢受到追繳，但還是把錢納入私囊。王丹認為哭泣而不放棄，才是真正的勇氣。他把當年的造反有理，改成了拿錢無罪。

中共在這次事件中，除了批判王軍濤、王丹外，特別點名胡平是民運幹部，月支活動費壹仟美元。其實「文〇專案」中，他領的活動費比于大海、王元泰還少，但胡平是最有原則和立場的一位。在支津的二十九個民幹中，斂財最多的是陳一諮，品德和作風都有問題。海外民運人士混雜不清，內部鬥爭連連，只有一個共同特性，有錢就是娘，真正獻身民運事業者沒幾人。尤其，海外民運的帶頭者，從大陸出來後，不斷質變、失去理念，為了寄生海外解決生活問題，掛着民運招牌，想撈好處的大有人在，也沒看過海外民運組織，真正拿錢去支持大陸民主運動，只想別人去救助他們。當年，萬潤南大喊海外民運要做到旗幟不倒、人員不散，這個人跟大陸官方做生意，卻是絲毫不落人後，如今杳如黃鶴，而真正投身大陸民運工作，三十年來堅持不變的，看來只有軍情局過往支援的海外民運組織。

軍情局有一個名詞叫「謀略導變」，但始終未能發揮實務功能、有效執行在工作上面。反而中共的這次行動，就是一種謀略導變。運用謀略手段，促使海外民運工作的發展，產生了具體影響和變化。二〇〇四年的六月六日，海外民運組織被迫召開了「中國大陸民主運動海外工作會議」。這次會議掛的標語是，「還產於民、還政於民」、「再造共和、廢除黨獨」，談論的卻不是海外民運組織應如何支援大陸民主運動，海外民運組織要如何團結、要如何自救，及樹立今後共同的努力目標。整個會議成了澄清大會，顧左右而言他，越出來澄清的人，反而是真正拿了情報經費的那些人。本來接受經援並不是丟人的事，關鍵是用在那裡？對大陸民運有沒有貢獻？當初中國共產黨成立，不是每月還領取蘇俄第三國際的壹萬伍仟美元的工作費嗎！

海外民運組織打着大陸民主運動旗幟召開大會，反而成了海外民運組織和軍情局的分水嶺。軍情局炒了海外民運組織，海外民運也炒了軍情局。海外組織混民運，與軍情局混情報，成了意識形態的患難兄弟。後來，不少對海外民運感到失望的人士，紛紛脫離民運組織，《北京之春》、《魏京生研究中心》等，也先後投入美國人的懷抱，拿美國民主基金會的錢過日子。九〇年代，崛起的海外民運和法輪功，隨着時代演進，「平反六四」的呼喚漸息，似乎只有「法輪常轉」是一枝獨秀。

台灣情報機構資助海外民運，早已不是秘密。尤其民進黨上台後，土包子當政、權謀內鬥、政局混攪、國家民族觀念逐漸走位。台灣失勢政客尋求大陸支援，和海外民運人士四處找錢，以致大陸政治人物的外逃，都與政治鬥爭息息相關，情報工作也受到政治沖刷變質。事實上，民運人士大都受六四影響，對中共暴政不滿。現在大陸富強起來，形成台灣人說的西瓜偎大邊，海外民運也難以立足了。民運人士常以溫水煮青蛙自喻，最後被煮死的還是自己。

一些假民運者或為了生存、或缺乏膽識、或乘機揩油，與軍情局虛與委蛇的也不在少。像王軍濤在海外是見過軍情局官員最多的一位，但情報表現上最差，賣的是名氣。在秘密原則下，有條件能執行情戰任務的民運人士，軍情局基本上都與海外民運活動劃開分別處理。筆者就曾赴新加坡與大陸的民運代表孫廣友會晤，秘密爭取其參加工作（後來孫員因與日本地區民運組織聯絡，遭判刑十三年）。所以資助民運和情戰經費，是兩條不同工作路線和發展方向。軍情局局長薛石民搞不清狀況，配合大陸打壓海外民運，對民運工作而言，就像一根攪屎棍。

歷史的發展和輪迴證實，人最常犯的錯誤就是，不知道接受前人的經驗教訓。「江南案」的發生，就是陳啟禮不信任情報局。在制裁劉宜良之前，做了反制部署，致使情報局局長汪希苓判刑入獄。參加情報工作，每個人動機不同，就和參加民運一樣，效忠國家這個最大信念，對台灣而言，早已成為過去式。沒有國家信念的情報工作，也偉大不起來，又能值得信任嗎？不過，由這次海外民運的諜報風波，有一個經驗教訓值得記取，原來情報工作真正出賣你的人，就是你的上級；情報工作的成就，不是犧牲別人，沒有良心道義，還談什麼永續經營。

作者（左一）在新加坡會晤民運人士孫廣有（中）苗英韜（右）

作者與民運工作主辦人易小生（左）合影

（小易是不會說粵語的廣東人）

四、海外民運之績效

談及海外民運工作的源頭，準確的說，是一九八二年十一月中旬，中共留加公費生王炳章，在紐約發起「中國之春」民主運動，一九八三年二月上旬，王炳章派寧嘉晨來台洽商秘密合作事宜，以共同開展大陸民主運動，並由情報局負責美國地區的第五處呈報安全局核准建案，訂定代名「移〇專案」。一九八三年五月上旬，指派翁衍慶赴美，擔任「移〇專案」之聯絡指導人。江南事件後，情報局駐美人員陸續撤離。一九八五年十二月初，名義上「移〇專案」由文工會接辦，但案件仍由新成立之軍情局負責推動，並改名為「文〇專案」。

一九八八年元月，胡平當選「民聯」三大主席，為尋求經援，八月間由胡平委派林樵清來台，並與軍情局另簽署合作協議。一九九一年六月間，于大海當選「民聯」五大主席，由於于員兼任《中國之春》社長，為因應「民聯」內鬥日趨激烈之情況，軍情局決定改援《中春》雜誌，以減少紛擾，利於運作。

一九九三年元月底，「民聯」、「民陣」合併，成立「民聯陣」，民運領袖王若望眾望所歸，被推舉為主席人選。由於徐邦泰背信棄義，以權謀手段當選主席，為掌握《中春》雜誌及捐款來源，竟向美國法院提出訴訟。于大海、胡平、薛偉等三人遂退出《中春》，另成立《北京之春》雜誌。對海外民運的內鬥分裂，軍情局採取不介入的態度，並停援《中春》。一九九四年起，軍情局開始對《北春》恢復經援，至二〇〇三年台灣民進黨上台為止。

其實，海外民運只是大陸民運發展的中繼基地。軍情局對海外民運整體的態度，講求的方針是「分而導之、分而聯之、分而援之」，作法上是「多參與、少經援」。但如果單就經援角度來看，軍情局與海外民運組織的合作，分為三個階段：第一階段是經援「民聯」，發行《中春》雜誌；第二階段為停援「民聯」，改援《中春》雜誌；第三階段則停援《中春》，經援《北春》雜誌。其實，軍情局支援海外民運工作，是執行兩條路線的策略。軍情局所指的「代理戰爭」，本質上是通過民主運動的大旗，執行情戰的目標任務。

海外民運組織在上述第一階段，「民聯」除了在全球建立六十一個分支部，成員達一千二百餘人，其中絕大部份為陸生及大陸新移民。在大陸內部也建立了工作組、分支部，發展吸收人員五百餘人。蒐情高達三千餘件，其中獲得採用者為百分之三十六，而軍情局以民運為名，執行情戰個案達一百零二案次。

軍情局第二階段，改援《中春》雜誌後，為確保情戰工作隱密性，在作法上改為專案支援、個別運用方式。公開方面，以《中春》雜誌為掩護，秘密方面，則吸收陸生精英及智識份子，在第三國施訓，潛返大陸執行情報蒐集，及組織佈建為主的工作任務。先後策建之民運據點有十六案，執行情戰個案十五次，蒐集中共原始文件四百九十九件，包括：「一九九二年一月十八日李鵬在中央民族工作會議閉幕會上講話」、「吳學謙、李鐵映一九九二年十一月九日在對台交流工作座談會上的講話」等絕密情報。

第三階段的工作表現，由於民運組織長期內鬥不已，在中共乘機進行滲透破壞下，民運組織的活動能力大為削弱。軍情局支援的《北春》雜誌，雖仍本初衷，不忘民運，在民運潮流衰退之際，受台獨思想及政治因素影響，逐漸失去號召力。民運人士失去金錢誘因，也顯得意興闌珊，本期軍情局雖然加強了宣傳作為，前後策訂了十七個民運專案，唯進展多有不及，而大陸情報據點迭因失事，也導致情報蒐集質量下降。海外民運與軍情局既使於一九八八年、一九九一年、一九九二年，三次簽署了合作協議，結果證實政治沒有道義可說，和情報領導人的低俗愚蠢外，三十年賓主一場，國家變了、理想沒了，終至分手揚鑣，成為沒落的命運共同體。時代是無情的，歷史也從不為人的成敗而哭泣，人們只能留下記錄，以供憑弔。

王炳章（右）與唐憲民合影

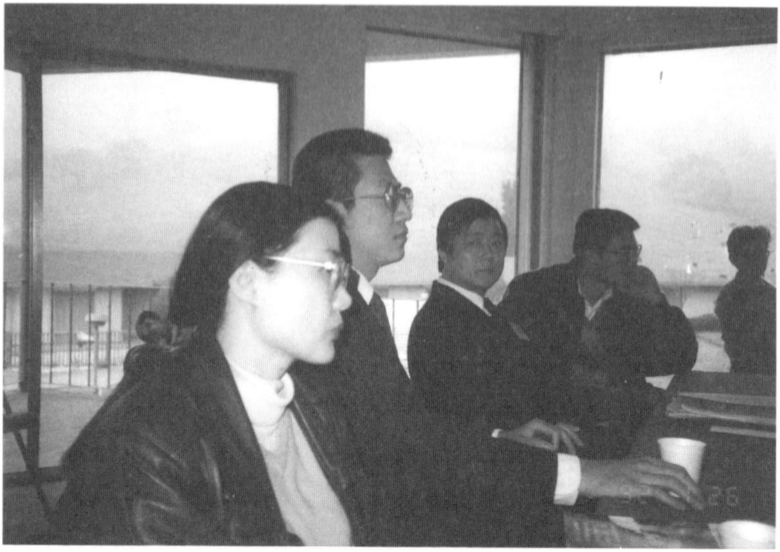

民運人士沈彤、于大海、萬潤南、許思可（由左至右）在美國加州參加民運研討會

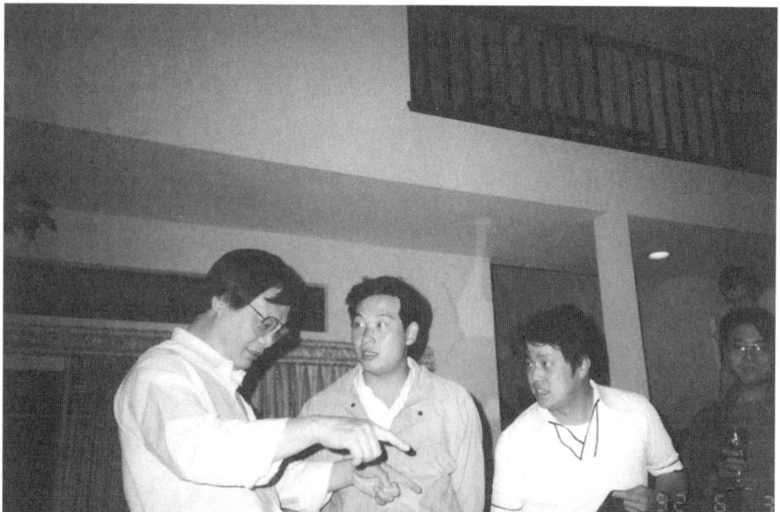

民運人士徐英朗、楊建利、錢達（由左至右）於舊金山聚會聯誼

玖、重大案件回顧

軍情局成立至今，發生過十大失事案件，其中遭中共處死者八人（含自殺一人）、判處死緩一人、無期徒刑者六人（含基幹三人、聘幹一人、受牽連者二人），而新聞媒體大都有所報導。要說第一大案，以位階、績效，和影響來論，自然是「少康專案」名列前茅。「少康專案」以時間順序，可分為少康一號及少康二號，如果案情正確發展之下，還會有少康三號之可能。少康二號的內線是劉連昆將軍，有關事蹟前文已有報導。從根本而言，少康一號邵正忠大校，也是績效斐然，本來可以功成身退，但仍遭處決之命運，令人惋歎。我曾特別指出，「少康專案」的成功，邵大校可謂盡心盡力，是最大功臣，但深為遺憾的，對邵大校提出離開大陸的要求，沒能幫他實現，這是軍情局最大的敗筆和爛帳，甚至劉連昆將軍，尚留有不少經費及撫恤金待發。我個人未能善盡情感道義之責，亦深感愧疚，而本篇故事就從少康一號說起。

一、「少康專案」之前後

少康一號是邵正忠大校的代號，工作化名宗正紹。邵大校原籍瀋陽，曾任共軍瀋陽兵工廠副廠長，後來出任總後勤部軍械工廠管理局局長四年有餘，對中共軍械工廠管理、生產計劃、導彈及武器發展、系統佈署、政令推行，均甚熟稔。他還是一位光學專家，故所拍攝之情資照片，極為清晰到位，從無失誤。邵大校可以說是大陸「六四事件症候群」的代表性人物之一。一九九〇年春，透過台商張志鵬，經軍情局退伍上校陳興衡，向當時的局長殷宗文表達了投誠意願，並計劃於是年訪問歐美於三月二十九日後，在回程經香港時脫隊奔往台灣。邵大校表示願意來台後，繼續協助軍情局策反所識之軍中中上層舊友，及兵工廠之高級工程師。

對邵正忠大校投誠案的處理，軍情局擬定之方案有二：一是再爭取說服對方並留下所攜情資，繼續返回大陸潛伏工作一段時間，以發揮內應作用及力量；二為如堅持外逃，在港脫隊後，秘密接運到台灣，進行情訪，指導交賦任務後，轉赴他國定居，協助從事大陸情報工作。軍情局所擬兩案，參謀總長陳粲齡批示「以第一案為原則」。軍情局即派第六處副處長翁衍慶密渡赴港與邵大校會晤，曉以大局下，勸阻來台，並促其於當即返回大陸潛伏工作，以待另作安排。行前賦予蒐集預警情報、大陸武器發展、戰略軍事情報，及伺機發掘策反對象等任務。

情報局改編為軍事情報局後，原所賦國家戰略情報的任務也降為軍事戰略情報階層。邵正忠大校提供的軍事動態情報，大大填補軍事情報方面之所需。而邵大校於一九九〇年三月下旬返回大陸後，五月二十三日隨即來報了第一批情資，內容要點為：

1. 共軍於四月下旬調動大軍區級領導幹部二十八人，包括七大軍區、三大總部、海空二砲、國防科工委、國防大學、國防軍事科學院等單位，其中有九名上將，由軍委秘書長楊白冰親自到各單位宣達命令，並將於五月二十五日發佈。

2.前報共軍成立了三個對外應急機動作戰師之駐地為：蘭州天水之六一師、成都之一四九師、河南安陽之一六二師。

3.今年三月間，福建地區共軍部隊演習之動機與目的，係為支持蔣緯國先生競選副總統，及對台獨份子示威，目前部隊已調回原來駐地。

4.一九九〇年四月四日，總後勤部部長趙南起在「十年後勤規劃會議」上講話，今後十年作戰方針，對外重點仍是解決台灣問題，對內則處理好西藏宗教問題，與內蒙之「大蒙古主義」。

5.一九九〇年，中共的軍費超過叁佰億人民幣，並計劃於五年間投資伍億美元，建設可載二十五架戰機之航空母艦。

6.共軍已擴建西沙永興島之直昇機機場，以供海軍航空兵駐守。

7.中共為強化海軍，已改裝砲艇、漁船為間諜船，作為支援海上戰爭的主力之一。

8.湛江、三亞海軍基地隸屬南海艦隊，駐有改裝漁船二十五艘，官兵多著便服，其他艦艇則分佈舟山、溫州、馬尾、廈門各基地。

9.中共中央下令於三年內加緊投產「殲八－II型」戰機，要求勝過台灣

「經國號」戰機。

10. 中共空對空導彈系統有「飛龍」、「霹靂」、「上游甲」；地對空導彈有「紅旗二、三、四型」。

11. 中共海軍艦艇目前總數一九五〇艘，排水量六十萬噸，以「旅大級」導彈驅逐艦十四艘，及漢級、夏級核潛艇五艘，各裝備十二枚「巨浪」導彈為主力。

12. 第二炮兵戰略導彈部隊轄五個旅，約十五萬人，含科研及三個發射基地，距台海最近者為安徽廣德基地，裝備有「長征二、三、四型」、「東風四、五型」、「風暴一型」等導彈，射程七千至一萬三千公里。

邵正忠大校這次來報，尊定了「少康專案」的工作實力基礎及未來發展方向。

我估算統計，邵大校工作的二年裡，雖然交通能力受限，但提供的情資有近百件，包括絕密八件、機密超過五十件，轉報採用率達九成以上。由於績效卓著，一九九二年當選為台軍的莒光楷模。邵大校的情報屬於周恩來所說的高級情報，因為他的專長和經營是共軍的後勤工作。中共的後勤保障主要包括了各軍種裝備和武器之發展，所以能全面掌握共軍的內部實際狀況。邵大校不斷提供的預警情報，當時既有時效，又有份量，對維護台灣安全之貢獻無以復加。他就是情報界最高的榮譽所指稱之無名英雄。

邵正忠大校於一九九二年九月，因屆齡退休，希望軍情局能安排到海外定居，並以發展過去的老長官劉連昆少將作為交換條件。連鎖策反的效果是相乘的，也是中共所謂的攻堅工作，要在共軍總部吸收內線（指特工中的最高級對象），既是重中之重，也是難中之難。但軍情局沒有在他退休前，找出一條可行之道。情報工作失信於人，就是最大失敗。邵大校於一九九三年二月四日私下給我發來一份傳真，內容說道：

1.廣州一別已兩個多月，在此期間遵照總廠（軍情局）安排往返北京、深圳前後三次，行程萬里，又坐等了一個月。為了合資建廠的事情，我是竭盡心力，今天再度滿懷信心飛到深圳，等待我的只能是遺憾。

2.離開大陸的證照是您親自送來的，可能戳章有嚴重錯誤，根本不能實施，否則後果您是應該清楚的，我現在已經到了精神崩潰的邊緣。

3.沈麗昌她正月初五就孤身一人，可以說帶來的壓力，使我已經到了難以承受的程度。請念我幾年工作情況，在這關鍵時刻，從困難中解救出來，如果確實辦不到，誠懇的希望明確轉達，我在此等到二月十日。

為了解決邵大校出區問題，最快最好的方式，當然是偷渡。大陸海岸線那麼長，有船、有人，還有嚮導，公算也大，但似乎大家都嫌麻煩。後來我提議出資貳拾萬美金，先到深圳或珠海設立公司，交由邵、沈兩人經營，再以商務名義到港澳，達成最終目的。但副局長楊學晏反對，他反對的不是我的建議，而是看不慣交通員張志鵬的老氣橫秋、貪得無厭。後來的決定是發給邵大校遣散費柒萬美金、沈麗昌補償金叁萬美金。邵大校在失望之餘，退出了工作，也與沈女士分手，各別返回自己的家庭。

沒有結尾的故事，不是好故事。少康二號劉連昆遭中共懷疑拘留後，邵大校得知，即展開逃亡生涯。當時中共並不知道他曾參與其事，後來軍情局第六處及時送上了人證交通員楊銘中和聯補之指示、經費，才坐實了劉將軍的罪名。中共也對邵大校發出通緝令。一個月後，邵大校在走投無路下投案，中共起出他在單車空心鐵架中藏的伍拾萬人民幣定存單據。劉、邵兩位戰友遭中共處決後，軍情局企圖隱藏真相，竟然不知情報工作就是良心工作，我不能袖手旁觀，決定拿出癌症病人的勇氣和決心，善盡最後之責任道義，在美國出書透露了「少康專案」的前後和他們的英勇事蹟。當時軍情局局長薛石民得知，要我寄了兩本書給他。薛石民拿着我的書給參謀總長湯曜明過目，在一片輿論聲中，劉連昆、邵正忠兩位先烈的靈位，終於供奉於軍情局的戴笠紀念館，永久配享祭奠。

情報故事即使遭到官方否認，無案可查，但執行參與者報導講述的內容，只要不是胡編亂造，都有參考價值，亦可列入情報檔案和歷史文獻。要知道中共間諜工作手冊的指導思想就是「沒有不透風的牆。」

二、「懷〇專案」的內情

軍情局第六處，中共稱為「軍六處」，因為績效突出，可謂軍情局第一大情戰處。在這個處出事的六大專案中，論位階及表現，「懷○專案」不遑多讓，而且工作穩定，與軍情局的合作前後達十五年之久。這個案子出事後，對中共內部的衝擊，也與「少康專案」一樣，不僅驚動中共最高階層，也被當為教材廣為宣導，製作成錄影帶，要求中共處級以上官員收看，足見其影響之大。

「懷○專案」的介報人是台商徐光明。台灣開放大陸探親，由於家庭因素，他是最早回山東的人。因為徐父早期來台，在澎湖被誣指有匪嫌遭到殺害，所以他不僅是白色恐怖的受害家屬，也對國民政府有不解之仇。對徐光明之吸收運用，第六處是作足了工作。那時徐員透露，在大陸有一個關係可以拿到中共文件，但說歸說，見到才算數。為了突破工作，除了套交情，說處長是他山東老鄉，我是他新竹同鄉外，我觀察對方的生活習慣後，請承辦人準備了一個特別的禮物送給他。他打開一看，原來是名牌杜邦的金沙打火機，這是他捨不得買，卻是夢寐以求的。奢華一點卻實用、精心設計的禮物，是可以打動對方的。說來有個秘密，我是個送禮專家，時常送禮，也懂得送禮。而你會不會送禮，懂不懂人情事故，那是個人愚闇，但如果沒有人給你送禮，那就是你做人做事的失敗，應該檢討的是自己，不是別人。甚至很多人都不懂，送禮是情報工作中的接近方式和運用藝術。

「懷○專案」的起點，就是發展了徐光明，至於徐員的區內關係是誰，開始的一年，處裡並不打探，直到徐員對第六處建立了信心，他才透露供情者為佟達寧，是個處級幹部。國安局對軍情局的內線人員，一直有所管制，並配賦了「宿」字代號，反間人員則為「辰」字代號，以瞭解軍情局的重點工作情況。當然，現在什麼字號也沒有了，除了內線及反間自己都分不清，沒有內線及反間還列什麼管、配什麼鳥號呢！對徐光明的運用，國安局一直存在偏見，尤其局長宋心　的毛病就是偏聽偏信。當時國安局第一處處長唐擴亨，雖然是軍情局出身，由於政戰學校畢業，喜歡玩些政工手法，說這個不可靠、那個不可信的，儘出些餿主意，好像別人都有問題，就他忠黨愛國。唐擴亨說翁衍慶是美方線人，使翁一直出不了頭。受了唐擴亨影響，宋心濂指名，對徐光明要深加考核，不同意立案，所以佟案早期並沒有建為內線，徐員也沒有領取固定工作待遇。

大陸流行一句話：「上有政策、下有對策」。為了保障情工人員的待遇，我把這個案子一分為二，把策反對象佟達寧報為內線，交通徐光明建為敵後單位，列入「突〇作業」起薪伍萬元台幣，另按月發給津貼壹萬元台幣，其他費用另支。不過佟達寧表示，他只能蒐集中央文件和政經訊息，軍事情報非其經管，也不方便打探，所以難以提供。其實，軍六處的情蒐路線部署，是針對條件適當分配，以發揮所長，對高級路線，並無硬性要求。而佟達寧提供的中共文件，還有一個特點，都是連號的。有新聞媒體報導，佟達寧的情報幫台灣渡過金融危機，我不知道這個消息是如何得來，但我可確認一九九一年間，日本《讀賣新聞》刊載的中共國家主席楊尚昆的對台講話，為佟達寧蒐報的，李登輝耍奸，把這份情報提供日本媒體報導，他才是藏鏡人。

佟達寧被捕時的職務是，全國社保基金理事會辦公廳主任，主管文秘檔案，機要安全等工作。全國社保基金理事會為中共國務院直屬正部級事業單位，佟達寧為副部級主管，已通過部級的人事考核，即將出掌要職，這也是中共總書記胡錦濤特別重視，親自過問此案的主要原因。最後佟達寧沒有逃過死神的命運，二〇〇六年四月下旬被處決，徐光明判處了無期徒刑。新聞報導說，佟達寧為撈錢出賣國家機密，其實佟達寧參加工作拿的錢並不多，主要是義氣。十幾年來，他從來沒有提出過任何要求，講義氣就要兩肋插刀。「義」這個字，黑道人的解讀就是我王八（倒過來看），原來能當王八才叫「義」，除了自反而縮，還要有雖千萬人吾往矣的氣慨，不懂王八的人，千萬別說自已有義氣。

佟達寧失事，這個帳應該算在陳水扁頭上。陳水扁上台後，喜逞口舌之快，一再出言挑釁中共，中共為加強對台鬥爭，也採取配套作法。開始暗中嚴查台商，特別是台商的經濟問題和社會活動等情況。例如台灣兩大報社派駐的記者，女的愛喝酒、男的包小三，都調查的非常清楚。據說徐光明在南京、煙台，和天津有三個家，社會交往和活動比較特殊，可能因此引起注意。而大陸高幹包養情婦的習性，常為官方查案的重要線索和證據。情報人員失事，也往往不脫情色關係。

中共前總書記江澤民，認為中國要崛起、要與國際競業，情報工作就必須跟上。中共國安部門在這個指導思想下，不再以大陸本土的反情報為主要任務，也要求把情報工作做到國外、做到台灣島內。江澤民雖然不懂情報工作，但重視情報事業。而陳水扁不懂情報工作，卻只會蹧蹋情報資料，搞的敵後人員死傷枕藉，又屁股一拍的走人。陳水扁的口頭禪是「阿扁錯了嗎？」他的台灣國語「錯」「臭」難分，現在看來先是說話「錯」，後是人發「臭」，有前有後，故聽其言、觀其行，才能發現一個人的秉性和素質，中共就是這麼認為。

三、什麼是「草〇計劃」

其實，「草〇計劃」指的是一次成功的情報行動。這個計劃開始並不是情戰個案，而是心戰計劃，利用廣播實施謀略宣傳，號召大陸人民起義來歸。七、八十年代，大陸人民生活落後，喜歡、也習慣收聽廣播。當時台灣國民黨的中國廣播公司，擁有許多大陸的聽眾。情報局就利用晚上時段，以明語方式回覆一些大陸的來信。有真也有假，真的是聯絡敵後單位，假的是謀略宣傳作為。當時還有一個電台「美國之音」，也是頗受大陸人民歡迎，甚至智識份子偷聽情況亦甚普遍。對大陸廣播這個欄目，經過二、三十年的運作，確實也產生不少成效，後來政權輪替，對大陸的心戰作法停滯，終至關門大吉。如今知道什麼是敵後政治作戰、說出什麼是情報謀略心戰，具有實務工作經驗的，恐怕沒有幾人，更別說什麼緬懷、什麼追思、什麼紀念的話了。

聽台灣廣播，主動找上軍情局的有好幾案次，都可列入「草〇計劃」的精神和範疇。九〇年代，根據中共軍委文件，中央軍委副主席張萬年的講話（絕密）透露，兩岸三通之後，福建省有一個軍分區參謀長曾六次寫信給台灣，企圖與台灣聯繫，參加工作，被發現遭到處決。還有案例容後介紹外，「草〇計劃」的經典之作，就是一九九五年中，有一個中共國安部高級的幹部，也寫信和軍情局取得聯絡，希望做一筆買賣，會面地點在香港。對香港環境熟悉，善操粵語的第六處處長黃國道決定親自出馬，配搭情報處女副處長康寧，一起如期到了香港。對方拿出一批國安部內部文件，索價壹拾萬美元，黃處長說：「出門誰會帶那麼多現鈔，要不提供你的帳號，我把錢滙去。」在以退為進的談判策略下，後來以細水長流之原則，達成協議以肆萬美元成交，也奠定日後情報交易的基礎。雙方都遵循買賣規則，只看貨品和價格，不問身分和來歷。

孫子兵法謀攻篇曰：「知己知彼、百戰不殆。」中共國安部自成立後，軍情局對這個龐大對手，一向知之不足，說是盲人摸象也不為過。這次情報交易，對軍情局甚至情治部門，有很大的解盲作用，也是重大的工作突破。經過多次的往來後，中共國安部的輪廓不斷浮現。什麼是情報工作？情報工作主要任務有三：組織佈建、情報作戰、情報蒐研。三者關係互為連貫，有佈建才有情戰縱深。情報突顯情戰成效，佈建則以情報為標的。不懂情報、不會蒐情的，不是合格情報員，就是情報行動，也要以情報為憑依。情報事業一般人只看情節，最容易忽略的就是情報資料的內容運用和影響，完整的情報故事就具有史料價值。

中共國安部具有完整的情報思想、工作法規，和系統作為。資源充沛、隊伍堅強，論實力要超過軍情局十倍以上。國安部的領導人員分為：部、局（廳）、處、科四個層級，而判斷這個向軍情局投誠的幹部為副局級，所以提供的情報，很有參考價值。國安部的職責有六項：

1.維護國家安全、保衛人民民主專政，及保障改革開放和社會主義現代化建設的順利進行。

2.反制外國間諜及港、澳、台特務活動。
3.負責一切涉嫌背叛祖國、危害國家安全的犯罪份子之緝捕工作。
4.指導協調中央及地方相關機關、團體，實施國家安全教育及反情報工作。
5.主管駐外機構、組織，及人員之安全保衛工作。
6.從事國際情報活動。

中共國安部成立之時，共設有十七個局，工作人員超過十萬人。在情工人員的運用方面，分為三種類型即基本幹部、專職幹部，和兼職幹部，觀念上與當時情報局的基本幹部、聘任人員、運用關係的區分大致相仿。可惜，這條情報路線工作二年後，提供的情資越來越少，估計是這位×先生退休後，情報來源枯竭。後來台灣發生「國安密帳」事件，國安局上校組長劉冠軍潛逃大陸，國安局為了查出劉冠軍下落，在網路上祭出重賞。這位供情者想要確認賞金之事，曾出現了一陣子，但中共國安部保密做的太周嚴，劉冠軍的下落，至今沒人能提出確證。反而×先生和軍情局合作之事，後來被中共偵知，曾提出壹拾萬元美元的破案獎金。不過大陸國安部還是留下了一條破綻，中共國安單位為了擴大影響，提供台灣《中國時報》大批國安密件以供刊載，這是不爭之事實。只是台灣情治單位色厲內荏、投鼠忌器，不知追索而已。

在軍六處的六大專案中，「草〇計劃」雖然是無疾而終，當事人能夠全身而退，算是功德圓滿的結局，不像其他案件的對象，都遭到中共處決和判刑。這個案子還延伸出「陽〇專案」。國安局局長殷宗文，如何運用情報實施在職教育，且容後文再作撰述。

四、「嵩〇專案」失荊州

自台灣政黨輪替後，中共國安部在每任軍情局局長新上任之際，都會送上一份厚禮。「嵩〇專案」於二〇〇二年傳出了失事的消息，這個案子是「少康專案」之後，另一個重要的軍事情報據點，工作有年，成效突出。中共雖不知案子的計劃代名，但《解放軍報》後來報導了該案有關情況，可見共軍內部是非常重視的。網路上雖有報導，但屬於撿新聞的二手報導。內容指駐守山東長山縣的濟南軍區團級吳姓政委，落入台灣軍情局特工圈套，淪為台諜，連當事人名字都不知道，為報導而報導，這是網路通病。而吳洪軍為軍情局工作，是一種合作關係，雖然各有所需，雙方也建立了信任基礎，並沒有圈套和詐術問題。

吳洪軍是長山縣長島人，一九七六年參軍。從士兵做起，從軍二十七年，一路升至濟南軍區上校團政委，負責的地區包括十幾個島嶼和周邊海域。二〇〇三年，中共海軍三六一潛艇失事地點，就屬於這一轄區。長島海防不僅是山東半島的前線，也是共軍北海艦隊要塞，和黃海進入渤海灣的門戶。而內長山有三十多個島嶼，稱為渤海的「鑰匙」，地理位置十分重要。當時濟南軍區和廣州軍區、南京軍區一樣，對台灣具有挾持態勢，都是共軍對台作戰的一線主力。所屬部隊多次參加靠近台灣的東山島搞軍事演習。濟南軍區司令員陳炳德，曾任共軍三十一軍軍長，因研究對台戰法，成立了多處對台作戰訓練基地，獲江澤民賞識，後提升為共軍總參謀長。我在加工作期間，曾經對陳炳德軍事方面的建設，提出情報專報，故對其人並不陌生。

改革開放以後，鄧小平說讓一部份人先富起來，很多大陸人以為玩股票就是致富之道，紛紛跟風下水，卻多數鎩羽而歸。吳洪軍也誤入了政策歧途，經濟發生問題，只好四處借貸。為了解套又不影響軍旅生涯，通過台灣方面廣播，主動寫信給軍情局。吳洪軍私下到澳門與軍情局人員會面，並拿出軍人證為憑，那時他還是少校。由於臉上長了六、七個痣，成為一個特徵。在參加工作之初，由於位階較低，工作待遇並不高。後來吳洪軍提出要求每月薪津伍仟美元，而台灣的上校階級一般為貳仟伍百美元。當時的第六處處長謝建章以談生意方式說，打八折好了，還價為肆仟美元。其實，吳洪軍的情報績效並不差，多年來除了提供山東半島海防佈局、濟南軍區調動情況、駐地北海艦隊動態等情資外，甚至一次花了四個小時，把司令員陳炳德的機密講話內容八百多頁，拍攝報送軍情局，特別受到了獎勵。

情報工作遭到破壞打擊，是個很嚴重的事件。以往情報單位都會做出務實的檢討，瞭解問題的關鍵，以免重蹈覆轍，失敗的教訓不總結，將導致更多的失敗和難以彌補的損失。軍情局很多失事案都是人為疏忽，一犯再犯，「嵩〇專案」也和「少康專案」一樣，為中共提供了人證和物證。吳洪軍失事後，軍情局在習慣性作為下，忽略了網址上一個月來斷聯的異常跡象，在不明情況下，竟然全副裝備、配帶了聯絡辦法、工作電腦，和經費等，委由交通李岱入陸聯指，中共則坐享其成，造成了無謂之重大犧牲和浪費，負責派遣的第六處處長歐降龍毫無愧疚。這位後起之秀，曾因工作疏失在香港失事，被記大過一次，這個案子如此重要，卻僅以記申誡一次處分了事。人生是經驗的累積，在情報工作中，時常可以見到言不由衷、虛偽不實的幹部，被騙的人總要記住教訓，總結一條，就是永遠要記著別人冀求你時的嘴臉，這才是真正人性的心態表現。

「嵩案」最需要探討的是失事原因為何？賠了夫人又折兵，總不能不清不楚的視而不見。原來吳洪軍是在地人，作風豪爽，曾多次接濟同僚，後來不願借錢給交情不夠的部屬，遭到檢舉錢財來源不明，在追查下失事。吳洪軍失事後，軍情局尚留有他的待遇肆萬美元，這筆錢不多，如何處理卻代表着軍情局的誠信和道義。總不能還說「反攻大陸後再發」的陳言說法。更可笑的事，據交通李岱說（因癌症被拘押一年後，獲得保釋回台），她帶去的工作經費和手提電腦沒收後，成了中共國安單位的紅利和配備。在台灣戒嚴時期，通敵、資敵是很重的罪名，軍情局卻幹了不少這種事。

二〇〇三年的四月，吳洪軍上校被濟南軍區軍事法庭判處死刑，後來上訴仍維持原判，不久即遭槍決。吳洪軍的家屬不斷受到村民的辱罵指責，在環境的巨大壓力下，他的妻子帶着小孩，被迫遷移到山東其他縣份生活，下場令人痛心和同情。奇怪的，台灣當局把中華民國國旗，當做中央擋布，到現在肯為「台獨」而死的台灣人沒有一個，受「台獨」之害死的，反而都是大陸人，怪哉！

五、「紅〇專案」有曲折

任何政治的動亂，都會為情報工作提供契機和資源。八九天安門事件引起的反共浪潮，由於共軍鎮壓學生，反應最強的就是知識份子。香港《文匯報》甚至有史以來，首次在報頭開天窗表示抗議，軍情局可以說坐收漁人之利，「紅〇專案」就是這麼來的。沃維漢是黑龍江齊齊哈爾濱人（劉連昆的同鄉），為中共派德留學生。六四事件發生，其氣憤之餘，加以生活經濟拮据，就寫信向台灣表達投誠之意。國安局把他的信交給軍情局來策辦，於是成為了台灣情報特工人員。有文章把事發後大陸《環球時報》的報導串在一起，說沃維漢在德國被台灣間諜機構策反，又說是民運人士介紹參加。其實都不確實，是沃維漢介紹自己參加情報工作的。

歐洲的情報工作一直是台灣情報工作最薄弱的部份。原因很簡單，沒有人才，佈建做不好，所以三、四十年來始終是得過且過，外交方面也是如此。尤其非洲地區更是沒人要去、無人想往，只有大陸人感興趣，搞個非洲女人還洋洋得意，上網炫俗，怕人不知，自得其樂。台灣政府在歐洲的表現，可以稱為「三混」現象，就是混年資、混學歷、混美金，連國安局的局長，都願意連降三級去當駐歐特派員，佔據經貿官員的職缺，這項任命還是總統馬英九同意派充，可見官場的利益輸送、官官相護，無所不及，是親三分向。二〇二〇年以後，更是代有蠢人、吃相難看。歐洲地區的情報工作缺乏表現，習以為常，如果要說大事，倒有一件。軍情局駐莫斯科站情戰官馬美強遭人殺害於家中，情報部門駐歐單位，別說戰力不足，連像樣的情報也沒幾件。

有一次，軍情局駐法的井組長回台述職，我和他談話時，想不到他突然痛哭流涕。我說有什麼委曲可以說，大家研商一下。他說在法前後超過五年，上校也升了，但覺得跟不上工作腳步，績效也不佳，實在對不起組織和國家，內心有愧，故而傷感流淚。軍情局駐歐人員輪動雖多，一般任期不長，以讀書作掩護，工作不能紮根，自然難有成效。開展情工需要主動，天上掉披薩也有，輪不到你，外國人講環保，吃剩的丟到窗外的機會並不多。情報人員要有足夠的活動能力，軍情局局長殷宗文到法國視察，問情戰官（海外官稱）凱旋門可否入內參觀，情戰官回答不能進入，是封閉建築，結果去看，除了出售門票，有電梯、小攤位，還有小型博物館，弄得自己啞巴吃黃蓮。駐地環境都沒摸清，情報蒐集可想而知。英國、德國的工作大致相仿，積弱現象也一直難以改善。現在的局長，連外文都不會，更遑論振興之道。

軍情局在歐洲地區的情戰能力，也與「紅〇專案」息息相關。沃維漢雖身處德國，卻把家人安置在奧地利，要與沃員聯繫，一般要通過他奧地利的家屬。其實，奧國有位學長黃國經曾在香港工作多年，內外兼修、為人和善，如果交給他來聯補，就沒有日後的枝枝節節。但往往近水樓台先得月，床前明月光帶來工作霜，卻找了一位局裡同志在法國的親屬居中聯繫。這位龔大中（化名），是何者心照不宣，但吹牛本事過人，借用他兄長名義，自稱是軍情局少將，連唬帶騙的讓沃維漢信以為真，結果遭其侵吞的工作獎金有叁、肆萬美元。後來軍情局發現這種情況，只有改聘退伍在比利時進修的一位陳姓女同志，定期將每月待遇壹仟美元和工作獎金，送補到他奧地利的家中。

沃維漢早期提供的情資，主要以科技生化方面為主，多由大陸親友郵寄到歐洲，但因郵包遺失多次，引起安全疑慮，幸而當時中共反情報工作重點不在歐洲。打着醫學博士和科學家的名號，九〇年代後，沃維漢以海歸姿態，開始往大陸內部尋求發展。好的情報要在敵人內部蒐集，沃維漢的情報開始有了提升。我的看法和新聞報導不同，新聞可以聽到風編雨來，我則從實務角度找問題。沃維漢在大陸結識導彈專家郭萬鈞大校，這個情況我是瞭解。但從所提供情報內容來看，並非原始的文件資料，沃維漢提出的是筆記。最初，大陸導彈發展剛起步，導彈的瞄射系統採取三角點測量法，由一級、二級、三級到特級，我曾請國防部中科院派員來鑑定。來了一個少校，型象和樣子（談吐）都很普通，認為資料還不先進也不具體，我遂徵求對方意見，由我陪同他一起到大陸和郭萬鈞大校當面請益如何？少校一聽頓時不語，連飯也沒有吃就撤了，讓我錯過一次立功的大好機會。

沃維漢的情報質量不算很好，而且有的情況難以查證。一下說認識中共國安部常姓的高層官員，一下又說反間局的王副局長幫他弄了批條，讓他走私海外產品入關，但想不到最後卻落在國安部的手裡。沃維漢令我感興趣的是，他說有一批中共內部的重要文件，第一條記得是以喬石為首的中共元老，時常舉行碰頭會的情形，以及這些人準備大陸再發生動亂時的接管計劃等等。好像還有中共國安部使用的通訊保密器，沃維漢叫價伍拾萬美元。我覺得以殷宗文局長的胸襟和風格，應該沒有問題。為了慎重，第六處建議由副局長楊學晏親自出馬，但是一開始就走了岔路。楊學晏要帶老婆同行，風險性高的任務帶上家屬豈不成了拖累，有了後顧之憂，結果歐洲之行草草收場。沃維漢提出的價碼，楊學晏也不鑑定文件的真正價值和內容，就還價伍萬美元。楊學晏一向主觀意識強烈，權大於謀，頗令沃維漢不滿和氣憤，只能憋在心裡。如果改派個有素養的情報行家來幹，也許會有意想不到的收穫。所指的不單是情報蒐集的成果，對建立情報路線和管道，也應有裨益，至少也是一種考核和發展。情報工作就是要能收服人心，才有局面。

這次交易不成本來還有補救機會，但礙於副局長的名頭，只能放任而去，並非媒體所稱的慰勉之行。由於對沃維漢的背景情況之瞭解，不是一次到位，老有新的情況出現，所以必需留一個心眼。我個人對這一批伍拾萬美元貨品的下落、貨主是誰、如何收尾，存在很大興趣，旁敲側擊和言談分析，沃維漢應該做了後續處理，否則向貨主要怎麼交待。他跑了一趟南美洲，他的行蹤是個謎。後來研判八成與B方（情報單位常以B方代表一個特定國家）作了交易，成交額在貳拾至叁拾萬美元。沃維漢前後為軍情局工作十五年，他在異國之友人認為軍情局在德國沒有那麼大的能力和活動，這是有見地的話。就如台灣三民主義統一中國大同盟這個旗號，是個時代的政治產物，本質也不是間諜組織，如果真要治罪，那是國民黨和軍情局玷污了他，只是往日的光輝，沒人珍惜，如今都已消磨殆盡。

「紅〇專案」於二〇〇五年初失事，沃維漢、郭萬鈞兩人被判處死刑。這個案子的判決曾引起奧國和美國的不滿，中共媒體曾特別性的公佈案情。奧地利提出異議和反對還情有可說，因為沃維漢的兩個女兒，都是奧國公民。美國官方表達關心和意見，就顯得蹊蹺。中共原希望沃維漢吐露實情，來換取死刑，也可緩解國際輿論壓力，因為他是關鍵人，多少秘密在其中。中共拍完「叛逆者」，或許下部暢銷的間諜劇就叫「關鍵人」。二〇〇八年十一月底，沃維漢、郭萬鈞被執行死刑，也帶走了所有的秘密，盡到保護他的幕後人之最後所能。

美國作家大衛・懷斯在二〇一〇寫了一本暢銷書，二〇一二年在台翻譯上市，書名是《獵虎行動》。而所謂的《獵虎行動》，實際上是美聯邦調查局，調查該國最先進的W－88核武彈頭機密遭中共竊取的專案代號。這本書給了筆者不少啟示，引發了當時正在寫作的我很大的鬥志和雄心，也在書中作了不少標籤和註記。其中書內的第八章「主動上門提供情報者」一篇，提到一九九五年初，發生了一件震撼美國情報機構，且在封閉隱密的美國情報圈，引發好些年爭議的事件。

這篇文章透露，有位中年華人男子帶着一大包文件，出現在中情局某個東南亞情報站。其中有份文件威力猶如一顆高爆彈，被列為秘密級的大陸官方備忘錄中，竟然描述了美國潛艇上彈道飛彈所安裝的W－88熱核彈頭規格與大小。這個人行事很謹慎，美國情報單位至今沒有透露其身分。這個人並說，他是用DHL快遞把那些文件寄到國外，藉以帶出中國。筆者看到此處，就在內容告一段落旁邊，貼上了一張黃色標籤，寫上了「紅〇專案」四個字。

六、「志〇專案」之探討

我一生經歷了不少情報失事的案件，總結的說，任何失事案的處理都是可大可小，既具有氣候性、伸縮性，也能切割還帶平反。比如中共說這個是內奸、那個是叛徒，對大陸被策反的人處以極刑，自己內部卻一再表揚情報英烈的事蹟，派人鼓勵去滲透、去竊密，也會積極去營救自己的失事情工人員。在前述的五個案中，當事人都遭到槍決，台灣派出的交通員都判了無期徒刑，既是滔天大罪，中共為什麼不一起處死，以絕後患。因為中共從來就講究劃分敵友、區別對待、團結次要、爭取下層。中共以前老說帝國主義和反動派都是紙老虎，但中共走進國際社會後，紙老虎就成了真老虎。而中共對情報工作，也有大小眼心態。凡涉及美英等西方國家的案子，一碗水不但端不平，還東灑西漏，「志〇專案」就是最好的例證。

中共善於搞鬥爭，對付自己人也是一樣。從歷史來看，最偉大的運動員應該是鄧小平莫屬，除了自己在宦海經歷三落三起；在八六學潮整垮了總書記胡耀邦；六四事件又罷黜了總書記趙紫陽；天安門事件，在鄧小平下令開槍下，點燃了大陸民主運動的導火線；一九八九年是中共建國四十週年，五四運動七十週年，也是中共勤工儉學的法國大革命二百週年。風雲際會時，想不到卻是中國科學家方勵之提出要求釋放魏京生的一封公開信，吹響了第一聲要求民主的號角，而魏京生只不過是個普通工人，文化水準不高，卻是第一個敢罵鄧小平是獨裁者的人。當時文革陋習未除，北京還留有「民主牆」供人揭貼揮作。魏京生的大字報，要求中共把民主列入第五個現代化，使他坐了十八年牢，卻受用終生，被喻為「民主先鋒」。

大陸民主運動，漫延到海外，海外民運也應時而生。一九八二年底，中共留加公費生王炳章，在紐約發起「中國之春」民主運動，半年後王炳章和當時的情報局建立了合作關係。有錢就是大哥，「中春」有了奧援，也使海外民運組織進入了內部鬥爭，和敵我鬥爭的兩個面向。前者攻訐之激烈，更遠甚後者。後來台灣軍情局雖擁有海外民運的半壁江山，但成也蕭何、敗也蕭何。軍情局成立後，為策進海外民運工作，制訂了「文〇專案」。這是個母計劃，以

《中國之春》雜誌為主陣地，前後延伸發展出八、九個專案。中共每釋放一個民運重要人士，軍情局也相應產生了一個運用計劃。一九八九年十月建案的「志〇專案」，就是以中共留美學人李少民為核心的民運個案。

二〇〇一年，軍情局的工作，事故頻生，這是「少康專案」的失事效應所致。而李少民、高瞻、曲煒等一干人都遭到中共扣押。李少民獲釋後抵港，曾公開否認加入台灣間諜，大陸方面也一直未公佈案情，一般人以為李案就此告一段落。新聞媒體一向無利不起早，香港的《明報》卻在二〇〇二年的四月八日，刊載了中共北京市人民檢查院第一分院和第一中級人民法院的起訴書和判決書，令人感覺上好像是套好的招術，想再來個媒體審判。去過俄國的人說，莫斯科不相信眼淚，但相信愛情。幹情報的人則不相信巧合，但相信陰謀。中國人說放屁踢屁股，其實等的是放屁，不是碰巧。

中共指控李少民在台灣情報機關的指示下，於一九九一年至一九九八年間，指使在美大陸學人高瞻、大陸全國台聯文宣部副部長曲煒等人，蒐集中共機密文件，高、曲分別從李少民和台灣軍情局處獲得美金拾萬元及人民幣拾萬元。中共的判決書指出，李少民經他人介紹與化名張華瑞的易敬禮相識，接受交賦之任務和經費，以學術研究的名義指使高瞻、曲煒、時憲民等人，蒐集中共國家領導人對台工作的內部講話，以及《新華社》、《人民日報》、「全國台聯」等機構的內部刊物文章，還有國家統計局的資料等情報，提供給張華瑞，從而獲得台灣間諜組織的活動經費。李少民的左膀高瞻，判刑十年保外就醫、右臂曲煒，則判刑十三年、哥們深圳市委黨校研究員時憲民，判刑二年。

香港《明報》公佈了中共對李少民的判決書，李少民立即在訪問中表示，整個判決書沒有任何事實根據，他從來都沒有承認過法院的指控，也根本不認識所謂的台灣軍情局間諜張華瑞。涉案的高瞻，也在網路上發表了〈李少民的判決書與我〉的文章，說明遭到拘審的情況，並對好友曲煒的不幸感到傷痛。李少民除了指北京市國安局是自偵自證，捏造事實外，並指責中國法院對他的「一審」，在審判過程沒有聽他的陳述，不讓看證據、不許證人出庭，判決是沒有任何公信力。這個說法我是經歷過的，故深有體會。而《明報》報導不客觀，甚至修改中共的判決書，等於變相的「二審」。其實，上過法庭的人都知道，司法那有真正的公平，沒有黑箱作業已屬大幸。法官的手，可長可短，摸到女人的胸部，一樣露出猥瑣笑容，是穿黑袍的偽君子，誰相信司法誰是笨蛋。台灣一位高院法官在白吃的酒宴上，大放厥辭說：「誰來敬酒，以後出事，敬一杯少判一年。」最後他因為貪污只判了十一年，確實是少判了一年。

近十年來，網路下毒盛行，但真正的、正派的作家不會寄生於網路，百分之九十都屬下流、無聊、無病呻吟之徒，泰半心智發育不全。這些胡說八道的懦夫，只會誣衊他人、造謠生事。例如：指《中國之春》雜誌的經理王元泰（薛偉）是軍情局少校。其實，海外民運頭頭，那個不是居心叵測、圖謀名利，真正如方勵之、王若望、郭羅基等，那般清高的有幾人。其實，新聞媒體也常扯淡，有些情報類的書，也就是內容抄襲拼湊，連抄誰的自己都不知道，還把繼父當生父。例如指說軍情局對大陸情報工作，已調整為預警情報優先，對所謂「兵運」或「恐怖活動」興趣不大，真是馮京和馬涼，不知怎麼死的。「兵運」基本任務就在產生預警情報；「恐怖活動」講的就是事前情報，事情發生後才知道，還叫什麼預警情報。

如果說李少民不愁吃穿，卻在敵對意識形態的蠱惑下參加了台灣間諜組織，看來是作者不懂大勢所趨的白痴想法，也肯定沒有參與過大陸民主運動，沒有經歷過文化大革命，還有話說，情有可原，不知「六四」天安門事件的人，肯定不配為中國人，也答不出「六四」今夕是何年。這種內部矛盾早遠遠超越敵我矛盾，否則許家屯、俞強聲跑到美國幹什麼。蔡小洪、李濱為什麼幫英國、韓國工作。出書最怕出現內容乖離、不同立場，和多樣描述，這種現象是抄襲的特色表現。套用江澤民的「三個代表」來形容，就是：投機倒把、沽名釣譽、狗尾續貂。

情報事件的發生，不是看劇情、論表象。在情報工作的秘密下，要能找出內在因素和關鍵問題，未來應對之道如何，要懂得學習思索和善後處理。情報單位領導階層很少會和情協人員見面，一方面為了保密，一方面方便遙控。承辦官員通常也不會告知當事人的代號或案名，免得畫蛇添足。這不是台灣的獨門絕活，大陸情報官員最常說的一句話，就是「不該問的不要問。」什麼是該問，什麼是不該問，當然由領導來決定。李少民是軍情局的民運幹部，但並不瞭解軍情局的內部作業，也沒有工作代號（一般敵後人員才配賦），所以不會知道什麼是「志〇專案」，只知道工作化名為「周軍」。同樣的，如果新聞或媒體人人提到「志〇專案」，也是抄襲的，因為自古就有「天下文章一大抄」的說法，這要看你是明目張膽的幹，還是猶抱琵琶的抄。畢竟我寫書是使命，你寫稿是賺外快，豈能相提並論。

說到抄襲的問題，也不能怪新聞媒體，媒體永遠是飢餓的，難免有奶就是娘。再說，誰聽過妓女挑客人的，做的就是這行，我也是懂得體諒的。譬如：誰說「少康專案」是鎮山之寶，新聞媒體的抄襲還振振有詞、煞有其事。我本想藉軍情局局長丁渝洲之說來形容，增加「少康專案」的位階和份量，如果說是丁渝洲說的，誰又在場，丁局長是不會公開說這種話。他的回憶錄也沒有提到任何有關「少康專案」的一點案情，始作俑者猢猻也。二十年了，胡某不知尚能飯否，廉頗沒有胃病，這個人有。還有誰會把海外民運分為四個階段深入解析，豈是一般記者所能做到的？而誰又把失事的「濮先生」案，篡改為「老卜」，吹他是國安廳的處長。每個人的作品都有印記，敗軍之將不可言勇，抄襲之人何足論恥，性質上就像另類的「五毛黨」。

情報工作越瞭解敵人，越能有工作自信。中共國安部工作手冊就有一條比台灣方面還細緻的規定，就是：「情工關係發展後，必須編制代號。在日常工作中採用字母、地名、特定詞彙，及數碼等，取代情工關係的真實姓名；代號只能在內部使用，也不得告訴情工關係本人；編制、使用代號要嚴格遵守有關規定，防止隨意編制和濫用代號等現象。」後來台灣通過的情工法案，就是參考中共國安部的精神和作法。軍情局本來的規定，海外組織和敵後單位才有正式的編號，這幾年海外人員派不出去，敵後組織建不起來，什麼代號、編號的都免了，看來是既省事又省錢，削足適履，卻是情報工作的大倒退。

以往情報局配賦的代號，都是採用四碼的阿拉伯數字。一般首碼數字越小，位階就越高，或是編制較大，這幾年已改為和英文數字併用。不過這些工作代號，除了作為地區識別和經費支給，也代表兵力部署，對局外人而言，難作瞭解和判斷。中共國安部的代號運用比較講究，分為兩類：一是正式代號。凡正式明確組織關係，情報工作關係轉成心照不宣，有穩定情報作用的朋友，則編制正式代號；二是臨時代號。凡有一定情報條件，能繼續深交，但短期內尚不能發展為正式關係者，可編制臨時代號。其實，情報單位的內部程序和作業規定，一般外圍的情工人員並不知悉，所以李少民否認控罪，自有其說詞。做生意買賣，每個人的角色既是老闆，也是打工仔。

對海外民運組織來說，不管黑貓白貓，只要能提供援助的都算好貓。李少民說他擔任美國學術機構「當代中國研究中心」副主席時，接受過台灣「三民主義大同盟」的資助。其實，資助的不止他一人，只是資助的方式是私人的、還是團體的；是秘密的、還是公開的，這才是關鍵問題。就如陳水扁資助王丹貳拾萬美金，是捐助海外民運還是個人獨享，王丹偷拿了錢不表態，也算是間諜人物了，至少王丹是被收買的，人格有問題。軍情局為了策進海外民運工作，常假「三民主義大同盟」的名義和姿態出現，拉虎皮當大旗。如果當局以「台獨發展大同盟」名義資助大陸海外人士，就看那個膽肥敢接單。美國一些傾台獨的大陸人士，也只能在台灣跳跳腳，賺點零花，畢竟台灣的台獨市場也只有三分之一，既不成氣候，也沒有本事。真正的空包彈，只能嚇自己，是爆不起來的。

武林中冒名頂替是常有的事，特別是情報機構。大陸國安人員就常用人民政府第三辦公室的名義出現，但中共國安部為講求身分的掩護和工作的謹慎，就有一條規定。「為確保境外秘密情工組織的隱密安全，內線、接密情報員，和密台人員等重要的情工人員，一般不要直接出面進行發展工作，以免暴露身分。」因此，李少民怎麼會馬上知道和他接頭的易敬禮是軍情局的情報官員，也許後來在轉化之下，成為中共情工準則所說的「心照不宣」。李少民表示，他的學術研究主要分為兩大類：一是台灣政、經、社會的研究及兩岸問題；二是中共的經濟改革和市場研究。這些論文大都發表在學術刊物上，所引用的資料，基本不涉及任何國家機密，但以這般說法，如果李少民是大陸學人，研究台灣問題、蒐集台灣資訊，那不也是大陸的情報人員。

其實，李少民蒐集的所謂參考資料，以中共《人民日報》的內部參考居多。例如：「國外第三產業概況及與我國的比較」（上下）、「深圳市賣淫嫖娼情況及治理辦法」、「對九〇年代經濟增長速度的再思考」、「我國引進外資情況、經濟及發展前景」、「台商避稅手法種種」等等，這些資料都夠不上機密等級。至於「台聯通訊」為民間組織出版，也不算什麼秘密。如果「三民主義大同盟」是間諜組織，相較之下，那《人民日報》屬於官方，還搞內部文件，算不算是特務機構呢！反而曲煒提供的對台資訊倒是具有參考價值，卻不是李少民直接經手的。李少民沒有判刑被直接驅逐出境，除了擁有美國籍，證據過於薄弱也是主因。沒有接觸過機密資料的人，這是那門子間諜，就如大陸相聲說的蝙蝠插鷄毛，又算什麼鳥。

中共大費周章的把李少民和高瞻抓了又放，這是形式主義的作為，企圖對民運人士殺鷄儆猴，想唱支山歌給國民黨聽吧！山高皇帝遠，其實並未阻斷軍情局的海外民運工作。直到軍情局出了一位曾在台灣軍事演習中，扮演共軍部隊指揮官被俘的局長，不打自招，示人以弱的宣佈切斷與海外民運組織的臍帶通路，算是正式結束了有二十年的一場賓主關係。情報工作的成敗，主要在於領導的智慧和幹部的素質。做為一個領導，智能學識的重要，往往超過鬥爭意識；而情報幹部的素質，也是工作落實和進步的主要力量。情報工作具有它的品質和發展，情報事業最怕的就是，成事不足的豬領導和豬隊友。

拾、情戰工作補述

情報工作其實是一個複雜的工程，不單是人性的發掘與運用，還需要智慧、懂得機勢、與時俱進、不斷創新。孫子兵法特別指出：「非聖賢不能用間，非仁義不能使間，非微妙不能得間之實。」就這麼三句話告訴我們，智商夠的人才懂情報，德行不好的人怎能做什麼情報呢！而情報的微妙，要如春江水暖鴨先知，有感覺、有反應、有覺悟。孫子還有一句總結，用白話來說，就是：幹情報的人，貪求名祿，卻工作失敗，真是混蛋之至也。

九〇年代是台灣情報工作的黃金時期，大陸政治動亂，人民生活貧困，共軍整編裁軍，都為情報工作帶來不少契機。江澤民就說：「因為台灣口袋裡有點錢，氣粗的很。」而江澤民主政的十年裡，雖然利用改革開放的政策，大量派遣人員出國，運用情報手段，竊取西方國家的科技，但這段時期卻是大陸內部洩密的最高鋒。由於兩岸經貿交往的熱絡，台灣開放大陸探親，「三通」之後，也逐步提升了台灣情報工作的層次和質量，不論結局如何，情報工作光輝的一面，都是國家記憶組成的部份，值得記述和流傳。中共前國家主席劉少奇說：「歷史是人民寫的。」三十年來，情報工作的演化，讓我這個人民來拾遺補闕吧！

一、復華作業難為繼

「復華作業」的本質就是基幹派遣。五，六十年代起，運用基幹進入大陸建立敵後組織，一直是特種情報工作努力和希望的理想目標。後來由於兩岸處於封閉狀態，所以形成滲透性的派遣作為，輔以海上或空降的特戰實施，主要作法是通過前進基地，以迂迴方式到區內，這種派遣基幹進到大陸的理念始終是存在的。

軍情局成立初期，仍沿用原來的基幹入陸辦法，就是派到大陸工作的基幹，工作滿二年可提升一階。名義上少、中尉以聯絡員派任，上尉至中校為聯絡專員，上校以上為特派員，並可視工作需要和實際情況，委以其他職稱。出發前，將級安家費叁佰萬元（台幣），校官貳佰伍拾萬元，尉官貳佰萬元，除了薪津，獎金，加給另計。後來經過修訂，入陸基幹尉官以情報員派任，校級為直屬員，將級稱特派員，取消了安家費，調整改採薪俸制，按國軍的二—三倍支給，另有主官加給、工作費、特慰金、工作獎金等分五項發放。九〇年代初，軍情局局長殷宗文上任，把握政府開放大陸探親政策，始制定「復華作業」，著眼於培養情報人員的「兩識」（膽識與見識），並採取了寬鬆的配套措施，使基幹派遣得以擴大實施並發揮功能，成為情報工作一股新的戰鬥力量。

和中共改革開放初期，人民所想的就是發財一樣，基幹派遣實施之初，一般幹部抱着不花錢旅遊的心態，以為回來只寫一份見遊報告，又不是難事，紛紛下海，中層以上情戰幹部，則認為沒有任務到大陸，大雞不吃小米，放眼量實在沒有必要。只有第四處處長林志宏提出反對意見，認為國家培養一個情報幹部很不容易，基幹如果失事，對單位和個人都是損失，後遺症太大。後來證實林處長的話，不幸言中。如果要論基幹派遣最成功的案子，當然是「少康專案」，惟那來那麼多少康，又不是杜康，四處有的賣。但失敗的卻不少，失敗最大的內在原因，就是幹部素質不夠，派遣過於浮濫。尤其後者，因為基幹的建案獎金每案有貳拾萬元台幣，派遣隨便只是臨時性，尚可打混，但為獎金而建案、為績效而建案，就種下了敗因和惡果。

軍情局局長殷宗文推行基幹入陸政策，我本人的角色是個檢驗者，也是入陸最高階的權值幹部，落實出政策的創作性和可行性。但是卻發現了兩個重大問題：一是入陸幹部的工作素養普遍較差，蒐情能力不足、缺乏工作部署、格局有限；二是一窩蜂的入陸，沒有經過培養、欠缺商貿的背景和知識，立足生存難以紮根。中共國安部就下達指示，要特別注意這類沒有專業技術、拿不出資金、無所適事的中、小台商。我在處理基幹派遣的案子時，就發現不少存在的問題現象。諸如：有人失聯一、兩個月，說去遊三峽；有人帶回三大箱大陸書籍，說是文書情報；還有每天的生活就是喝茶、溜鳥、招妓、發生橫的關係、會晤地點都選在三陪場所。基幹入陸的人員薪水是後方的二點三倍以上，這些不稱職的情報人員，說來對大陸的經濟是有不少奉獻，有的人還不忘播種下苗，俾能長大成人後，為兩岸統一目標效犬馬之力。

基幹派遣在初期，確實產生了一些作用。中共方面對一下子湧現那麼多的台灣游離客，確實像半夜吃黃瓜似的，不知頭不知尾。中共的政策是歡迎台商到大陸，總不會個個都有問題，但是這些打着台商名義，不吃素的假和尚，又不會唸經，遲早還是露出了破綻。不妨舉幾個實例，來作為徵信。情報工作成功不是偶然，失敗則必有原因。最先登陸皇城腳下的一批基幹，要素養沒有素養、要人品沒有人品，真是烏合之眾。當初怎麼會派遣的，真是不可思議。情報人員參差不齊，秘密掩飾的就是無能表現。這批友黨有七個人，不屬於一個單位，連隔離原則都不遵守，天天窩在一起唱歌、跳舞、玩女人，把北京當成世外桃園。中共國安局在這七人中找到突破口，吸收了一個基幹當 底。後來這一個人良心發現，回到台灣自首，才使該案曝光。這些人選擇退伍並賠償軍情局提供的投資款。軍情局為了顏面，草草結案，但還是上了新聞版面，只是影響沒有擴大。

媒體知其然不知其所以然的，只報導七人事件中的謝清林是軍情局派赴中國從事敵後工作的基幹。由於他在大陸期間擅離職守，嚴重違反工作紀律而遭調回。謝清林立下切結書，願意償還軍情局提供的投資金，壹拾貳萬伍仟美金的百分之七十，卻事後反悔不願賠償遭到起訴，結果軍情局由原告打成被告，自取其辱，既不是為紀律，又不是為利益，丟名棄義，白忙活一場。我對基幹派遣的原則是寧缺毋濫。當時，人事室有個上尉徐孟弼來見我，要求派到大陸。我側查之下，徐孟弼開着寶馬車，油頭粉面，還自稱有一個日本女友，形象有點誇張，不像是個懂得保密的人，我就說：「你不適合」，婉言拒之。後來就聽說徐孟弼以觀光名義出境叛逃大陸，並傳出他已欠債仟萬的消息。如果我要是沒有觀察、缺乏修養、不夠決斷，豈不是英名受累，成了香港人說的「盲拳打死老師父」，甚至留下工作隱患。中共常說有調查才有發言權，以此類推的話，那是有見識才有好的判定。這不是自我吹噓，而是經驗之談。

基幹派遣最大的紕漏，出在陸研室策建的「穩〇專案」和「順成專案」。兩者都以「鴻〇計劃」為綱，先成立貿易公司，再配合基幹派遣方式，建立敵後單位。本來這些案子與第六處無關，但越滾越大、玩不下去，才移交第六處接辦。因為陸研室的職掌是靜態的共情研究，也是軍情局搞學術情報的對外窗口，吃吃喝喝，辨識情報雖在行，但情戰素養並不具備，發展組織更不入門。後來發現這些案子都是因陋就簡、拼湊而成，都是軍情局所謂的二軍人馬。「穩○專案」成立漢暉圖書有限公司，採雙打制，混合了退休和現職幹部，但人員派不進大陸，只能在台灣打轉。「鴻○計劃」成立之商掩公司，每案投資金額叁仟萬元台幣，一般支撐了五年後，吃光、用光、花光，只有關門大吉。不像大○文化事業有限公司，不事情戰，光作掩護，死雞撐飯蓋，一再虧損，只能苟且存活，但長期酬庸之下，負責人不識經營之道，更不懂情報工作，每況愈下，就看自生自滅至何時了。

「順成專案」說來如一匹布似的，不知長在那。先由台北成立投資公司，採連鎖方式在大陸的福州、上海建立了三個敵後組織，然後又與真台商合作，在北京及湖北襄樊再成立了四個單位，派遣了十個基幹入陸。但一年後，這些基幹發生安全顧慮，幸而中共國安單位整備不齊、摸底不足，難以掌握情況，基幹人員得以全部撤出。不過「順成專案」在大陸設立的「福建德友辦公室用品有限公司」、「上海德友禮品有限公司」、「上海星達投資諮詢有限公司」發生安全問題，也影響了「天津耀理文化發展有限公司」、「北京同鑫印刷有限公司」、「江漢印刷有限公司」、「吉漢工業布有限公司」等，共有七個企業受到波及。這種一家烤肉三家香的骨牌效應，在情報機構似乎不應該發生，確實值得檢討。我個人規劃派遣的大陸基幹單位，至少有三案，都全身而退，但不是二萬五千里長征式的撤退，是任滿三年回台，且該升的升、該獎的獎，結局完美，得而善終，乃是情報工作高級的藝術表現。

我作了一個小整理。「順成專案」的十名入陸基幹，其中一人為退伍人員，七人使用真名，三人用的是情治身分；福州和上海三個單位的基幹彼此認識；湖北的兩個單位也互有來往。這種派遣方式實在不多，也不適宜，這些案子還有一個特點，幹部素質雜亂。當初招募抱的是肥水不落外人田的心態，才搞成近親繁殖，卻大大淘空和降低了情研室靜態情報部份的人力資源，和原有的工作成效。這十位幹部，在大陸潛伏的一年中，情報反映並不多，但各有特色表現。總結的怪象有搞盜賣的、違反紀律的、不聽指揮的、閉門謝客的、更離譜的是越省嫖妓的，花伍仟人民幣，由湖北包車到河南去叫春鷄。大概受了中國人傳統思想，不孝有三、無後為大的毒害太深，一視同仁的把小三的「後」也當「後」，做人就要懂得愛屋及烏，愛鳥溜鳥。

「順成專案」的起火點，是基幹黃達人遭到中共國安人員約談，中共以誘探方式，發現黃員有竊閱中共文件的舉動。另一個被中共暗中監視的基幹，為了省錢，時常閉不出戶，三餐都煮方便麵解決，令中共監控人員也不得不按讚。黃達人為什麼第一個出事，也是值得探索的課題。首先他把住家地址台北芝玉路，故意填為芝二路，芝玉路的位置就是靠軍情局最近的一條小街。軍情局門口巷內賣了二十年包子的老王到大陸，都曾被約談，當然知道芝玉路是條什麼路。其次，黃達人到大陸四處留影，軍情局的文宣照片也有他，因為身高有一米八八，是個顯著目標，雖然使用了化名，但容易比對。至於他在大陸言行留下什麼破綻，也是問題。

在中共審訊下，黃達人招認自己是軍情局所派，並提供了軍情局的組織架構，指認了另外四個基幹。在黃員表示願意合作後，中共決定放行讓他如期回台述職。黃達人知道茲事體大，當晚即在致誠招待所供述了失事經過，也驚動了局長胡家麒。那時還沒有損害控管這個名詞，補救措施就是先把受黃員牽連的大陸六個單位，撤退回台。反而黃員的情戰官不知事態嚴重，還拒絕回台，搞的皇帝不急，急的是我們這些太監。「順成專案」的基幹人員能夠及時撤返，算是不幸中之大幸，但難以善後，除了該退的退、該調的調，軍情局投資的七個公司，總計款項有台幣玖佰叁拾萬元、美金陸拾伍萬元，都成了呆帳。另開辦費、維持費台幣壹仟貳佰萬元，算是打了水飄。最後聲明的，這個「順成專案」和台北的「順成蛋糕」連鎖店，沒有任何關係，如有雷同，實屬巧合。

故事是告一段落，但基幹派遣的後遺症卻延續了十年。中共國安部在「復華作業」實施的初期，講求的是破案，不久就改為布冷子的長期作法。軍情局入陸基幹遭到秘密約談都採寬鬆對待，半培養半等待。近十年來，為中共方面工作的軍情局退伍人員，大多數都有基幹派遣記錄，中共國安單位，也在尋找那些回台後，失聯退伍的老情工們，真正的情報工作就應如此，從不間斷，那才叫永續發展。

二〇〇〇年台灣政黨輪替，陳水扁上台。次年，軍情局局長薛石民在工作失敗頻傳的壓力，及個人基督徒心態的影響下，竟然公開宣佈終止六大專案。其中，「春〇」、「晨〇」、「先〇」、「黎〇」、「夏〇」等五案，都是六、七十年代的陳年舊業，不提還沒有人知道，只有「復華作業」是新興產物，並支撐了中央派遣的情報思想作為。軍情局的工作，有此巨變，頓失所依，要做什麼全憑薛石民頤指氣使。二〇〇三年，原為基幹派遣的李運溥，被召返辦理退伍，已經全身而退，隨即遭中共利用其大陸小三誘捕，回大陸後判處無期徒刑，基幹派遣算是真正畫上休止符。這都是我退伍以後發生的事，不必打聽，由新聞就能獲悉，要不台灣人常說，沒有常識，也要看電視。

二、中共的情報思想

軍情局在一九九五年間，曾通過「草〇計劃」蒐獲了大批中共國安部的內部機密資料，特別是大陸方面情報工作的思想理論和相關規定等等。這些寶貴情資送到了國安局，國安局局長殷宗文認為頗具參考價值，既可知己知彼，也可以敵為師，靈機一動，決定來一場所謂的「華山論劍」。這次講習活動，名稱叫「陽〇專案」，參與人馬為國安局和軍情局的一級單位正副主管，由國安局副局長馬履綏和軍情局局長胡家麒擔任指導員。這次的講習會不但極有深遠的教育意義，也是一項前所未有的創舉。固然領導的思想就是工作方向，但不知敵情者，不仁之至也。就情報階層和角度而言，軍情局局長要找到高級情報，國安局局長也要懂得運用情報，如此才能相得益彰、發揮效用，其中關係不僅微妙，而且互為表裡。換句話說，國安局和軍情局來往越密切，越能得情報之知和情報之實。

「陽○專案」講習時間為一週，分成兩個梯次，參加人員近一百人，討論題綱分為：

第一單元：重視組織發展加強攻堅工作討論題綱

A.中共國安部經營「情工關係」及「攻堅作為」之探討

1.如何經營「情工關係」？

2.經營「情工關係」之作法有何特點？

3.如何開展「攻堅工作」？

4.「攻堅工作」作法有何特點？

B.中共國安部經營「情工關係」及「攻堅作為」，作法上有何值得吾人借鏡之處？

第二單元：運用社會力量廣拓情工渠道討論題綱

A.中共國安部運用社會力量廣拓情工渠道之探討

1.如何運用社會力量廣拓情工渠道？

2.運用社會力量廣拓情工渠道之作法有何特點？

B.中共國安部運用社會力量廣拓情工渠道之作法，有何值得吾人借鏡之處？

第三單元：重視專職幹部深化兼幹工作討論題綱

A.中共國安部重視「專、兼職幹部」之探討

1.如何吸收運用「專職幹部」？

2.如何管理「專職幹部」？

3.如何吸收運用「兼職幹部」？

4.運用「專、兼職幹部」之作法有何特點？

B.中共國安部重視「專、兼職幹部」有何值得吾人借鏡之處？

第四單元：加強情蒐指導提升情報質量討論題綱

A.中共國安部情蒐指導工作之探討

1.如何加強情蒐指導？

2.如何提升情報質量？

3.如何做好情資處理？

4.如何開展國際情報工作？

B.中共國安部加強情蒐指導提升情報質量，有何值得吾人借鏡之處？

毛澤東說：「情況是在不斷地變化，要使自己的思想適應新的情況，就是學習。」「吸收對我們有益的經驗，需要的就是好的學習態度。」這次講習，關於中共情報的思想觀念和工作作法，就一個情報工作者的角色，確實有不少值得學習和省思的地方。譬如中共的情報理論是：

「情報事業就是一個發展、鞏固、再發展、再鞏固的過程，而發展是數量的增加，鞏固是質量的提高。」

「發展工作是秘密情報工作的基礎，是一項長遠的，具有戰略意義的工作，必須在業務思想上始終予以高度重視。所謂的戰略，實際就是指在某一時期對敵人的主要打擊方向。」

「發展工作要貫徹”大、深、遠“的戰略思想和隱蔽精幹，長期打算的基本原則、嚴格按照國家安全部的統一部署，把握主攻方向，有計劃、有目的地進行。」

「攻堅係指發展重要內線，接密情工關係為核心的組織發展工作，是一項有指定目標和部位、有明確數量和質量要求、有完成期限、有督促檢查措施的指令性專項工作。」

「要把攻堅工作提高到戰略高度上加以重視，這是每一個情報幹部都應有的工作意識和緊迫感。對重點對象要有重點的進行傾斜，包括人員、經費方面的有效對待處理，由對象的差異，決定攻堅方法的多種多樣，今後仍將在工作中不斷探索和總結。」

「一九六四年，國務院總理周恩來曾指示情報部門的領導說：『我們要的是高級情報。』也就是情報來源要深入要害部門，情報質量要有深度，內幕情報是靠深謀遠慮的總體佈局和機智靈活的工作方法，沒有分析的情報就無價值。」

講習歸講習，除了學習還要作功課。我為了讓自己更瞭解中共的情報思想理論，還製作了一系列的圖表（如附件）。雖不全面，卻是僅有，或許可供學者或後進之參考。有心人當可發現台灣當局常有的攻堅、情工、氛圍等等字眼，都是抄襲自中共。早年特務一詞，本源來於中共，而睇衰、唱衰、陀衰的說法則學自香港，還把仆街當歌唱，不知掛點為何物。台灣人不求甚解，喜歡拾人牙慧，出洋相還不知丟人，令人搖頭不已。當前情報態勢，敵強我弱，既無有利因素，又陷入被動之局，只會癩蝦蟆鼓氣，裝模作樣，卻虛有其表。情報工作沒有犧牲精神，又何必假仁假義，我們這些退休老情工，也只能緬懷過去，冷眼看待。

附件

總表

- 重視組織發展 加強攻堅工作
  - 攻堅工作的認識
    - 發展方向
      - 抓重點組織經營工作。
      - 發展經營外國人情工關係。
      - 東南亞地區開展上層聯絡工作。
      - 推動亞洲地區政經情報工作上新台階。
    - 工作方針
      - 克服困難，努力攻堅。
      - 攻堅是衡量情報工作成效的重要標準。
      - 攻堅是情報工作方針的體現。
      - 攻堅是高層次組織發展工作。
    - 具體作法
      - 把握特點，因人而異，對症下藥。
      - 努力提高自己尊重關心對方。
      - 取得揭蓋預期效果。
      - 搭橋鋪路，奮力攻堅，加強內線情工關係。
      - 提高組織工作質量。
      - 對重要情報員的政治考察。
    - 攻堅的意義、途徑和目標。

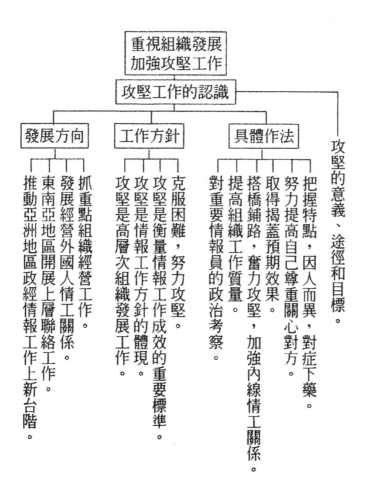

表一

- 重視組織發展 加強攻堅工作
  - 攻堅工作的認識
    - 攻堅工作的意義。
      - 搞好攻堅工作是形勢發展的需要。
      - 是改變目前情報工作落後局面的緊迫戰略任務。
      - 攻堅工作是情報工作的系統工程，計劃性很強，需要大量的準備工作。
    - 攻堅工作的途徑。
      - 解放思想開闢更多攻堅工作新途徑。
      - 派遣基幹到目標國去就地開展攻堅。
      - 根據情工關係條件確定攻堅目標。
      - 根據攻堅目標選擇工作對象。
    - 搞好攻堅工作的建議。
      - 減輕工作壓力，優化工作環境。
      - 加強宣傳指導，提高思想認識。
    - 攻堅工作的目標。
      - 蒐集政治、經濟、軍事、間諜和科技等方面的內幕性情報，建立上層聯絡渠道，並開展謀略工作。
      - 以政府決策機構或要害部門爲目標，以打進去、拉出來等方式進行發展工作。

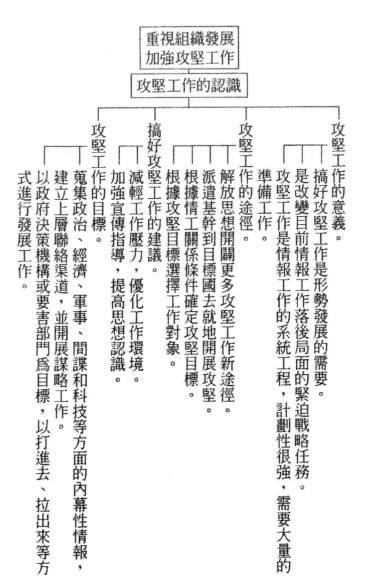

表二

- 重視組織發展 加強攻堅工作
  - 把握特點，因人而異，對症下藥
    - 經營情工關係是做人的工作，在特定環境下做特殊人物的特殊工作。
    - 軟硬兼施，綜合治理。
      - 「大膽謹慎，既用又防；沈著應付，冷熱結合；掌握分寸，恩威並重。
    - 循序漸進，先難後獲。
      - 「深交朋友，發展關係，切忌急於求成。
    - 審時度勢，因勢利導。
      - 「做到人盡其材，物盡其用。
    - 臨亂不慌，穩住陣腳。
      - 「創造條件，避免爭執，宣傳政策。
    - 大膽開拓，深入挖潛。
      - 「看缺陷和不足，找獨特之處，精心指導，發揮作用。
    - 攻心爲上，動之以情。
      - 「想關係之所想，患關係之所患。
    - 揚長避短，贏得關係。
      - 「以長對短，取長補短，變被動爲主動。

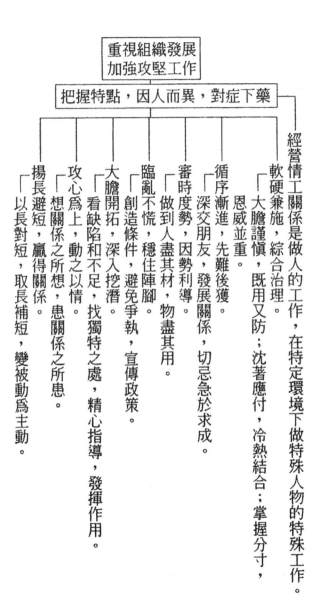

表三

- 重視組織發展 加強攻堅工作
  - 努力提高自己　尊重關心對方
    - 交友目的是爲了獲取情報。
    - 要選準朋友最需要關心的時間和地方。
      - 瞭解對象性格、作風、氣質；運用自己特點和條件。
    - 尊重和關心朋友是取得朋友信賴的關鍵。
      - 養成尊重對方的習慣。
    - 更新觀念，提高自我推銷能力。
      - 謹慎謙虛，吸收他人長處；充分自信，適當展示、誇耀自己。
    - 要敢於結交高層次的朋友。
      - 即使一般性來往也比交其他朋友更好。
    - 提高自己的水平是交友的前提條件。
      - 有利於加深朋友關係，贏得朋友信任。

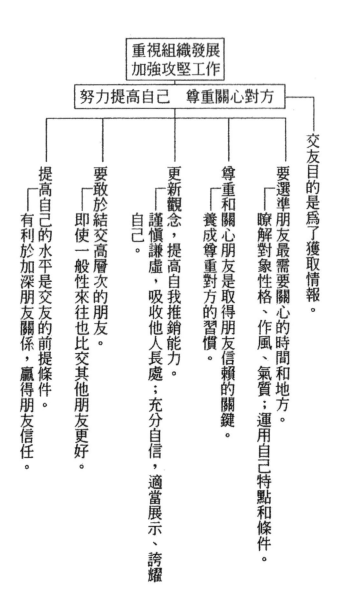

表四

重視組織發展　加強攻堅工作

取得揭蓋　預期效果

- 揭蓋是組織發展工作的重要途徑或階段，是對特定情工關係經常指導的重要環節。
- 揭蓋的對象可依下列因素有所區別：
  - 揭蓋對象職業不同。
    - 學者型、經貿型、公務員型、學生型。
  - 揭蓋對象性格不同。
    - 內向型（心理憂慮多）、外向型（把握對方情緒）。
  - 揭蓋對象在國（境）內外環境不同。
    - 亦可選擇第三國（地區）進行。
  - 對方與我關係程度不同。
    - 有耐心輔導及創造揭蓋的條件和機會；要與安全保密、情報意識教育連續起來。
  - 情工關係爲我工作動機不同。
    - 理想型（追求目標）、利益型（政治上不具敵意）。
- 目的使工作對象確立爲情報工作服務的思想，建立正式組織關係。

表五

重視組織發展
加強攻堅工作

搭橋鋪路奮力攻堅　加強內線情工關係

明確思想　統一認識　組織落實

- 認識攻堅工作的必要性、重要性和迫切性。
- 組織發展是情報工作的基礎，建立內線接密情工關係是組織發展工作的核心。
- 選擇工作條件好，層次地位高，具有穩定內幕情報來源的人員。
- 通過橋樑牽線和轉化工作，發展爲重要情工關係。

做法與體會

- 吃遍對象國國情，主攻目標要明確，起點要高。（上層官員或機要人士）
- 廣泛深入調研，物選精幹橋樑。（理出頭緒，選準突破口）
- 逐級搭橋，梯次推進。（以兩、三個橋樑爲重）
- 以私人名義交朋友，尊重民族感情，尋找共同點。（思想上求同存異，照顧對方的習慣和嗜好）
- 掌握火候，由淺入深，提高效率。（注意加快工作節奏，不勉爲其難）
- 深交疏用，心照不宣，輔以必要的經濟手段。（政治、經濟雙管齊下）
- 精心設計，重點經營。（作爲重點中的重點；做好思想工作；幫助對象爬高鑽深；縮小控制知密面，長遠考慮保護使用，在關鍵時候發揮關鍵作用）

表六

- 重視組織發展 加強攻堅工作
  - 提高組織工作質量
    - 狠抓以發展重要內線、接密情工關係爲核心的攻堅工作。
    - 攻堅工作歷來是情報工作的基礎。
      - 也是情報業務建設的一項長遠的、具有戰略意義的工作任務。
    - 攻堅工作是提高政經情報工作質量的戰略措施。
      - 加強核心力量建設，要敢於啃骨頭，千方百計有步驟地向目標滲透，推動主攻目標秘密情工隊伍的組織建設工作。
    - 加強攻堅工作是形勢發展的迫切需要。
      - 要改善戰術性情報多，戰略性情報少；一般分析、看法和猜測多，內部決策和高質量情報少的缺點。
    - 攻堅工作是當前組織建設的一項中心任務。
      - 有指定目標和部位，有明確的數量和質量要求，有完成期限有督促檢查措施的指令性專項工作。
    - 要在關鍵時候提供急需的內幕性、預警性情報。

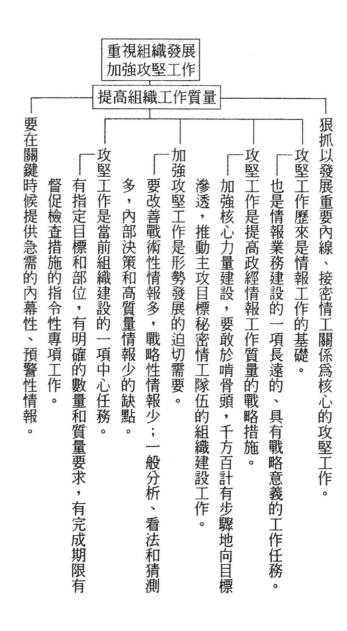

表七

重視組織發展
加強攻堅工作

對重要情報員的政治考察

- 要善於在「閒談」中瞭解情況，利用「閒談」溝通思想，建立友誼，但也不排除不留痕跡的引導並注意不正常之舉措。
- 注意長期積累工作中瞭解的情況，不斷進行分析，發現問題，尋求結論。
  - 瞭解考察對象的思想觀點、品德、職業活動、社會活動、生活起居、嗜好等等。
  - 通過公開資料瞭解內線情報員的情況。
  - 注意佈置與重要情報員接觸的基幹、政治聯絡員或交通員，對自己的行動要經常進行安全檢查。
  - 瞭解考察對象的主觀條件，包括情報意識和蒐集能力。
- 對重要情報員的政治考察，要把發展過程作爲起始環節。分析接受任務的思想、基礎是什麼？思想變化、反常現象等。
- 對政治考察對象所提供的情報要做連續驗證，包括情報的內容和價值。
- 政治考察要堅持實事求是，排除個人因素，對提供重要戰略情報的情報員要認眞進行核實。
- 政治考察的任務在防止敵人混入及吸收；防止外國情報機關謀略運用，防止內部人員捕風捉影。

表八—一

重視組織發展加強攻堅工作

- **克服困難努力攻堅**
  - 隨時瞭解動向和掌握情況，及時調整工作方針、方向、方式和方法，最大限度保證攻堅的成功。
  - 結合工作需要、佈局和任務，有針對性地選擇對象，確定攻堅部位和目標，物色橋樑，展開攻堅。
  - 做好攻堅工作首先要進行基礎調研，針對組織團體、工商企業、傳播媒體等進行細緻調查。
  - 要以大局爲重，以長遠效益爲主，實事求是，在有條件的地區和部門秘密組織攻堅。
- **爲衡量情報工作成效的重要標準**
  - 攻堅工作是一項艱苦的工作，需要耗費大量的人力、物力、精力和時間。
  - 加強對情工關係的經營指導，挖掘有關係的情報潛力是提高情報質量的另一途徑。
  - 糾正只顧「摘果」，不顧「種樹」的傾向，把組織發展中的攻堅工作，做爲評價情報部門成績的一個硬件。

表八—二

- 重視組織發展　加強攻堅工作
  - 是情報工作方針的體現
    - 攻堅是提高情報質量的有效方法，目前在情報質量上存在著「三多三少」現象。（說明一）
    - 攻堅工作是新形勢下提出的新課題、新需求，目前情工隊伍存在著「五多五少」現象。（說明二）
    - 情報工作方針是「大、深、遠」。
    - 攻堅具有全局性，爲長遠規劃而進行的長期性工作，目的是發展具有接密知密條件的內線情工關係，獲取高層次的情報。
  - 是高層次組織發展的工作
    - 攻堅有一定的針對性，一般要能做到需要什麼，拿回什麼。
    - 攻堅是有了任務後，根據任務去物色發展相關部門的工作人員，比先發展再定任務的方式更能適應情報需求。
    - 攻堅分爲拉出和打入兩種形式，拉出是純粹的就地發展，打入包括國內派遣和就地發展。
    - 在充份調查研究的基礎上，有重點、有選擇地對核心要害部門、決策機構或直接知密人員進行工作的全部過程。

說明一：「三多三少」現象指戰術性的情報多、戰略性的情報少；分析猜測性情報多，內幕核心的情報少；馬後炮的反映多，預警性的情報少。

說明二：「五多五少」現象指國內派遣的多，就地發展的少；中國人和華僑多，外國人少；外圍的多、接密的少；中下層的多，高層的少；年齡大的多，年輕的、能起情報作用的少。

表九—一

重視組織發展
加強攻堅工作

抓重點組織經營工作

- 提高對突出重點的認識。
  - 抓好重點情報組織的經營工作，就能夠保證來報的質量。
- 突出重點，做好經營指導，使情工關係向重點轉化。
  - 善於發掘培養更多的、新的重點組織。
- 做好交通聯絡，確保情報傳遞安全、準確、快捷。
  - 加強配備先進通聯技術，指導交通傳遞知識。
- 做好接待工作。
  - 認真擬訂好接待方案，安排領導出面接見做工作。
- 解除顧慮，增加安全感。
  - 把安全教育工作和安全措施當作重要的經營工作。
- 情報蒐集的指導要在「深」字上下功夫。
  - 要著眼於戰略性情報，避免過濫的佈置各種情報要求。

表九—二

- 重視組織發展　加強攻堅工作
  - 抓重點組織經營工作
    - 組織建設方面要有長期打算的思想。
      - 必須立足於放長線，不能只看眼前利益，要避免短期行爲。
    - 思想工作與解決實際問題相結合。
      - 結合形勢教育，體現組織關懷，提高工作績效性。
    - 樹立「大深遠」的經營指導思想。
      - 放長線、佈冷子，善於培植和積蓄力量，長遠打算。
    - 實行分級管理，明確各級工作職責。
      - 督導檢查各項工作落實和執行情況。
    - 實事求是地確立重點經營對象。
      - 能獲取重要內幕情報。
      - 情報條件好，能爲我所用者。
      - 比較複雜對象有警惕地重點使用。
      - 有培養和發展前途者，促其向重點情工關係轉化。
      - 能在統戰、謀略工作和提供情報經費方面發揮作用者。

表十

- 重視組織發展 加強攻堅工作
  - 發展、經營外國人情工關係
    - 做外國人的工作，比做軍人、華僑的工作難得多。
    - 掌握外國人情工關係的心理。
      - 保持對方信心和向心力，一代一代解決接班人問題。
    - 謹慎經營，重視安全保密，任何環節要深謀遠慮。
      - 事無大小，認真考慮每個環節。
    - 具體分析對象，採取不同發展形式。
      - 不應有模式，不必堅持揭蓋發展。
    - 堅持共同政治基礎與經濟手段相結合。
      - 錢是一種動力，給錢要講究方式方法，要給得藝術。
    - 解放思想，統一認知，有攻堅精神，知難而上。
      - 發展外國人內線風險大，難摸清對方底細（如說明），計劃易被打亂。

說明：外國人的政治背景、政治黨團、思想狀況、性格特點、信譽和態度等很難澈底摸清。

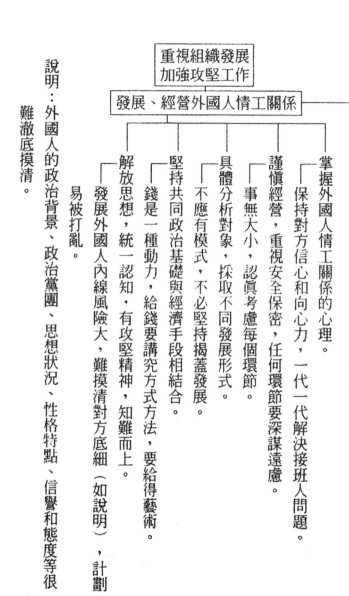

表十一

重視組織發展
加強攻堅工作

東南亞地區開展上層聯絡工作

- 開展上層聯絡工作確是可行，又能發揮現實作用。
  - 建立直接聯繫或對話渠道。
  - 情報工作更能切合工作實際。（工作對象非正式特工關係，也不同於朋友關係。）
  - 是改革開放和經濟建設的需要。
- 開展上層聯絡工作的初步做法。
  - 要選準對象。（1、上層官員和重要代表人物。2、年輕精英。3、商界巨頭。）
  - 運用有利條件，根據不同特點，有計劃性進行工作。（1、利用華僑以感情聯絡入手。2、發揮官商一體，從經濟工作入手。3、發揮區域優勢，把台、港、澳工作結合起來。4、通過境內研究機構、學者開展工作。5、運用社會力量和專、兼職幹部開展工作。）

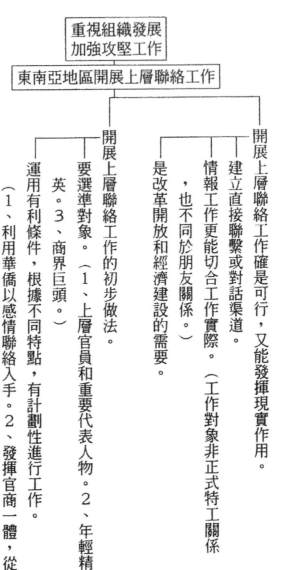

表十二

重視組織發展
加強攻堅工作

推動亞洲地區政經情報工作上新臺階

- 保證攻堅的順利進行，在人、財、物的投入上採取傾斜政策。
  - 「在經費使用上和幹部調配等方面保證重點。
- 攻堅工作要加強基礎調研，要全面摸清對象國要害部門情況。
  - 「努力開闢攻堅對象來源，避免盲目性，克服隨意性。
- 抓攻堅工作要注意挖掘現有情工關係的潛力。
  - 「一手抓攻堅，一手抓挖潛，充份發揮現有情工力量的作用。
- 攻堅工作要高度集中，統一領導，不能隨意下放權力。
  - 「防止將一般的組織發展轉而變成攻堅工作。
- 要保證攻堅質量。
  - 「要防止攻堅工作的避難就易和順手牽羊。
- 繼續以攻堅工作爲重點，抓緊抓實，一抓到底。
  - 「狠抓攻堅工作是一項戰略措施，是當前形勢下情工隊伍上「檔次」的根本保證。

附帶要說的，在我的舊作中，曾提到濮先生案。為什麼稱濮先生案，因為在情報工作中，位高或有貢獻者，我都稱之「先生」以示敬意。其實，濮先生也很有智慧，為什麼自稱姓濮，這是具有安全辨識的作用在內，因為廣東省國安廳確有一個姓濮的人，不過是廚師。濮先生本名姓周，是副處級的調研員，很多國安廳派出的諜員所報的情資，他都經手並把這些情報送回到軍情局。就是孫子所說的，反間者，因其敵間而用之也。其績效表現，與「草0計劃」不相上下。後來失事在廣州監獄看守所中自殺。台灣派出的交通員汪茂慶被處以無期徒刑。新聞媒體曾以本人的著作為綱，不忘加油添醋，三手的報導竟稱「老卜」為其代號，大陸電視劇看多了吧！

濮先生因為炒股虧空了伍、陸拾萬人民幣，為求解套主動向軍情局投誠，經過情形也很特別。一九九五年秋，他從澳門直接打電話到軍情局副局長孔祥人外雙溪的家中，談到軍情局的一些內部情形，特別是第六處的人事組織，要求軍情局派人與其聯繫。濮先生怎麼會有第六處的人員資料，原來是根據打入第六處的廣東省國安廳特工李志豪提報的資料抄錄而來。後來證實李志豪在台被捕的前一天晚上，還在與第六處第四組負責海外民運業務的人員在一起打麻將。孔祥人也是麻將的愛好者，與筆者也曾大戰過幾十回合，時常通宵達旦。天下事好像冥冥之中注定的，後來濮先生提供了李志豪為中共特工的證據，而負責逮捕他的，就是原來的第六處處長，已調升國安局第二處處長的黃國道，情報工作該出手時就出手。據黃處長告稱，在軍情局時，他請李志豪便餐，李曾暗中塞給他一條金鍊子，遭其拒收，這種好康筆者倒是見怪不怪，不過那條金鍊子可能被李志豪報假帳給吞了。

軍情局派人與濮先生取得聯繫，前後五年時間，確實發揮了很大工作成效，並且是軍情局歷來最重要的反間案。根據他的內線情報，不僅瞭解了中共國安機構的內部情況，而且發掘到滲透在軍情局的中共特工，也揭發了中共吸收運用的台灣官員。受到牽連的不單是軍情局，還有國民黨原來的海工會、陸工會駐港幹部及國安局等部門。就人頭數，不下十幾人，這些人的身分姓名後來都見諸報端。這是台灣情報機構七十年代以來，空前的勝利。

廣東省國安廳是國安部裡績效最好的單位，連連損兵折將，佈置在軍情局的諜員殷偉俊、李志豪、楊台生等人前後出事，引起國安部的注意，展開了內部清理。前後經過二次排查，仍未發現線索，第三次縮小範圍，集中在接密層級較高的官員。濮先生的排場不同，支出與收入不符成了線索。其實很多人不知道情報人員失事，在有罪認定下，說什麼也是脫不了干係，嫌疑是洗不乾淨的玩意。濮先生出事後，軍情局局長徐筑生也展開內部清查。當時本人派菲，回台後一併邀請去作儀測。我連濮先生是誰也不知道，加上外行玩測謊，武大郎玩夜貓子能玩出什麼鳥，最後白忙活一場，什麼也沒查出。反而軍情局紕漏連連，引發政治效益，局長徐筑生在引憾下被迫離職。中共國安部想不到失之東隅，還能收之桑榆，也算是一功。

研究中國的情報思想理論，沒有實務作為依據，至少情報故事可以參考。想不到講故事，如今也成了我的使命。

三、情報的蒐集運用

蒐集情報是情報人員的基本任務。情報蒐集和情報素質頗有關係，只聽過情報人員不懂情戰工作，沒有聽過情戰幹部不會蒐集情報，這是情報人員和情戰幹部最大分別之處。還有人錯誤的認為承辦業務，就是專業人員。其實，近年來情報單位空降幹部陡增，不但稀釋了情報專業，情報骨質的流失，更影響了情報大業，模糊了情報專業在研究領域的努力和貢獻。不少沒蒐集過、沒寫過一件情報的人，竟然當上領導階層，這不是對情報工作的改革，卻是對情報專業最大的羞辱。情報局時代，擔任局長的領導，莫不以國家為己任，將情報工作定位在國家戰略情報階層。當時所謂的大陸工作，主要劃分為情報蒐研和情報作戰兩大範疇。每位局長對情報蒐集上，都有其觀念和表現。軍情局大多的局長也不是沒有特色，因為不懂情報也算特色。

情報專案和情戰專案，最大的不同是前者對事、後者對人。由於目標不同，工作著眼和規劃也各異。早期的中共對領導人之死訊，有隱而不發的習性。情報局時代，台灣一向以中共的情報泰斗自居，如果不能及時掌握訊息，情報單位將視為丟臉與否的頭等大事。可惜，後來的局長，沒有這份認知和覺悟。歷史總會留下一面鏡子，比如中共「十大」召開，情報局雖有情報反映，但作了註參處理，沒有及時上報，直至中共宣佈「十大」閉幕，局長葉翔之大為光火，認為影響了單位形象和有失職守，下令追究責任。最後處長張鎮邦為首的四位承辦人，都受到記過一次的處分。後來張處長還特別出了一本書

《鄧小平思想研究》，指出中共「十大」處於林彪事件之後，是在一種十分不正常的狀態下召開的。中共之所以嚴守秘密，也是為了防備蘇俄利用中共集會搞突然襲擊。說來不論情報失誤，還是情戰失敗，能檢討出經驗教訓，這是過去和現在情報工作最大不同的地方。

最成功的情報專案，是一九九三年七月，軍情局以任務編組方式成立的「對鄧小平健康狀況研判小組」，由主管情報的第二處負責。參與人員副局長擔任專案召集人、第二處處長擔任小組長，組成人員有各情戰處副主管及二處承辦組組長、負責參謀等十人。由於二處只有公開情報，各情戰處的諜員報告，成為主要來源。專案代名「先〇專案」，具體作法為：

「指導局內各單位積極蒐報有關鄧小平的活動和健康狀況，以最速件方式送交第二處專案小組處理，各單位併案直接呈閱之有關情資，亦應同時影送二處參考。」

「每週由小組召集人固定召開專案會議一次，討論研判鄧小平健康狀況之情資，另具體交賦新的情蒐任務。」

「如遇突發或重大情況，由小組長報請召集人立即召開會議，作出研判及處理意見後，呈請局長核閱。」

「有關鄧小平死訊和反應情形，在中共未發佈前及時報局，具特殊績效者，將獲發獎金台幣貳拾萬至叁佰萬元。」

對鄧小平死亡徵候之研判，其要點包括：

1.共軍演訓活動及全國性重要會議是否突然停止？

2.有無重點情況下，共軍部隊提升戰備等級，官兵停止休假並嚴格限制外出及加強思想政治教育等情事？

3.有無中共中央軍委以演習名義，調動部隊移向北平周邊地區，其餘各級部隊不得任意調動情事？

4.有無出現大量不明戰備網台試聯，且全時開機，但保持無線靜默情事？

5.有無各海軍觀測站、空軍雷達部隊及海防部隊加強戒備情事？

6.有無出專機緊急保障通知或同天內紛由各地飛抵北平情事？

7.有無中共領導突然停止視察及外訪活動，在外地者專程返回北平並取消或延後外國官員來訪等情事？

8.有無中共中央政治局或中央軍委臨時召開緊急會議，或各軍種、大軍區同時召開緊急會議情事？

9.有無鄧小平家屬突然停上一切外訪活動，趕返北平情事？

10.大陸地方之間通信網台通聯時傳遞小道消息情事？

11.有關江澤民、李鵬、喬石、李瑞環、朱鎔基、劉華清、胡錦濤、田紀雲、遲浩田、張萬年及元老活動情事？

其實，最早來報鄧小平健康發生問題的是「少康專案」。鄧小平後期住進三〇一醫院（解放軍總醫院）南病房樓後，則不斷有消息傳出鄧小平過世的消息，往生那天晚上（一九九七年二月十九日），國安局大陸處處長黃國道還直接打電話到香港《新華社》查證。中共隱瞞了一天，才對外公佈。鄧小平說了不少所謂的名言，有一句話「發展才是硬道理。」到現在還沒有軍情局局長能夠瞭解體會，什麼是硬道理，否則也不會落到今日空有芝山這般田地。鄧小平死後，我們這些會員，忙了兩年的分紅是記了一次嘉獎，第二處另簽了貳拾萬元的獎金自酬，但專案小組並沒有撤銷，改為「先〇專案」，任務重點轉移對中共軍事演習的蒐情指導和研析，繼續又玩了十年。

敲完邊鼓輪到主角上場，我雖然蒐報過無數中共原始文件，但最引以自豪的情報，就是中共「九三一作戰會議」的情況。一九九三年，中共第一次軍委擴大會議，決定了最新的戰略思想和工作部署，將軍事戰略目標轉移分為三個方向，即東南沿海、南海地區，和中印邊境。這次的軍事戰略轉移和部隊建設，一直延續超過二十年，直到現在還仍實施，可見其重要和影響之如何。隨後，中共又舉行了「九三四軍演」，想定目標是以武力收復香港。由於中共與英國為香港問題，雖經多年協商但無交集，雙方矛盾日益尖銳，中共擔心一九九七年不能順利接收香港，遂研究採取軍事手段。「九三四軍演」的科目有空降作戰、登陸作戰、山地作戰、城市作戰，參加的軍科及兵種都很齊全。在以大吃小的態勢下，香港只能乖乖就範，不得不走入「一國兩制」的口袋命運。

其次，就是代號「聯合九六一軍演」。中共針對台灣總統選舉，決定進行威嚇性的大規模軍事演習，這項軍演從一九九六年的二月上旬，部隊開始集結，於三月間分段實施。但元月中旬，「少康專案」已陸續報告有關情資，包括參演部隊、兵力，以及導彈試射、火炮射擊，和登陸作戰等項目。預計演習作為的底線是實彈射擊、越過中線、動員潛艇、攻佔外島、演習經費超過肆拾億人民幣。但軍演動員後，由於美國的強烈關注，並有干預跡象，台灣方面也採取了備戰準備。在戰爭可能一觸即發，極為嚴峻的態勢下，中共軍方作了「三不原則」的修正，也就是導彈發射不越頂，不越過台灣本土；海空部隊不過線，不超過台海中心線；登陸作戰不收島，不採取行動佔領島嶼。中共軍演的情況，曾在台灣新聞媒體上大肆報導，由於內容極其準確，中共軍方被迫取消了攻打外島的圖謀。

情報工作在不同時期、不同階段，有着不同的任務。我雖然是情戰工作出身，但在海外工作的時期，卻有着不同的蒐情經驗和成效。由香港階段的內線情報、在菲國時的安全情報、第六處時期的軍事情報，到加國的外交情報，都能符合情報蒐集的要求與目標，多少也有心得和體驗可以提出報告。比方，指導「少康專案」蒐集共軍在蘭州舉行的戰法論證會，當初第二處認為蘭州過於深入內陸，既使有軍事活動，對台灣影響不大，而且缺乏關係路線，蒐集不到相關情資，未予重視。但在第六處有效指導和要求下，還是把共軍六大戰法之研究成果完整的取得。其實完整有效的情報，也是情報再指導的主要依據和方向。

在加國時，我提報了一件預警情報，就是中共利用聯合國，與台灣邦交國進行接觸多方攏絡。四年後，台灣報紙登了一條消息，中共駐聯合國大使秦華孫透露，拉攏非邦交國的戰場在聯合國，並舉例加勒比海一個小國的外交官，在聯合國當大使時，常與中共聯繫，後來當上外交部長，即與台灣斷交。中共利用聯合國進行各種外交活動，台灣往往掌握不到，而後知後覺。中共還把對美國國會的工作聯絡人員增加了五倍之多。而台灣的外交工作連連敗退，卻不知問題所在，還忙着去「中國化」。如果人民有悲哀，那是來自國家的悲哀。

我的每本作品，都無可避免的談到情報的內容和工作的問題。這幾年軍情局的情蒐能力一再萎縮，道理很簡單，情戰工作沒有做好，科學再進步，情報還是要人去指導、蒐集、整理、運用，這是最基本的程序和分工。如果諜員派不出去，佈建做不了，人力情報就失去了一半以上的來源。光靠公開情報、科技情報、網路情報，能起到的作用只是片面。大陸工作的投資和努力，主要在於情報的表現和運用。所有的情報資料中，當以中共原始文件最受歡迎和信賴，但要蒐集中共機密文件，必然有一個發展過程。如何經營高級情報的工作路線和管道，這就是秘密情報工作的主攻方向和戰略目標。好的情報自然要有好的來源，好的情報也代表着情戰工作做的好、做的成功。

根據中共國家保密局的內部文件，指出九〇年代有三大洩密事件：最先是鄧小平的南巡講話；其次是江澤民的人大意見徵求稿；以及軍委擴大會議決議資料。不幸的是，我除了見過這三份文件，也經手了這三件情報。鄧小平的南巡講話，記得是中共以當年的中央第二號文件下發，供情者是一位曾密送台灣受訓過的高幹子弟，雖香港媒體在先已有報導，但仍按原件標準核發了叁仟美金獎金。中共的中央文件（俗稱紅頭文件），如果發至省軍級（機密），其獎金數額，一般比發至縣團級（秘密）要高一—二倍，絕密級又另當別論。對時效性之要求，一般則注重在三個月內下發的文件。

再說，江澤民主政時期，人心思變，反動派冒起，大陸內部情資外流情形最為嚴重。人大政協開會的資料，海外當天就能收到傳真。人大未開會前，江澤民所謂的人大意見徵求稿也一樣。（按：香港《快報》記者梁慧珉於一九九二年十月二十五日凌晨，在北京以收買中共國家公職人員，竊取機密文件，江澤民「在十四大會上的報告—徵求意見稿」的罪名，遭中共國安局人員拘捕。）上項文稿曾於十月五日的《快報》登載。而軍情局在港民運人士黃濤，則於九月二十九日蒐獲該文件。十月十二日十四大召開當天，辰字號反間員亦及時蒐報修訂後之江澤民的政府工作報告，均較香港媒體刊出時間為早。由於中共不斷擴大搜捕涉案人員，足證大陸內部洩密情況之嚴重。

軍情局不少情報來源是海外民運的情蒐據點所提供。原軍情局局長殷宗文有一個特別的工作思想，就是講求先期作為，把工作部署和蒐情指導結合運用。凡是中共的重大會議，著重於工作報告的準備資料，意見稿就屬於這一性質，並採取重獎原則，加發一倍以上的獎金。中國人說：「有錢能使鬼推磨。」情報工作尤然，有錢好辦事。殷局長在情報指導上，要求馬前情報重於馬後情報。還有一個觀念，中共軍隊在精簡整編的同時，成立了拳頭部隊、應急部隊。台灣軍情局原來也有類似前者的海情隊，後來也出現應急情報的說法。什麼算是應急情報，容後再作解說。

民運人士在香港的情報據點，曾以第一時間反映不少中共人大政協兩會的訊息，是不可多得快捷有效的情報管道。後來的軍情局局長薛石民，卻以海外民運組織不能提供情報資料，而宣佈停止合作關係，其實是自毀長城，錯誤的作法。海外民運組織是個金礦，不懂地質的人，能挖到什麼好礦。香港人說：「屎拉不出怪地硬。」想不到軍情局會把金礦當廁所，只聞其臭，不懂化肥，愚蠢之至。中共所指三大洩密事件之末，就是前文所述之中央軍委的「九三一擴大會議」內部資料。雖然事隔二十多年，但情報的效用依然存在。例如：中共在東南沿海的軍事部署前所未有，平時中共軍機越過中線只等閒，現在還繞着台灣扮家家，那就不是小事。南海地區中共的軍事威脅與日俱增，引起周邊國家抗議。而中印邊境兩軍肉博打鬥頻傳，還暗中部署了核武力等等。戰爭和動亂最能檢驗情報的功能和力量，在關鍵時期，我經手過那麼多的好情報，一生也算值得了。

談到應急情報，指的是等着用的情報。很多情況的變化是突然的，甚至來不及下指導。狀況不明時期，所渴求的情訊就屬於應急情報。為了支持這個觀點和說法，從實務的角度，可以說幾個故事作為探討。最好的例子，當然是中共「聯合九六一」軍演。由於提早得到情報反映，讓台灣當局能好整以暇。李登輝得意忘形之下，因中國文化教育程度較差，稱對中共軍演準備了十八套劇本，又不是拍電影，張冠李戴，實為十八般武藝之誤，並且公開洩露了中共飛彈是空包彈的情報，為了出風頭，口不擇言，更屬愚昧。

一九九四年三月底，大陸浙江發生的千島湖事件，死亡者達三十二人，其中二十四人為台灣觀光客，謀財害命的手段殘忍，影響惡劣（按：後來三位兇手均被處決），使台灣人不信任大陸，和獨立傾向大為增加。事發後，總書記江澤民隨即召見浙江省委書記李澤民、公安部長陶駟駒，指示一定要迅速破案。因為李登輝已經破口大罵，說中共像土匪一樣，想抓住千島湖事件，在兩岸關係的發展上製造障碍。國務院總理李鵬附和的說，發生千島湖事件，台灣當局借機大肆渲染，企圖進一步阻撓台商來大陸投資。但很快就會過去，因為本來就是一個刑事案件。

千島湖事件發生後，軍情局第一時間就下發指令，蒐集相關情資。第六處最先得到完整訊息，中共的政策是儘速破案，對台灣有個交待。於是中共廣東省國安廳就透過潛伏特工李志豪提交了官方版的情報，既有效了訊息作用，也為李志豪爭取了工作信任。本來軍情局併編後，李志豪隨特情室移轉過來，第三處認為其眼神飄忽、見人說人話、形象猥瑣、文化水平又不高，打算資遣了事，但李志豪吸收運用時，特情室為他辦了特區存記，視同少校軍官。李志豪又稱，有一條澳門拱北關武警上校的情報路線，故移到第六處策進發展。李志豪也曾提供過廣東的省級內部文件及「國安通訊」等情資，績效平平並不突出，因此將就着用。情報工作的過程，就是一種檢查和考驗，李志豪最終還是暴露身分，被台灣逮捕入獄。

還有一個情況也值得介紹，「六四」天安門事件發生後，情幹班十五期有個同學正好在北京，通過大陸親友關係，拿到了公安部發出的一份通緝名單，幾乎包括廣場上抗議的大部份學生領袖。這些人雖然後來多數逃離了大陸，但當時卻是第一手情資，而且是官方背書。這位同學雖然已經退伍移民美國，就像美國人說的「一日當警察，永遠是警察」的把情報送到了殷宗文局長的手中。情報人員不為名利而冒險，讓殷局長感動萬分。寫到此處，引起一些追思。其實，我們這期的同學錄，早給最先進入大陸的同學當情資送交中共國安單位，這已不是秘密。很奇怪的，同學的學號中帶「1」的都很特別。除了上述的一位是排頭兵，排下來的後來有幹處長的、有成牧師的、有率先到大陸工作的、有死在大陸的、有管工作經費的，還有永不言輸的、有專看風水的，我們這一期人才濟濟，升上一級主管的有五人、副主管也超過十人以上，還有出任軍情局的第一位女主管，常勇敢上陣，一喝酒就唱《愛拼才會贏》。情幹班十五期對情報工作的貢獻不在話下，也是殷宗文局長最信任的精英隊伍。

情報常依其來源分類，但情報資料卻值得細嚼慢嚥，找出或體會其深層的背景和意義。尤其是反間情報，中共國安部就設有反間情報局，專責蒐集處理反間情報，重視分工程度超過台灣情報單位。軍情局則把策反反間歸於一類，有案的反間對象視為內線人員，反間情報也列為內線情報。真正的反間情報常可看出一些端倪，我在幾次反間情報中，就發現潛伏在局裡的中共工作人員。當然其中也有運氣，因為把我個人情況報給中共，等於撞在槍口上，我是誰呀！足智多謀，自然會研究找出線索去追查，能夠被惦記，當然是情報工作的破口所致。

兩岸開放探親後，雙方都展開蒐情作為。當時以商貿名義成立的「鴻〇」機構活動力比較強，第六處就建立了五案，利用觸角介報來台探親的大陸人士。其中一位中年女士來自北京，經過情報訪問後，我開門見山的說，中共交給你什麼任務？對方沒想到我會這樣問她，一時答不上來。我說：「無傷大雅，出來一趟不容易，說不定我可以幫妳的忙，沒有交換條件，純喝茶聊天。」她只有說出：「中共要我瞭解台灣的國家稅收情形及稅務制度。」於是我請介報關係人蒐集整理公開的財經資料給她帶回去交差，我也順便遂行和平演變之術，可謂雙贏。有功能的情報，就是好情報。事後顯示，中共於一九九九年十一月份起宣佈開徵存款利息稅，稅率為百之二十，並計劃二〇〇〇年七月再實行徵收遺產稅。事實上，情報的蒐集指令和要項內容，本身就是一種情報。有素質的情報人員，由情蒐要項可以瞭解到對方的需求、相關作為，和可能行動。情報不是用來看的，是需要思考的，更要加以運用才能發揮價值。

情報局時期的情報研整，分工有序、專業性強、產量也多。定期刊物，除了每日重要情報提示、重要情報報告、大陸要情簡析、中共情報綜析，還有共軍政治工作資料彙編、中共對台經貿統戰活動調查、大陸農經情況彙報、中共與美國關係紀要、中共重要科技情報、中共武力犯台戰備活動調查等等。重要專題及分析報告部份，諸如：對共軍加強東南沿海國防動員現況之研析；對中共海軍攻勢作戰構想之研析；對中共空軍組織空中進攻戰役之研析；對中共武警領導管理體制調整之研析；對大陸社會治安持續惡化之研析；中共加強策進對台交流工作情形；戰略預警情報彙編；中共基層保衛工作探討；對中共加強反腐敗鬥爭之研析等等。可見早期情報蒐集工作是到位的，且具有覆蓋性。現在軍情局的情報能量銳減，情報沒有中共文件，這是質的退化。產情僅及以往的六分之一，則為量的萎縮，相較之下，真是不可同日而語。

情報局負責情報的第二處，精英薈萃，所屬各組不但是競合關係，對大陸情勢之掌握形成交叉火網，而且產情功能更非其他機構所能抗衡。為了有效統合運用情報，在情報處理上，還編撰成專、彙報或專題文件，以供內部研究及學術參考之用。集情戰之力、費情研之工，當年的榮耀，得之不易也。軍情局初期，承繼情報局之風，把情報蒐集分為最優先、次優先，和一般性等三類。由於敵後佈建頗具績效，情報蒐研成效也水漲船高。二〇〇一年是軍情局情報工作的重要分水嶺。局長薛石民在上帝的指引下，對情報產生邪念，不是那件情報高級、那件情報有用，而是那種情報可以賣弄得寵，能夠上達天聽，取悅層峰，大大改變了情報的價值觀和使命感。情報處理方式經過簡化，比照維他命，以A、B、C、D分類，這是情報工作有史以來和生醫界發生關係，創而舉之也。

其實，情報工作經過幾十年的積累，存在了不少沉疴和問題，只是下屬忙着應付業務，上層顧着鑽營當官，一樣米養百樣人，各有各的心思，真正能獻身事業、勇於改革的人，畢竟只是極少數，還要具有相當的智慧、勇氣、決心，和背景，這種英雄人物，百年也難得一見。如果不是情報局時期打下雄厚的情報根基和產業，軍情局今天早就煙消雲散。中國人常說：「打人休打臉、罵人休揭短。」但革命不是請客吃飯，情報工作是玩命的事，又豈能打諢說笑。更何況軍情局已經有人上房揭瓦，為了迎合當權者去「中國化」之胃口，把情戰大樓屋頂的「中華民國萬歲」六個精神字標暗中拆除。這種亡國奴心態，竟然出自情報高官，孰可忍、孰不可忍，誰可恥、誰不知恥也！

在情報領域聽到真話是不容易的事，講出真話往往是最後的選擇。真正從事過情報工作和任務的人，最能體會的就是「成也秘密、敗也秘密。」在秘密之下，往往藏着人性的醜惡心態，去掩飾失敗的原因和應負的責任。所以情報工作的創始人戴笠，雖然是個菜英文，酒量是真千杯，不像別人是假謙卑，也一直強調情報工作就是良心工作，要對得起國家、對得起領袖、對得起自己。我以情戰工作起家，對情報的處理和運用，基本搆不上邊，只能以情蒐角度和親身經歷，說說自己的觀點和心得。電影「墓石園」的對白說，意見和肛門一樣，每個人都有。本篇的結論只有一個，情報的特質是出賣，而出賣中華民國的本質，就是出賣台灣。這句話也許反著說會比較順口。

四、心戰有光榮史篇

情報工作隨着時代演化，導致行動制裁與敵後心戰先後式微。不是不做，是沒有能力做，不懂得的做，也做不下去。特種情報工作是老一代的觀念和說法，只有情報餘孽還記得，新一代的混種只能聽教，沒有插嘴的份。行動制裁在五十年代，保密局局長毛人鳳曾策劃刺殺毛澤東及周恩來；六十年代，情報局局長葉翔之也進行了暗殺劉少奇行動；至七十年代，局長汪敬煦亦部署了暗殺鄧小平的準備，雖然都未能成功，但歷史都留下了記載。情報行動在九一一事件後，被升高為反恐戰爭，世界民主國家都跟着美國拿起反恐大旗，台灣雖然沒放過一槍一彈，也不免跟着巫婆跳假神。九〇年代，情報工作經過裁汰，除了喪失特戰能力，敵後心戰也在萎縮中，不知所蹤，留下光榮歷史，成為國家記憶，這就是老情工最後的使命任務。

說歷史和講故事雖然性質不同，但越老的事，越有滋味，歷史可以講故事，故事也可以成歷史。這篇文章對心戰工作將分為三個部份來憶述，就是大陸心戰的沿革發展、思想作為，和後來結局。一九七一年春天，那是我畢業參加情報事業的第三年，奉調到第三處工作，第四處就在辦公室的對面，隔一條走道兩門對開，可謂朝夕相處。當時的第四處處長張錫麟和後任的毛鍾書，都是情報局的紅五類，也是局長葉翔之的哥們兄弟。葉局長文人出身，從不擺什麼官僚架子，因為「團體即家庭，同志如手足」，這是戴笠先生的遺訓，也是工作的信條。第四處負責策反反間與敵後心戰，和第三處擔負行動破壞和游擊特戰，都是情報局的重點工作，加上組織佈建、情報蒐研、電子作戰，這就是大陸工作的五大任務。

對我們年青一代，情報工作的思想理論和觀念作為，都是有待學習和深入體驗，並通過實踐才能窺其門徑。我第一次接觸心戰工作，則是三年後外派香港擔任基地業務官。為了配合行動個案擴大執行成果，遂開始着手繕寫標語、印製傳單，就像現在的恐怖行動，在現場留有或事後聲明是那個組織所為的印記。另外，還派遣專勤人員，交賦心戰任務，將大批仿製糧布票、假人民幣、宣傳文件等運到大陸內地散發。這些都屬於戰術性的心戰任務，卻是我的悟道之始。想不到後來卻成了入幕之賓。

六〇年代，情報局在局長葉翔之上任後，奠定了特種情報工作的思想理論。因為他兼任國民黨中央委員會第二組主任，及國防部情報局局長兩個職務，所以特種情報工作就把敵後建黨和情報任務結合一體。敵後的黨務發展就是情報佈建，因此特種情報工作也充滿黨的號召、策略和鬥爭等意識形態。當時的敵後心戰的運用之番號有「討毛救國聯合陣線」、「討毛救國聯軍」、「中國青年反共救國團」、「反共救國軍等」。從另一角度詮釋，特種情報工作就是大陸工作。葉局長重視敵後心戰，固然是配合黨的宣傳政策，但心戰工作也是策反反間，和敵後群運的心理基礎和開展手段。要策動大陸反共革命運動，就必須以政治作戰為先導，否則難奏其功。我們當時就稱為革命情報幹部，後來大陸文化大革命結束，各地革委會取消，不流行「革命」了，兩岸就很少聽到這個名詞。我不是那壺不開提那壺，只是「不忘初心，牢記使命」。

在本書製作的附表中，可以看出敵後心戰工作，也是一項有戰略思想和目標任務的複雜工程。尤其威力心戰，更屬創新作品，雖不像煙花爆竹那麼璀璨，但使用的縱火皮帶、定時高爆器等，經過設計，不僅能撼動人心，也具有謀略效果。七〇年代後期，情報局局長張式琦，把特種情報工作歸納為大陸工作、情報工作，和支援工作三大體系；大陸工作區分為組織佈建與情報作戰兩項任務。前者包括基地、敵後，及交通的佈建工作；後者把敵後心戰、策反反間、行動游擊、電子作戰，納入情報工作，行政支援則獨立於大陸工作之外。原來的情報體制，任務分工制和地區責任制則混合運用，這是當時的一大變革。基本情報思想沒有改變，只是作法上採取了積極的新措施，以求適應情報時代的需要。

張局長不是保密系統出身，但曾任情報學校校長，及特種軍事情報室主任。長期從事軍事情報工作，有自己情報方面的思想和理念。他強調大陸工作的發展和突破，要掌握三個因素，就是敵情變化、基地情勢，和努力方向。張局長說：「大陸工作可以分為兩個部份來看：一個是中共政權；一個是大陸同胞。」大陸工作的基本構想和定義，就是團結大陸同胞，推翻中共政權；對大陸同胞要做聯繫和團結的工作；對中共政權要做分化和削弱的工作。前者屬於組織佈建，後者就是情報作戰，這兩項工作都脫離不了政治宣傳和敵後心戰。張局長在第一處設立一個組，專責策劃指導敵後心戰，在名稱上也統稱為謀略心戰。

其實，局長張式琦的想法，與十年後的中共總書記江澤民的思想不謀而合。江澤民的對台工作，提出的兩個重點就是「寄望台灣人民、寄望台灣當局。」中共領導階層的講話都有其意義和內涵，並非搖頭不算，點頭算那麼簡單。能夠蒐集到中共領導的講話，不但是大功一件，也具有參考價值和教育作用。如果能再作有效的配合與運用，那何止是一魚三吃，簡直回味無窮。不過張局長說：「敵後組織佈建目的，在爭取團結大陸同胞，要使大家都認同三民主義，否定共產主義。」這段話卻與後來台灣命運大相徑庭，因為最後否定三民主義的就是搭綠班子，還成立機構去清算歷史。台灣以前能夠宣揚自由民主和經濟建設，那是大陸一黨專政，人民生活貧窮落後。如今台灣各方面瞠乎其後，正應了「十年河東、十年河西，落架的鳳凰不如鷄」這句老話。現在台灣唯一能領先全球的就是無利不起早的詐騙，從事騙術之衆，雖千夫所指照幹矣，上有假學歷、下有偽台幣，不宣而傳，另類心戰也。

葉局長任內的心戰工作配合黨的號召，立場明確，富有攻擊性。張式琦局長則強調觀念和突出重點，並指出心戰工作要依據國家政策和敵情判斷來策劃實施。張局長把情報局定位在國家戰略階層。心戰工作方面，雖然承襲了葉局長遺留的工作精神，但因為政治背景和形勢的轉換，也有若干實質上的變化。譬如：正面心戰的實施，減少了「中國國民黨」、「中華民國」的意識宣傳，不再推行心戰番號，和塗繪倒毛、反共標誌等作為，改以宣導號召中共幹部起義來歸為重點，大量編印《光明之路》小冊，輸往大陸地區散發運用。我在香港就曾派心戰專勤到廣西桂林，在市區的人民公園投置了十本《光明之路》小冊，事後當事人提供的現場照片清晰可見。上級雖然沒有獎勵，我把歸詢費貳佰港元當作紅包送他，以表謝忱。至今四十年了，也沒忘記這個小兄弟，因為他讓我嚐到了成功的滋味和養分。

一九八五年九月，情報局和特情室算是完成併編作業，軍情局正式開張，依據所賦的五大任務，又設立第六處專責心戰、策反、反間、群運等工作。敵後心戰由謀略心戰，再改為心戰謀略，開始講求謀略作為，但剛成立的單位，沒有思想理論作基礎，只能沿用以往的觀念和作為。以所謂的換湯不換藥的方式，尋求立足之點，但五大任務中並無「心戰謀略」這個名詞，用的是「謀略導變」四個字。如何理順「心戰謀略」和「謀略導變」，這兩者的關係有很大的探討空間，連自己都搞不清楚，除了工作很難定位，如何指導也成問題，績效又往那裡去找。下級沒有定見、上級沒有思想，名不正、言不順，「心戰謀略」反而由主角淪為情戰工作的小三。再說「謀略導變」掛在「大陸民運」之下，也有值得推敲之處。後來軍情局支持海外《北京之春》雜誌，站在「謀略導變」的立場，就應該是合情合理的接合。但國安局紅杏出牆，罔顧信義的跳出來支持《中國之春》雜誌，與軍情局分道揚鑣，搞的搬起石頭砸自己腳，國安局從此也退出了民運市場。人各有天性，想改變別人不是容易的事，要想改變，說句務實的話，用「翻的」比「導的」總要快許多。

我調到第六處工作，除了主管心戰業務，自己從基層做起，多少也有實務經驗。在海外基地工作時，除了獨樹一幟的搞起心戰漫畫，也時常在報上寫些宣傳批判性文章。人在其位，當謀其政，不能白駒過隙、一事無成。按照理論聯繫實際的方針，以教育訓練、工作指導為著眼，把「謀略導變」規劃為心戰謀略、軍事謀略、行動謀略等三大要項，並明確出思想方向和工作目標。簡單的說，找出每一個項目之中，要做的內容，預作準備和規劃，做到計中有計、畫中有畫，既要有陽謀，也懂得機變。心戰藝術不是罵街，要讓人聽的下去，所謂詭計也要能誘導，有時幾句話足矣。而規劃的心戰謀略：以中共政經幹部及群眾為對象的謀略宣傳及策聯任務；軍事謀略：以中共軍隊及公安幹部為對象的謀略宣傳及策聯任務（如後表）；行動謀略：凡重要的蒐情、策聯、海外指導、區內專案等情戰活動皆屬之。整體概念就是以心理運用為基礎，策聯中共幹部為重點，產生工作績效為導向的情戰作為。

情報工作在寬鬆量化下，不必講求意識形態。譬如：以前策反中共幹部，基本上講求參加意願和反共心態，如今則比照談戀愛方式，你情我願就行，打着紅旗反紅旗更好。台灣就存在一大批這種藍皮綠骨的潛藏者，搞得政治阢隉、國事蜩螗。

軍事謀略工作思維表

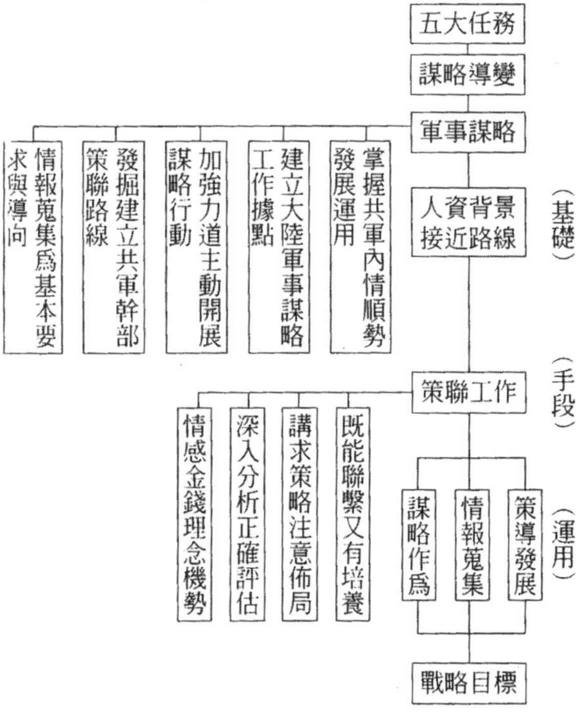

台灣情報由特種工作、特種情報工作、大陸工作，到單純的情報工作，可以說是越走越窄，旗幟快倒。軍統局以抗日為首要；保密局以反共為目標；情報局執行大陸工作為鵠的，到了軍情局，在「脫甩褲」（日語）式的不斷敗退下，連保台有問題，何況保命乎！

※ ※ ※ ※ ※ ※

其實，早年的心戰工作，所採行的手段，講求立竿見影，諸如：散發傳單、張貼標語、耳語或空飄海飄、夾藏郵寄等，都屬於戰術運用。戰略階層的心戰目標，則是滲透思想、打入上層、發揮影響、造成結果，這種高智慧的謀略心戰，雖然內情知道的人不多，我有幸和投身情報事業五十年的心戰專家，吳啟華先生共事多年，得以窺其門道。因具歷史價值，謹為文傳述如後：

「殷〇計劃」是情報局最重要的謀略專案。一九七五年下半年，中共「四屆人大」第一次會議以後，中共黨內幹部派和文革派展開激烈鬥爭。情報局針對當時情況，遂策訂了這個謀略作戰的三年計劃，以挑撥共黨內部奪權和製造分裂，割據局面為工作目標。第二年十月，中共的四人幫王洪文、張春橋、江青、姚文元等被整肅後，中共黨內鬥爭形勢有了轉變，敵後心戰的主攻方向，也跟着做了調整。除支持四人幫殘餘份子奮起反抗中共新的當權派外，並於一九七七年開始，根據情報顯示的狀況，除了加強中性宣傳，並將謀略心戰重點，側重於挑起中共年輕一代的不滿情緒，和引發反共心理。

心戰專家吳啟華（前中座）與作者（後右三）、
鄭叔平（後右四）等合影

作者（左四）、吳啟華先生（左一）與謀略心戰小組聚餐

「殷〇計劃」是個綱領計劃，其中的「殷〇五號」和「殷〇九號」印製的兩本小冊子，曾引發中共方面及國際上的反應效果，在近代情報史佔有一頁篇幅，應無置疑之處。「殷〇五號」謀略小冊設計的原則是「針對一九七七年間，中共總理華國鋒揭批四人幫，以文化大革命以來入黨的年輕一代為主體、以毛澤東思想主流派自居，在四人幫及華國鋒一伙外，製造新興反對力量。」「採取強烈的反華國鋒立場，並反對鄧小平路線，對四人幫不採取強烈攻擊，也不表積極的支持態度。」

這本謀略小冊以〈走無產階級革命路線，還是走右傾投降路線？〉為題進行編寫，全文七千五百餘字。同時配合當時中共在上海市展開批鬥四人幫殘餘份子馬天水等人，和大陸各地不斷傳出年輕一代反對新當權派的消息，以及一九七七年三月十九日《新華社》電訊資料出現「共青團西安鐵路局委員會」名稱，證實「共青團」組織仍然存在等情況，以「共青團上海市委員會」的名義，印製了一千份，於一九七七年七月開始秘密分送大陸地區發行。同年九月，美國《時代雜誌》在一篇專欄中，報導大陸地下書刊流行情況。其中有一段文字，竟然提到「殷〇五號」謀略小冊，在大陸地區進行反對中共新當權派的秘密宣傳情形，其他受影響反共國家的報紙，也根據《時代雜誌》的報導，加以轉載，流傳達數月之久。

在「殷〇五號」取得良好成效之後，情報局以吳啟華為首的專案小組，接續又製作了「殷〇九號」文件，設計的原則為「針對中共十一大以後出現的反毛情況，以對照方式攻擊華國鋒、葉劍英、鄧小平等人為反毛政權，挑撥共黨年輕毛派份子起來反抗當權派。」「以攻擊華國鋒走鄧小平路線為藉口，並仿傚北京大學、清華大學批判組批鄧反右的說法為主。」

「殷〇九號」謀略小冊以〈向復辟倒退的黑幫開火〉為題進行編寫，全文一萬二千餘字。由於內容側重理論鬥爭，不便假託是中共一般機關所為，同時大陸「批鄧、反右」期間，重要的理論性文章多出自「北京大學、清華大學批判組」（代名梁效）。北大、清大既是文革派的理論根據地，這兩所大學的教師學生，也大多數是文革份子或傾向於文革派者。四人幫被打倒，代名「梁效」的頭頭遲群、謝靜宜雙雙被捕，大批判組的參與人員雖然被看管起來，但並不是兩校的全體師生完全被抓，因此「殷〇九號」就繼續以「北京大學、清華大學批判組」名義來寫反新當權派的文章。在一九七八年的一月開始密輸送到大陸地區內發行。

「殷〇九號」執行之後，一直未發現反應資料，效果難以驗證。當時還以為印製量太少僅五、六百份，未能廣泛流傳，想不到三年後，中共官方的《光明日報》前編輯，跑到香港辦了一份《爭鳴》雜誌，刊出了〈陳雲講話的話外話〉的文章。陳雲屬於中共元老，和鄧小平享有一樣的政治地位。《爭鳴》雜誌成立之初，是採行左傾立場，不時對中共進行吹捧，想不到後來卻幡然變計，專扯大陸後腿為能事。當時《爭鳴》的文章中，突然對「殷〇五號」和「殷〇九號」這兩本小冊子展開莫名批判，並直指小冊子之署名是假的、內容是編的，忘了自己也是搞編輯的。自古文章一大抄，那有不編不抄的。只是事隔多年，《爭鳴》雜誌的主編受命發起攻擊，難道是為「殷〇計劃」內容平反來的，還是為受害人而伸冤，其動機及目的，確是令人尋味。

為使讀者瞭解，後話先說，不妨聊聊《爭鳴》雜誌這份刊物。創辦人溫煇出生於廣州，輩屬文革一代，曾在《文匯報》任職，對共黨的理論研究頗有心得。他所經營的《爭鳴》初期的立場，還是中間偏左。但在英國統治下的香港，辦刊物反動的立場顯然比傾共來的更有銷路，更受歡迎。溫煇在《爭鳴》創刊一年後，一九七八年又成立《動向》雜誌，成為姊妹刊物，互相呼應，直至二〇一七年十月，溫煇在美國過世，這兩份被中共認定的反動刊物才宣佈停辦。《爭鳴》和《動向》八〇年代，在香港大受歡迎，曾領一時之風騷。身為反動派一份子的我，曾在這兩份雜誌亮過相，口說無憑，圖文為證，故不算無稽之談，並附之如後：

爭鳴

CHENG MING

1991

七中全會幕後大忙人

鄧小平神秘活動紀實

勸止楊尚昆辭職 阻楊白冰搞運動

三個有份量特輯 兩組爭議性文章

袁木攻擊香港民間刊物

軍校要求公佈六四眞相

軍事專家預言美國對伊戰術

中英罵戰 互露醜相

阿爾巴尼亞的新路

蘇聯何故發生「糧荒」

1月號·第159期

「殺手李鵬來了！」
——菲律賓華僑以橫標迎李鵬
十二月十三日，李鵬到達菲律賓首都馬尼拉訪問的清晨，不僅中共大使館門外出現「殺手李鵬來了！」的大幅橫標，同時中國城的王彬街也有許多標語出現，市內溪亞婆區奎松大道的行人天橋，英文書寫的「李鵬下台」大幅橫標赫然在目，這一切都反映人心對六．四屠城的憤慨。(1990年)

原載香港《爭鳴》雜誌1991年元月第159期封面內頁，直閱左下角建築為中共駐菲大使館

動向
THE TREND
中共軍委內爭升級
台灣三攻勢困擾中共
國共心戰波及香港
屠城派恐懼症發作
北京大學校園波動
胡耀邦夫人訴不平
No.69
5/1991

中共在菲的外交活動

菲律賓政府行政效率較差，疏予詳查，中共使館乃得以「坐大」，十分活躍，除首次秘密安排南韓代表到大陸會商外，連台商王永慶投資海滄，也是由中共駐菲使館安排前往廈門的。

（菲律賓）費二郎

菲律賓和台灣地理相近，自然是中共外交活動值得重視和警惕的地方。原中共駐菲大使王英凡於去年十月底調返北京外交部，出任亞洲司司長。謹就接觸了解，有關近年中共在菲之外交工作情形，概述如後，以供參考。

中共駐外人員有個普遍情況，時常採取配對式工作方法，也就是所謂夫妻檔，但夫妻的家屬和子女均需留在大陸，目的不外拘爲人質，防止外逃。但六四以後，中共駐外人員掀起叛逃風，即以駐菲人員而言，這一年多來時有發生，據統計也有四、五起，只是投奔自由人員的職位不高，且非重要幹部，故未引起國際重視。王英凡担任中共駐菲大使時，其妻孟憲英掛名爲一等秘書，時常活動於菲國高層的婦女界中，這種夫妻檔現象，光在駐菲中共使館內就有十對之多。

中共駐菲使館原來的編制是三十二人，中共曾多次提出增加員額的要求，暗中却早已添增人手，如包括司機、電工、廚師等，實際人數接近五十人上下。因爲菲政府行政效率較差，疏予詳查，中共使館乃得以「坐大」。使館下轄領事處、商務處、文化處、以及使館辦公室、研究室等，另中共駐馬尼拉的新華社、光明日報、中國民航，還有上海文滙報、中國旅行社等組織，因編制小、層次低，都要向使館作報告，亞銀、世界衞生組織沒有隸屬關係，以及稻米研究中心、冶金小組等無關緊要的單位，只須與中共大使館保持聯繫，注意反映狀況即可。中共駐菲使館除去年首次秘密安排南韓代表到大陸會商外，也逐步加强對台滲透統戰工作，例如台商王永慶投資海滄，派的代表就是由中共駐菲使館的安排前往廈門的。館內訂購了大量台灣的報章雜誌，以蒐集研究分析台灣政情和經濟發展趨勢。一般大陸來菲人士，如屬官方性質者，均須先向使館聯繫報到，否則情節輕者訓斥，重者扣帽，難以翻身。中共經濟力量薄弱，但却老打資本主義的念頭，時常利用國際組織作爲培訓大陸人員之用，更喜歡所謂免費的參觀訪問，故在國際組織的培訓課程中，中共人員所佔的比例不低於其他落後國家。

王英凡是內蒙古人，年五十，早期在中共駐菲使館當譯員，一九八八年六月廿八日抵菲出任大使一職，在菲國政局多變、經濟日衰的情況下，偏偏中共統治的大陸又發生六四天安門大屠殺事件，國外輿論同聲譴責，同時菲國和台灣的關係不斷改進，使得王英凡的處境日陷侷促尷尬，兩年三個月的任期可謂熬煎度日，極其困厄。政治立場方面，王是支持改革開放政策的。傳說在去年初的春節茶會中，他曾表示不明白中共爲什麼要採取鎮壓的方式，並認爲大陸的官僚腐敗再不好好整治，中國的前途將葬送在共產黨手中，中國將永遠沒有出路（此說未証實）。

基本上，王英凡在菲的外交工作，內受中共局限，外受國際壓力，已到了勢窮力竭、非走不可的地步，這次調返大陸仍能保住一席飯碗殊屬不易。在他的任期中，倒有兩事值得介紹：

一、前年六四大屠殺，菲國僑界發動了有史以來最大的萬人示威抗議遊行，左派報刋亦憤恨中共暴行，加入撻伐，中共使館人員閉門不出，幾近絕跡，處境之艱苦惡劣，相信王英凡已深領個中滋味。

二、菲台關係法醞釀已久，去年九月突然形成一股巨大衝擊力，王英凡四處奔走，向菲國政界求援，最後甚至厲聲抗議威脅斷交，引起菲官方及民間的極大不滿，斥爲非友好國家之行爲。王英凡警覺其嚴重失態，未敢再犯，亦充分暴露中共色厲內荏之本質。

王英凡在菲兩年多的大使任期，由於內外交困，表現一無是處。中國名訓「多行不義必自斃」，中共以耍手段擅長，將來也必將失信於國際，而自墜覆滅的深淵。

D

中國人時常說：「公說公有理、婆說婆有理。」當時《爭鳴》雜誌的文章指「殷〇五號」小冊的署名是假的，認為一九七七年六月共青團還沒有恢復，到一九七八年才開團代會，那時叫籌備小組，何來共青團上海市委員會？其實，《新華社》曾在一九七七年三月十九日發佈過「共青團西安鐵路局委員會」的活動消息，而一九七七年三月間，華國鋒帶頭提出「學習雷鋒精神」之後，大陸各地廣播電台就紛紛播出各省市「共青團委」召開廣播誓師大會，展開學雷鋒運動。同時《爭鳴》的主編，又稱〈走無產階級革命路線，還是走復辟倒退路線？〉的說法，是不懂中共政治理論術語，認為路線又不是鋼索，怎麼可以在上面走。但是毛澤東有意見，他在一九六六年七月二十一日對中共中央首長的講話中，就說過「……而是走資產階級路線，為資產階級服務。」如果路線不能走，那毛澤東顯然是犯了錯誤，豈不是只准官方放火，不讓百姓點燈。

再說，一九五七年三月十二日，毛澤東在「中國共產黨全國宣傳工作會議上的講話」中，就批評知識份子：「這是無產階級和資產階級兩條路線、社會主義和資本主義兩條路線中間，頑固地要走後一條路線的人。」而《毛主席四篇哲學著作》第一三一頁、《毛主席五篇哲學著作》第一九六頁、《毛主席語錄》第六頁、《毛澤東選集》第五卷第四〇四頁等書刊小冊，都有記載路線問題，經歷過文革的人都知道上綱上線，當不會忘掉毛主席「要走群眾路線」的最高指示。〈陳雲講話的話外話〉文章，也指「殷〇九號」小冊的作者和標題存在矛盾，因為四人幫被打倒之後，北大清大兩校就沒有四人幫的餘黨了，沒有那家可讓四人幫殘餘份子寫像〈向復辟倒退的黑幫開火〉一類之文章了。

但是，一九七八年十二月，中共「十一屆三中全會」宣佈大規模的揭批林彪，四人幫的清除如果已經完成，為什麼鄧小平卻在一九八〇年一月十六日發表了「目前的形勢和任務」講話裡，還強調四人幫組織上和思想上的殘餘仍然存在呢！鄧小平說：「有些秘密刊物印得那麼漂亮，哪兒來的紙？哪個印刷廠印的？他們那些人總沒有印刷廠吧！印這些東西的印刷廠裡邊，有沒有共產黨黨員？支持那些人活動的有一些就是共產黨員，甚至於還有不少的幹部。」能引起鄧小平的質疑，和中共內部的討論重視，這就是謀略心戰的功能和影響。正面心戰以宣傳為主，側面心戰立場模糊，但反面心戰就需配合謀略手段來產生效果。

《爭鳴》雜誌對「殷〇五號」和「殷〇九號」的探討，恰恰證明了對大陸謀略心戰的努力沒有白費，也可算為間接的證據。《爭鳴》的主編指「殷〇九號」用的題目，所謂〈向復辟倒退的黑幫開火〉，是學一九六六年五月二十三日《解放軍報》社論標題〈向反黨黑線開砲〉，不知大陸在六〇年代末期就已經不用了。其實文革時期，有其特殊語言文化。什麼牛鬼蛇神、砸爛狗頭、火燒孔家店、講求打倒鬥臭、造反有理、上綱上線，老一輩人豈能忘記，用現在流行的名詞就叫「紅色恐怖」。七〇年代，「劉鄧集團」份子逐步被解放，中共內部形成新的派系鬥爭。文革派又不斷使用「黑幫回朝」來攻擊對方。如果不是四人幫倒台，相信黑幫一詞還會被繼續使用。

時間再往前看，一九六六年三月二十日，江青在上海主持解放軍文藝工作座談會，事後發表的座談紀要，其中曾提到中共的文藝工作，「被一條與毛主席思想對立的反黨反社會主義的黑線專了我們的政。」於是，所謂黑線和黑線專政的名詞在宣傳中被廣泛運用。但黑幫一詞的出現，應該是從一九六六年五月，中共批判「三家村事件」開始。鄧拓、吳晗、廖沫沙被指為反黨黑幫，毛江份子復用之於「劉鄧集團」。黑幫是以人為攻擊對象，所以「殷〇九號」

使用黑幫的說法，不但符合當時的情況，運用的時間點並無不當。可能《爭鳴》的主編屬於鄧小平一派，對「黑幫」一詞反感較大，故而曲解。

七〇年代末，情報局實施謀略作戰，在大陸地區運用的謀略小冊、謀略文件的種類繁多。大陸因內部的異聲陳雜，中共難以管控，也就採取視而不見的態度。而「殷〇五號」、「殷〇九號」以反面立場冒用中共機構名義製發，自然不能直接或間接的做出反應或拔帽，以免喪失謀略功能，甚至產生不良副作用。不過，當時所實施的「殷〇計劃」、「渭〇計劃」、「經 0計劃」等案件，曾先後獲得英國的《經濟學人》、美國的《時代雜誌》和中央情報局、中共《新華社》駐外記者、蘇聯「莫斯科廣播電台」、越南「河內廣播電台」，以及海外中英文報刊的反應。其產生的心戰謀略的成效，在台灣情報史上，是應該被肯定為最具智慧性的工作和貢獻。

站在歷史的角度，如果要更具體的探討謀略心戰的效應，可以再舉出一些內容實例，包括：

1.以「中國共產黨非常委員會」名義，編印之《中國共產黨非常委員會告全黨同志書》謀略小冊。其要點指出一九五八年以後，共產路線政策上的重大矛盾，及毛澤東犯了獨裁等錯誤，說出黨內老幹部要說、想說、敢說的話。一九八〇年十一月十五日，中共《新華社》電訊透露，在對林彪、四人幫的起訴書中，中共指控陳伯達、謝富治、吳法憲等，利用一九六七年十一月在天津破獲「中國共產黨非常委員會」傳單案，以追後台為名，製造了「中國（馬列）共產黨」的假案，誣指朱德、陳毅、李富春等黨和國家領導人圖謀不軌，……。「中國共產黨非常委員會」這個名詞，其實是台灣創用的謀略心戰組織名稱，中共竟然採用加諸成為四人幫等反對派的罪名，應可列為大陸心戰工作的一大成就。

2. 以「中國共產黨非常委員會」名義，編印之《批倒黨內最大的修正主義》謀略小冊，內容根據國際共產黨徒及毛澤東對馬克思主義修正的事實。批判毛澤東思想是修正主義，強調黨內最大修正主義者不是劉少奇、林彪，而是毛澤東本人。一九七六年八月十三日，英國《經濟學人》週刊報導：「大陸出現一份不尋常的中共文件，以「批判及推翻黨內最大的修正主義份子」為題，指控毛澤東對馬克思主義做了錯誤的修正。」同時，美國、巴西等國報刊，也作出相關的報導。一九八〇年八月，福建地區公安幹部曾將查獲之此一謀略小冊，出示給返國觀光之旅泰華僑，指為反毛文件，告誡不可收藏傳播，否則就是犯法。

3. 以「中國共產黨民主改革委員會」名義，編印之《我們支持什麼樣的黨的領導》謀略小冊。針對中共兩次增補中央委員均是老幹部，攻擊中共當權老幹部無視於組織的新陳代謝，及破壞民主集中制為綱，鼓勵黨內年輕一代起而抗之。一九八〇年三月三十日，蘇聯「莫斯科華語廣播」透露，由「中國共產黨民主改革委員會」發行的小冊子，名叫《我們支持什麼樣的黨的領導》，正在北京人們間傳閱。同年的四月三、五日又繼續報導了此一小冊之內容。五月十一、二十三日及六月二、三日，蘇聯「和平和進步廣播電台」及越共「河內廣播電台」相繼以該小冊之內容，對中共發出嚴厲的批評。

4. 以「中國社會革命黨上海支部」名義，編印之《我們支持什麼樣的社會主義》謀略小冊，內容根據社會主義的共同原則，用理論與事實驗證方式，否定馬列毛思想與鄧小平路線，動搖中共幹部的共產思想，轉向認同三民主義。一九八一年二月二日，香港《時事社》發自北京電訊報導稱，在北京流傳之地下刊物當中，以「中國社會革命黨」、「中國民主黨」、「中國馬列主義共產黨」等政黨名稱，對中共副主席鄧小平的批判越來越多。這種地下出版刊物增加，顯然對中共信賴感降低，鄧小平等最近呼籲加強思想政治工作，可以說是受了這些影響的效果。

5. 以「中國民主黨」名義編印之《我們堅持什麼樣的民主改革》謀略小冊，針對中共五屆人大三次會議後之情況，及《人民日報》於一九八〇年九月十二日，〈民主的大會、改革的大會〉為題的文章，批判中共「民主改革」為一大騙局，並列舉事實予以抨擊。一九八一年一月二十八日，日本《東京新聞》發自北京的電訊報導稱，在廣州由「中國民主黨」印發，標題為〈我們堅持什麼樣的民主制度與改革〉的小冊指出：「過去三十年的事實，證明共產黨無法領導達成中國現代化。」

6. 以大陸自發性反共組織立場，編印署名《心聲》之小字報，內容直指鄧小平、胡耀邦、趙紫陽、彭真為「新四人幫」，呼籲大陸人民根除馬列思想毒素，防止再受「四人幫」的各種迫害。一九八一年二月七、八日及十七日，蘇聯「莫斯科廣播電台」、《法新社》，及加拿大多倫多《環球郵報》發自北京的報導稱，大陸出現的反共團體署名《心聲》起草委員會，印發的傳單指鄧、胡、趙、彭為「新四人幫」，並將仿傚文革期間所使用的手段，進行統治大陸。

7. 以「中國（馬列）共產黨中央委員會」名義，編印之《審黨，也是審復辟資本主義道路的反動派》謀略小冊，針對中共公開審判林、江集團，採用「四人幫」餘黨組織立場，攻擊鄧小平、胡耀邦、趙紫陽為復辟資本主義道路的反動派，鼓吹為江青、張春橋等人平反。一九八一年一月二十七日，日本《共同社》發自北京的報導指：「忠於江青激進派出版刊物，自稱為中共（馬列）中央，把鄧、胡、趙稱作「走資本主義道路反動派」讚揚江青和張春橋，顯示反鄧的團體有良好之組織，而且存在於大陸各地。」越共河內的「越南之聲」廣播電台，也在次日根據日本《共同社》的報導轉播了有關內容。

8. 運用日籍工作關係白雲山，撰寫〈正義的吶喊〉心戰文章，指中共為加強對台灣「和平統一」，積極拉攏日本親台政治人物訪問大陸，卻遭到反統戰效果。該篇文章除編印小冊，大量寄交中共外交部、統戰部、中日友好協會，及駐日大使館外，一九八〇年十月九日並在日本《國民新聞報》登載，曾引起日本社會廣泛注意和爭議。

9. 運用中共駐日幹部何方，撰寫〈中共青年幹部的自白〉心戰文章，以親身到台參觀後的內心真實感受，表達出對台灣各方面進步的驚羨，認為實行三民主義才是最正確之道路。一九八一年一月二十二日，該文在日本《國民新聞》週刊登載，即獲日本各界重視。二月二十一日台灣各晚報曾加以摘述內容，以頭條新聞刊出。次日《中央日報》以專欄登載，《聯合報》、《中國時報》等，亦均以頭條報導。

※ ※ ※ ※ ※

軍情局成立之後，大陸心戰雖然承襲情報局的餘風，但有人斯有才，還是有表現和成效的。早期的大陸心戰因屬於全國性和整體性的，故區分為領導階層、策劃階層，和執行階層，其工作體系，可參見如附表：

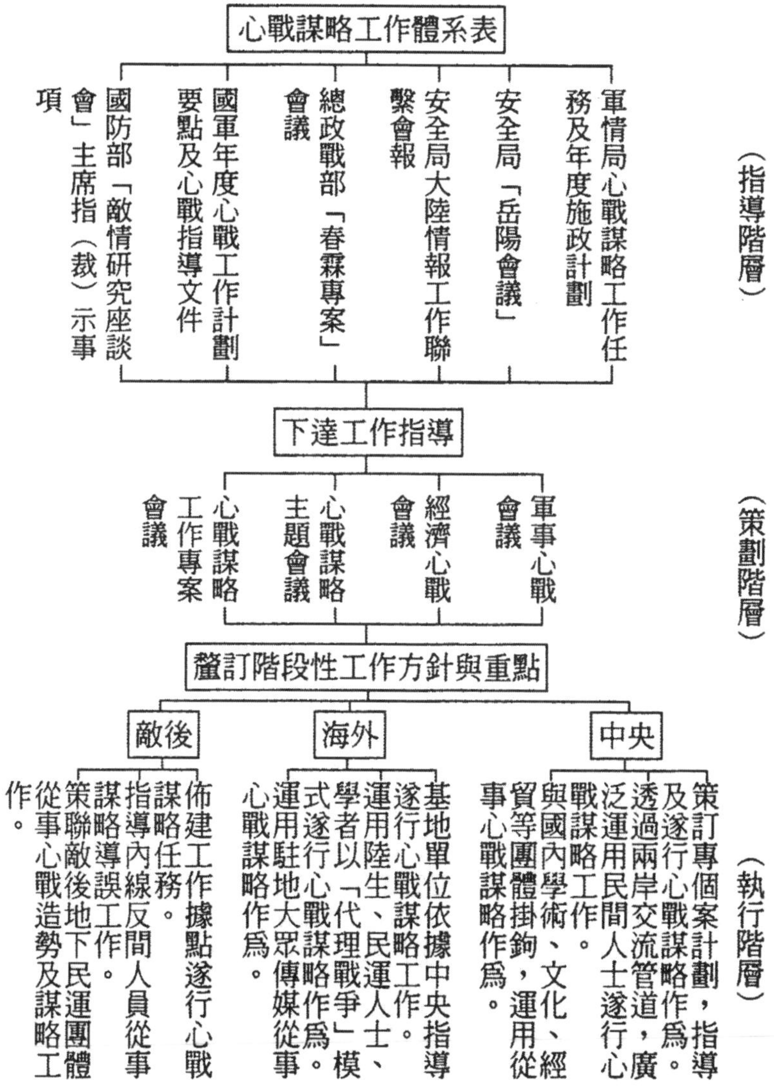
心戰謀略工作體系表
（指導階層）
軍情局心戰謀略工作任務及年度施政計劃
安全局「岳陽會議」
安全局大陸情報工作聯繫會報
總政戰部「春霖專案」會議
國軍年度心戰工作計劃要點及心戰指導文件
國防部「敵情研究座談會」主席指（裁）示事項
下達工作指導
（策劃階層）
軍事心戰會議
經濟心戰會議
心戰謀略主題會議
心戰謀略工作專案會議
釐訂階段性工作方針與重點
（執行階層）
中央
策訂專個案計劃，指導及遂行心戰謀略作爲。
透過兩岸交流管道，廣泛運用民間人士遂行心戰謀略工作。
與國內學術、文化、經貿等團體掛鉤，運用從事心戰謀略作爲。
海外
基地單位依據中央指導遂行心戰謀略工作。
運用陸生、民運人士、學者以「代理戰爭」模式遂行心戰謀略作爲。
運用駐地大眾傳媒從事心戰謀略作爲。
敵後
佈建工作據點遂行心戰謀略任務。
指導內線反間人員從事謀略導誤工作。
策聯敵後地下民運團體從事心戰造勢及謀略工作。

九〇年代，軍情局局長殷宗文對心戰謀略工作，提出的政策係以「國統綱領」為最高指導原則，推動大陸民主運動、促進中共和平演變，在作法上的指導要點為：

「運用代理戰爭模式，撰寫高水準文章，向海外及大陸具影響力報刊投稿，擴大思想傳播和心戰影響效果。」

「掌握特定對象，實施心戰謀略作為，並有系統的蒐集中共高層幹部人資、背景、心態，及通址等建立檔案，伺機適時採取有計劃之策聯。」

「心戰謀略文件之內容，要具有針對性，結合時勢和情報，發掘對方矛盾與需求，據以設計運用，並將謀略心戰品，秘密輸入大陸內部。」

謀略心戰工作在軍情局時代，因任務調整，在「謀略導變」之下，一分為二成為心戰謀略和軍事謀略。當時整體心戰工作，雖然缺少戰略佈局和高層次作為，卻仍有一定的效果顯現。特點在於海外基地擁有不少地理優勢和戰力資源，結合民運人士和大陸留學生，自行製作了不同形態的心戰刊物，如：《北京之春》，《民主中國》，《留學生新聞》，《民友報》，《報刊文摘》，還出版了謀略性、宣傳性書籍《曙光》、《命運》、《福兮禍兮》，劇本「黑鳥鴉」等，擴大了心戰謀略的變化和領域，也成為了階段性的工作特色。

心戰任務係對敵人的心理狀況、思想信仰、意識形態，進行轉移改變的工作，亦與情報作戰休戚相關。心戰謀略的成效如何，自己說了不算，最多是苦勞，要論功勞，敵人說了算。中共的內部文件，也有關於謀略心戰，這方面的具體反映，例如：

1.廣東省國安廳出版之一九九三年第一期《隱蔽戰線》，在〈一九九二年敵情簡述〉的文章中，就指出敵對勢力加強進行心戰活動，心戰品突出和平演變各方面的內容，宣揚西方觀點和資本主義優越性，具有極大的欺騙性，投送的主要對象是黨、政、軍領導幹部、知識份子和企業的廠長、經理。

2.福建省軍區司令部印發之一九九二年第一期《台灣情況通報》，指出台灣終止動戡後，調整心戰宣傳作法，加強了宣傳的欺騙性和針對性，減低敵對性，並建立了多層次、全方位之宣傳渠道。年內共查獲台灣心戰品三一七〇件，境外勢力自香港、日本等地投寄的則有四〇〇六件（不含其他省份地區）。

3.福建省公安廳一九九一年二月二十四日印發之《福建公安信息》第十一期、八月二日第五十八期、十月二十六日第八十一期等內部文件透露，分別查扣的心戰品有：大批寄自日本的「六四之靈」、「為民主中國默默祈禱」之聖誕卡片；由香港向駐漳州地區投寄的策反信件三十三封，並列有收信部隊番號；境外反對勢力以「中國人權協會香港分會」等組織名稱，利用天災水患，乘機進行心戰活動。

4.共軍國防大學出版之《無形的戰爭─心戰與反心戰理論初探》（一九九〇年內部發行），書內題為「國際敵對勢力對我實施心戰的基本情況」的文中，指敵人的心戰活動相當囂張，危害很大，是影響中國政局穩定的重要外來因素。其心戰活動主要特點：A、渠道增多、覆蓋面廣；B、種類繁多、偽裝巧妙；C、意圖明確、重點突出；D、反應迅速、針對性強；E、運用謀略、挑撥離間。同時反心戰已作為反滲透、反顛覆、反和平演變的一個重要方面，提到黨中央、國務院、中央軍委的議事日程上來（按：中共把和平演變解讀為沒有硝煙的戰爭，認為和平演變是二次大戰後的冷戰思維發展形成）。

還有一個謀略運用的小插曲，值得併案參考。殷宗文局長一向強調慧眼和重視創意，不怕貨比貨、就怕不識貨。不能分析和不能運用的情報，一樣價值不高。拿到這些中共對我方的心戰反應情資，如果不加處理既對不起工作同仁，也對不起中共當局。我就指導承辦人滙整資料，簽擬上奏，除了工作成果呈報國安局外，並建議核發專案獎金台幣肆拾萬元（折壹萬美元），這件公事到了副局長孔祥人手上沒了動靜，處長王鼎問道於我，如何是好。情報人員謀略一生、一生謀略，其實謀略本身就是由智慧產生，我答以：「可面報孔先生公事上報之前，已先向局長請示過有關情況。」想謀略自己人還不容易！軍情局的榮譽得之不易，如何突顯，存乎一心，殷局長批准照發，這也是心戰工作人員第一次領到屬於自己的普獎，業務獎金是情報工作的三個代表，其意義為努力過、有成果，和嘉勉之。要說獎金重不重要呢？後來軍情局改朝換代，有位陳處長名鈞就因要求下發獎金，沈局長不允，一氣之下而報退，卻轉行到正聲公司撈了不少錢。廣東人說：「同人不同命，同遮（傘）不同柄」，還是有道理的。

最後，想談的是個人一些工作心得和行為表現，畢竟接觸大陸心戰也有二十餘年，既執行又策劃，總不能說成子午卯酉，豈不浪費自己的心血，也漠視了別人的付出。敵後心戰曾經是特種情報工作的重點任務，主要作為有政治號召、心戰廣播、書信作戰，這些屬於正面心戰。政治意味平淡或個案性之作為，可稱側面心戰。傳單標語、地下刊物、黑函耳語，一般則列為反面心戰，也就是所謂的謀略心戰。七〇年代，我在海外工作期間，所執行的心戰作為，大都屬於戰術階層，主要配合行動個案及策訂心戰專案來付諸實施。九〇年代，海外基地執行心戰工作，有了蓬勃發展之勢，除了運用民運組織力量，有的基地單位甚至把心戰工作當成主業，以不同形式大顯神通的搞起創作，頗能符合毛澤東提出的藝術百花齊放、學術百家爭鳴之「雙百方針」。

在大陸心戰領域中，我比較有心得的是投稿報刊、書信作戰，和心戰漫畫，並着眼於心戰據點的建立與運用。有了心戰方面的基礎建設，就能產生「么蛾子」功能，而圖像可以促進思想、活潑文字、提供形態、增加意境，也成了日後我出書的風格。在海外工作是生活，生活也是工作，養成寫作習慣，不是要爭取績效表現，而是排遣生活閒暇。在香港可以打麻將、釣魚，那是社交應酬，到菲國獨當一面，有了揮灑的空間。除了寫作，也把漫畫當開胃小菜，對如何把圖畫和心戰結合起來產生了興趣。漫畫能夠成為心戰主題，個人倒是最早的啟動者，由實踐中看到心水（粵語）的作品，樂趣不少。心戰漫畫除了繪畫才能，還要構思，結合政治形勢，用語精妙，不僅博人一笑，亦具潛移默化，及上了謀略之當而不自知。

想不到二十一世紀的台灣，已然變成漫畫國家，日本漫畫佔據台灣書市，成為年輕一代最主要的讀物，台灣自然而然再次又成為日本文化的殖民地。可見漫畫之功效與影響，而卡通、動畫之流行，已然成為生活的一部份娛樂。

中共把宣傳戰作為入島入台工作的先導力量，但二十一世紀以來，台灣當局多屬藩籬之鷃，大陸心戰受到異化，在台獨思想毒害，及「去中國化」的政策下，對自己是不是中國人，更是口不能言、話不敢說，左支右吾、姿態閃縮，沒有國家是放棄宣傳工作的，而每個國家都有自己的進程，那能沒有歷史記憶，從「尿不濕」到「包大人」，不管留下多少往事，歷史永遠是人生最後的資產。情報事蹟就是國家記憶。謹附上心戰作品多幀，希望能為消失的情報事業增光添采。正所謂「前雖有古人、後不見來者，念天地之悠悠，獨情報無涕下乎！」。

對方勵之的期許

寶元

方勵之先生的反抗中共極權，令世人有著激賞的表現，因此被稱為中國的沙卡洛夫。沙卡洛夫是蘇聯人，也是舉世聞名的科學家，他為了反抗蘇聯共產政權，曾被下獄流放艱苦備嘗，但他始終不屈不撓，表現了高度的果決剛毅，終於他看到了蘇聯共產政權的土崩瓦解。方勵之在中共安徽大學任教時，曾公然抨擊共產政權的獨裁專制，引發了大陸的抗暴火燄，大陸上的大學生普遍的參加示威遊行，也因此方勵之成了國際上頗富盛名之士。兩年前他被譽為「中國的沙卡洛夫」並不為過，因為他不僅和沙卡洛夫同為享譽國際的科學家，方勵之雖未曾得諾貝爾獎金的榮譽，但他豐富的著作，亦稱為科學界之鉅擘當無置疑，同時他們反共的立場，和反共所得到的回響，也可以稱得上是異曲同工，效果宏偉。

不容諱言的，方勵之無論在學術地位上，為人的風範上，稱得上是民運的首要人物，但也不容否認的是，六四天安門事件，卻給方勵之的聲名有不可評估的折損，一般僑胞的批評是抨擊多於稱譽，他們認為：

一、方勵之對中共的本質不甚瞭解，企圖以溫和手段，促使中共覺解，這也是方勵之最大失著之處。中共的本質是殘忍的、狡黠的、反覆的、鬥爭的、專制的，共產成立迄今七十年來，已經提供了國人和世人血淋淋的教訓。方勵之在中共統制下的大陸五十年來，雖然看到了中共的倒行逆施，但他卻不想推翻中共政權，他憧憬著以溫和手段，達成和平轉變中共政權的祈求，因此大陸所發生的示威風潮，均被中共撲滅。但六四天安門事件，卻是中國青年和中國人民的重大不幸，青年知識份子、學生和廣大人民慘遭中共逮捕殺戮，這一悲慘事件的造成，基於春秋責賢之義，方勵之是難逃咎責，錯誤的癥結，不在於中共的屠戮成性，而在於方勵之及領導人士昧於聰察。今天面對中共這個兇殘的統治者，用溫和的手段促其覺悟，使其放下屠刀是絕對不可能的，因此學生們的熱情與朝，方勵之及民運領導人士應予勸止，並提高學生的警惕，作好持久的打算，結果使中華民族的精英，蒙受重大損失，這不能說不是一件難以掩飾的過失。

二、六四的發生，在事先既不能作有計劃的發動，事後又沒有妥善的處理，造成被捕的被捕，逃亡的逃亡，一場轟轟烈烈的群眾抗暴運動，迅告瓦解。方勵之本人則和夫人李淑嫻逃到美國大使館庇護，雖然每個人都有求生的本能，有時為了求生對方法難以選擇，但從這一事實來看，可以斷言方勵之不是勇者。一個真正令人心悅誠服的領導者，必須具有不惑、不憂、不懼的精神，這麼多青年學子犧牲於中共槍彈之下，方勵之應該英勇的站出來，向中共的劊子手對抗，三十六計走為上策的態度表現，究非智者所為，也因此大大影響他對社會的號召力量。去年三、四月間，方勵之曾到加州大學聖他芭芭拉分校講說，之後到一家中國餐廳吃飯，當時反映最激烈的是大陸學生，他們認為方勵之對大陸民運表現了畏怯，而紛紛責怨，以義責人，一般認為大節凜然，應該稱得上是合理的諫言。

三、方勵之應邀於去年十二月廿二日訪台，在第二天的記者會上，他表現的深度不夠，所謂深度不夠就是對中共瞭解，仍未能接受血的教訓，雖然他批評共產主義不改本色，但卻堅持和平方式來轉移中共政權。同時他在十二月廿六日發表談話說，台灣當局勇於認錯，應向大陸老百姓和知識份子，承認在一九四九年的確做錯，是腐敗的，就能解開這個疙瘩。方勵之的意思是說，台灣當局要承認民國卅八年失敗的錯誤，就可以解開大陸人民和知識份子，對國民政府的誤解。從方勵之這一談話，可以看出他對當時事實的無知，顯然還接受著中共宣傳的遺毒。方勵之發表談話後，立即引起了僑界的不良反應，有的形諸媒體，有的形諸口頭，這種反應在美國是普遍的。綜合一般的意見是，方勵之在學術上有他偉大的成就，但在政治觀念上確實需要修正，因為他在大陸上被封閉太久，只是井蛙之見卻昧於外界事務，因此對問題的看法，會發生與事實不符的後果，由於言論的偏頗，自然會影響到領導上效用，這是方勵之必須正視而速謀改善的事實。

方勵之先生經過差不多一年的奔波，現在算是安定下來，他於去年十二月受聘美國亞利桑那大學擔任教席，教授的課目是他的本行物理學系，年薪七萬五千元。所謂聰明的人不會寂寞，大家仍然切盼方勵之，不可以一時的優厚待遇、生活安逸而放棄或懈怠反抗中共政權的責任，應該體認過去慘痛的血的教訓，為推翻共產暴政而付出更大的努力。希望他能和沙卡洛夫一樣，能看到中共政權的覆亡，民主政權在中國大陸的誕生，這是海外僑胞對方先生一致的期許。

換個位置

小平：「如果老是窮，
它站不住腳。」

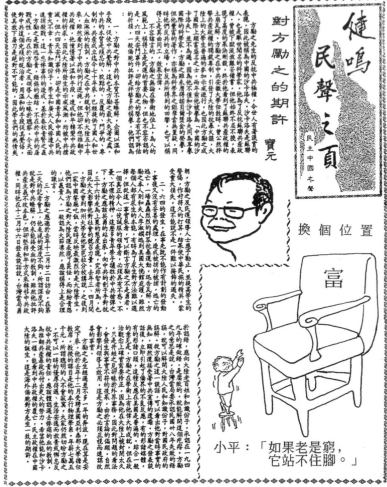

瞿秋白悔之晚矣 一

王競

記得前年的香港「星島日報」，曾刊登了一篇署名伍析的文章，題目是「年華似水水流東」，內容述瞿秋白對人生風雨無常的某些感悟，對瞿秋白在監獄中所做的文章和詩話「多餘的話」衰多於貶，同情多於指責，並談及瞿秋白死後，在毛澤東發動的文化大革命中，他的墳墓遭紅衛兵挖掘，挫骨揚灰，連當年自殺身亡的母親的墳墓也不能倖免，被夷為平地。這篇文章總體而言，只是述說個人的看法，但瞿秋白一生的經歷，倒值得為大家介紹一番。

瞿秋白乳名阿雙，進入學校讀書時的學名叫瞿霜，以後又改名為瞿爽，到了十四歲才以秋白為名。民前十二年一月廿九日出生於江蘇常州的一個衰落的世家。父親瞿稚彬，雖然也是個讀書之士，但卻與官途無緣，母親也是知識份子，生有子女五人，瞿秋白居長，幼年接受母親的教誨最多。瞿秋白幼年即聰敏過人，六歲就能背誦唐詩，十歲跟隨父親學習繪畫，頗能領悟而有進益，十二歲從其伯父習金石之學，常州小學畢業後升入常州府中學，以後因為家庭貧困，為了補助家計之不足，乃棄學充當小學教員，那時的小學教員月薪不過十多元而已，但靠其維持家計，尚能苟延殘喘，就在民國五年春，他的母親自殺身亡，他母親的死有兩種說法，一種說法是上吊自殺，另一種說法是服毒自殺，據說他母親留有遺書要上吊自殺，因此上吊自殺的可能性最大。瞿秋白由於家庭的窮苦，已經對社會存有極度不滿的情緒，再加母親的自殺，更奠定了他不滿現實的思想觀念。

民國五年的冬季，他辭去教職到武漢投靠姑母，在姑母家生活尚稱安定，就開始進入語文學校學習英語數目。民國六年四月，跟隨他的堂兄瞿純白到北平，同年九月考取外交部舉辦之俄文專修館，因為專修館不收學膳費，瞿秋白無任何經濟負擔，遂可專心向學，除了學習俄文之外，並選修法文、自修英文。瞿秋白的所學能夠成功，正所謂困而致知也。因為他的勤勉向學，很得師友的敬重，在校期間曾翻譯過蘇俄作家托爾斯泰、乃戈果爾的著作，也因此他當時的思想很接近托爾斯泰的無政府主義的思想。民國八年他參加五四運動，因表現激烈，遭受政府的逮捕，不久獲釋，隨即參加李大釗的社會主義研究小組，這時的瞿秋白，思想轉變更趨偏激，也非常熱衷政治活動。民國九年他畢業於俄文專修館，學業也就到此為止，當然他受偏激思想的影響，已注定了他要走上一條曲折的道路。

由於他熟通數國語言，並翻譯過俄國作家名著，為新聞界所熟知，入社會後即受聘為北京晨報駐莫斯科記者，每月薪金一八〇餘元，這是一份比較不錯的待遇，在俄期間，他深受蘇聯共產思想之影響，同時也寫了「新俄羅斯遊記」「赤都新史」等通訊在晨報發表，使他的名聲在國內較前大為提高。民國十一年二月參加中國共產黨，不久就以中共黨代表身份，出席在蘇聯列寧格勒舉行的遠東民族代表大會，主席這次會議的是共黨頭子列寧，瞿秋白很受到列寧的賞識，就在這年冬擔任陳獨秀的翻譯，出席共產國際第四次全世界代表大會，大會完畢，瞿秋白在蘇聯的東方勞動大學任教了一個短暫時期，民國十二年一月隨陳獨秀回國，參加中共中央工作，在中共第三次全國代表大會上當選中央委員，兼中共的宣傳部副部長，先後擔任由陳獨秀負責的「新青年」及「嚮導」等刊物之編務，也主編過「前鋒雜誌」及「熱血日報」，這些都是思想左傾或思想偏激的文物，除此而外，瞿秋白並任教上海大學教務長、社會系主任等職，但可確定的是他所擔任的工作都是很短暫的，這種形態表現了缺乏常性和不穩定性，瞿秋白就具備了這種不守本分的性格。

民國十三年，中國國民黨第一次全國代表大會在廣州舉行，那時的共產黨都具有雙重黨籍，瞿秋白奉中共之命參加大會，並當選為中國國民黨候補中央委員，瞿秋白就利用雙重身份，往來上海與廣州之間，進行破壞國民黨及有利中共的工作，民國十四年一月，他當選中共第四屆中央委員，十五年四月連任第五屆中央委員，並被選為政治局委員，民國十六年八月一日，中共在南昌發動大暴動，這次暴動的結局是中共遭到慘敗，當時中共的總書記是陳獨秀，失敗的責任要陳獨秀來負，於是就在八月七日在九江舉行緊急會議，在中共的歷史稱之為八七會議，是由蘇聯派到中國來的代表羅明那茲主持，另一代表聶伊曼和瞿秋白、向忠發、李立三等均參加，瞿秋白當時是中常委，會中指 陳獨秀以往的做法太過火，犯了左傾機會主義，於是陳獨秀的總書記被罷黜，由蘇聯人羅明那茲暫代，不久就由瞿秋白接充，瞿秋白過去是陳獨秀提拔的幹部，今竟在會上抨擊陳獨秀，其人品可見一般，而陳獨秀一氣之下，也走向反對共產黨的立場。

瞿秋白接充中共總書記後，中共所面臨的情勢非常惡劣，內部傾軋日烈，瞿秋白應付乏力，歷遭共產國際及中共內部的批判，民國十七年二月應召赴俄，六月在莫斯科舉行之共黨第六次全國代表大會上，被批判為「盲動路線」和「左傾冒險主義者」，剝奪其總書記職位，由向忠發遞充，瞿秋白改任中共駐共產國際代表，在任職期間曾經到法國參加「國際反帝大會」，至德國參加群眾大示威活動，亦充分証明瞿秋白不安分性行。

鄭重申明

小平：「誰動搖改革開放，
誰就要離開領導班子。」

「領導通訊」心戰漫畫精選

江泽民在军委扩大会议上，特别强调他的战略指导思想—「不但要脑指挥手，而且要党指挥枪，党指挥炮。」

迟浩田是江泽民的兵马俑，明年还是要回家耕田。

江泽民第一次想搞战略伙伴，
柯林顿却想搞桃色纠纷。

悔不当初多练字，时来运转终出头。

江泽民吃饱了就松口，
承认「六四」有错误。

「新瞭望」心戰漫畫精選

多党合作制

新权威主义

老邓的桥牌

烟灰岁月尽
乾坤牌里戏
多少改革计
此中可寻觅
兴衰千古事
希望雾中寄
朴克藏玄机
请君莫轻弃

改革十周年纪念↓

文艺工作者的命运↑↓

「双百」就是：
「摆头打头」
「摆尾打尾」
文艺
新闻
思想教育
形势教育

双百方针

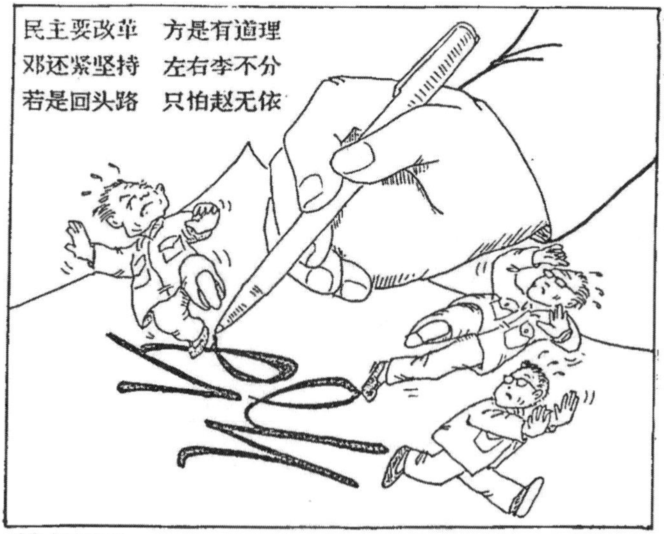
民主要改革　方是有道理
邓还紧坚持　左右李不分
若是回头路　只怕赵无依

签名运动

→指战员：「讲得好听！你爹娘早死，我爹娘还在呢！」

文艺界的「四个坚持」

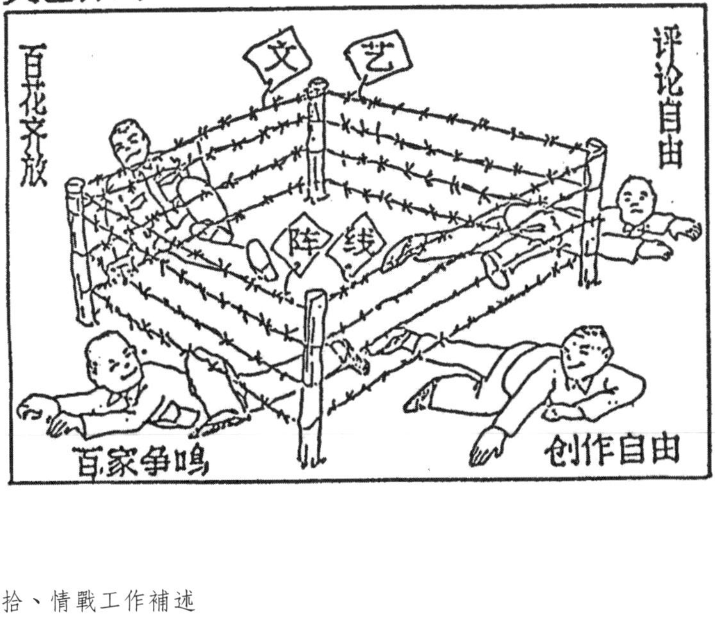

双百画报
一九九〇 第一期
五中全会以后我们
只造大瓶，不造小瓶
实事求是

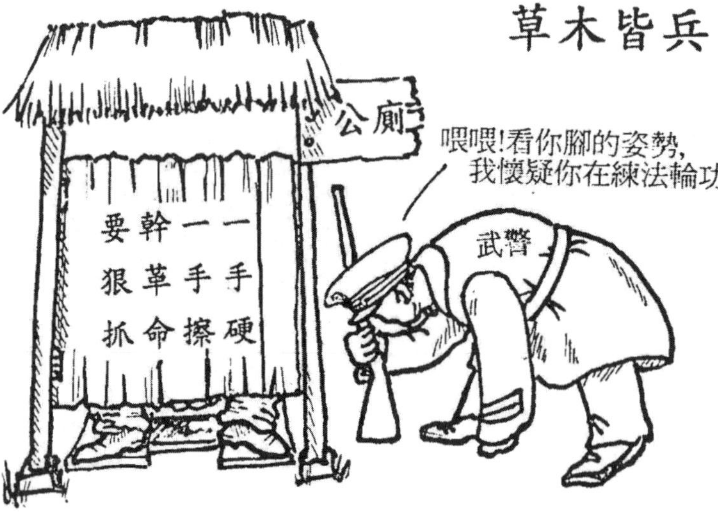
草木皆兵
公廁
喂喂!看你腳的姿勢，
我懷疑你在練法輪功。
武警
一手硬
一手擦
幹革命
要狠抓

邓小平：「我的四个坚持就是打牌、游泳、抽烟、搞权术。」

最受欢迎的「四个坚持」

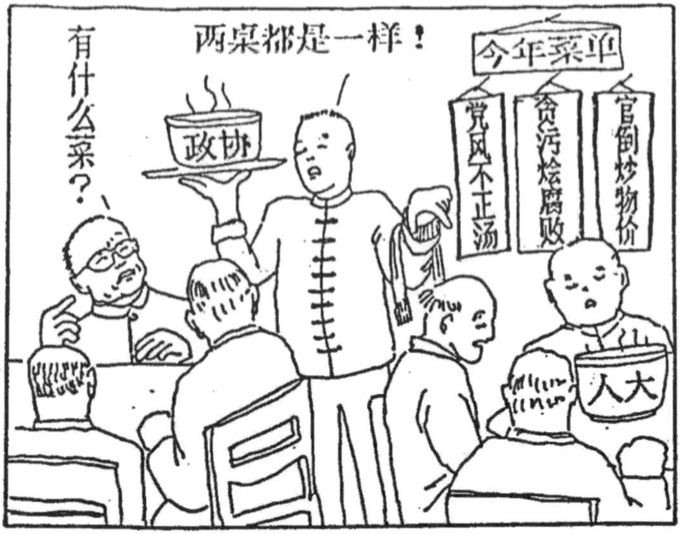
有什么菜？
两桌都是一样！
政协
今年菜单
党风不正汤
贪污烩腐败
官倒炒物价
人大

聚餐↑

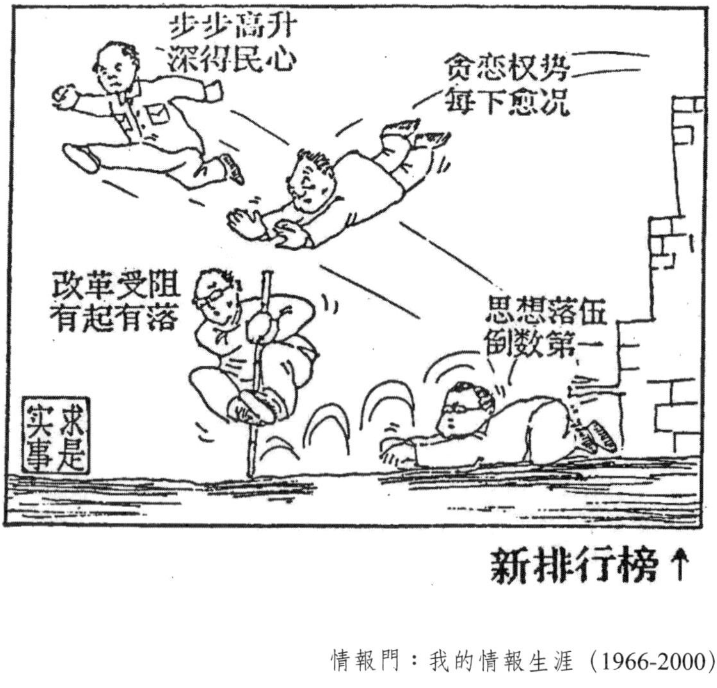
步步高升
深得民心
贪恋权势
每下愈况
改革受阻
有起有落
思想落伍
倒数第一
实事求是

新排行榜↑

後記

我的情報生涯可以說超過五十年，如果以數字化來分類，除了服務期間有三十四年半，退休後的二十年也未停止對情報工作的接觸、探討，和寫作。在海外工作的十七年半時間，執行情報任務有不少經驗累積；在內勤的十七年，也深入學習了情報的思想與理論。在前期情報局工作有十六年，後期軍情局達十五年半，歷經十一位局長，其中曾面領九位局長的指示和嘉勉；六次奉派海外工作；也三次當選國軍楷模。一九九四年底，罹患血癌後，在主治醫師告知生命期只有一年二個月的囑咐下，經過長期治療存活至今。雖說謙虛是美德，在當仁不讓的原則下，可算是個傳奇人物了。

二〇〇〇年七月，台灣第一次政黨輪替，因為不願受政治奴役，我主動報請立即退休，開始從事筆耕，用寫作維持生命。要想淡泊明志，就要堅定決心，我放棄終身俸，隱居海外，頗有置死生於度外之心。二〇〇三年三月，前軍情局殷局長病逝，為了紀念他的貢獻，我在美國發行了《情報作戰參考》。二〇一〇年元月，為了追懷戰友劉連昆將軍犧牲十週年，我又在香港出版了《情報札記》。「寧給好漢當馬伕，不願給爛人當祖宗。」這是我的寫作風格，更不忍他們的事蹟被埋沒。這兩本書都遭到台灣當局起訴和判刑，入監一年八個月，這是我碩士學位後拿到的最大積分表現，也補足了情報人員的最高經歷。不同的是，情報工作往往因失敗而坐牢，我卻因成功而入獄。不過這本書是為自己而寫，就不必張揚了，因為我是勝利者，正如民運人士柴玲逃出大陸時說的那句話：「我還活著。」

退休後，我曾經接受新聞媒體的訪談不下十次，對方所提出的問題，我都以情蒐要項對待。印象最深的是二〇一一年三月，日本《朝日新聞社》記者野島剛（現任日本大東文化大學教授）所提出有關劉連昆事件外的五大採訪題綱，內容是：

1.台灣軍情局培養人才的教育細節。

2.對中國的情報工作之經驗和秘訣。
3.對中國人的性格有何看法？
4.對中國人如何進行接觸、溝通、交朋友，和收買利用。
5.中國情報工作有那些作為、企圖，和需要提防的。

看到對方提出的綱目，頗具針對性和計劃性，我是有警覺的，因好的新聞可以攻錯，作為政策參考和訓練教材。野島表示，日本人面對崛起的大陸，要如何對待中國人感到很傷腦筋，因為中共是很特別的國家和體制，希望能借台灣人的智慧去進一步瞭解，台灣人比日本人更瞭解中國人，深入很多。野島有着強烈的國家意識，日本曾挑起世界大戰，本應亡國而不亡。但台灣人沒有國家意識，不認為自己是中華民族，台灣光復還把日本當祖宗，看來中國統一，台灣人流亡日本將是最大的選項之一。

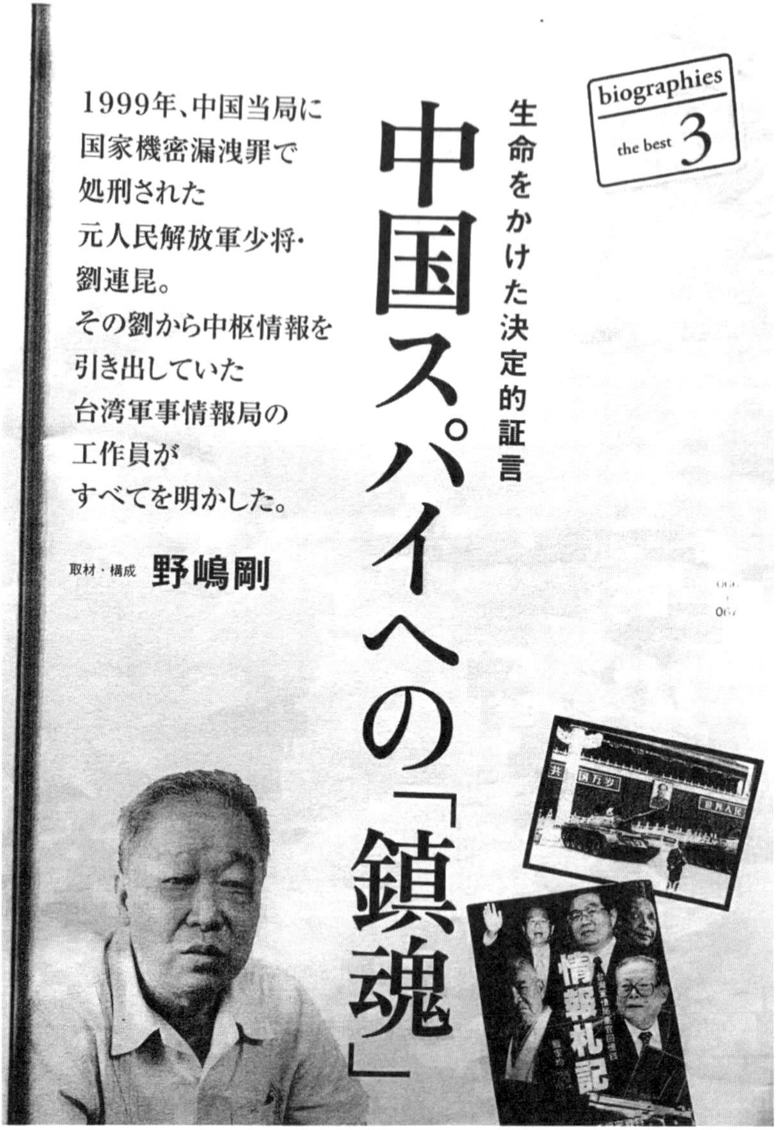
biographies the best 3

生命をかけた決定的証言

中国スパイへの「鎮魂」

1999年、中国当局に
国家機密漏洩罪で
処刑された
元人民解放軍少将·
劉連昆。
その劉から中枢情報を
引き出していた
台湾軍事情報局の
工作員が
すべてを明かした。

取材・構成 野嶋剛

日本 g^2 月刊報導標題

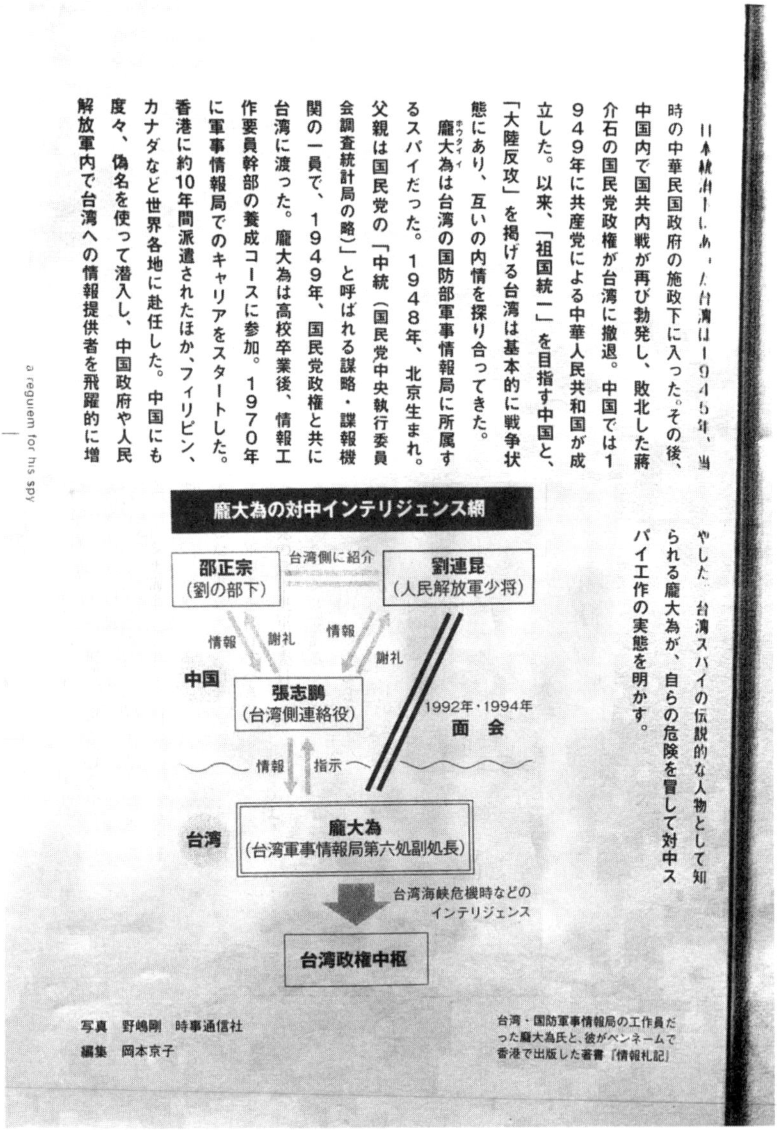

日本統治下にあった台湾は1945年、当時の中華民国政府の施政下に入った。その後、中国内で国共内戦が再び勃発し、敗北した蔣介石の国民党政権が台湾に撤退。中国では1949年に共産党による中華人民共和国が成立した。以来、「祖国統一」を目指す中国と、「大陸反攻」を掲げる台湾は基本的に戦争状態にあり、互いの内情を探り合ってきた。

龐大為（ホウタイイ）は台湾の国防部軍事情報局に所属するスパイだった。1948年、北京生まれ。父親は国民党の「中統（国民党中央執行委員会調査統計局の略）」と呼ばれる謀略・諜報機関の一員で、1949年、国民党政権と共に台湾に渡った。龐大為は高校卒業後、情報工作要員幹部の養成コースに参加。1970年に軍事情報局でのキャリアをスタートした。香港に約10年間派遣されたほか、フィリピン、カナダなど世界各地に赴任した。中国にも度々、偽名を使って潜入し、中国政府や人民解放軍内で台湾への情報提供者を飛躍的に増やした。台湾スパイの伝説的な人物として知られる龐大為が、自らの危険を冒して対中スパイ工作の実態を明かす。

写真　野嶋剛　時事通信社
編集　岡本京子

台湾・国防軍事情報局の工作員だった龐大為氏と、彼がペンネームで香港で出版した著書『情報礼記』

日本 g^2 月刊內容圖示

為了完成這本書的最後工程，我再次閱讀了中共前總書記瞿秋白所寫《多餘的話》，瞿秋白說：「我所寫的未必能夠到讀者手裡，也未必有出版的價值，但我還是寫一寫罷。……歷史的功罪到了最終結算的時候了，不覺得可惜，也不覺得後悔……。」其實，瞿秋白無懼於死，卻不願意冒充烈士而死，只感覺十年、二十年沒有睡覺似的的疲勞，最後可以得到永久的、偉大的、可愛的睡眠了。瞿秋白說由於歷史的誤會，讓他這個文人，勉強在革命的政治舞台上混了好些年，而革命這兩個字，以前感到是戒慎的，現在覺得親愛了。因為我曾經是革命團體的一份子，以革命幹部自居。瞿秋白訴說的意境，讓我的感慨至深，得了癌症，誰能相埒，站在長期病患的角度，也有休戚與共之感覺（瞿秋白堅持信仰，拒絕勸降，死時三十六歲，卻患有肺病達十五年）。以前我不認同「久病厭世」之說，後來習慣病痛的存在，成為了身體的一部份，我終於體會到這四個字的意義和作用。

瞿秋白在《多餘的話》文章最後，除了介紹了七本中外名著，還推荐「中國的豆腐也是很好吃的東西，世界第一。」這是何等的心態和胸懷，要比毛澤東的「念奴嬌」所述，「土豆燒熟了，再加牛肉；不須放屁，試看天地翻覆。」要來的清淡高雅許多，也少了共產黨的官習流氣。其實，中國人太聰明了，除了發明製作豆腐，並教後人懂得什麼屁不是人放的，什麼屁是不通的道理，讓後人足夠享用一生。瞿秋白說：「揭開假面具，是最痛快的事情。」江山是人打出來的，能夠指點江山也是一大快事。

作者與前局長胡家麒似有不解之緣，獲頒陸光獎章

作者第三次當選國軍楷模

作者與前軍情局長徐筑生合影

人生如戲，全靠演技。在情報的舞台上，演出這齣「情報人生」，也採用了情報的名詞和術語當作對白，而情報工作執行過程充滿刺激和智慧，講求的是情節和氣氛。我演過的角色有：「現代啟示錄」的馬丁・辛，溯江而上，冒險工作；像「亞果出任務」的本・阿弗萊克，想營救別人，卻解救了自己。為了達成目標，專程前進曼谷、新加坡、雪梨、華盛頓、香港等地，猶如電影中形容的一般。退休後，又在泰國、香港、加拿大，三次走過「間諜橋」媲美湯姆・漢克。我認為這本書有史料，也可當教材，但不鼓勵別人買我的書，因為應該看的、需要看的、瞭解狀況的、能理解的、看的明白的，只有寥寥數人而已。但我喜歡有求知慾望的、想研究情報史的人，向我要書，也歡迎同行華山論劍，不怕比試、不怕陰損，就怕沽名、就怕釣譽之輩也。

自己的歷史、自己去懷念，自己的故事、自己來述說。以前軍統局的歷史都是老一輩告訴我們的，現在軍情局拿終身俸的人那麼多，反而能夠接棒說歷史的人沒有了，誰能說出，這是何等的悲哀呢！不過在新冠疫情橫行之際，能完成這本書，是值得慶幸。《多餘的話》並不多餘，希望這本書也不是多餘之作。

跋

情報工作包羅萬象，回想一下，我的情報人生，掰開來看由入門到退休，尉官時做過編審、搞過教育、學過跆拳、辦過黨務，蹉跎了兩年多後，接觸行動工作開始，才算起步進了情報核心。以後晉升校官都是派駐在海外期間，長期獨立作業開展工作之下，應該至少有一些見地和主張才是，不要求自己，怎麼去領導別人。而退休後開始寫作，一晃也過了二十年，如果不是長期病痛，存不忘亡，可能回憶錄就寫不下去了。

一般情報幹部幾乎是內勤多於外勤，而個人內外參半。有人問我對情報工作的外勤和內勤有什麼感覺？其實，外勤就是內勤延伸，是互為表裡，就像「黨指揮槍」。想要子彈飛，靠的是槍，想要情報做的好，靠的是外勤的組織力、活動力，和戰鬥力。內勤則要具備參謀能力，不能寫也要能跑。惟心態上大都是吃著碗裡、看著鍋裡，想要升官，可以靠拍馬溜鬚，外勤要活下去，就看績效表現。畢竟，敵人再怎麼打擊破壞，都抵不上自己同志的算計陷害。尤其，近十年來，領導失敗、紀律廢弛，上下交征利，導致出賣情勢的升高，當政者我行我素，不知省悟，何由能興！

情報工作雖有不同的釋義，如現代和過去的、廣義和狹義的、外國和我國的，都有著區別。什麼是情報工作？就歷史和實務而言，個人也有另類之說。就是情報工作是人性的工作，也是鬥爭的工作，因為既要做人的工作，也要與人鬥爭。如今，情報工作在台的三朝元老（保密局、情報局、軍情局），和三線幹部（敵後、海外、中央）逐漸凋零，幾乎殆盡，老情工們，能不唏噓！而台灣情報工作的演化，逐漸偏離正道，出現沉淪現象，但卻無人敢去探討，說些真話，可謂迷失久矣！

不痛不癢的回憶錄，還不如拿本小說看呢！

國家圖書館出版品預行編目(CIP)資料

情報門：我的情報生涯（1966-2000）/ 王寶元著
王寶元出版 -- 初版 -- 2023.3
面；公分
ISBN 978-626-01214-1-9（平裝）

1. CTS：王寶元 2. CTS：回憶錄

783.3886 112003220

情報門：我的情報生涯（1966-2000）

作　　者 / 王寶元
文　　編 / 田仲仁

出　　版 / 王寶元

印　　製 / 久裕印刷事業股份有限公司
地　　址 / 新北市五股區五權路69號
電　　話 / (02)22992060
傳　　真 / (02)22992064

出版日期 / 2023年11月二版
定　　價 / 550元
ISBN 978-626-01214-1-9（平裝）